SOLO UN HÉROE LOCAL

DEBORAH COOKE

Traducido por
LAUREN IZQUIERDO

DEBORAH A. COOKE

Solo un héroe local
por Deborah Cooke

Edición en español 2021
Traducido por Lauren Izquierdo
Copyright © 2021 por Deborah A. Cooke

Título original: **Just A Hometown Hero**
Copyright © 2018 Deborah A. Cooke

Portada de Elizabeth Mackey

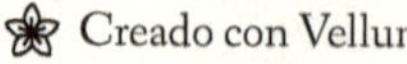 Creado con Vellum

FLATIRON 5 FITNESS - ESPAÑOL

Recién salidos de la universidad, cinco amigos con un sueño unieron fuerzas para lograr el éxito. Diez años después, su exclusivo gimnasio, Flatiron 5 Fitness, es el destino más popular de Manhattan. La gente acude en masa a F5F para ponerse en forma, para tener suerte e incluso para enamorarse. Los socios fundadores han sido inmunes al hechizo romántico de F5F, al menos hasta ahora...

1. **Solo una cita falsa**
(Tyler & Shannyn)

2. **Solo una vez más**
(Kyle & Lauren)

3. **Solo una noche juntos**
(Damon & Haley)

4. **Solo un héroe local**
(Cassie & Reid)

5. **Dos bodas y un bebé**

SOLO UN HÉROE LOCAL

UNO

19 de abril: Montrose River, Illinois

Era cierto que ninguna buena acción quedaba impune.

Reid examinó el desastre debido al frasco roto de pepinillos en vinagre y negó con la cabeza. "¿Lionel?" gritó, sin esperar realmente una respuesta.

No hubo una.

Él se dirigió a la trastienda del Montrose River Shop 'n Save para buscar el trapeador y el cubo. Agarró el recogedor y la escoba con la otra mano, llamó a Lionel a gritos una vez más, sabiendo que era un ejercicio inútil, y volvió al pasillo de los pepinillos. Naturalmente, había sido el frasco de tamaño extra grande. Él había barrido el frasco y la mayoría del encurtido cuando Lionel apareció al final del pasillo.

El muchacho parecía avergonzado.

Para ser justos, Lionel Stewart siempre parecía avergonzado o como si prefiriera estar en cualquier otro lugar del mundo. Era un muchacho muy alto, casi tan alto como Reid incluso a los dieciséis años, y tan delgado que si se giraba de lado podría desaparecer. Reid estaba medio convencido de que, si buscaba "nerd" en el diccionario, habría una foto de su empleado más reciente. Lionel tenía gafas gruesas con cinta adhesiva en el puente de la nariz y en un lado. La madre del pobre muchacho realmente lo vestía de manera extraña: sus jeans siempre eran un poco cortos y sus camisas eran horribles. La elección de hoy era una camisa de franela a cuadros que probablemente era abrigada, pero su patrón naranja y turquesa lastimaba los ojos. Reid esperaba que hubiera estado en rebaja.

Él le había dado un trabajo al muchacho con la esperanza de ayudarlo. Una semana después, Reid estaba empezando a dudar de su impulso.

"Lo siento", dijo Lionel, con un temblor familiar en su voz. El muchacho tenía la nuez de Adán más grande que Reid había visto en su vida y se movía de arriba abajo todo el tiempo.

"¿A dónde fuiste?" Reid preguntó mientras limpiaba el vinagre. Él se recordó a sí mismo que el aspecto y la ropa de Lionel no eran culpa del muchacho. Incluso su nombre no era culpa suya.

¿Quién nombraba a un niño, Lionel?

"Um, tuve que irme."

"¿Por qué había un lío que limpiar? ¿Por qué no te gusta el olor a encurtido?

Lionel se sonrojó y bajó la mirada. "Lo siento."

Reid se apoyó en el trapeador y se aseguró de que su tono fuera paciente. "Quizás podrías decirme lo que pasó." Él sabía que Lionel le diría todos los detalles. El muchacho no podría resumir ni para salvar su vida. O se disculpaba, sin explicación alguna, o pronunciaba una conferencia.

"LA SEÑORA LANG no podía alcanzar los pepinillos." Lionel hizo un gesto hacia el estante superior, donde se mostraba ese tamaño de frasco y esa marca de pepinillos. "Ella me pidió que le trajera un frasco, así que dejé de desempacar la salsa." Él señaló la caja de salsa embotellada, abierta y medio vacía en el otro extremo del pasillo. "Y le traje un frasco de pepinillos."

"Todo bien. Hasta ahora todo bien. ¿Cómo terminó en el suelo?"

El rubor de Lionel se intensificó. "Cuando me di la vuelta, Jasmine estaba con ella."

"Jasmine Lang, la hija de la señora Lang. Bien. ¿Ella rompió el frasco?

"¡No!" Lionel se volvió casi incoherente en su agitación. "Ella estaba allí. Ella me estaba mirando. ¡Era Jasmine! El frasco se resbaló. Se rompió. Corrí."

Reid se pasó una mano por el pelo. "¿Esto significa que te gusta Jasmine?" Él vio a Lionel inclinar la cabeza. "¿O todas las muchachas de dieciséis años que son lindas?"

"Jasmine", Lionel murmuró miserablemente.

"Bueno, es un alivio, dada la cantidad de lindas muchachas de dieciséis años que hay en la ciudad." Reid había esperado que Lionel sonriera, pero él no lo hizo. "Entonces, en el futuro, ¿solo vas a salir corriendo cuando Jasmine entre en la tienda? Porque puedo hacer que Jackie haga un anuncio cada vez que los Lang entren en la tienda, y tú puedes esconderte en la parte de atrás hasta que se vayan..."

"¡No!" gimió Lionel.

"O podrías quedarte aquí, hacer tu trabajo y hablar con ella."

Todo el color desapareció del rostro de Lionel. "No lo entiendes, señor."

"Entiendo. Pero tienes que ser hombre aquí, Lionel, y realmente hacer tu trabajo cuando te pagan por hacer tu trabajo. Y cuando haces un lío, necesitas limpiarlo. Alguien podría resbalar y caer."

"Lo siento."

"¿La señora Lang compró sus pepinillos?"

"No lo sé."

"Probablemente no, ya que ella no podía alcanzarlos." Reid tomó un frasco y se lo entregó a Lionel. "Ve a buscarla, dale los pepinillos, discúlpate y dile que van por mi cuenta."

Lionel dio un paso hacia atrás, agarrando el frasco. "¡Pero Jasmine podría estar con ella!"

"Podrías saludarla mientras estás allí."

Lionel se sacudió de la cabeza a los pies, con los ojos muy abiertos por el horror. Su nuez de Adán subía y bajaba como un ascensor atascado. "No lo entiende, señor. Me gusta Jasmine, pero ella nunca me mira..."

Reid lo interrumpió. "Te digo que hagas esto porque lo entiendo perfectamente. Cuando tenía tu edad, trabajaba aquí, haciendo exactamente lo que tú haces. Fue mi primer trabajo."

"No lo hiciste", dijo Lionel con sospecha.

"Lo hice. Se consideraba una mala elección por parte del propietario, un anciano llamado Marty."

"¿Por qué?"

"Porque yo era un problema. Puedes preguntarle a cualquiera que creas que es anciano. Ellos te lo dirán."

"¿Y este trabajo te cambió la vida?" dijo Lionel, su tono escéptico.

"En cierto modo lo hizo", admitió Reid. "Pero de eso no se trata esa historia. Verás, estaba esta muchacha." Él inspiró, recordando, muy consciente de que Lionel lo estaba observando de cerca. Un muchacho nunca olvida a la primera muchacha que llamó su atención, especialmente si ella estaba fuera de los límites. "Cassie. Ella era esta hermosa marimacha imprudente que podía bailar como nada en la tierra. Su cabello era largo y brillante. Olía increíble."

"¿Te acercaste lo suficiente para olerla?"

"Solo cuando ella pasaba. Había esta ráfaga." Reid le dio a Lionel una mirada dura y el muchacho asintió, entendiendo perfectamente. "Pero ella ni siquiera sabía que yo estaba vivo."

Lo cuál había sido la intención de Marty, pero Lionel no necesitaba saber esa parte.

Lionel agarró el frasco, absorto. "¿Qué pasó?"

"Nada, porque sabía que era mejor no hablar con ella. Ella se fue de la ciudad después de graduarse y nunca regresó." Él se inclinó más cerca, consciente de que estaba dejando de lado la única regla de Marty. El caso era que estaba transmitiendo una lección. "Perdí la oportunidad de hablar con ella, Lionel, porque yo era un cobarde." El muchacho tragó. "¿Qué habría hecho ella si yo le hubiera hablado?"

"¿Reírse?"

Reid negó con la cabeza. "Probablemente no. Probablemente me hubiera contestado. Ella era una buena muchacha, al igual que Jasmine es una buena muchacha. Probablemente hubiera sido así, pero realmente no hay mucho que arriesgar aquí."

Lionel tragó y miró más allá de Reid a través del pasillo. "¿De verdad?"

"De verdad. Llévale a la señora Lang los pepinillos, luego regresa y limpia este piso una vez más. Quiero asegurarme de que no haya fragmentos de vidrio en ninguna parte."

"Sí, señor." Lionel pasó junto a Reid, sosteniendo ese frasco como si contuviera toda la confianza del planeta.

Reid esperaba que el muchacho no rompiera otro frasco solo con la presión de su agarre. Él vio un pepinillo debajo del borde del estante junto a la caja de salsa y fue a barrerlo. Solo había dado dos pasos cuando escuchó el sonido distintivo de un gran tarro de encurtidos rompiéndose en el suelo.

"¡Lionel!" él rugió de frustración y giró.

Se quedó helado, sus palabras murieron en sus labios.

Había una mujer que venía por el pasillo, navegando entre los pepinillos y el asombrado Lionel, que aparentemente estaba congelado en el piso al final del pasillo. No era de extrañar que Lionel la estuviera mirando: ella era preciosa. Estaba vestida toda de negro, llevaba una falda corta y una chaqueta de cuero. Su cabello era de un rubio reluciente y peinado hacia arriba. Brillaba de una manera familiar que hizo que la boca de Reid se secara. Los pendientes brillaban en los lóbulos de sus orejas y ella usaba guantes de cuero fino. Los rojos. Su lápiz labial era del mismo tono de rojo. Ella parecía elegante y lujosa.

Y sexy.

Ella se veía tan diferente a las mujeres en Montrose River que podría haber venido de Marte.

SIN EMBARGO, fueron sus botas de cuero negro las que le robaron el aliento. Eran increíbles. Eran de punta y tacones de aguja y llegaban tan arriba que los bordes desaparecían bajo el dobladillo de su falda. Botas fetiche, o tan cerca de ellas como Reid había visto en mucho tiempo.

Ella venía de la ciudad. Reid no estaba seguro de qué ciudad, pero era una que realmente quería visitar.

Ahora.

Él también quería encontrar la parte superior de esas botas y sentir su piel dondequiera que terminaran. Porque su piel sería tersa y suave, como marfil pulido. Perfumada. Luego dejaría que sus dedos se desplazaran hacia el norte desde la parte superior de las botas. Ella era una mujer que lo hacía querer ser realmente malo, una y otra vez. El solo hecho de verla le hacía añorar los viejos tiempos, cuando había sido un problemático.

Porque ella parecía estar buscándolo.

Entonces Reid se dio cuenta de quién era ella y sintió demasiados puntos en común con Lionel.

Tan seguro como que respiraba, era Cassie Wilson caminando hacia él, ya mayor y más hermosa que nunca.

Ya no era una marimacha.

¿Ella seguía siendo imprudente?

Él apostaría su último dólar a que todavía olía a cielo.

Si él hubiera sido un hombre que creyera en la suerte, podría haber pensado que la había invocado.

Tal como estaban las cosas, se preguntó qué la había traído de regreso a la ciudad.

Ella le sonrió a Lionel al pasar junto a él, miró a Reid y luego miró hacia el pasillo hacia la salsa.

Tan indiferente como siempre.

"Disculpa", dijo ella y Reid dio un paso atrás, porque estaba parado en el medio del pasillo.

"No te resbales", aconsejó él antes de que Cassie hiciera exactamente eso.

Él vio que sus ojos se ensanchaban y sus labios se abrían. Escuchó su talón deslizarse sobre el linóleo, luego la agarró por la cintura justo a tiempo. Él la sostenía con fuerza contra su costado, todas sus fantasías adolescentes cobraban vida, y pensaba que podría haber muerto e ido al cielo cuando las manos de ella aterrizaron en sus hombros.

"Gracias", dijo ella, un poco sin aliento, luego lo miró de nuevo. Esos ojos eran tan brillantes y azules como los recordaba Reid. Él podría haberse ahogado en ellos.

Entonces Cassie frunció un poco el ceño. "Espera un minuto. ¿No eres Reid Jackson?

Él había estado seguro toda su vida de que ella ni siquiera sabía su nombre.

Pero lo sabía, y estaba de vuelta en la ciudad, y para Reid eso significaba que tenía una segunda oportunidad.

No era el tipo de hombre que dejaba que una oportunidad se desperdiciara.

ERA bueno que Cassie se hubiera marchado de Montrose River. A las pocas horas de su llegada, ella estaba sintiendo una familiar desesperación por correr. Ella sabía que ya se habría muerto de aburrimiento si se hubiera quedado un minuto más de lo que se había quedado. Todo era exactamente igual que recordaba. Casi no había trabajo. Había una cantidad trágica de ropa práctica y abrigada y ella se había olvidado de su disgusto por el equipo de caza de camuflaje naranja. Había demasiadas camionetas y ningún restaurante que hubiera sobrevivido a un menú de New York en Manhattan. Incluso la música de Shop 'n Save era la misma.

También se había olvidado de Huey Lewis y las noticias.

A ella le había gustado su música una vez, en otra vida.

Si esto es todo...

Lo aterrador era que recordaba las palabras.

Volver a casa era un paso hacia el pasado, lo que significaba que Cassie odiaba Montrose River más que cuando era adolescente. Había más tiendas tapiadas en la Calle Principal, y las que ella recordaba parecían agotadas. Ella lo encontraba deprimente, y aunque Shop 'n Save se había actualizado un poco, estaba lo suficientemente cerca de ser lo mismo.

Ya ella se estaba preguntando por qué había venido el jueves en lugar del sábado. Había tenido un mal día de viaje, con un vuelo retrasado desde Nueva York, lo que significaba que había perdido su vuelo en O'Hare. Ella estaba tratando de recordar por qué había decidido que quedarse con Nick y Tori había sido una buena idea y haciendo todo lo posible por ser alegre y útil con su amiga cuando caminó por el pasillo de los pepinillos, resbaló y fue atrapada por Reid Jackson.

El tipo malo original de Montrose River.

Y su única superestrella.

¿Qué diablos estaba haciendo ahí?

Todavía era guapo, malvadamente guapo, en realidad, todavía alto y moreno con esos ojos brillantes. Pero Reid había crecido. Había crecido mucho. Había mantenido esa mirada fija con un toque de desafío, la mirada que te desafiaba a demostrar que eras tan audaz como él. Podías ver que le habían roto la nariz una vez, pero ahora ella entendía por qué él nunca se la había arreglado. Le daba un aire peligroso, uno que le sentaba bien. Él tenía una barba de dos días, lo que le hacía parecer un pirata, pero no era descuidada. Ella supondría que pasaba mucho tiempo recortándose la barba, así que era así. Su madre todavía diría que era un problema pegajoso o tal vez que era un accidente buscando un lugar para suceder.

Todavía hacía que el corazón de Cassie diera un vuelco.

Ella recordó cuánto él la había intrigado. ¿Cómo era posible que a una persona no le importara nada? ¿En absoluto? Él había sido arrogante, audaz, rebelde y dispuesto a hacer cualquier cosa. Ya debería haber estado en la cárcel.

Dos veces.

Pero había habido fútbol. Cassie recordó haberlo visto jugar. En el campo, él había sido un mariscal de campo brillante, casi psíquico. Era el único lugar donde brillaba. Ella recordó cómo él había sido elegido por un equipo universitario de los mejores y cómo todos en la ciudad estaban tan orgullosos de él, olvidando convenientemente todas sus convicciones sobre su futuro condenado.

ELLA TAMBIÉN RECORDÓ los informes de noticias de cuando Reid se había arruinado no una, sino ambas rodillas y había tenido que retirarse del fútbol antes incluso de terminar la universidad. Cassie se había sentido mal por él en ese momento, ya que cualquier posibilidad de un contrato profesional se había evaporado.

Quizás por eso él había vuelto a Montrose River.

Quizás él no tenía ningún otro lugar adonde ir.

Reid había sido peligrosamente atractivo en su día, pero ahora era sexy. Tenía hombros anchos y Cassie podía sentir el acero de sus músculos en el brazo envuelto alrededor de su cintura. Ella se dijo a sí misma que su interés era profesional, ya que era copropietaria de un gimnasio.

Él debía hacer ejercicio. Mucho.

Cassie se recordó a sí misma que él debía de haber sido padre de una docena de niños en la ciudad, pero lo miró a los ojos y sintió un hormigueo.

Esa confianza arrogante que había poseído en la escuela secundaria parecía haberse multiplicado por diez y el corazón de Cassie se aceleró como resultado. Él la sostenía contra su costado como si no tuviera intención de dejarla ir y le sonrió, como si estuviera en su menú para el almuerzo. La mirada en sus ojos hizo que Cassie anhelara ser devorada por ese lobo feroz.

Pronto.

Tal vez ella debía engullirlo. Ella no era la muchacha que había sido una vez, y ya no tenía que seguir las reglas de nadie.

Después de todo, solo estaba en Montrose River por el fin de semana.

"No hubiera esperado que me reconocieras, Cassie Wilson", dijo él y su voz era mucho más profunda de lo que recordaban Cassie. De hecho, Cassie la sintió retumbar en su pecho, justo contra el de ella, y sus pezones se tensaron.

¿Cómo es que ella ni siquiera sabía que sus ojos eran de un tono verde tan asombroso?

"¿Por qué no?" dijo ella a la ligera. "No has cambiado tanto."

Él pareció encontrar eso divertido. "Mientras tú lo has hecho." Su admiración por eso era más que clara y Cassie se sintió nerviosa de una manera desconocida.

"Bueno, han pasado quince años." Ella trató de alejarse, pero Reid la abrazó un poco más fuerte.

A Cassie le gustó mucho más de lo que creía que debería.

"Te resbalarás aquí", dijo él, su voz baja y sedosa, luego prácticamente la llevó por el pasillo hasta un lugar donde el piso estaba seco. Él era sólido como una roca. Eso requería dedicación y muchas, muchas horas en el gimnasio. Cassie respetaba eso y el resultado. "¿Mejor?"

"Perfecto. Gracias." Cassie se recordó a sí misma que debía levantar las manos de los hombros de él. La forma en que los ojos de Reid brillaban le decía que él había notado la demora y eso solo aumentó su agitación. "¿Por qué no crees que te recordaría? Eras tan notorio, más malo que malo, y desde luego eras famoso."

Él sonrió, una vista deslumbrante de cerca. "Todavía soy malo por todas las cuentas. Pregúntale a tu mamá."

Cassie sonrió, sintiendo que no quería hablar sobre su carrera que se había detenido antes de que realmente comenzara. "¿Cumpliste las expectativas y ya fuiste a prisión?"

"NO POR MUCHO TIEMPO", dijo él fácilmente, y ella no supo si era una broma o no. Ella se aclaró la garganta y él la soltó, moviendo la mano hasta su codo. A ella le gustó que él se asegurara de que ella estuviera firme sobre sus pies antes de dejar caer la mano. Había algo delicioso en un hombre protector.

También le gustaban los hombres minuciosos.

También le gustó la forma en que las yemas de sus dedos se deslizaron sobre su cadera antes de levantar la mano. Fue un gesto rápido, uno que nadie más habría notado, pero Cassie casi se estremeció por ese toque. Era fácil imaginar esas manos sobre su piel desnuda. Había algo aún más delicioso en un hombre lo suficientemente malvado como para dejar claros sus deseos.

"¿Estás buscando algo en particular?" preguntó él, su tono tan ligero como el de ella.

Cassie se negó a ver cualquier insinuación en su pregunta, aunque había un brillo en los ojos de Reid. Entonces se dio cuenta de que había estado sosteniendo un trapeador.

"Espera. ¿Tú trabajas aquí?" preguntó ella, horrorizada de que él nunca hubiera pasado de ese trabajo en la tienda de su tío. "¿Todavía? ¿De nuevo?" Quizás manejaba la tienda o algo así. Ella no recordaba quién se había hecho cargo de la tienda cuando el tío Marty se había jubilado. Ella supuso que se había vendido cuando él murió. Cassie se recordó a sí misma que no había muchas oportunidades en un pueblo pequeño, pero aun así estaba decepcionada.

Sabiendo lo que sabía de Reid, ese trabajo probablemente era solo una tapadera. Tal vez en estos días se dedicaba a falsificar equipos electrónicos o a estafar viejecitas.

Quizás tenía una novia rica.

¿Quién?

Él pareció reprimir una sonrisa, que Cassie no entendió. "Podrías decir eso."

Cassie escuchó gritar a un bebé, reconoció a Emily y supo que Tori la estaría esperando. Se suponía que ella debía ser parte de la solución para que Tori organizara un bautizo de bebé a pesar de la desesperada falta de sueño. "Estoy buscando salsa verde", le dijo a Reid. "¿Tienes alguna?"

"Dos marcas. Aquí mismo." Le dio al adolescente una mirada dura. "Encurtidos a la señora Lang, Lionel, luego regresa y limpia este desastre."

"¡Sí, señor!"

Entonces, él administraba la tienda. Cassie trató de respetar eso y fracasó.

De hecho, ella sentía un poco de pena por Reid. Él casi había escapado de Montrose River con ese contrato universitario, pero había terminado ahí de todos modos.

Como si la oportunidad nunca hubiera llegado a la puerta.

"Esta es un poco más cara, pero es orgánica", le dijo Reid, indicando el frasco.

"Pero un nivel más alto de picante. Llevaré ambas, solo para estar segura." Ella observó sus manos mientras él levantaba el frasco y admiró sus dedos serena. Sin anillos. ¿Ella se atrevería a hacer que su fin de semana fuera un poco más emocionante? Era tentador, pero Cassie debería saberlo mejor antes de enredarse con un tipo como Reid Jackson.

Él le dio los frascos, alimentando ese hormigueo cuando sus manos se rozaron. "¿No te mudaste a Chicago?"

"Nueva York."

"PARECE que la vida te trata bien." La apreciación en su mirada no se disimuló. Él echó un buen vistazo a sus botas y Cassie sonrió. Aparentemente, compartían un afecto por las botas negras altas.

"Soy copropietaria de un gimnasio", dijo. "Me gusta."

"Bien por ti." Su mirada se desvió de nuevo a las botas.

"¿Te gustan?" preguntó ella, posando un poco.

"Mucho." Su mirada volvió a encontrarse con la de ella y una sonrisa diabólica curvó sus labios. "Sin embargo, no puedo ver qué tan alto llegan."

"Eso es para que yo lo sepa."

"Y tal vez para yo pueda averiguarlo." Él sonrió cuando Cassie se sonrojó un poco. "Ya no es una marimacha", murmuró él, su opinión más que clara.

"No. Soy toda una muchacha ahora."

"Mujer", Reid corrigió y negó con la cabeza. "Toda una mujer, Cassie, y es algo muy bueno." Su mirada se elevó a la de ella de nuevo incluso cuando ella se sonrojó. "¿Y has vuelto por...?"

Era una lástima que él llevara jeans y no traje. Con un esmoquin, Cassie sabía que él le robaría el aliento.

Ella estaba teniendo dificultades para respirar profundamente incluso ahora.

De hecho, ver a Reid podría comprometer seriamente su determinación de mantener la distancia.

Un esmoquin, o incluso un traje, y ella sería suya, maldita sea su reputación.

"El bautizo", admitió Cassie. "La hija de Nick y Tori, Emily."

"Correcto. Entonces, solo para el fin de semana. Él asintió. "Es mucho lo que está en juego para traerte de regreso, Cassie Wilson", continuó él, con un tono burlón. "No recuerdo que vinieras a la boda, a pesar de que tu primo y tu mejor amiga se casaron."

"Se detuvieron en Nueva York en su luna de miel, así que no tuve que hacerlo."

"Apuesto a que a tu mamá le encantó esa decisión."

"Yo estaba trabajando", dijo Cassie, escuchando un familiar tono defensivo en su voz. ¿Por qué a todos les resultaba tan difícil de creer que Montrose River no era un atractivo para ella? "Incluso ahora, estoy aquí hasta el domingo por la noche."

Emily gimió tan fuerte que tanto Cassie como Reid miraron hacia la caja.

"Bueno, tal vez nuestros caminos se vuelvan a cruzar. Disfrútala", dijo Reid, indicando la salsa, luego se volvió hacia el trapeador.

Cassie se dio el gusto de mirar su trasero, diciéndose a sí misma que su interés era profesional, luego caminó con cuidado por el pasillo. Ella sintió a Reid mirándola y se preguntó si lo volvería a ver. Ahora no tenía casi nada que h en la ciudad, y complacer su curiosidad por el tipo más malo de la ciudad era una tentación seria.

Cassie se preguntó si ella era más perversa que Reid en estos días, lo que la hizo sonreír.

¿Él estaría en el bautizo? Ella esperaba que casi todos en la ciudad estuvieran. ¿Él usaría un traje? ¿Qué pasaría si ella se lo provocaba en el bautizo?

Los dejaría con algo de qué hablar en la ciudad, al menos.

Ella podría ser valiente en Montrose River, ya que su torturador se había mudado y no vendría para el bautizo. Ella había verificado dos veces que él estaría ausente, solo para asegurarse.

TORI ESTABA en la fila para pagar, rebotando a Emily en un esfuerzo inútil por evitar que el bebé se volviera aún más ruidoso. "¡Genial!" dijo cuando Cassie apareció a la vista. Claramente ella estaba desesperada por salir de la tienda antes de que el bebé vomitara o gritara o lo que fuera que hicieran los bebés cuando estaban molestos. Solo unas horas en la casa de su primo Nick casi habían convencido a Cassie de imposibilitar quirúrgicamente la reproducción. Claramente, ella carecía del gen del amor por los bebés.

"¡Gracias!" Cassie ayudó a empacar las provisiones para que salieran de la tienda lo más rápido posible.

Emily se calmó tan pronto como estuvieron afuera.

"Lo sabía", dijo Tori, abrazando al bebé debajo de la barbilla. "Ella tenía demasiado calor ahí." Emily gorgoteó y babeó y Cassie desvió la mirada.

Pensar que la gente concebía por elección. Era increíble.

El aire exterior no era tan primaveral como Cassie había esperado que fuera en abril. Había sido agradable en Manhattan, pero no en Montrose

River. Por mucho que ella amara sus botas, tenía que admitir que no eran la opción más sensata aquí. Tori empujó el carro hacia la minivan, llevando a Emily arrullada. Cassie la seguía, eligiendo su camino con cuidado, sin escuchar realmente la actualización de su amiga más antigua sobre todo y todos.

Ella tuvo tiempo para decidir que el domingo por la noche no llegaría lo suficientemente pronto, y entonces vio el auto.

Era un elegante auto deportivo de color rojo cereza, pulido hasta deslumbrar. Parecía completamente fuera de lugar en el estacionamiento del Shop 'n Save, y los otros conductores lo sabían, porque había un espacio a su alrededor, como si estuviera en exhibición. Intocable. Las minivans, camionetas y autos económicos se mantenían a distancia de su reluciente perfección.

"Ese es un Aston Martin", susurró Cassie, a medias pensando que era un espejismo. Lo único que no le gustaba de Manhattan era que no tenía sentido tener un auto. Ella amaba los autos. Ella había crecido merodeando por el garaje de su tío, el garaje que ahora pertenecía a su primo Nick, haciendo recados y, a veces, se le permitía ayudar con las reparaciones.

Cassie echaba de menos los autos, especialmente los fabulosos. Ella había aprendido a conducir en el garaje y se le había permitido trasladar vehículos desde el estacionamiento a la bahía y viceversa, una vez que demostró su talento para estacionar con precisión. Ella recordó la oportunidad de conducir un viejo Corvette que Nick había comprado para arreglarlo como uno de los mejores momentos de su vida ahí.

Pero un auto como ese... Cassie ni siquiera estaba segura de haber visto uno en persona antes.

Ella dio un paso más cerca y miró dentro, notando la tapicería de cuero color crema. Se mantenía meticulosamente, como si fuera nuevo.

El bebé de alguien.

Se preguntó de quién.

Tenía que ser un visitante en la ciudad, pero ¿por qué alguien con tanto dinero visitaría esa ciudad por elección?

"Sí, es su más reciente", dijo Tori, buscando en su bolso sus llaves.

• • •

"¿DE QUIÉN?"

"Reid Jackson."

Cassie estaba sorprendida y escéptica. "¿Reid Jackson es dueño de este auto?"

"Sí." Tori apretó el control remoto y la escotilla trasera de la minivan de la marina se abrió. "Creo que solo lo ha tenido desde Navidad."

"¡Pero todavía está trabajando en Shop' n Save!"

Tori rió. "Él es el dueño de Shop' n Save, Cassie." Ella hizo un gesto con sus llaves. "Se lo compró al tío Marty."

"No sabía eso."

"Y es dueño de Monroe's Hardware, y de la gasolinera, de la licorería y de aproximadamente las tres cuartas partes de los inmuebles de alquiler en la ciudad. También construyó esos nuevos apartamentos en el otro lado de la ciudad hace unos años."

Cassie tenía dificultades para entender las palabras de su amiga. "¿Reid es rico?"

"¿Ally no te dice nada?" dijo Tori, refiriéndose a la hermana menor de Cassie.

"No." Cassie mordió la palabra y recibió una mirada dura de su amiga. Lo último que quería hacer era hablar de su hermana, excepto tal vez hablar con su hermana.

"Ella vendrá el domingo, ya sabes."

"Estoy segura de que podemos lograr evitarnos la una a la otra, incluso en las proximidades."

"¡Cassie!"

"Estábamos hablando de Reid", le recordó a su amiga.

Tori la señaló con un dedo. "No, estábamos hablando de que Reid era rico. Supongo que lo es. Sin embargo, ha trabajado duro para lograrlo. Nadie le dio nada. Y también es un buen tipo. Le dio a mi prima un descuento en el alquiler cuando estaba enferma."

"¿Reid es rico y agradable?" Cassie no podía comprender del todo que ambas cosas pudieran ser verdad.

Tori rió. "¡Lo sé! Hay mucha gente en la ciudad que todavía no lo cree."

Montrose River no era muy grande, pero aun así tenía un lado equivocado de las vías. Reid había sido de esa parte de la ciudad y Cassie sabía que había sido muy pobre. Él había tenido una oportunidad con esa beca de fútbol, pero no había servido de nada gracias a sus rodillas. Ella se volvió para mirar hacia atrás a la tienda de comestibles independiente, viéndola con nuevos ojos. El lugar se había actualizado y se había repavimentado el estacionamiento.

El propio Reid salió de la tienda y sonrió cuando la vio al lado del auto. "¿Te gusta?"

"Es espectacular. Mis primos matarían por tocar un Aston Martin."

"Oh, se están acostumbrando", dijo Reid con facilidad. "Este es mi tercero, y ellos hacen los cambios de aceite por mí. Uno de ellos siempre le da una vuelta." Él arrojó sus llaves hacia arriba y las atrapó. "¿Quieres que te lleve a algún lado?"

Cassie miró a Tori y la minivan, luego a Reid. Sus ojos se iluminaron y ella se arriesgó, diciéndole lo que realmente quería. "No. Quiero conducirlo."

Después de todo, sus primos ya lo habían conducido.

"Pero no vas a cambiar el aceite, ¿verdad?" murmuró Reid. Había picardía en su expresión, picardía que tentaba a Cassie a pedirle que dijera su precio.

"¿QUIERES ALGO A CAMBIO?" preguntó ella, teniendo una muy buena idea de lo que podría sugerir él. Cassie sentía la necesidad de ser un poco salvaje y parecía que Reid podría encontrarla a mitad de camino.

Era, de lejos, lo más interesante de regresar a Montrose River hasta ahora.

Y ella tenía muchas ganas de sorprenderlo.

"Un beso", dijo él y arrojó las llaves al aire, cogiéndolas de nuevo. "Puedes conducirlo donde quieras por un beso."

Cassie negó con la cabeza. "¿Eso es? Esperaba un trato más duro de tu parte, Reid."

"¿Cómo qué?" Su voz era baja y suave, su mirada inquebrantable.

"Pensé que querrías saber dónde terminan mis botas."

Él se rió a carcajadas, obviamente sorprendido por su comentario. Sus ojos brillaron con interés. "No pensé que irías por eso. Mi error."

"Pero un beso será. Te vendiste barato, Reid."

"Tal vez tenga la oportunidad de hacer otra oferta", murmuró él.

"Yo debería ayudar a Tori", dijo ella, recordando por qué estaba en la ciudad.

"¡Ve!" le gritó Tori, obviamente habiendo escuchado su conversación. Sus ojos brillaban. "La cena es en una hora." Ella señaló a Cassie. "Espero que llegues a tiempo y luego laves los platos por esto."

"Parece que eres libre, después de todo", dijo Reid.

Cassie habló en voz baja. "No te dejes engañar. Soy muy cara."

Reid se rió. "Pero vale la pena cada centavo, estoy seguro."

Su mirada era tan ardiente que Cassie tuvo que apartarla. Ella consultó su reloj. "No podemos llegar muy lejos."

Él asintió. "Lover's Leap, tal vez", dijo él, su mirada volviendo a la de ella. Había un desafío en su expresión. "El camino tiene algunas curvas agradables en el camino. Es bueno para familiarizarse con la caja de cambios."

Sus miradas se encontraron y se cruzaron, el brillo en sus ojos hizo que el corazón de Cassie latiera con fuerza. Ella nunca se había besado en Lover's Leap. Nunca le había gustado un muchacho lo suficiente como para hacerlo, o a los que le habían gustado a ella, ella no les había gustado lo suficiente como para que se lo ofrecieran.

Las curvas de la carretera no eran la verdadera razón por la que Reid quería ir allí y ella lo sabía.

"Uh huh", dijo Cassie. "Solo quieres obtener más de lo que acordamos."

"Y estoy dispuesto a dar más por ello." Su sonrisa se ensanchó mientras se inclinaba más cerca, dándole a Cassie la sensación de que había hecho un trato con el mismo diablo. Su voz bajó. "Puedes pedir lo que quieras de mí, en cualquier momento, Cassie Wilson."

El corazón de Cassie se detuvo, luego se aceleró. Ella arrancó las llaves de la mano de Reid, su piel se rozó una vez más de esa forma eléctrica. "Lover's Leap será."

DOS

Por supuesto, Cassie podría manejar un auto con palanca.

Reid se había preocupado solo por un momento por el destino de la caja de cambios de su auto, pero tan pronto como Cassie tomó el volante, él reconoció su confianza. Ella ajustó el asiento y los espejos, puso en marcha el motor y sonrió al oírlo. Ella probó los engranajes una vez para tener una idea de la caja de cambios, su pie en el embrague luego retrocedió fuera del estacionamiento. Cassie saludó a Tori, quien probablemente iba a pasar la próxima hora hablando por teléfono compartiendo la conversación de Reid con Cassie, luego chilló los neumáticos cuando salió del estacionamiento.

"Oh, esto está muy bien", dijo ella, medio en voz baja.

Reid estaba mirando sus piernas, enfundadas en ese reluciente cuero negro. También estaba pensando en la broma de que se había vendido barato y se preguntaba qué haría ella al respecto. Por el momento, se contentaba con dejar que Cassie, más audaz, tomara la iniciativa.

Parecía ser lo que ella quería.

Una vez fuera de la ciudad, ella aceleró suavemente, como uno con el auto mientras navegaba por las curvas de la carretera. Reid sonrió ante su placer en el vehículo. "¿Qué tipo de carro tienes?" preguntó él.

"No tengo uno en absoluto. No tiene mucho sentido tener uno en la ciudad."

"¿Qué piensa Nick de eso?"

Su sonrisa fue rápida. "Que es una buena razón para no vivir nunca en Manhattan. No creo que pudiera soportar estar sin auto."

"¿Y tú?"

"Extraño conducir, pero realmente me gusta vivir en la ciudad."

"Y no extrañas Montrose River."

"Ni un poco." Ella se detuvo en una señal de alto y le lanzó una mirada chispeante. "¿Por qué volviste aquí?"

"¿Por qué no? Hay algo reconfortante en un lugar donde conoces todas las reglas..."

"Porque las rompiste a todas."

"Y conoces a toda la gente." Reid continuó como si no hubiera hablado. "Es el hogar." Él se encogió de hombros, sin saber cómo explicarlo mejor que eso. "¿No te sientes como en casa?"

Cassie negó con la cabeza. "Flatiron 5 Fitness es mi hogar."

Reid no reconoció el nombre. "¿Dónde?"

"El gimnasio en Manhattan. Soy uno de los cinco socios y está en el distrito de Flatiron."

"¿Cinco mujeres?" Reid tenía que pensar que un club dirigido por cinco mujeres tan hermosas y refinadas como Cassie sería un gran éxito en cualquier ciudad.

Quizás él tenía que hacer un viaje a Nueva York.

Cassie sonrió y negó con la cabeza. "Cuatro muchachos y yo."

Él le dirigió una mirada evaluativa. "UH Huh."

"No es así, aunque hubo un momento en que deseé que fuera así, al menos con uno de los muchachos. Ahora él está casado y dos de los otros tienen relaciones serias. Theo y yo somos los que resistimos."

CASSIE DECÍA ESO CON FACILIDAD, como si estar soltera en sus treintas no fuera gran cosa.

"¿Qué piensa tu mamá de eso?"

"Ya te imaginas. En su opinión, debería haber tenido al menos cuatro hijos. Mi soltería la vuelve loca." Cassie suspiró. "Estoy segura, por ejemplo, de que al menos un soltero elegible se cruzará en mi camino este fin de semana."

Reid sonrió. "¿Por qué parece que no va a funcionar?"

"Porque no será así", dijo ella con determinación. "Tomo mis propias decisiones y definitivamente voy a encontrar mi propio compañero."

"Compañero", repitió él. "¿Es un amante o un marido?"

"¿Importa?"

"Podría."

"Quiero una sociedad, una relación de iguales, algo que dure más de una noche o un mes."

"Bebés."

"No." Ella lanzó una rápida mirada en dirección a Reid, pero para su alivio, él no pareció darse cuenta de que no era una simple pregunta o respuesta para ella. "Solo permanencia. ¿No estás buscando eso también?"

Reid negó con la cabeza. "No. Creo en aprovechar al máximo el momento y en no hacer promesas que puedo cumplir."

Ella se detuvo en otra señal de alto y se volvió para mirarlo. "La gente se promete el futuro entre sí todo el tiempo."

"¿Y cuántos de ellos logran mantener la promesa?" Había algo en Cassie que le permitía a Reid ser más honesto con ella. Quizás era que ella se iba y que él realmente no creía que tuviera una oportunidad con ella. "Es apostar por el resultado, dar garantías sin conocer todas las variables. No es de extrañar que tantas parejas se separen."

"Entonces, ¿nunca te casarás?"

Reid negó con la cabeza. "Nunca", dijo él con firmeza, sabiendo que no tenía sentido fingir que era diferente de lo que era. Él le guiñó un ojo. "Pero es una cuestión de orgullo que siempre le muestro a una dama el mejor momento que puedo, durante tanto tiempo como puedo."

"Eso suena como un contrato." Ella arqueó una ceja. "O una negociación."

"Es una filosofía." Él sentía su desaprobación y sentía la necesidad de provocarla un poco. "Supongo que te suscribes más al ideal de los sueños que a la practicidad de los objetivos."

"¿Qué si lo hago?"

. . .

"ENTONCES NO PUEDES SORPRENDERTE si nunca obtienes lo que deseas."

"¿Qué?" Ella chilló los neumáticos mientras se alejaba de la señal de alto. Reid notó la terca expresión de sus labios y la indignación que destellaba en sus ojos y pensó que se veía increíble.

"Es una cuestión de perspectiva y de terminología."

"No veo cómo tener un sueño puede evitar que consigas lo que quieres..."

"Porque el solo hecho de usar la palabra 'sueño' hace que suene inalcanzable y elusivo, o peor aún, más allá de tu propio control. Necesitas suerte para lograr un sueño, o la ayuda de otra persona o la intervención divina." Reid negó con la cabeza. "Me gustan las probabilidades mejores que esas."

CASSIE CONSIDERÓ eso por un momento antes de responder. "Entonces, ¿sin sueños?"

"No para mí. Tengo objetivos. Lograrlos depende totalmente de mí. No importa cuál sea el objetivo, puedo poner las piezas en movimiento y hacer mi propia suerte."

"Eso no puede funcionar para todo. No puede funcionar para el amor, por ejemplo."

"Pero yo no estoy tan interesado en el amor", respondió él, lo cual era cierto. "Comparemos nuestras filosofías aquí. Estás esperando encontrar el amor verdadero, o un hombre como tu socio que se casó con otra persona."

"¡Yo no dije eso!"

"También podrías haberlo hecho." Reid notó lo profundamente que ella se sonrojó. Entonces, ella todavía estaba interesada por el socio que estaba casado. "Te deseo suerte con ese sueño, pero también voy a adivinar que pasarás mucho tiempo esperando el amor verdadero, pensando que tu vaso está medio vacío."

Sus labios se tensaron por un momento. "¿Mientras tú?"

"Veo mi vaso medio lleno. Es bueno, pero siempre hay margen de mejora. Sin embargo, disfrutaré cada minuto y agradeceré lo que tengo."

"Eso no parece un gran objetivo." Ella estacionó el auto en Lover's Leap y apagó el motor. Luego le dirigió una mirada expectante.

Reid sonrió. "Mi objetivo ahora mismo es volver a verte este fin de semana, preferiblemente en las próximas veinticuatro horas. Me gustaría que negociaras algo más que quieras de mí, y supongo que sea lo que sea, estaré dispuesto a participar." Él señaló su bolso. "Entonces, puedo poner las piezas en movimiento para hacer que ese objetivo sea más una posibilidad. Abre la libreta de direcciones de tu teléfono."

Cassie hizo lo que le ordenaron.

Reid hizo una seña y ella sonrió un poco mientras le entregaba el teléfono. Rápidamente él se agregó a su lista de contactos con su propio número de teléfono celular, lo guardó y le devolvió el teléfono, mirándola directamente a los ojos. "Llámame cuando quieras."

"Negociar." Ella pareció encontrar eso divertido.

"Para hacer lo que quieras. Estoy abierto a las posibilidades."

"¿Tu padre te enseñó esa filosofía?"

Reid resopló. "No. Marty me enseñó eso."

"¿Mi tío Marty?"

"El mismísimo. Él es quien me dio una oportunidad y una patada en el trasero." Reid se encogió de hombros. "Más de una de esas, en realidad. Lo único que mi padre me enseñó fue a ser lo suficientemente rápido para traerle otra cerveza antes de que la que tenía en la mano estuviera vacía."

Reid podía sentir que ella lo miraba y cambió de tema antes de que ella pudiera hacerle una pregunta sobre su familia. "Devin Crawford." dijo él. "Esa es mi suposición para el soltero número uno."

Cassie hizo una mueca. "¿Por qué?"

"Porque se acaba de divorciar y todas las madres de la ciudad están tratando de emparejarlo."

"¡Esto es lo que no extraño! Todo este chisme."

"No es un chisme. Es un hecho."

Ella le dedicó una mirada asesina. "Es una especulación sobre otras personas."

Reid negó con la cabeza. "No. No es chismorreo. Si hay hechos establecidos, yo podría optar por compartirlos, pero no especulo sobre otros."

. . .

"¿POR QUÉ NO?"

"No tienes que estar en el lado equivocado de ese tipo de especulación para ver qué tan destructivo puede ser."

Su mirada de reojo fue más considerada esta vez, y Reid sintió como si inadvertidamente hubiera confesado un secreto. Él frunció el ceño y continuó. "Además, Devin vive en la ciudad, y supongo que tu mamá quiere que te mudes a Montrose River."

"No estés tan seguro de eso", respondió Cassie, su tono un poco amargo.

Reid resistió la tentación de preguntar más sobre su familia. "Bueno, tal vez Tori lo haga."

"Quizás."

"Y los que se preocupan por esas cosas lo consideran apuesto, responsable y un buen tipo. Supongo que eso lo convierte en una cita adecuada y una buena captura."

Cassie hizo una mueca que tranquilizó a Reid sobre Devin. Sus palabras hicieron aún más. "Ni siquiera lo recuerdo."

Reid no se dio cuenta de que Cassie parecía haber tratado de olvidarlos a todos. "Probablemente lo hagas. Él solía usar anteojos, pero se sometió a una cirugía. Su padre es electricista y siempre le fue bien en matemáticas. Estudió informática en la universidad y ahora dirige su propia empresa. Cosas de computadoras."

"Parece que estás tratando de emparejarme ahora."

Reid se rió. "¡Difícilmente!"

Entonces dime qué tiene de malo.

"Nunca. Es una ciudad pequeña, Cassie. Solo tengo cosas buenas que decir sobre mis vecinos."

Ella lo estudió, evaluación en sus ojos. "¿Eso también es nuevo?"

"No. Nunca digo cosas malas de nadie. Te lo dije. Sin chismes."

"¿Eso evita que alguien diga cosas malas sobre ti?"

"¿Pero son cosas malas si son verdad?"

Entonces se rió, una risa honesta que hizo que sus ojos bailaran. Luego su mirada se posó en sus labios. "Sabes, solía pensar que besarte sería lo peor que una muchacha podría hacerle a su vida y a su reputación."

"Espero poder estar a la altura de ese tipo de presión."

Ella se rió de nuevo. "Será mejor si alguna vez quieres otro."

Reid sostuvo su mirada. "Cassie Wilson, ¿cuándo te convertiste en una provocadora?"

"No soy una provocadora", dijo ella. "Cumplo mis promesas."

"Ahora, soy yo el que tiene expectativas sobre este beso. Tal vez pueda decirle a Devin lo que se está perdiendo."

Cassie negó con la cabeza y lo alcanzó, deslizando su mano alrededor de su nuca. Reid casi se estremeció al sentir la suavidad de sus guantes de cuero, luego sintió una oleada de calor ante su olor. Ella todavía olía a limpio y femenino, aunque su perfume era algo realmente sexy. Tener sus labios tan cerca, tan rojos, tan maduros, despertó un impulso primordial dentro de él. Él pensó en arrojarla sobre su hombro y llevarla a casa por la noche.

O por el fin de semana.

Él podía ver la perfección cremosa de su escote y su falda se había levantado un poco, revelando un incremento de muslo suave por encima de la parte superior de una bota. Él miró, tragó y ella sonrió.

"AHORA ERES TÚ QUIEN HABLA DEMASIADO", susurró ella, su voz baja y ronca. Ella lo miró a los ojos, luego se inclinó más y tocó sus labios con los de él.

Reid no se iba a conformar con un besito. Él clavó sus dedos en el cabello de Cassie y la atrajo más cerca, inclinando su boca sobre la de ella y sellando sus labios con los de ella. Cuando ella hizo un pequeño ronroneo de satisfacción, él profundizó su beso, sintiendo una repentina determinación de parecer una mejor opción que Devin Crawford.

¡QUÉ BESO!

Cassie pensaba que medio que había muerto y se había ido al cielo. Un largo período de celibato no estaba haciendo nada para disminuir el efecto del beso de Reid, sin pensar en su pura experiencia. Ella no iba a pensar en cuántos besos él había dado para practicar su técnica, o incluso con qué rapidez había cambiado el equilibrio de poder para que fuera su beso en lugar del de ella.

Ella solo iba a disfrutar.

La mejor parte era que él se tomaba su tiempo. No había prisa. Él no presionaba. Él la persuadía y engatusaba, besándola profundamente, prolongadamente, a fondo, luego se apartaba un poco y dejaba que ella lo persiguiera. Reid sabía que ella querría más y, aunque Cassie odiaba ser predecible, no podía resistir la tentación de exigir más.

Sus manos enmarcaron su rostro y sus ojos se cerraron mientras se rendía a su beso. Ella olía su piel y sentía su calor, pero el interior del auto parecía oscuro y privado. Cassie podía escuchar las cataratas a lo lejos y oler los pinos que crecían en ese pico. De lo contrario, solo se oía el sonido de unos pocos pájaros.

Reid tenía una mano ahuecando su nuca y la otra descansando sobre su muslo. Ella sonrió en su beso cuando sintió su mano moverse más arriba, deslizándose sobre el suave cuero y debajo del dobladillo de su falda. Ella sintió las puntas de sus dedos rozar su piel, luego corrió alrededor de la parte superior de las botas hasta la parte posterior de su pierna. Sus dedos se abrieron entonces, su palma suave y cálida contra su pierna, mientras su mano se movía hacia arriba para ahuecar sus nalgas. Él hizo un pequeño gemido de aprobación, un sonido que Cassie tragó con facilidad, luego le dio un pequeño apretón. Ella movió las caderas, le gustaba su toque y encontró las yemas de sus dedos entre sus muslos.

Ella jadeó cuando sus dedos rozaron la fina entrepierna de algodón de la ropa interior y contuvo el aliento cuando el calor de la yema de su dedo la tocó. Ella se apartó para encontrarse con su mirada, sabiendo que se veía despeinada y sonrojada. "Eres rápido."

"Eres irresistible", murmuró él y movió sus dedos contra ella, lento y seguro, mientras sostenía su mirada.

Cassie jadeó y apenas pudo evitar gemir en voz alta. "Eres un hombre peligroso", dijo ella, al escuchar lo ronca que era su propia voz. Sin embargo, ella no se apartó y vio un destello de satisfacción en sus ojos.

Reid sonrió, claramente no tenía ningún problema con su entusiasmo. "Ven hasta aquí, Cassie", la invitó, sin duda de que ella obedecería.

¿Y por qué no? Si la recompensa era más de su toque, Cassie no iba a rechazarlo. Ella no sabía cómo lo hacía exactamente, pero ella se las arregló para trepar por encima de la consola y hasta el regazo de Reid sin enredarse del todo. La falda corta probablemente era una buena opción para eso. En un abrir y cerrar de ojos, ella estaba sentada a horcajadas sobre él. Él inclinó el asiento hacia atrás, luego deslizó sus manos debajo de su falda, explorando sus muslos desnudos con las yemas de los dedos antes de agarrar sus nalgas y acercarla más.

Cassie se puso encima de él, besando la sonrisa de su boca incluso cuando sus dedos se deslizaron por debajo de sus bragas. Cassie se escuchó a sí misma jadear, luego se tragó el sonido. Se sentía tan lascivo y, sin embargo, tan correcto estar besándose con Reid. Él la tocaba y la provocaba, haciéndola retorcerse encima de él, y Cassie lo agarró por los hombros mientras lo besaba con creciente hambre. Se besaban como adolescentes, pero a ella no le importaba. Se sentía tan bien. Él estaba tan duro. Él la tocaba a la perfección. Él la persuadía más y más, luego deslizó sus dedos dentro de ella. Cassie se encontró frotándose contra él, deseando más que eso.

"Quítate los jeans", le susurró al oído, luego lo besó allí por si acaso.

"Mis manos están ocupadas", dijo él arrastrando las palabras, luego guiñó un ojo. "A menos que quieras que me detenga."

Cassie soltó un pequeño gruñido de frustración por su confianza. "Sabes que no."

"Lo planeé de esa manera."

"No me digas que soy predecible."

"No lo eres." La sorpresa tocó su expresión cuando la miró. "Nunca esperé que el plan tuviera éxito." Él se encontró con su mirada de nuevo, la suya propia caliente. "No me di cuenta de que eras tan apasionada, Cassie."

"Quizás no lo era antes."

"Tal vez la gran ciudad sea buena para ti."

"Quizás deberías dejar de hablar y terminar lo que empezaste."

Reid tuvo tiempo de sonreír, luego Cassie lo besó de nuevo. Apenas cerró la boca con la suya, él la golpeó con el pulgar tres veces en rápida sucesión. El movimiento la envió al límite, pero él la agarró por la nuca con la mano libre y devoró el sonido de su liberación.

Ella abrió los ojos para encontrarlo mirándola con satisfacción, sus ojos brillando. Deslizó su mano a lo largo de él, dejándola permanecer en la parte delantera de sus jeans. "Ahora es tu turno."

Reid negó con la cabeza. "Llegarás tarde a la cena, y nunca lo olvidaré."

"Pero..."

Él la besó rápidamente y había un hambre cruda en su beso. "El trato fue un paseo por un beso, pero estoy abierto a más negociaciones", dijo él con voz ronca.

"Tengo tu número."

"Llama en cualquier momento." Entonces él se veía feroz y Cassie estaba emocionada de ver su deseo. Ella lo besó de nuevo, más lentamente, luego él la ayudó a sentarse, abrió la puerta y salió. Le dio la vuelta al auto y se sentó en el asiento del conductor, le lanzó una mirada atenta y luego puso en marcha el auto. Metió la mano en la guantera, le rozó las rodillas con la mano y consiguió una toallita. "En caso de que tenga que darle la mano a Devin", murmuró él con un guiño malicioso, lo que hizo que Cassie se riera a carcajadas por la sorpresa. También se quitó el lápiz labial de Cassie de la boca. "No es mi color", reflexionó él.

Luego salió del lugar, hizo chirriar los neumáticos y se dirigió de regreso a la ciudad.

Cassie se enderezó mientras Reid conducía, arreglándose el lápiz labial y bajándose la falda. Esperaba no verse muy emocionada, pero sabía que no había mucho que pudiera hacer al respecto. Ella probablemente estaba sonrojada después de ese orgasmo y parecía que estaba lista para más. Con un poco de suerte, podría ir a su habitación en casa de Tori y Nick y cambiarse antes de la cena.

ELLA SE HABÍA TRANQUILIZADO A SÍ misma de que nadie se daría cuenta cuando Reid dobló la esquina y vio la gran casa rodante estacionada en la acera frente a la casa donde había crecido.

Su corazón se hundió.

Sus padres habían regresado de su invierno en Arizona un día antes.

Con mucho tiempo para asegurarse de que Cassie se viera obligada a hablar con todos ellos.

Y como beneficio adicional, habían llegado justo a tiempo para que la mamá de Cassie viera llegar a Cassie con Reid. Podrían comenzar la discusión familiar de inmediato en lugar de conducir a ella.

"¿Qué ocurre?" Preguntó Reid.

"Nada nuevo", dijo Cassie entre dientes, luego forzó una sonrisa. "No te preocupes por eso. Es mi equipaje."

Él parecía escéptico, pero ella no podía compartir todos sus problemas con él como si fueran amigos. Negociar por sexo era completamente diferente a confiar en alguien.

Sin embargo, no pudo evitar tensarse. Habría una pelea, por mucho que ella prefiriera evitarla.

Volver a casa fue muy divertido.

No.

Como era de esperar, la madre de Cassie salió de la casa rodante a la acera cuando Reid se detuvo frente a la casa de Nick y Tori, luego miró hacia la calle con desaprobación. Ella tenía un radar para cosas como la llegada de Reid.

"Incluso tu auto la molesta", murmuró Cassie.

"Tal vez debería ir a darle la mano", dijo Reid y Cassie se sorprendió.

"¡Ni siquiera lo pienses!"

"¿Por qué no?"

"Solo lo empeorarás."

Él la miró por un momento. "¿Empeorar qué?"

"Realmente no es tu problema." Ella pensó que él podría discutir con ella por un latido del corazón, pero luego él asintió con determinación.

"Asegúrate de saludar cuando salgas", dijo él, tan indiferente a hacer un movimiento como ella recordaba. "Siempre supe que, si intentaba manchar tu reputación, tu mamá me atraparía antes de que llegara lejos. Ella se alegrará de haber cortado esto de raíz." Él lanzó una mirada oblicua a Cassie. "Si lo ha hecho."

"Ella no lo ha hecho."

Su lenta sonrisa calentó su sangre.

"Podrías conducir alrededor de la cuadra. Ya habrá entrado en la casa para entonces."

Reid se burló. "—Qué sugerencia de mierda, Cassie. Tu mamá ya nos ha visto y, créeme, no hay otro auto como este en la ciudad."

Cassie se mordió el labio, sabiendo que tenía razón. Aun así, estaba cansada de pelear. Ella no estaba casada ni embarazada y probablemente tampoco lo estaría pronto. Además, nunca respondería la única pregunta que su madre quería que se respondiera más que nada.

Era un punto muerto.

"¿No vives en tus propios términos ahora?" Preguntó Reid.

"Bueno, sí, pero hay algo en volver aquí que me hace sentir como si estuviera en la escuela secundaria de nuevo." Eso era cierto. Cassie quería agacharse y esconderse de la mirada de su madre. Ella ya podía escuchar el reproche.

ELLA YA SENTÍA que le ardían las mejillas.

Cassie podía sentir toda esa vieja rebelión ardiendo en su pecho, como si realmente volviera a tener dieciocho años.

Y la gente se preguntaba por qué ella evitaba Montrose River.

"Necesitas tomar el mando de la situación", aconsejó Reid. "No dejes que vea que todavía tiene influencia sobre ti, incluso si la tiene."

"¿No sabía que eras el rey de 'nunca dejar que te vean sudar'?"

Él rió un poco. "Será mejor que lo creas", ronroneó él, luego salió del auto. Dio la vuelta y abrió la puerta con gracia, haciendo una pausa para saludar a su madre. "¡Bienvenida de nuevo a la ciudad, Señora Wilson!" gritó y Cassie apretó los dientes.

"Ahora, te estás regodeando."

"Vamos. He esperado este momento durante años." La sonrisa de Reid era imprudente y tan segura que ella no pudo evitar devolverle la sonrisa. Ella salió del auto y también saludó a su mamá.

Ella podía sentir la desaprobación a veinticinco metros de distancia.

"¡Hola mamá! ¡Nos vemos esta noche!" Luego, infectada por la actitud arrogante de Reid, Cassie se estiró para besarlo en la mejilla.

"¿Y qué tan difícil fue eso?" murmuró él, su satisfacción clara.

"Lo pagaré más tarde."

"Sobrevivirás."

"Tal vez debería vengarme." Cassie miró hacia la casa que ahora poseía su hermana. "Debería invitarte a cenar." Qué extraño encontrar a Reid Jackson como su cómplice, pero también algo agradable.

"Desafortunadamente, tengo planes." Reid asintió con la cabeza hacia el Jeep estacionado en el camino de entrada antes de que pudiera pedir más detalles. "Te lo dije."

Cassie hizo una mueca. "¿Ese es el auto de Devin?"

Reid asintió. "Entonces, tú también estás oficialmente ocupada esta noche." Él suspiró. "Supongo que eso significa que no hay un segundo beso."

"Piensa de nuevo", dijo Cassie en un impulso, luego se estiró para besarlo. Ella saboreó la sorpresa de Reid, luego el calor volvió a subir entre ellos. Ella se inclinó contra él y abrió la boca.

Él le rodeó la cintura con las manos y luego rompió el beso demasiado pronto. No la consolaba que lo hiciera con un esfuerzo obvio. "Te has convertido en una provocadora", susurró él y sus ojos estaban oscuros.

"Yo no provoco."

"Pruébalo." Él miró hacia su bolso, y su teléfono, con una intensidad que hizo que el corazón de Cassie saltara. Luego se inclinó para besarla en la mejilla y susurrarle al oído. "No hagas nada que yo no haría." Su cálido aliento la hizo temblar y estuvo tentada a exigir otro beso.

"Eso me da mucha libertad."

Reid se echó a reír mientras rodeaba el auto hacia el lado del conductor de nuevo. "Lejos de mí obstaculizar tu estilo. Dale mis saludos a Devin." Él guiñó un ojo y luego se fue, dejando a Cassie mirándolo alejarse con un rugido que nadie podía perderse.

"¿Cómo en los viejos tiempos?" preguntó una voz familiar detrás de ella y se volvió para encontrar a su primo Nick mirando desde la puerta. Nick era alto y moreno, un hombre de pocas palabras y un agudo observador. Como Reid, él era dos años mayor que ella.

· · ·

CASSIE VOLVIÓ A MIRAR hacia la casa rodante y vio que su madre había desaparecido en la casa. "De alguna manera, por supuesto." Ella caminó hasta la puerta principal y le sonrió a su primo. "Es un gran auto."

"Oh sí." Nick asintió con la cabeza, su admiración más que clara. "¿Te lo advirtió?"

"¿Acerca de?"

"Nuestro otro invitado." Nick hizo una mueca.

Cassie sonrió. "Reid reconoció el Jeep de Devin."

Nick cruzó su corazón. "No es mi idea. Para nada mi idea."

"Lo sé. El señor Vive y Deja Vivir nunca emparejaría a nadie." Ella exhaló un suspiro y luego le pasó la mano por el codo para entrar en la casa. "Esperemos que no sea demasiado incómodo."

Nick resopló, obviamente preparado para eso. "Creo que las botas van a empezar con el pie izquierdo, por así decirlo", advirtió en voz baja.

Cassie echó un vistazo a Devin Crawford, a quien sí recordó cuando lo vio, e inmediatamente adivinó que era conservador y cuidadoso y que encajaba perfectamente con ella. "Creo que son absolutamente perfectos", murmuró ella, luego sonrió y se acercó a Devin. Ella escuchó a Nick ahogarse un poco de risa detrás de ella.

Los ojos de Devin se abrieron ligeramente y palideció un poco mientras se levantaba, y Cassie supo que la cita arreglada había terminado antes de que comenzara.

Y una vez cumplidas sus obligaciones, ella podría llamar a Reid.

Ella lo consideraría una recompensa.

DEVIN CRAWFORD.

Reid sabía que no tenía por qué estar molesto porque el otro hombre había sido invitado a cenar, pero lo estaba. Él no tenía ninguna razón para sentirse posesivo con Cassie, pero lo hacía. Ciertamente, a él no debería importarle si ella pudiera elegir a un tipo confiable y honrado en vez de él.

Pero le importaba.

Por otro lado, había habido esos besos. Cassie no podría haber respondido al toque de Reid de la forma en que lo había hecho a menos que tuviera un poco de interés en él.

Quizás ella estaba interesada en todos los hombres.

No había nada de malo en que una mujer tuviera una libido saludable, en lo que a Reid se refería. ¿Qué hay de ese socio en su club, el que se había casado con otra persona? Reid tenía que pensar que ese tipo, cualquiera que fuera su nombre, tenía serios problemas de juicio. No había nadie en el mundo que pudiera compararse con Cassie, desde su punto de vista, y cualquier hombre que se perdiera eso era demasiado tonto para recibir el premio.

Devin Crawford no era tonto.

Reid se decía a sí mismo que estaba molesto porque no había tenido la oportunidad de negociar una velada con Cassie.

Se fue a casa y se ejercitó, duro, abriéndose camino a través de las preocupaciones con su determinación habitual. Dejó su teléfono en el suelo junto a sus pesas, pero permaneció tercamente en silencio incluso después de haber repetido su rutina habitual dos veces.

Había media docena de mujeres a las que podía llamar en la ciudad, pero Reid no estaba interesado en ninguna de ellas, no esta noche. Él todavía podía oler el perfume de Cassie en su piel, todavía sentía una sacudida de lujuria al recordar su beso.

Y SU PASIÓN.

Solo Cassie sería suficiente.

¿Cuánto tiempo les tomaría cenar? Él recordó la estipulación de Tori y supo que Cassie lavaría los platos antes de llamarlo, una buena muchacha hasta el final.

Todavía. Él lo comprobó, pero su teléfono estaba encendido y la batería estaba cargada.

¿Le había dado el número equivocado? ¡Imposible!

Reid gruñó ante su propia impaciencia y se fue a la ducha, su estado de ánimo se oscurecía con cada momento que pasaba. Él no debería haberse ido. Él no debería haberla dejado irse. Él debería haber sido más claro sobre lo que tenía que ofrecer. Él debería...

El teléfono sonó justo cuando echó la cabeza hacia atrás ante el asalto del agua caliente. Reid cerró la ducha, agarró una toalla y corrió a agarrar el teléfono. "Reid", dijo sin comprobar el número.

"¿Te pillé en medio de algo bueno?" preguntó Troy, con humor en su voz. Reid exhaló al escuchar la voz de su amigo. "Suenas como si hubieras estado corriendo."

"Corriendo en la cinta", mintió Reid.

"Mi sospecha era mucho más interesante", dijo Troy. "Estaba pensando que tenías una rubia envuelta a tu alrededor..."

"Ya quisiera."

Quizás dos. ¡Mellizas!"

"No, con una me bastaría." Una rubia en particular sería suficiente, pero Reid no dijo eso.

Alguien dijo algo en el fondo y Troy se rió, antes de hablar con Reid nuevamente. "Shayla dice que tienes la vida más salvaje en mis fantasías."

"Considerando volver a ser soltero", bromeó Reid, porque siempre lo hacía.

"Ella nunca me dejaría", dijo Troy, sonando bastante contento con su estado civil.

"Porque nunca podrías encontrar algo mejor", dijo Shayla cerca de él. "¿Le preguntaste ya?"

"No he tenido tiempo, mujer."

"Has tenido mucho tiempo", respondió Shayla y Reid se aclaró la garganta.

"¿Puedo devolverte la llamada al teléfono fijo?"

"Ooooooo", dijeron Shayla y Troy simultáneamente.

"Está esperando una llamada", dijo Troy.

"Está esperando a una mujer", asintió Shayla. "¿Quién es ella?"

"¿Es rubia?" Troy preguntó y luego se rió entre dientes. "¿Tiene ella una hermana?" Reid escuchó a su amigo recuperar el aliento cuando Shayla lo golpeó juguetonamente.

"¡Ni siquiera sabes cómo es!" se quejó Shayla.

"Preciosa", suplicó Reid.

"Tiene que ser una maravilla si Reid le está dando espacio", coincidió Troy.

Shayla hizo un sonido de disgusto. "Más bien él compartió su opinión de que no existe el amor y no hay razón para casarse y ella corrió hacia las colinas."

Hubo un momento de silencio cuando Reid hizo una mueca.

"No lo hiciste", dijo Troy.

"Estábamos siendo honestos..."

La pareja de Chicago gimió simultáneamente. "Honesto", dijo Troy con evidente decepción, luego suspiró.

"HONESTO ESTÁ BIEN", dijo Shayla. "La honestidad es buena, pero tu marca de honestidad es demasiado contundente para los resultados netos. Necesitas pulirlo un poco."

"No parece que yo tenga muchos problemas para cerrar el trato."

"Excepto este", señaló Troy.

"Las noches de una noche no son difíciles de vender, no para una mujer que busca precisamente eso", dijo Shayla.

"Tal vez lo haga."

"Entonces, ¿por qué no está ella ahí?" Troy preguntó y Reid puso los ojos en blanco.

"Porque ella no puede llamarme, porque no cambiarás al teléfono fijo."

"Necesitas una mujer que permanezca en tu vida más de una hora."

"Se tarda más que eso", protestó Reid.

"Dos horas, entonces", dijo Shayla.

"Tres, hacerlo bien", corrigió Troy y la pareja obviamente se besó de acuerdo. Reid negó con la cabeza ante el sonido de un beso. "¿Podríamos mover esta discusión a la otra línea?" preguntó de nuevo con paciencia forzada.

"Deberías tener llamada en espera", dijo Shayla.

"Odio las llamadas en espera", respondió Reid. "Hace que quienquiera con quien hables se sienta poco importante y eso no es un buen marketing."

"Menos mal que no está tratando de vendernos nada", le dijo Troy a Shayla y ella se rió.

"¿Podríamos...?", comenzó de nuevo, pero Shayla lo interrumpió.

"Ya lo tengo. Ve a ver si perdiste una llamada en tu teléfono celular. Apuesto a que no lo hiciste."

"Aceptaré tu apuesta", dijo Troy. "Reid puede presentar un argumento convincente cuando quiere."

"Muchas gracias", dijo Reid.

"Cinco dólares", dijo Shayla y Troy estuvo de acuerdo antes de terminar la llamada.

El teléfono de la casa ya estaba sonando, pero el contestador automático no respondió durante seis timbres. Reid comprobó y no había perdido una llamada en su móvil. Sin mejorar su estado de ánimo, se llevó el teléfono celular a la cocina para contestar el otro teléfono. Miró en el refrigerador al mismo tiempo, no muy sorprendido de encontrarlo vacío.

¿Cómo podía ser dueño de una tienda de comestibles y nunca tener comida en la casa?

Por supuesto, él era el dueño de la licorería y nunca había bebido alcohol en la casa, pero eso no era lo mismo.

Eso era principio.

"¿Qué querías preguntarme?" dijo a modo de contestar el teléfono.

"Todos los sórdidos detalles de tu vida amorosa", respondió Troy. "Quiero vivir indirectamente."

Una vez más, Reid escuchó a Shayla darle un manotazo. "Dejarás de hablar ahora si eres inteligente", amenazó ella.

Troy se echó a reír, claramente no preocupado por la posibilidad.

"Págale a Shayla sus cinco dólares", dijo Reid, adivinando a dónde iría esta conversación.

"Oooo, está molesto", dijo Shayla. "Creo que tienes razón, Troy. Esta importaba."

"Todas importan", dijo Reid.

"ENTONCES, ¿POR QUÉ ESTÁS TAN MALHUMORADO?" preguntó Troy.

"El problema de tener amigos felizmente casados es que siguen hablando de todo el sexo que tienen, y lo bueno que es y lo confiable que es, y esa no es una buena noticia cuando estás esperando a alguien."

"¿Hablamos de todo el sexo que tenemos?" Preguntó Shayla. "¿Lo haces?"

"De ninguna manera", respondió Troy. "Nuestra vida sexual completamente fabulosa y confiable es un secreto de estado."

Ella rió. "No necesitamos mantener en secreto lo bueno que es."

"No, supongo que no. Ven acá..."

"Creo que podrían tener esta conversación sin mí", dijo Reid.

"No sabíamos si te gustaba mirar", dijo Shayla.

"No particularmente."

"Él prefiere ser un participante activo", le dijo Troy a su esposa.

"¿Deberíamos llamar a la rubia por él? ¿Hacer una apelación humanitaria? Por favor, llama a Reid y sácalo de su miseria, la que él mismo ha creado." Se rieron juntos ante la sugerencia de Shayla.

"Con amigos como ustedes, no necesito enemigos", bromeó Reid.

"Necesitas una mujer, Reid, no otra muchacha una noche", dijo Shayla. "Te estás haciendo demasiado mayor para esa mierda."

"Y por eso te llamamos", confesó Troy. "El próximo sábado por la noche. Tienes que venir."

"¿Por qué?" Reid preguntó con sospecha.

"Porque Lila Sanders terminó su divorcio y vendrá a cenar", dijo Troy.

El corazón de Reid se detuvo. Lila estaba soltera. De nuevo.

Aunque sabía que era una tontería, no podía silenciar por completo su sentido de posibilidad.

"Guardé un lugar justo al lado de ella solo para ti", dijo Shayla.

"Lila." Su nombre sonaba como una plegaria en la lengua de Reid. Se sentía audaz incluso decirlo en voz alta. *Lila.*

"Tan hermosa como siempre", dijo Troy, luego gruñó. "Pero no tan hermosa como Shayla, por supuesto."

"Ella te recuerda de la universidad", dijo Shayla.

"Eso espero", dijo Troy. "Se iban a casar."

"No era un compromiso oficial", dijo Shayla.

Reid se aclaró la garganta. "No, no era oficial, pero me sorprendería que se olvidara", dijo él, tratando de sonar despreocupado. Él era todo menos eso. "Lila siempre tuvo buena memoria."

Lo asaltaron los recuerdos, de su toque, de su beso, de su perfume, de la convicción de que ella era todo lo que él había pensado que había deseado, del asombro de que ella estuviera con él. Reid había pensado que Lila era hermosa, perfecta, representativa de todo lo que nunca había conocido en la vida. Él la había adorado.

Que ella hubiera aceptado casarse con él lo había dejado boquiabierto. Reid habría hecho cualquier cosa por ella, incluso esperar a hacer algo más que besar hasta después de la boda.

Pero ella se había casado con otra persona, se había marchado, le había roto el corazón y le había enseñado que su suerte siempre era cierta, sin importar cómo pensara que iba a cambiar.

Lila.

"No estoy seguro de si debería ir a cenar", dijo Reid, asustado por el poder de todo ese viejo anhelo. Él lo sabía mejor. Reid había aprendido la lección. Simplemente se quedaría en casa.

¿Alguna vez eso sonó como una mierda de gallina?

"Será una gran noche", dijo Shayla. "Confía en mí."

"Pero no le cuentes a Lila ninguna de tus teorías", le aconsejó Troy.

"Me gusta tener teorías."

"No existe el amor verdadero", dijo Troy, citando a Reid.

"Tengo objetivos, no sueños", dijo Shayla, su opinión de esa teoría era clara.

"Todo es una negociación", dijo Troy y suspiró. "Creo que es esa es la peor."

"Podríamos discutir eso", dijo Shayla, y Reid sabía que lo harían. "¿Cómo puede alguien cuestionar el poder de que los sueños se hagan realidad? ¿O del amor verdadero que lo conquista todo?"

"Reid lo hace", señaló Troy. "¿Qué pasa con el vaso medio lleno en lugar de medio vacío?"

"Me gusta ese", dijo Shayla. "Mucha gente pasa por alto las cosas buenas de sus vidas, pero no Reid."

"Eso es cierto. Es bueno valorar lo que tienes", coincidió Troy y se escuchó el sonido de otro beso.

"Hola. Todavía estoy aquí ", dijo Reid, deteniendo la discusión antes de que realmente comenzara. "Pensaré en el sábado. Gracias por la invitación."

"¿Lo pensarás?" Dijo Shayla. "¿Dónde exactamente vas a conseguir una mejor oferta?"

"—La rubia" —susurró Troy.

"Él puede estar con ella tres horas entre ahora y entonces. Falta más de una semana para la cena."

"Y si ella no lo llama para entonces, no lo hará", asintió Troy.

"Podría argumentar que, si ella no lo ha llamado a estas alturas, nunca lo hará", dijo Shayla.

"Gracias por el impulso de la confianza", dijo Reid. "Creo que me iré antes de que me angustie."

Troy se rió. "Lo último que necesitas es un impulso de confianza."

"Ven a Chicago", dijo Shayla. "Ven y reúnete a Lila de nuevo. Ella realmente quiere verte."

El corazón de Reid se apretó.

Tal vez volver a verla demostraría que la había superado.

Eso sería bueno.

"Está bien", cedió, sabiendo que darle a Shayla lo que quería era la mejor manera de mantener felices a todos. "Estaré allí. Envíame los detalles."

"¡Hurra!" gritó Shayla y Reid se quitó el teléfono de la oreja.

"Ella solo quiere ayudar", dijo Troy, y Reid supo que ella se había alejado. "Le agradas."

"Imagínate eso," bromeó Reid.

"Sí, no puedo entenderlo", respondió Troy en broma. "Será bueno verte. Ven el viernes y reuniré a los muchachos para salir por la noche."

"Suena bien."

Reid sonrió mientras colgaba el auricular. Aunque odiaba que lo emparejaran, ya estaba ansioso por el viaje. A él le gustaba Chicago y le gustaba aún más ver a sus amigos de la universidad. A menos que se equivocara en su suposición, Troy los llevaría a un bar con una increíble banda de jazz. Él podría soportar un poco de eso. ¿Y qué tan difícil podría ser pasar una comida hablando con Lila?

Él la había superado. Reid se lo demostraría a sí mismo.

Incluso si el sonido de su nombre todavía le daba nerviosismo.

Sin embargo, sería mucho mejor pasar una velada con Cassie Wilson.

Él revisó su teléfono celular de nuevo, lo enchufó para cargarlo y luego fue a terminar su ducha. Se detendría en el supermercado y se compraría algo para la cena, porque parecía que pasaría la noche solo.

Por mucho que lo irritara, aparentemente Devin Crawford había ganado esa ronda.

¿Podría Shayla tener razón? ¿Su propia honestidad había condenado sus oportunidades con Cassie?

TRES

Fue una comida dolorosa, aunque la incomodidad no fue culpa de nadie. Tori había tenido buenas intenciones al invitar a Devin. Devin había actuado como si estuviera interesado en la vida de Cassie en Nueva York, aunque había comentado varias veces que no podía entender el atractivo de las grandes ciudades. A Cassie le incomodaba que siguiera mirándola como si ella fuera increíble y fuera de su alcance. No era culpa suya que fueran tan diferentes. Ella misma se sentía nerviosa, sabiendo que no podía evitar una confrontación familiar antes del final de la velada.

Ella tendría que bajar hasta la casa y enfrentarse a la proverbial música.

Emily había estado quisquillosa, como afectada por la incomodidad en la mesa, y Tori finalmente la había llevado a la habitación. La conversación tropezó hasta que finalmente Cassie le preguntó a Devin sobre su auto. Luego, él y Nick habían discutido el mantenimiento y las reparaciones del Jeep con un detalle insoportable, aferrándose a un tema familiar con alivio.

Cassie aprovechó la oportunidad para pensar en los comentarios de Reid sobre los sueños y los objetivos. Ella tenía que admitir que probablemente estaba esperando algo que tal vez no sucediera. Después de todo, ella tenía treinta y tres años sin ningún hombre en su vida, sin amor verdadero llenando su corazón.

Bueno, no era cierto. Ella había estado segura de que Tyler era su verdadero amor, incluso de que sería capaz de convencerlo de que la mirara de verdad cuando aparentemente él era indiferente. Su matrimonio con Shannyn la había obligado a abandonar ese plan, pero ¿ella realmente lo había dejado pasar? ¿O estaba esperando a que Tyler se diera cuenta de su error?

¿Ella estaba buscando a otro hombre que fuera como Tyler? Cassie tenía que admitir que sí jugaba a comparar y contrastar, y que Tyler generalmente ganaba.

¿Por qué no iba a hacerlo? Él era casi perfecto.

Ella ni siquiera estaba segura de cuáles eran sus imperfecciones, a excepción de que estaba casado con Shannyn.

Y sí, ella veía su proverbial vaso medio vacío como resultado.

¿Significaba eso que ella estaba condenada a estar sola durante toda su vida?

Simplemente podría ser.

Cassie realmente no quería pasar su vida sola. A ella no le importaba mucho tener hijos o no, pero sí quería tener una pareja, un compañero, un confidente, un amante que se quedara en lugar de irse.

¿Qué podría hacer ella de manera diferente? Si ella pensara en eso como un objetivo en lugar de un sueño y tomara decisiones activas para alentarlo, ¿qué haría primero?

Ella necesitaba dejar atrás su admiración por Tyler, dejar de comparar a todos los hombres con él. Ella necesitaba ver las otras posibilidades.

Observó a Devin, lo escuchó y reafirmó que no era una buena opción.

¿Y Reid?

Reid no tenía ninguna expectativa de encuentros repetidos, y mucho menos de permanencia, pero ya había alterado sus suposiciones y la había hecho reconsiderar sus elecciones. Quizás él era bueno para ella. Cassie estaba segura de que el sexo con él sería maravilloso. Quizás no todas las relaciones debían que tener el potencial de durar para siempre. Quizás se pueda contribuir o aprender algo más.

Cassie ya había aprendido mucho de Reid.

Ella pensó en eso mientras limpiaba la mesa y le decía buenas noches a Devin, mientras lavaba los platos y los guardaba. Ella se quedó de pie en la cocina, mirando el patio a oscuras, escuchó a Tori y Nick bañar al bebé.

Luego sacó su teléfono.

Era el momento de aprovechar al máximo el momento.

REID ESTABA DEBATIENDO los méritos de dos frascos de salsa de espagueti, casi a oscuras, en Shop 'n Save cuando sonó su teléfono. La única luz provenía de las luces de seguridad en la parte trasera de la tienda y la que entraba por las ventanas delanteras desde la luz de la calle. Supuso que la persona que llamaba no era Cassie y respondió sin mirar. "Reid."

"Si todo es una negociación, entonces te debo", dijo Cassie con calma, y él casi deja caer el teléfono.

"¿Me debes?" preguntó él, dejando la salsa y enderezándose.

"Me ofreciste dejarme conducir tu auto a cambio de un beso", continuó y Reid se encontró sonriendo con solo el sonido de su voz.

"Y fue un intercambio muy satisfactorio", dijo él, en caso de que ella necesitara aliento. "Gran beso."

"—Uno para los libros de récords" —asintió Cassie con un suspiro de felicidad—. "Pero me diste un orgasmo, de forma bastante inesperada."

Reid sonrió. "¿No es eso algo bueno?"

"Fue algo muy bueno."

"Me alegra oír eso."

"Si es unilateral."

"Oh, no lo sé. Yo también lo disfruté." Había algo mágico en la llegada de Cassie mientras ella estaba virtualmente en su regazo, usando esas botas, su cabello envuelto alrededor de su mano. Él recordó la sensación del encaje en su ropa interior y respiró para calmarse.

"Probablemente no tanto como yo", dijo ella con voz ronca.

"Tal vez no", admitió él, esperando que esta conversación fuera a donde él pensaba que iba.

Además, me advertiste sobre Devin.

"Eso fue solo por los viejos tiempos."

"Pero nunca tuvimos viejos tiempos."

"Cierto."

La voz de Cassie bajó y Reid casi podía oírla pensar. Él realmente esperaba que ella no olvidara por qué había llamado en primer lugar. "¿Por qué no tuvimos viejos tiempos? Quiero decir, tenía que haber sido la única muchacha en la escuela secundaria a la que nunca miraste."

Reid estaba contento de dejar que ella lo averiguara, porque sabía que lo haría. "Bastante. ¿Alguna especulación sobre por qué podría ser eso?"

"¿No pensabas que era interesante?"

Él resopló ante la sugerencia. "Equivocada."

"Pero..." Cassie contuvo el aliento. "Espera. Trabajabas para mi tío Marty."

"Y él tenía una condición para mi empleo."

"¡No lo hizo! Yo apenas lo conocía. Era el ermitaño de la familia..."

"En realidad, él tenía más de una condición", continuó Reid antes de que ella pudiera ponerse demasiado nerviosa con las reglas de Marty. "Yo tenía que llegar a tiempo. Tenía que hacer lo que me dijeron sin actitud. Tenía que abstenerme de robar nada de la tienda y, por último, pero no menos importante, tenía que alejarme de ti."

Cassie guardó silencio durante un minuto. "¿Por qué él estipularía eso?"

"¿Por qué no lo haría?" Reid no iba a enumerar todos sus defectos aparentes, según los rumores de sus días en la escuela secundaria.

"Pero mi mamá dejó de hablar con él años antes de que muriera, y él era su hermano."

"Familias", dijo Reid a la ligera, sin pensar que era asunto suyo iluminar la comprensión de Cassie sobre la suya.

Cassie, para su pesar, estaba pensando. "¿Te dio la tienda o te la vendió?"

Reid se puso furioso, como si hubiera una insinuación de que había hecho algo deshonesto. "¿Es por eso que llamaste, para preguntar?"

Cassie suspiró. "No, pero sé que tengo que ir a la casa esta noche y mi mamá me va a hacer preguntas sobre ti porque nos vio juntos y estoy pensando que podría ser una de ellas, sobre todo porque no hablaba con Marty. Entonces, estoy tratando de estar preparada."

"Había una vez una niña exploradora..."

"Exactamente. Excepto que nunca puedo estar preparada para el argumento habitual."

"¿Cuál es?"

"Oh, la presión materna habitual para casarse y tener hijos, dar a sus nietos mientras ella pueda disfrutarlos, y todo eso." Había una sonrisa en su voz, lo cual era una mejora, pero luego hizo una pausa. "Aunque tenemos nuestro propio toque especial en eso", agregó ella, sonando amarga.

Luego no dijo nada más.

Reid se aclaró la garganta, curioso pero no queriendo arriesgar su suerte. "¿Cuándo fue la última vez que viste a tus padres o a Ally?"

"No lo recuerdo, pero no ha sido suficiente."

"¿Conversaciones regulares por teléfono?"

Ella rió. "No."

Reid tuvo la extraña sensación de que Cassie y él tenían algo en común, aunque sabía que su familia no podía ser nada como la de él. Él se burló de ella, deseando que le devolviera la risa. "No suenes tan emocionada por la perspectiva de ver a tu familia."

"Siempre es tan doloroso."

"Pero te irás de todos modos."

"Lo haré."

"Es esa cosa de niña exploradora."

"Creo que podría ser. Deberían advertirnos cuando nos registramos que seremos adoctrinadas de por vida."

Reid sonrió al darse cuenta de que Cassie no había cambiado realmente por dentro, a pesar de que se veía tan diferente. "Averiguar sobre la tienda no puede ser la razón por la que me llamaste."

"No. Alguien me dio un consejo hoy, sobre cómo aprovechar al máximo las oportunidades, y encuentro que esa perspectiva es persuasiva."

Entonces, tal vez Shayla estaba equivocada y la honestidad no había sido un plan tan malo.

Reid esperó.

Cassie respiró hondo. "Llamé para igualar las cuentas, por supuesto, y tal vez negociar por más."

Reid se dio cuenta de que Cassie era muy directa. Eso le gustó mucho. "¿Más?"

Ella bajó la voz a un susurro que él encontró muy sexy. "Te debo un orgasmo por cualquier cuenta."

"Así que esto es sexo telefónico."

Cassie se rió, tal como él esperaba que lo hiciera. "No, soy codiciosa. Yo también quiero otro." Ella susurró de nuevo. "Me gusta mi sexo de cerca y en persona. Debería haber uno para mí y dos para ti." Había algo en ese susurro que hizo que Reid estuviera justo donde quería.

"¿Ahora?" Preguntó Reid, habiendo olvidado que estaba recorriendo los pasillos para cenar.

"Ojalá", dijo Cassie con un pesar del que él podía hacer eco. "Tengo que ir a ver a mi familia, y realmente no quiero ser el nuevo tema de discusión en la ciudad."

"Con esas botas, probablemente ya lo seas."

"Por las botas, está bien. Por más que eso, no tanto."

"¿Entonces esto será una recompensa?"

Ella se rió, su voz ronca. "Me gusta cómo piensas, Reid Jackson."

Reid sonrió. "Voy a adivinar que tienes un plan."

"Voy a salir a correr por la mañana. Muy temprano."

"Ah. Hay un nuevo sendero junto al río. Puedes acceder al final de la cuadra, pasando la casa de tus padres. Quizás te guste."

"Eso depende de a dónde vaya."

"Al centro de la ciudad."

"No planeo igualar el puntaje frente a la biblioteca pública o incluso en la tienda de conveniencia."

Reid sonrió. "También puedes llegar a mi casa."

"Viviste un poco en el campo."

"Ya no."

"¿De verdad?"

"De verdad." Él habló con determinación porque realmente no quería hablar de la casa de su familia.

Cassie pareció darse cuenta de ello. "Bien, porque no quiero correr tan lejos para conseguir lo que quiero de ti."

Su elección de palabras solo alimentó su necesidad por ella. "No está tan lejos." Reid le dio la dirección.

"No conozco esa calle."

"Es nueva, o nueva desde que te fuiste."

"Podría perderme," dijo ella, su tono coqueto lo hizo negar con la cabeza.

"¿En Montrose River?" bromeó él. "Siempre pensé que eras inteligente."

Cassie se rió. "Pensé que te ofrecerías ayudarme."

"Bueno, no quiero que te pierdas y negocies con otra persona."

"Dios nos libre. ¿Nos vemos en el camino?"

"¿Qué tal a las seis?"

"Perfecto", ronroneó ella, su voz baja enviando un escalofrío a través de él. "Me encanta hacerlo por la mañana."

"¿Correr?" preguntó él, aunque sabía que esa no era la respuesta.

"Oh, eso también", coincidió Cassie.

"Bueno saberlo."

"Y ahora, el deber llama. Gracias por ser la luz al final del túnel, Reid."

"Me gusta ser la zanahoria."

"¿En lugar del palo?"

"Definitivamente."

"Yo también. Te veo en la mañana."

Reid sonrió a su teléfono después de que Cassie se fue, luego eligió un frasco a ciegas, agarró un paquete de pasta seca y se dirigió a casa con un silbido en los labios.

En cuestión de horas, empezaría bien el día.

NO TENÍA sentido retrasar lo inevitable.

Tampoco tenía sentido ventilar la ropa sucia que Cassie y su familia inmediata poseían en el bautizo de Emily. Ella sabía que tenía que ir a la casa.

Ella deseaba poder ir a casa de Reid y saltar sobre sus huesos, pero algunos trabajos no podían evitarse. Tal vez era una penitencia lo que no podía evitarse.

Además, Tori se sorprendería si Cassie saliera, solo para tener sexo con Reid, y peor aún, todos en la ciudad lo sabrían por la mañana. Cassie anheló la gran ciudad y su anonimato una vez más.

Mañana por la mañana, Reid haría que la espera valiera la pena.

Ahora, ella haría el trabajo sucio.

Cassie se arregló el lápiz labial y caminó por la calle como si no hubiera otro lugar donde preferiría estar. ¿Quién sabía cuánta gente estaba mirando? Ella podría haberlo adivinado, pero algunas de las casas probablemente habían cambiado de manos mientras ella no estaba. Su recuento podría estar fuera de lugar en una o dos.

Los árboles eran más grandes, los autos más nuevos y había más; las casas eran más viejas y un poco gastadas, pero por lo demás, la calle resultaba dolorosamente familiar. Cassie fingió mirar las otras casas, notando jardines y adiciones, pero estaba pensando en una casa en particular al frente. La casa había sido la casa de sus padres durante treinta años antes de que la vendieran, a un precio con descuento, a la hermana menor de Cassie, Ally, y a su esposo, Jonathan. Luego habían comprado una casa rodante, una más pequeña que la extravagancia actual, y se dispusieron a visitar los cincuenta estados antes de morir.

Cassie no tenía ninguna duda de que su madre tenía un mapa clavado en una pared en algún lugar dentro de la casa rodante, con los estados que habían visitado coloreados. Probablemente tenía uno de respaldo escondido en la casa en caso de emergencia. A su madre siempre le habían encantado las listas y las pruebas visibles. Si ella le mostraba el mapa a Cassie, Cassie sabía que les preguntaría por qué no podían simplemente recordar los lugares donde habían estado, y habría otra discusión.

Ella no había extrañado eso.

Ella siempre había sido la que estaba dispuesta a desafiar o retar a su madre. Algunas cosas no cambiaban.

La casa se veía diferente, pero eso era algo bueno desde el punto de vista de Cassie. Su hermana menor siempre había estado demasiado dispuesta a hacer exactamente lo que dictaba su madre. Cassie se había preguntado si algo cambiaría cuando Ally tomara posesión de la casa o si se convertiría en un santuario para su educación y el gusto de su madre.

Felicitaciones a Ally por atreverse a cambiarla. Cassie se alegró de que la moldura hubiera sido pintada de un color real: amarillo pálido en lugar del práctico blanco que siempre había sido, con algunos detalles en azul oscuro. Le gustó que hubiera un revoltijo de flores en el jardín. Se veía un poco salvaje, lo que definitivamente era un cambio. Probablemente, su madre se quedaría cuidando y quitando las malas hierbas con la primera luz del día.

En el porche había sillas de mimbre, dos de ellas mecedoras, que le daban a la casa un aire nuevo y acogedor. Cassie sonrió ante el letrero caprichoso al lado de la puerta principal y se preguntó si su talentosa hermana lo había pintado. Luego tocó el timbre.

"Por el amor de Dios, Cassie, no tienes que llamar a tu propia casa", dijo su madre, abriendo la puerta. Ella no parecía haber envejecido ni un poco, y estaba tan esbelta y decidida como siempre.

"Sin embargo, no es mi propia casa", dijo Cassie mientras entraba al vestíbulo. "Es la casa de Ally."

"Tecnicismos. Siempre estás insistiendo en los tecnicismos."

"No creo que sea un tecnicismo que Ally y Jonathan te hayan pagado todo ese dinero a cambio del título de la casa. Esa transacción la convierte en su casa."

Su madre le dio a Cassie una severa inspección. "Esas botas no son muy prácticas."

"No, pero son divertidas. Me gustan."

"Me recuerdan a las de Pretty Woman. No es de extrañar que Reid Jackson quisiera darte un paseo." Su mamá la fulminó con la mirada. "¿Qué más quería?" Ella arqueó una ceja. "¿Un paseo a cambio?"

Cassie decidió no responder a eso. "¿Actúas como si esta siguiera siendo tu casa, mamá, a pesar de que se la vendiste a Ally y Jonathan?"

Cassie escuchó a su padre reír desde la sala de estar. "Esa es mi muchacha", murmuró él y la mamá de Cassie le lanzó una mirada.

"Tu padre y yo fuimos dueños de esta casa durante treinta años..."

"Pero la vendiste", dijo Cassie con calma, interrumpiendo a su madre. "Si se la hubieras vendido a un extraño, ¿seguirías caminando por la puerta principal sin llamar?" Ella podía ver a Ally en la cocina, luciendo tan cautelosa como siempre cuando Cassie se enfrentaba a su madre.

Ella también se veía un poco delgada.

Tensa.

Infeliz.

¿Qué está pasando?

¿Dónde estaba Jonathan?

Ally y Cassie compartían el mismo color, pero Cassie siempre había sido más alta, la hermana mayor en más de un sentido. También siempre había sido la hermana más asertiva y segura, más extrovertida, mientras que Ally era más tranquila. Ella tuvo la repentina sensación de que su hermana podría no haber peleado sus propias batallas en ausencia de Cassie, como ella esperaba, sino que acababa de empezar a perder.

"Eso no es lo mismo, Cassie", dijo su madre. "A Ally no le importa."

Cassie se rió. "O ella no quiere decirte que le importa. A mí me importaría. De hecho, yo cambiaría las cerraduras y me aseguraría de que no recibieras una llave."

"Bueno, afortunadamente, no te lo vendimos a ti", le dijo su mamá.

"Nunca podrías haberlo hecho, ya que está en Montrose River", dijo su padre con facilidad.

"Podría afectar seriamente la llegada de los nietos", le dijo Cassie a su mamá. "Esa falta de privacidad y todo." Ella vio que los ojos de Ally se ensanchaban y que su madre contenía el aliento, pero supuso que debían haber tenido un desacuerdo al respecto antes.

Después de todo, era el tema principal de su madre.

Cassie fue a darle un beso a su papá y él miró sus botas, luego la miró a los ojos con una sonrisa. "Tú y tus zapatos de baile. Es bueno verte de nuevo, cariño."

"¿Cómo estuvo tu viaje hoy?" Preguntó Cassie.

"No estuvo mal. Ayer tuvimos un día largo, pero hoy lo hicimos bien."

"Pensaba que llegarían mañana."

"Tu mamá quería estar de regreso en la ciudad esta noche", dijo su papá suavemente y volvió a su periódico. Cassie sabía que era mejor no sugerir que podía leer las noticias en internet. Él hacía lo que hacía y se contentaba con dejar que su madre hiciera lo que quisiera, siempre y cuando ella no intentara cambiarlo. ¿Se reducían todos los matrimonios a eso? Cassie pensó en las negociaciones de Reid en un momento inoportuno y se preguntó.

Su madre se había retirado a la cocina, así que Cassie la siguió. Ally estaba haciendo café y su madre podría haber estado haciendo guardia.

Tal vez, solo tal vez, podrían pasar ese fin de semana sin revisar todas las viejas batallas.

O tal vez simplemente olvidar esa.

Cassie iba a intentarlo.

"Hola, Ally-cat", dijo ella, usando un antiguo apodo para su hermana. "La casa se ve muy bien. Amo el jardín."

Ally miró por encima del hombro con sospecha. "¿te gusta?"

"Por supuesto que sí. Se ve fabuloso. Debe ser un montón de trabajo."

Los labios de su madre se tensaron, por alguna razón.

Hablando de volver al pasado. Ahí estaba Cassie, defendiendo a su hermana en todo momento, como en los viejos tiempos.

"En su mayoría son plantas perennes", dijo Ally. "Hago un poco de trabajo todos los días."

"Saldré y podaré los arbustos por la mañana", dijo su madre.

"¡Mamá! Es perfecto tal como es y, lo que es más importante, es como lo quiere Ally." Cassie trató de suavizar sus palabras con una sonrisa. "Además, se supone que estás jubilada." Antes de que su madre pudiera decir algo más, se volvió hacia Ally. "¿Pintaste el pequeño cartel de bienvenida?"

Su hermana se sonrojó un poco. "Lo hice. Había una clase en la biblioteca."

"Apuesto a que el tuyo fue el mejor. Siempre fuiste tan creativa." Cassie miró alrededor de la cocina, asintiendo con aprobación de los cambios. "Se ve mucho más grande con todo blanco. ¿Son esos gabinetes nuevos o renovaste los viejos?"

"Son nuevos", admitió Ally.

"Gasto innecesario", dijo la mamá de Cassie con un resoplido. "Los otros estaban perfectamente bien."

Las hermanas intercambiaron una mirada de comprensión.

Lamentablemente, esa sensación de simpatía no duró.

"Pero Ally lo quería de esta manera y es su casa." Cassie pasó una mano agradecida por el suave mostrador de mármol. "Se ve increíble, Ally."

"Mucho dinero", dijo su mamá.

Ally se enderezó antes de que Cassie pudiera decir algo en su defensa. "Realmente no importa si te gusta, Cassie." Su voz se había tensado y Cassie se preparó para lo que fuera que su hermana iba a decir. Ally extendió una mano. "No importa si te gusta algo de lo que está sucediendo aquí. Te fuiste. Te mantuviste alejada. Tu opinión sobre las renovaciones o que mamá tenga las llaves o lo que sea es irrelevante."

Cassie parpadeó. "Estaba siendo amable."

"¿Estás probando algo nuevo?" Ally cruzó los brazos sobre el pecho y miró a su hermana mayor. El sarcasmo era definitivamente nuevo para Ally y Cassie la miró con incertidumbre. "No puedes simplemente caminar de regreso aquí después de tantos años y esperar que nada haya cambiado."

"¡Pero Montrose River no ha cambiado!" dijo Cassie con una sonrisa educada.

"Y quizás nosotros tampoco. Tal vez tú lo hayas hecho. Quizás ya no pertenezcas aquí. Quizás nunca lo hiciste." Ally se acercó un paso más. "Tal vez deberías haberte quedado en Nueva York, ya que te gusta tanto, y ser la Señora Exitosa y Moderna muy lejos de aquí."

El silencio reinó en la cocina y Cassie reconoció que la vieja disputa entre ella y su madre no podía ser la raíz de toda esa ira.

"¿Pasa algo malo?" preguntó ella con cautela.

"No pasaba nada hasta que entraste por la puerta", dijo Ally. Había lágrimas en sus ojos y Cassie no entendía lo que estaba pasando.

También sabía que nadie se lo iba a decir.

Su madre estaba erizada de protección, su mirada dura.

"Bueno, creo que la casa se ve muy bien, aunque mi opinión no importa", dijo Cassie, manteniendo deliberadamente su tono amistoso. "Y es bueno verlos a todos tan bien. Siento no haber visto a Jonathan."

"¿Lo sientes?" Dijo Ally y cruzó los brazos sobre el pecho.

"Si está bien, vendré mañana y le pediré a papá que me muestre sus ruedas nuevas." Cassie no esperó una respuesta. "Ahora mismo, necesito regresar para ayudar a Tori."

"Bien", dijo su hermana.

"Bien", asintió su madre.

No hubo abrazos ni besos, ningún toque en absoluto, ninguna escolta hasta la puerta. Cassie se detuvo en el vestíbulo, sabiendo que la estaban mirando, y él le sugirió a su padre que fuera a ver la nueva casa rodante al día siguiente. Ella aceptó amablemente y volvió a sumergirse en su periódico.

Quizás él le diría más.

Tal vez no.

Cassie miró hacia la cocina, vio la dura mirada de su hermana y se fue. Cassie no esperaba que la abrazaran, pero se sentía como si la hubieran abofeteado. Eso había sido inesperado. ¿Por qué ella le desagradaba tanto a Ally?

¿Y dónde estaba Jonathan?

Bienvenida a casa, se dijo a sí misma mientras golpeaba la puerta de la cocina de Tori. Solo tenía que sobrevivir tres días.

Al menos nadie tenía que preocuparse de que ella regresara a la ciudad pronto.

———

"¡ATRAPADO!"

Reid tropezó en el umbral de la parte trasera de Shop 'n Save, como no había hecho en mucho tiempo. Él había escuchado esa única palabra y lo había detenido en seco, tal como lo había hecho veinte años antes. Él sabía que estaba solo en la tienda y sabía que su imaginación se estaba volviendo loca, pero aun así. Dado que ahora estaba viendo fantasmas, no pudo evitar mirar hacia la oficina que daba a la tienda. A medio camino esperaba ver a Marty Blackford allí, apuntándole a la cabeza con una pistola.

La oficina estaba vacía.

Por supuesto.

Marty había estado cultivando margaritas en el cementerio de

Montrose River durante años y era poco probable que volviera a estar en la tienda.

Reid exhaló y se pasó la mano por el pelo. Se apoyó en el marco de la puerta, recordando esa noche con tanta claridad como si acabara de suceder.

"¡Te veo!" —dijo el hombre con voz ronca pero decidida. Hubo un fuerte clic cuando quitó el seguro.

Reid se quedó paralizado, con el cuchillo en la mano y calculó las probabilidades de que el arma estuviera cargada.

Era ese viejo, Marty, el dueño de la tienda.

Si él no hubiera tenido un arma, Reid habría huido.

Marty, para sorpresa de Reid, se rió entre dientes desde algún lugar de la oscuridad. "Está cargada, y soy un buen tirador, así que no pienses que atacarme es un buen plan."

Reid dejó caer el paquete de cigarrillos y se dio la vuelta para huir.

El disparo sonó por encima del hombro y casi le cortó la oreja. Él dejó caer su cuchillo en su sorpresa y se estrelló contra el suelo en la tienda a oscuras.

"Y no pienses que huir es un mejor plan", dijo Marty con calma. "Quería fallar el disparo."

Reid se quedó exactamente donde estaba, su mente dando vueltas por la incertidumbre.

"Date la vuelta para mirarme", dijo el hombre mayor.

Reid hizo lo que él le dijo, levantando las manos. Él no tenía idea de qué esperar, pero dudaba que fuera a ser algo bueno.

Marty agitó el arma, indicando una silla. "Vuelve aquí y siéntate", invitó. "Quiero hablar contigo."

Reid parpadeó, incrédulo. "¿Qué?"

"Me escuchaste. Puede que seas muchas cosas, Reid Jackson, pero no eres sordo ni estúpido. Ven aquí y siéntate."

Reid miró a su alrededor, preguntándose qué se estaba perdiendo. Vio el destello de su cuchillo en el suelo junto a los estantes y se acercó a él. Otro disparo falló en su mano extendida, pero solo por un par de pulgadas.

"Siéntate", repitió Marty. "Puedes recoger tu cuchillo al salir."

Una cosa que Reid podría decir de su propio padre: podría estar loco y podría ser violento, pero no usaba un arma. Reid apreció ese detalle por primera vez. Él fue cautelosamente a la oficina y se sentó donde le habían dicho que se sentara, y se preguntó qué iba a hacer Marty.

Marty hizo algo completamente inesperado.

Bajó el arma, pero la mantuvo en la mano.

Reid lo miró con preocupación.

"Entonces, ibas a robar un paquete de cigarrillos", dijo Marty, su tono de conversación. Y, mala suerte, te ví. Hay varias cosas diferentes que pueden suceder en este momento."

"Podemos olvidar que estuve aquí alguna vez", sugirió Reid, encontrando su valor ahora que no parecía que fuera a ser ejecutado.

"Podríamos." Marty asintió. "Pero no veo el punto."

"¿El punto?"

"No tendrás tus cigarrillos. Probablemente no aprenderás nada de este pequeño intercambio. Volverás para intentarlo de nuevo o intentarás lo mismo en otro lugar."

Reid no respondió, porque eso era evidente.

"¿Te gusta el colegio?"

"No."

"No es de extrañar. A tu padre tampoco le gustaba mucho. Según recuerdo, lo evitaba bastante bien."

"¿Entonces?" Reid se enfureció ante cualquier mención de su padre.

"Entonces, ya ves a dónde lo llevó eso en la vida. Rick Jackson nunca fue estúpido, pero lo único que ha logrado en toda su vida es haber bebido más whisky del que debería ser humanamente posible. No es un gran logro. Dudo que lo graben en su lápida."

Reid miró al hombre mayor y se preguntó a dónde iba eso. "Entonces, ¿le vas a contar sobre esto?" preguntó él, ocultando su terror ante la perspectiva con bravuconería.

Marty negó con la cabeza. "Esto es entre tú y yo. Verás, tengo a esta sobrina, tal vez la conozcas. ¿Cassie Wilson?

Reid asintió. "La he visto", admitió él, pero nada más.

"Y ella no puede esperar para salir de Montrose River."

Reid se burló, recuperando su actitud. "Ella y la mitad del pueblo."

"Ah, pero ella va a lugares. Es inteligente y trabaja duro y cuando Cassie se vaya de la ciudad, nunca volverá."

Reid no estaba seguro de si se trataba de una acusación. Él había intentado escapar innumerables veces desde que su madre había muerto. Una vez había llegado incluso a la interestatal, pero siempre regresaba cuando tenía frío, se cansaba o tenía hambre.

Y luego conseguía que le dieran una paliza, como lección. Su padre siempre le recordaba que nunca lograría nada por su cuenta. Ni siquiera podía escapar de casa, lo que lo convertía en un gran perdedor.

Él miró a Marty. "¿Tienes un punto, viejo?"

"Lo tengo, porque lo que Cassie odia de Montrose River es que todos se convierten en sus padres. Mi padre se hizo cargo de esta tienda de comestibles de su padre, y ahora la dirijo yo. Me quedé en la casa en la que nací. Hay continuidad y hay consuelo en eso. Pero Cassie dice que la gente no elige ser sus padres. Se ven obligados a hacerlo porque no les damos opciones. Y creo que ella tiene razón. Mírate, por ejemplo. Todo el mundo espera que crezcas como tu padre. Estás ocupado escupiendo en el ojo de cualquiera que te muestre amabilidad, porque no sabes qué hacer con eso, gracias a que Rick es un bastardo tan mezquino. La adversidad es lo que entiendes. Es lo que te han enseñado."

"No sabes nada sobre mí, viejo", dijo Reid con una mueca de desprecio, aunque estaba sorprendido de que Marty estuviera tan cerca de la verdad.

"Sé mucho sobre ti, así que vamos a intentar un experimento."

"¿Qué tipo de experimento?"

"Voy a olvidar que trataste de robarme, pero solo si vienes a trabajar para mí."

Reid fue despectivo. "No quieres que un ladrón trabaje para ti."

"No, no es así. Pero en realidad no te saliste con la suya, así que no hay robó. Y creo que si tienes la oportunidad de ganar dinero para tus cigarrillos o cualquier otra cosa que quieras, eso podría darte algunas opciones."

"¿Qué pasa si no quiero opciones?"

"Entonces eres más tonto de lo que creo que eres", dijo Marty sin rodeos. Él cogió el teléfono. "Llamaré al sheriff y nos olvidaremos de todo.

Tu padre había sido arrestado un par de veces cuando tenía tu edad. Tal vez solo quieras ponerte al día." Él comenzó a presionar los números.

Reid tragó. Trató de ser duro. Pensó en la reacción inevitable de su padre y no pudo afrontarla. "¡No!" gritó cuando Marty acababa de pulsar el último número.

"Eso pensé", dijo Marty, luego se enderezó cuando una voz llegó a través del auricular. "No, Dios, Josie, lo siento. Marqué el número equivocado. Quería llamar a mi hermana. Tienes razón. No hay daño, pero lamento haberte molestado." Marty colgó el auricular y miró a Reid con satisfacción.

"Te vas a arrepentir de esto", dijo Reid, sintiéndose un poco acorralado. "No quieres que trabaje aquí."

"Sí, lo hago, porque aquí está la cosa. Yo no tengo un hijo. No hay nadie que se ponga en mi lugar y se haga cargo de Shop 'n Save después de mí, porque no me casé. Dirigir una tienda de comestibles no es glamoroso, pero es una buena vida. La gente siempre necesita comer. No soy rico, pero me siento cómodo. Un hombre puede recorrer un largo camino con un techo sobre su cabeza y tres comidas completas al día en su estómago, con un buen trabajo honesto que hacer seis días a la semana."

"Quizás no quiero eso."

"Si quieres convertirte en tu padre, entonces sal por esa puerta." Marty levantó una mano y señaló. "No olvides los cigarrillos y tu cuchillo, y enviaré al sheriff inmediatamente detrás de ti. Él y tu papá pueden ponerse al día con los viejos tiempos."

Reid se inquietó, sintiendo que lo habían superado. "¿Por qué harías esto?"

"Porque creo que Cassie podría tener razón. Creo que todos esperábamos que tu padre se convirtiera en lo que se convirtió, y me pregunto si podría haber funcionado de manera diferente si hubiera tenido otras opciones que convertirse en lo que todos esperábamos que fuera." Marty se aclaró la garganta. "Tampoco creas que va a venir aquí y que te pagarán por no hacer nada. Espero que esté limpio y que trabajes duro. Espero que seas cortés con los clientes y llegues a tiempo. Dos noches de la semana y todo el día los sábados, todas las semanas." Él nombró un salario por hora.

"Tengo que ir a la escuela." El tono de Reid era hosco, por la fuerza de la costumbre, pero su corazón latía con una nueva esperanza. Si él tuviera dinero para un boleto de autobús, podría salir de la ciudad para siempre.

"Seguro que sí. Te espero mañana a las cuatro. Puedes trabajar hasta que cierre a las nueve y habrá un sándwich para ti en tu descanso para cenar."

Reid miró al hombre mayor. "Estás jugando conmigo."

"No, no lo hago. Un muchacho de tu edad tiene que comer."

Reid parpadeó. ¿Cuándo alguien se había preocupado por última vez de que comiera? Su instinto gruñó ante la perspectiva de una comida pronto.

"Tengo otra condición", dijo Marty, su voz severa, y el corazón de Reid dio un vuelco.

"¿Qué?"

Mantente alejado de mis sobrinas, de las dos. No quiero escuchar que hayas hablado con ninguna de ellas, especialmente con Cassie, ya que estás en el mismo grado."

Cassie Wilson nunca iba a hablar con Reid. Ella era bonita e inteligente y de un mundo completamente diferente. Era fácil renunciar a algo que no tenía ninguna posibilidad de tener.

Marty le ofreció la mano y miró a Reid a los ojos. "¿Tenemos un trato?"

CUALQUIER COSA, pero cualquier cosa, era mejor a que su padre descubriera que lo habían atrapado robando cigarrillos. Él podía no sobrevivir a otra paliza.

Reid realmente podría escapar si tuviera algo de dinero.

Reid tomó la mano de Marty y la estrechó, sintiendo como si algo grande hubiera cambiado.

UN REID mucho mayor miraba por las ventanas de su casa. ¿Por qué había recordado ese primer encuentro con Marty en ese momento? Porque Cassie no solo acababa de regresar a la ciudad, sino que él se reuniría con ella por la mañana para tener sexo. Él estaría rompiendo la promesa que le había hecho a Marty después de tanto tiempo, y eso lo incomodaba.

Marty siempre se había portado bien con él. Era duro, pero justo.

Y CASSIE siempre había sido su fantasía, tal vez porque estaba fuera de los límites. Reid pensó en cómo ella le había sonreído, en cómo lo había besado y todo en su interior se tensó.

Marty estaba muerto.

Cassie era adulta y tenía la edad suficiente para tomar sus propias decisiones.

Si Cassie realmente aparecía, Reid iba a aprovechar la oportunidad de estar con ella. Él no creía en fantasmas y no creía en la retribución divina. Él creía en los hombres repartiendo lo que consideraban justicia con sus manos, o lo que fuera que tuviera a mano, y un hombre muerto no podía hacer cumplir una promesa.

Aun así, no durmió más esa noche.

CUATRO

Cassie no podía creer cuánto ruido podía hacer Emily. Era asombroso que tal volumen pudiera ser emitido por una criatura tan pequeña. Por tanto tiempo.

El primer lamento llegó a las dos, justo cuando Cassie se había dormido profundamente. La sorprendió tanto que se despertó repentinamente y, como resultado, se desorientó. Le tomó un minuto reconocer la habitación extra de Tori y la fuente del sonido desconocido. Ella escuchó a Tori apresurarse por el pasillo hacia la habitación del bebé y no se perdió el gemido de Nick desde el dormitorio principal. Ella se levantó y se puso un kimono de seda púrpura antes de seguir a Tori.

Emily estaba enrojecida y gritando, sus pequeños puños apretados mientras se enfurecía contra... algo. Tori la mecía y le susurraba, sin ningún efecto perceptible. El cabello corto y oscuro de Tori estaba despeinado y ella solo llevaba una de las camisetas de Nick. "Lo siento", dijo cuando vio a Cassie en la puerta. "Espero que no te haya despertado."

Cassie no dijo que Emily podría despertar a los muertos.

"¿Puedo ayudar?" preguntó en su lugar, sin estar segura de que hubiera algo que pudiera hacer.

¿Puedes abrazarla durante dos minutos? Voy a correr a la cocina y le prepararé un biberón."

Cassie sonrió para ocultar su respuesta horrorizada a la sugerencia.

Ella había venido a ayudar. "Por supuesto." Se acercó y alcanzó a Emily, sintiéndose incómoda e incompetente. Tori prácticamente dejó al bebé en sus brazos y Cassie tuvo un momento de temor de dejarla caer. Emily gritó entonces directamente a la cara de Cassie, y ella se negó a pensar que el pequeño terror mereciera ser abandonado.

"Voy a cerrar la puerta", dijo Tori.

Cassie sintió que su presión sanguínea aumentaba, solo por sostener al bebé angustiado y no poder hacer nada al respecto. "¿Cómo manejas esto sola?"

"Por lo general, Nick ayuda, pero está agotado. Quiero que duerma un poco."

Cassie pensó que ambos parecían necesitar dormir más. También pensó que una barrera de hormigón de diez pies de espesor no evitaría que Nick escuchara el llanto de Emily, pero se mordió la lengua.

Ella se sentó en la mecedora que le indicó Tori, luego rebotó a Emily un poco como había visto hacer a Tori. No hizo ninguna diferencia perceptible, pero Tori sonrió y cerró la puerta detrás de ella. El sonido de sus pasos corriendo era silencioso en el pasillo.

"Todo está bien", le susurró Cassie al bebé que lloraba, porque parecía una cosa segura para decir. "Estás bien." Ella la meció. Nick se había levantado de la cena para caminar alrededor de la mesa con el bebé y Tori parecía estar balanceándola o rebotando perpetuamente. No podría doler. "Hogar, seguro y cálido." Cassie trató de pensar en algo más tranquilizador que decir, pero se quedó sin palabras. El bebé le agarró el dedo y Cassie la dejó agarrarse. "No hay razón para llorar", agregó ella, segura de que Emily ni siquiera sería capaz de escuchar sus palabras.

Pero el bebé se quedó de repente en silencio.

Probablemente fue porque no reconoció la voz de Cassie, pero era extraño tener la sensación de que el bebé había estado haciendo lo que le habían dicho. Los ojos de Emily se cerraron con fuerza entonces y respiró con dificultad. ¿Estaba recuperando el aliento? No, estaba jadeando. ¿Iba a gritar más? ¿Estaba teniendo algún tipo de convulsión? Cassie no tenía idea de lo que estaba pasando ni de lo que debía hacer.

Ella esperaba que Tori fuera rápida.

¿Debería llamarla?

Emily se rió y se escuchó un gorgoteo. Un olor se elevó de su pañal, lo que trajo lágrimas a los ojos de Cassie.

Bueno, todos tenían que ir al baño.

Con la misión cumplida, Emily rebotó un poco en los brazos de Cassie. Su rostro se puso menos rojo y su respiración volvió a la normalidad. Ella mantuvo su agarre mortal en el dedo de Cassie y sopló algunas burbujas felizmente.

"Te sientes mejor, ¿eh?" Cassie meció un poco la silla además de hacer saltar a Emily. El bebé se rió un poco más y Cassie pensó que eso podría ser aprobación. Una buena caca, entonces. Eso era motivo de celebración. Emily babeó una cantidad impresionante y luego comenzó a morderse el puño con satisfacción.

Al menos ella estaba callada. Cassie respiró para calmarse. "Te dije que todo estaba bien", murmuró ella, relajándose un poco.

De repente, el bebé eructó, un eructo tan fuerte y fragante que Cassie parpadeó. Entonces Emily agarró un puñado del cabello de Cassie, agarró el extremo de su trenza y se lo metió en la boca.

Había baba por todas partes.

Y ese pañal sería un desastre.

También era de tela, lo que significaba que alguien tendría que lavar la caca y hacerlo muy pronto.

Cassie estaba pensando que su amiga estaba viviendo una pesadilla cuando Tori volvió a abrir la puerta. Ahora llevaba una bata y se había cepillado el pelo. "Me tomé un momento en el baño cuando todo estuvo en silencio." Sus ojos se iluminaron al ver a la bebé dormida.

"Ella podría haber estado muerta", Cassie se sintió obligada a notar.

Tori sonrió. "Por supuesto no."

"Realmente no sé lo que estoy haciendo aquí. Podría haberla matado."

"Disparates. Eres natural."

Cassie resopló y el bebé se movió.

"¡Lo hiciste genial!" Tori insistió. Tienes un don, Cassie."

"No lo creo. Sin embargo, creo que hay algo en su pañal."

Tori se inclinó para olerlo, mostrando un coraje que Cassie no podría haber emulado para salvar su vida. "Tienes razón. Aquí. Dale el biberón y prepararé el cambiador."

"¿Darle el biberón?" Cassie repitió, pensando que era poco probable que Emily pudiera alimentarse sola.

Tori sonrió y negó con la cabeza. "Realmente no lo sabes, ¿verdad? Solo sostenlo para ella, así."

"Podrías hacerlo y yo podría preparar el cambiador."

Lo que sea que eso signifique.

"Ella está tranquila ahora. Será mejor simplemente aprovechar la oportunidad y alimentarla." Tori inclinó el biberón y pasó el chupón por los labios del bebé. Emily abrió la boca, luego se pegó al cupón y comenzó a beber con entusiasmo.

Dada la fuerza de ese agarre, Cassie pensó que podría entender por qué Tori no estaba amamantando. La potencia de succión de Emily era un poco abrumadora.

"DETENTE CUANDO LLEGUE AQUÍ", dijo Tori, indicando un nivel. "Si lo toma todo, simplemente vomitará y tendremos que empezar de nuevo."

"Entendido", dijo Cassie, pensando que la predicción sonaba simplemente encantadora.

Ese era un infierno viviente.

Y la gente elegía procrear. El mundo era un lugar asombroso.

Tori se rió de la expresión de Cassie antes de volverse hacia el cambiador. Era una cómoda con una lona encima. Ella la limpió, aunque parecía limpia, y sacó un pañal del cajón superior. "Te ves tan disgustada", dijo, su tono de broma. "Debería tomar una foto. Puedo burlarme de ti cuando tengas el tuyo propio."

"No es probable que eso suceda pronto."

"¿Por qué no?"

"No lo entiendo", admitió Cassie, mirando a Emily succionar. "¿Por qué la gente hace esto?"

"Porque es lindo. Y es agradable. Ella es adorable."

"Tal vez algún día. No lo veo todavía."

Tori rió. "lo verás." Ella se sentó frente a Cassie, sus ojos brillaban. "Emily te convertirá este fin de semana."

"¿A las alegrías de tener hijos? No lo creo. Sé qué lo causa y lo tengo cubierto."

Tori le sonrió a su hija. "Mírala. Ella es tan encantadora. Y el peso de ella en tus brazos se siente tan bien." Ella se inclinó más cerca de nuevo. "Tiene el olor más perfecto."

"Huele a caca, Tori."

"Aparte de eso. Huele a polvo y fórmula, suavidad y niña."

Cassie resopló tentativamente. "Caca", concluyó. "Apuesto a que es verde, como las cosas que hacen los patos en Central Park."

Tori se puso seria. "Tal vez sea diferente cuando tienes un negocio exitoso que administrar", sugirió.

"¿Cómo es eso?"

"Bueno, respeto que pueda ser difícil elegir entre el trabajo y la familia, especialmente con el trabajo de tus sueños o un negocio que comenzaste. No tengo que tomar esa decisión."

"Podrías tenerla."

"Lo sé. Podría haberme quedado en Nueva York contigo, y podría haber bailado durante una audición tras otra, con la esperanza de conseguir un papel. Podría haber conseguido un trabajo sirviendo mesas para mantenerme a mí misma y seguir haciéndolo hasta que encontrara el éxito." Ella arrugó la nariz. "Pero ya sabes, por mucho que me encantaba bailar, y por mucho que pensaba que quería ese éxito, no quería pagar mis deudas para que eso sucediera. Lo encontraba deprimente. Ya no pude hacerlo."

"Puede ser deprimente seguir luchando, aparentemente por nada."

"¿Me vas a decir que construye el carácter?" Tori preguntó con una sonrisa.

"No", dijo Cassie, mirando al bebé. A la indicación de Tori, levantó la botella. Emily sopló algunas burbujas y cerró los ojos. Había algo de paz en su expresión y sentarse con Tori así en la habitación del bebé en medio de la noche provocó una sensación de intimidad. Necesidad de honestidad. "No estoy segura de que sea así", admitió. "Sin embargo, separa a las personas en aquellas que realmente quieren ese éxito y aquellas que no."

"Pero tú lo tenías y te fuiste."

. . .

"¿TE REFIERES A LAS ROCKETTES?"

Tori asintió. "Tuviste la oportunidad que ambos queríamos."

"Y estaba orgullosa de eso. Trabajé duro en eso. Pero una vez que lo tuve, me di cuenta de que no quería seguir haciéndolo para siempre. Había sido un sueño y lo logré en pequeña medida, solo para descubrir que no era tan satisfactorio como quería." Cassie negó con la cabeza, pensando en Reid y su preferencia por los objetivos en lugar de los sueños. "Era brutal, Tori. Nunca en mi vida había estado tan cansada y dolorida, y teníamos que seguir sonriendo. Es todo un ejercicio y los bailarines que lo hacen, mucho más los que lo hacen año tras año, tienen todo mi respeto."

"Así que volviste a la universidad para terminar ese título."

Cassie asintió. "La otra parte es que hay más variables de las que te das cuenta hasta que estás en el medio. Vi que el éxito como bailarina se basaba en mantenerse fuerte y saludable, tal vez incluso en mantenerse joven."

O tener suerte. Reid tenía razón: ella odiaba que la suerte tuviera un papel tan importante a la hora de determinar si su éxito continuaría.

Por supuesto, él no había tenido suerte, y sus rodillas arruinadas habían sido el final de su sueño.

"Lo sabías antes," le recordó Tori.

"Sí, pero vi que es un sueño con una fecha de caducidad. Incluso si lo logras, incluso si eres totalmente genial, todo terminará antes de los cuarenta. Quizás treinta. Puede que termine mucho antes si no tienes suerte. Yo quería algo que fuera a durar más." Ella tocó los labios de Emily con la tetera y la bebé volvió a tomarla, pero con menos entusiasmo que antes. Emily parecía estarse quedando dormida.

"¿Cómo Flatiron 5 Fitness?"

Cassie sonrió. "Sí. Me gusta. Es un desafío y cambia constantemente. Siempre estamos probando cosas nuevas y expandiéndonos en nuevas direcciones. Y a medida que envejecemos, como inevitablemente hacemos, nuestros roles cambiarán, no desaparecerán."

El tono de Tori se volvió burlón. "¿Y hay otra razón?"

"¿Cómo qué?"

"Pensé que podría haber alguien especial en Nueva York, manteniéndote allí."

Cassie negó con la cabeza, pensando en Tyler pero sin querer hablar de eso. "No. Solo estoy feliz."

"Estás sola."

"Me gusta de esa manera. No tengo que responder ante nadie."

Tori rió. "Lo cual es una prueba de que no has conocido al hombre adecuado para ti." Su voz bajó. "Porque sabes, ese fue el otro problema con Manhattan para mí. Nick no estaba allí y nunca lo estaría."

Cassie sonrió. "Siempre estuviste loca por él, ¿no es así? Todas esas veces que estuvimos merodeando por el garaje, pensaba que solo estabas conmigo, porque sabía que no estabas interesado en los autos."

Tori se rió de nuevo. "Yo estaba allí porque Nick estaba allí." Ella se encogió de hombros. "No es que él se haya dado cuenta."

"No estés tan segura." Cassie sabía que su primo podía ser misterioso. "Aún los ríos corren profundos."

"¡He aprendido eso! Pero decidí ser más abierta sobre lo que quería, así que cuando regresé, lo contraté para que me enseñara a manejar un auto tradicional. Le conté una historia sobre un auto que podría conseguir barato." Tori alcanzó a Emily entonces, levantándola de los brazos de Cassie. El bebé no se movió mucho, y Tori la puso sobre su hombro, dándole palmaditas en la espalda para convencerla de que eructara. Hubo uno fuerte de inmediato, luego uno más suave.

"¿Te creyó?"

"No," admitió Tori con ojos brillantes. "Dice que soy una pésima mentirosa."

"¿Eso es algo malo?" Cassie bromeó porque pensaba exactamente lo mismo sobre su amiga.

"No lo creo. Resultó que estaba buscando una oportunidad y fue él quien me dijo que yo debería entender cómo hacer el mantenimiento básico y que él me enseñaría."

"Y te fuiste a trabajar a la escuela de baile." Cassie sabía que Tori enseñaba en el lugar donde ellos mismos habían tomado lecciones y donde se habían convertido en mejores amigas.

"Sí. Todas esas niñas." Tori sonrió. "Es lo mismo, ya sabes."

Cassie no se sorprendió.

Tori colocó suavemente a Emily sobre la mesa acolchada. "Voy a comprarle la escuela de baile a la señora Miller en el otoño, ya sabes. Ella quiere jubilarse a fin de año y me dará un buen trato."

"Eso es genial." Cassie casi se atraganta cuando Tori le quitó el pañal al bebé, pero Tori no dio señales de haber notado el olor.

Ella le sonrió a Cassie. "Te acostumbras."

"Genial."

Con gestos eficientes, Tori limpió a la bebé y la envolvió en un pañal nuevo. Emily parecía estar dormida, lo que Cassie pensó que era una situación prometedora. Ella bostezó.

"Estoy emocionado por eso. Emily cambió un poco la fecha, pero la señora Miller accedió a esperar."

"Sin embargo, ¿Emily va a tener hermanas y hermanos?"

"ME GUSTARÍA ESO", admitió Tori con una sonrisa. A Nick también. Creo que podría convencer a la señora Miller para que enseñe algunas clases incluso después de que me venda el negocio. Trabajamos bien juntas y tenemos un estilo similar. Por supuesto, ella me enseñó, por eso." Tori metió a Emily en su cuna sin despertarla y colocó un juguete junto a la cama que sonaba una canción de cuna tintineante. Apagó la luz y miró a la bebé dormida, el cansancio en sus rasgos pero también una felicidad que la hacía radiante. "¿No es hermosa?" susurró ella.

Cassie se tragó el nudo en la garganta y rodeó a su amiga con el brazo, contenta por su felicidad. Ella miró a Emily, con su cabello oscuro y sus pestañas oscuras, sus mejillas regordetas y su puño en su boca. "Se parece a ti", susurró.

"Eso es lo que dice Nick."

"Él tiene razón. Ustedes dos van a tener tantos problemas en quince años."

Tori se rió y se abrazaron con fuerza. "Llamaré a la tía Cassie para que me ayude."

"Seré de más ayuda entonces que ahora."

"Me alegro de que estés aquí, Cassie."

"Yo también."

"Solo quiero que seas feliz, lo que sea que eso requiera."

"Y yo lo soy. No es la primera vez que queremos cosas diferentes."

"Cierto." Tori arrugó la nariz. "Aunque sería algo retorcido si también quisieras a Nick, dado que es tu primo."

"ÉL ES TODO TUYO." Cassie sacó la parte delantera de su kimono, examinando la gran mancha húmeda de la baba de Emily. Cassie podía oler la fórmula en ella y no lo encontraba tan encantador como Tori.

"Déjame adivinar. Es de seda ", dijo Tori.

"Lo adivinaste. ¿Hay una buena tintorería en la ciudad?"

"¿Por qué no tomas prestado algo mío que sea lavable? Si lo llevas a una tintorería aquí, probablemente no estará listo para el domingo cuando regreses a casa."

A casa. Eso era lo que Manhattan era para Cassie.

Ella volvería a su mundo en solo tres días más.

Pero primero ella tendría a Reid.

HABÍA días raros en los que Reid pensaba que un hombre realmente podía conseguir lo que quería, si lo deseaba lo suficiente, o trabajaba lo suficientemente duro para lograrlo como un objetivo.

Ese viernes por la mañana resultó ser uno de ellos.

Él nunca había creído que pedirle un deseo a una estrella marcaría la diferencia en algo, y mucho menos que si podía soñarlo podía hacerlo. En el mundo de Reid, los logros tenían un alto precio, si es que llegaba a lograrlo. Él había aprendido a trabajar duro. Había aprendido a prepararse para el éxito. Él también podría haberlo deseado, aunque sabía que eso no importaba. Lo que importaba era que él hiciera el trabajo de base y la estrategia. Algunos esfuerzos dieron sus frutos, pero en su experiencia, eso sucedió en los esfuerzos que le importaban menos a él personalmente. Los objetivos que realmente le importaban se disolvían invariablemente en sus manos.

Reid estaba acostumbrado.

Él lo había superado.

Pero en algún pequeño rincón de su corazón, no había dejado de esperar más.

La experiencia también le había enseñado a no contar con el éxito hasta que lo tuviera en sus manos. La noche anterior, Cassie le había hecho una oferta y habían hecho un trato. Hasta que ella entrara en su casa y estuviera desnuda en su cama, Reid no iba a creer que sucedería.

Él se había levantado temprano, cansado de luchar contra el insomnio. Nunca había sido una persona que necesitara dormir mucho y estaba convencido de que había nacido así para poder sobrevivir hasta la edad adulta. Si era así, había funcionado.

Por lo general, él iba a su gimnasio o nadaba algunas vueltas en la piscina de ejercicios. En esa mañana de primavera, Reid se puso los zapatos y salió a correr para encontrarse con Cassie. Su corazón latía con fuerza antes de que siquiera comenzara a correr. Él llegó un poco temprano, lo cual era mejor que llegar tarde. Era la primera vez que corría en mucho tiempo y sus rodillas le recordaron de inmediato por qué correr era una mala idea. Todavía estaba un poco oscuro, por lo que nadie lo vería si sus rodillas cedieran debajo de él.

Cassie no estaba en el camino.

Reid corrió un poco más rápido. Llegó al final de la calle y no la vio. Él estaba decepcionado, pero no estaba listo para regresar. Continuó calle abajo hasta la casa de Nick y quedó atónito por la ola de alivio que lo invadió cuando la encontró haciendo estiramientos junto al garaje. Él sonrió y se olvidó por completo de sus rodillas. Con la motivación adecuada, Reid podría correr para siempre.

Y esa motivación estaba justo frente a él.

LUCIENDO FABULOSA EN LICRA NEGRA, su cabello recogido en una cola de caballo de seda rubia.

Él corrió un poco más rápido hacia Cassie, aceleró el paso y mejoró su postura, borrando cada parte de la mueca de su rostro. Hubo un tiempo, se recordó a sí mismo, en el que le encantaba correr.

"Buenos días", gritó mientras se acercaba.

Cassie se dio la vuelta y sonrió. Ella lo examinó rápidamente y su sonrisa se amplió. "Buenos días."

Reid se detuvo a su lado e hizo algunos estiramientos. Él la sintió mirar y se alegró de estar tan tonificado como estaba. "Es una gran mañana para correr."

"Lo suficientemente genial", coincidió Cassie. Ella echó un vistazo a la casa y luego lo miró a los ojos. "¿No dijiste que había un camino?"

"Justo al lado del río."

"¿Me enseñas?"

"Puedes apostar."

Compartieron una sonrisa de complicidad y se pusieron en marcha juntos, naturalmente igualando el ritmo el uno con el otro. Él se alegraba de que ella no estuviera decidida a correr rápido, ya que él podía aguantar un rato a esa velocidad. Reid ignoró sus rodillas y se concentró en su compañera. Sin maquillaje a esa hora. Él robó varias miradas rápidas a su rostro.

"Te ves serio", dijo ella. "¿Tengo pasta de dientes en la cara?"

"No. No puedo decidir si eres más bonita con lápiz labial o sin él."

"No, no, no", dijo ella, sacudiendo la cabeza. "No vayas allí. Es demasiado pronto para falsos cumplidos."

"¿Qué pasa con los genuinos?"

Ella le dio una mirada. "Tenemos un acuerdo."

"Una negociación."

"Y me voy el domingo por la noche. Puede que no vuelva nunca más. No es necesario que te molestes en galanterías."

"No es una galantería. Es honestidad."

Ella sonrió. Entonces te devolveré un poco. "Estás en muy buena forma."

"Tú también." Sus miradas se encontraron y se mantuvieron por un momento caliente y Reid pensó en correr. "¿Volverás antes de quince años más?"

"Probablemente no."

"Ah, entonces te fue bien con tu familia."

Cassie se rió. "Fue terrible. No sé qué le pasa a Ally."

"¿Algo nuevo?"

"Sí. Yo espero recibir dolor de mi madre."

Reid no preguntó. "Aquí está el camino." Él indicó la brecha en los árboles que era el comienzo del sendero del río. "Justo donde siempre ha estado."

Cassie lo siguió, con la mirada fija en el sendero. "Pero antes no era tan ancho, y mucho menos pavimentado."

"Supongo que los elfos han estado ocupados durante la noche."

Algo en su tono debió haberle llamado la atención porque ella lo miró de nuevo. "¿Hiciste pavimentar esto?"

Reid asintió. "Es más seguro para los niños en sus bicicletas." Él señaló hacia arriba. "Y hay luces con paneles solares para que el camino esté iluminado por las noches. Más seguro para las personas que caminan solas."

"Siempre fue un buen atajo al centro de la ciudad."

ÉL SIGUIÓ CORRIENDO, pensando en todas las otras cosas que habían sucedido en ese camino o cerca de él en su memoria. Si Cassie no las sabía, él no se lo iba a decir.

El nivel del agua ya estaba bajando desde su altura de manantial, y los árboles comenzaban a tener hojas. Los pájaros cantaban y era fácil olvidar que había casas en las proximidades.

"¿Por qué volviste aquí de todos modos?" preguntó Cassie finalmente.

"¿A dónde más iba a ir?"

"¡A cualquier lugar! Te escapaste, como lo hice yo."

"Ir a la universidad no fue un escape."

"¿No lo pensaste así? Ciertamente yo lo hice. Era mi oportunidad de salir y no volver nunca."

"No puedes huir de quién eres."

"Pero puedes huir de lo que no te gusta."

Esta vez, él inclinó la mirada de reojo en su dirección. "¿Por qué odiabas tanto estar aquí?" Por lo que Reid podía ver, Cassie había tenido todas las ventajas cuando era niña. No había nada de lo que ella tuviera que huir.

"Siempre se sintió tan limitante aquí, como si no pudiera haber un futuro para nadie más allá del de sus padres. Se suponía que todos debían crecer, hacerse cargo del negocio familiar, casarse con el niño o la niña de al lado, tener bebés, mudarse a la casa familiar, etc. Todo el mundo se puso en el lugar de sus padres y siguió adelante, generación tras generación tras generación." Ella hizo una mueca y sonó más amarga de lo que esperaba. "Me deprime solo decir eso. No había lugar para los sueños."

"Tú conoces mis sentimientos acerca de los sueños", le recordó él, notando que ella no parecía encontrar su punto de vista ofensivo.

"Objetivos entonces. Aspiraciones. Cualquier idea de convertirte en alguien que no sean tus padres. Odiaba eso."

Reid también lo había hecho. "Pero tu familia tenía una buena vida y una linda casa, comodidad financiera. ¿No es un buen sueño?" Él sabía que habría hecho cualquier cosa por esa vida y ese legado.

Cassie hizo una mueca. "Es pequeño. Yo quería algo más grande. Quería tomar un vuelo a algún lugar como si no fuera gran cosa. Quería visitar otros países y probar otras cosas. Quería hacer cosas que nadie en Montrose River aparentemente había imaginado hacer."

"¿Las hiciste?"

Su sonrisa era traviesa. "Algunas." Entonces sus ojos se agrandaron. "Y algunas de ellas me fueron hechas a mí", agregó ella en voz baja. Reid fingió no escuchar eso, aunque estaba intrigado.

Especialmente notó su cambio de humor. Ahora ella parecía más pensativa, como si él ni siquiera estuviera con ella.

"¿Por qué volviste?" preguntó él.

Cassie respiró hondo. "Pensé que si yo fuera la madrina de Emily, podría ofrecerle otra perspectiva. En realidad, no ahora, sino cuando sea una adolescente."

Reid asintió. Querer hacer una diferencia para los niños era algo que él entendía. "¿Entonces valió la pena?"

"¿Qué quieres decir?"

"Bueno, debes haber renunciado a algo para conseguir lo que querías, algo además de vivir en Montrose River, algo que te importaba. Por lo general, así es como funciona."

Ella lo consideró, su expresión inescrutable. "¿Así es como funcionó contigo?"

. . .

"NO. Yo no obtuve lo que quería, a pesar de que renuncié a algo importante para mí. La vida no siempre juega limpio." Él estaba orgulloso de sí mismo por no sonar amargado.

Entonces ella se detuvo y se volvió para mirarlo, apoyando las manos en las caderas. "¿De qué estás hablando? Eres rico y exitoso. Eres dueño de al menos la mitad de la ciudad. ¿Qué más podrías querer?"

Reid sonrió y desvió la mirada. "Algo más que eso, obviamente." Él siguió corriendo y ella lo alcanzó.

Corrieron juntos en silencio durante unos momentos, y el sonido del río lo tranquilizó.

"Entonces, ¿qué querías?" Cassie preguntó finalmente.

"¿Importa?"

"Lo hace si no lo conseguiste."

"¿Tú obtuviste lo que querías?"

Ella frunció el ceño un poco, pensando en eso. "La mayor parte. Algunas cosas no las quise una vez que las tuve, como el trabajo con las Rockettes. Algunas cosas que ni siquiera sabía que quería, como la asociación en F5F. Pero tengo seguridad financiera, que es un tipo de éxito, y no dependo de nadie más, que es la libertad."

"¿Y qué haces con tu éxito y tu libertad?"

"Vivo la vida que quiero vivir. Soy feliz."

"¿Qué otra cosa?"

"¿Qué más hay ahí?"

"¿Cuál es la marca que vas a dejar en el mundo? ¿Cómo sabrá alguien que has estado aquí después de que te hayas ido?

"Puede que haya una lápida", dijo ella con una sonrisa. "Todos los Wilson se reúnen de nuevo en la parcela familiar del cementerio."

"Así que algún día volverás a Montrose River." Reid notó cómo ella hacía una mueca y se preguntó si realmente lo haría. "¿Eso es lo suficientemente bueno?"

"Supongo que no lo sería para ti."

"No. Ni siquiera me importa si hay una lápida. Pueden incinerarme y arrojar las cenizas al viento."

"¿Por qué está marcando la diferencia al mantener abierta la tienda Shop' n Save?" Ella contuvo el aliento y le tocó el brazo. "Lo siento. Eso suena perverso. No pretendo serlo. Simplemente no parece ser una razón suficiente para quedarse aquí."

"Lo que quieres decir es que una pequeña tienda de comestibles en una pequeña ciudad no importa en el gran esquema de las cosas", respondió Reid de manera uniforme. "Y creo que estás equivocada."

"¿Cómo es eso?"

"Es un lugar para marcar la diferencia. El cambio comienza en la planta baja, no en el ático. El cambio comienza con la comida."

"¿Con comida?"

"¿Por qué crees que Lionel trabaja para mí?"

"Lionel." Ella pareció en blanco por un momento, luego sus ojos se iluminaron. "¿El muchacho que dejó caer los pepinillos?"

"Ese es él. Nadie ha confiado nunca a Lionel en nada, por lo que puedo ver. No es brillante, pero tampoco estúpido. Es un buen muchacho de buen corazón cuya mamá le compra ropa tan horrible que él tiene inseguridades. Eso lo vuelve torpe a veces. Le impide hacer amigos porque tiene miedo de hablar con la gente. Él necesita una infusión de confianza, y si la tiene, eso podría marcar la diferencia en el mundo para su futuro."

"INCLUSO A COSTA de frascos rotos de encurtidos."

"Nadie dijo que marcar la diferencia era una propuesta financiera ganadora a corto plazo."

Ella sonrió. "¿Lo contrataste en serio solo para alimentar su confianza?"

"Le ofrecí un trabajo. Él ni siquiera se postuló." Las rodillas de Reid lo estaban matando, pero el final del sendero que estaba cerca de su casa estaba a la vista. "Solo pensé que podría importar si alguien creía en él."

Porque todo había cambiado para Reid cuando Marty decidió creer en él.

"Me gusta ayudar a los niños con promesas ocultas", continuó cuando supo que debería haberse callado.

"¿Lionel tiene una promesa oculta?"

Reid se encogió de hombros. "No la he encontrado todavía, pero tiene que estar allí. Tal vez esté enterrada profundamente."

"Pero si no viste su promesa, ¿por qué lo contrataste?"

Él la miró con dureza, esperando terminar la conversación. "Me recuerda a mí mismo."

Cassie estaba incrédula. "¿Lionel?"

"Lionel", asintió Reid.

"Tengo que admitir que nunca te vi como un bienhechor."

"Nunca lo fui."

"¿Crisis de mediana edad?" bromeó y él sonrió.

"No del todo todavía", respondió Reid. "El caso es que cuando obtuve el mismo trabajo en Shop' n Save, cambió mi perspectiva por completo."

"Siempre decían que eras malo hasta los huesos, al igual que tu papá", dijo Cassie en voz baja.

"Tal vez no era del todo así", dijo justo cuando salieron de los árboles, contento de poder sonar despreocupado al respecto. "Mi mamá siempre decía que debes dejar el mundo en un lugar mejor cuando te vas que cuando llegas. Eso es lo que estoy tratando de hacer."

Ella lo estudió y él supo que Cassie iba a hacer otra pregunta, probablemente una que él no quería responder.

"Ahí", dijo él, señalando su propia puerta. "Carrera hacia la puerta trasera." Se fue antes de que Cassie pudiera discutir con él. Reid escuchó sus pisadas detrás de él, alcanzándolo, y siguió corriendo a pesar del dolor.

Dieron la vuelta a la casa y Reid se detuvo junto a la puerta de la cocina, inclinándose para apoyar las manos en las piernas y recuperar el aliento. Sus rodillas estaban en llamas.

Cassie se detuvo jadeando junto a él. "Eres bastante rápido para alguien que se destrozó las rodillas."

"Llámame el hombre biónico."

"¿Titanio?"

"Lo mejor."

Cassie apoyó una mano en sus caderas para examinarlo, incluso mientras recuperaba el aliento. "No puedo creer que se suponga que debas ir a correr, aun así."

"No lo hago. No corro hace un par de años", admitió él. "La natación es mi ejercicio preferido."

Ella entrecerró los ojos e inclinó la cabeza para mirarlo, luciendo perpleja. "Entonces, ¿por qué estás corriendo esta mañana?"

"PARA ENCONTRARME CONTIGO."

"¿Arriesgaste tus rodillas para correr conmigo?" Cassie frunció el ceño pero él pudo ver que estaba complacida. "Eso es una locura."

"¿Lo es?" Reid dio un paso más cerca de ella y notó cómo ella recuperaba el aliento. Sus ojos brillaron mientras sostenía su mirada y se sonrojó un poco. "Aquí estamos. ¿De verdad vas a entrar?"

Ella sonrió. "Ni los caballos salvajes podrían mantenerme fuera", murmuró ella, luego lo empujó contra la pared y lo besó.

QUÉ CASA.

Cassie trató de ocultar su asombro y pensó que había hecho un buen trabajo. Por supuesto, las propiedades inmobiliarias eran más baratas en Montrose River que en Manhattan, pero aun así, la casa de Reid era fabulosa. Parecía un castillo francés, con el techo altísimo y las ventanas enormes. El lote tenía que ser de diez acres, con amplios prados rodeados de árboles maduros. Estaba lo suficientemente cerca del río como para que pudiera escuchar el agua fluir en primavera, pero lo suficientemente alto como para que nunca hubiera riesgo de inundación. Corrieron por terrenos ajardinados, pasaron la enorme puerta principal y rodearon un garaje para cuatro automóviles hasta la puerta trasera, donde había un enorme invernadero sobre lo que tenía que ser una piscina cubierta.

Y luego estaba Reid. Verlo en pantalones cortos y una camiseta reafirmó todas sus sospechas sobre cuánto se ejercitaba. El hombre era hermoso y estaba en forma.

Sin pensar que era mucho más interesante hablar con él que con cualquier persona que ella hubiera conocido en un tiempo.

Y oh, él podía besar. Cassie lo aplastó contra la pared, deseando todo lo que tenía para dar. Su boca se cerró sobre la de ella, su lengua hizo la misma magia que había hecho el día anterior, y ella casi se desmaya. Ella iba a correrse rápido de nuevo, como una completa aficionada, y ni siquiera le importaba. Ella envolvió sus brazos alrededor de su cuello y se rindió por completo.

Él hizo un pequeño sonido de frustración, luego rompió el beso y marcó un código en el panel de control al lado de la puerta. Cassie no pudo evitar verlo y lo memorizó, ya pensando que podría volver en medio de la noche por más de Reid.

Luego él le tomó la barbilla con la mano, le sonrió con lo que solo podía ser satisfacción y la besó de nuevo. Fue Cassie quien gimió esta vez. Ella sintió que sus rodillas se debilitaban, pero Reid la levantó y la llevó a la casa. Ella pateó sus pies juguetonamente, preguntándose a dónde iban y sin importarle realmente. Él subió corriendo unas escaleras y ella tuvo el ocioso pensamiento de que podría ser una escalera al cielo.

Finalmente Reid la dejó en el suelo y ella abrió los ojos para descubrir que estaba en una cama en un dormitorio enorme y vacío. Reid se estaba quitando la camiseta y Cassie se sentó para quitarse la ropa también. Ella se quitó la ropa de correr y se quitó los zapatos, luego sintió que Reid la miraba fijamente. Ella se volvió y miró un poco ella misma.

Qué hombre tan hermoso era. Estaba bronceado de manera bastante uniforme, así que Cassie supuso que había una cama de bronceado en la casa o un lugar donde podía tumbarse desnudo al sol sin ser visto. Él tenía un tatuaje en la parte superior del brazo y ella lo reconoció como la mascota del equipo universitario en el que había jugado. Más importante aún, él era todo una fuerza magra, tan musculoso y tonificado que ella quería sentirlo por todas partes. O engrasarlo y fotografiarlo.

También estaba enorme y duro. Siguiendo un impulso, ella se inclinó y besó la punta de su erección. Reid gimió y Cassie no pudo resistirse. Ella lo agarró por los muslos y lo tomó en su boca, provocándolo con sus labios y la punta de su lengua. Él se balanceó un poco sobre sus pies, sus dedos se engancharon en su cabello.

"No así", dijo él, con la voz tensa. "No la primera vez."

Cassie levantó la cabeza y él gimió de nuevo. "Pero te debo una", dijo ella y atrapó sus bolas en su mano. "Me tocaste, así que yo te tocaré." Ella los masajeó ligeramente, observando su reacción. Él parecía estar apretando los dientes y cuando abrió los ojos para mirarla, se habían puesto verdes.

"Dijiste que no te habías convertido en una provocadora", susurró él con voz ronca.

"No es una provocación", respondió Cassie. "Porque yo entrego."

"Entonces hazlo ahora," dijo él lúgubremente. "Antes de que me levantes en el aire..."

"No podemos desperdiciar las cosas buenas", respondió ella, luego miró a su alrededor.

Reid se apartó de ella y buscó un condón en la mesita de noche. "¿Corrugado o no?" preguntó él.

"Estás bromeando."

"Elección de la dama."

Cassie puso los ojos en blanco y se arrastró sobre él para mirar en el cajón. Ella eligió uno e hizo los honores, aprovechando la oportunidad para acariciarlo un poco más mientras se lo ponía. "Eres otra cosa", susurró ella.

"¿Porque tengo condones?"

"Sabes que no es a lo que me refiero." Ella le dio una caricia larga y lenta.

"Habla por ti misma." Reid la instó a retroceder más en la cama, besándola para que se callara y bajándose a su lado. Su mano se deslizó sobre su vientre y luego entre sus piernas y contuvo el aliento, probablemente porque ella estaba tan mojada y lista.

"Me haces algo perverso", admitió ella y él se rió entre dientes contra su garganta.

"Ni siquiera he empezado todavía."

Él se burló de ella con las yemas de los dedos, deslizándola entre los pliegues resbaladizos y a través de su clítoris. Cassie abrió las piernas de par en par y se colgó de sus hombros, deleitándose con su toque. Ella le clavó las uñas en los hombros un poco y él gruñó de satisfacción.

"Vas a hacer que me corra de nuevo", se quejó ella.

Entonces me deberás otro orgasmo. No tengo problemas con eso."
Reid besó su garganta, su oreja y finalmente reclamó su boca, su toque un

poco más áspero de lo que había sido. Dos de sus dedos se deslizaron dentro de ella y su pulgar trabajó contra su clítoris, volviéndola loca de necesidad. Él parecía saber exactamente hasta dónde empujarla, luego se detuvo justo antes de llevarla al límite.

Cassie se retorció debajo de él con impaciencia. "Así que ahora tú eres el provocador."

"No, solo me aseguro de que tengas apetito."

Ella gruñó y le mordió el hombro como si fuera arrancarle un pedazo. "Ya me muero de hambre."

Reid se rió entre dientes y rodó por la cama, abandonándola. Cassie lo vio abrir el cajón de la otra mesa de noche. Ella se acercó, curiosa, y vio que había una selección de juguetes sexuales nuevos en el cajón. Él eligió un paquete. "A estrenar", le aseguró y ella vio que era un anillo para el pene. No cualquier anillo para el pene, sino su favorito personal de todos los que había probado con una pareja.

Era como si el hombre pudiera leer su mente.

CINCO

Reid aparentemente notó la expresión de Cassie. "Solo esperando el momento adecuado." Él abrió el paquete y deslizó el anillo sobre su pene. Cassie tragó cuando vio la perilla de látex en la parte delantera.

"Una de mis cosas favoritas", dijo ella y él sonrió.

"¿Qué sabe acerca de los juguetes sexuales, señorita niña exploradora?" preguntó él, fingiendo estar horrorizado. "¿Pensé que tus cosas favoritas serían los paquetes de papel marrón atados con una cuerda?"

"No soy una monja." Cassie se rió cuando él levantó las cejas. "Y creo que las parejas deberían divertirse en el dormitorio."

Sus ojos brillaron. "¿De verdad? ¿Juguetes sexuales y todo?

Cassie asintió. "¿Por qué no?"

"Aprendes algo nuevo todos los días." Reid se cernió sobre ella y Cassie separó los muslos, deseándolo dentro de ella. Él le dedicó una mirada y luego la provocó con la punta de su erección, apoyando su peso sobre ella mientras trazaba el mismo camino que habían seguido sus dedos.

"Debería atarte para que no puedas meterte conmigo así", amenazó ella y él sonrió.

"Debería atarte para que no puedas volver corriendo a Nueva York antes de que termine contigo."

"Deberías dejar de molestarme y ponerte manos a la obra."

Sus ojos brillaron y se inclinó sobre ella, deslizándose dentro de ella con una suave y lenta caricia. Cassie contuvo el aliento y luego se retorció. Reid inhaló bruscamente y ella se rió, luego lo puso rápidamente de espaldas y tomó el resto de él.

Reid contuvo el aliento. "Ya lo has hecho antes."

"Me gusta estar arriba." La perilla chocó con su clítoris y ella gimió desde lo más profundo de su alma, luego giró sus caderas con satisfacción. Estaba bastante segura de que Reid se hacía más grande.

Ciertamente, él estaba sonriendo como un lobo feroz, listo para devorarla.

Él extendió los brazos y se quedó flojo debajo de ella, con los ojos brillantes. "Muéstrame lo que te gusta de estar arriba", invitó Reid con una sonrisa peligrosa. "Convénceme de que es el camino a seguir."

"No es la única manera. Me gusta la variedad."

"Pero esto es lo que más te gusta. Muéstrame por qué."

Cassie giró las caderas, asegurándose de que lo tomaba todo dentro de ella, luego se meció contra él hasta que él apretó los dientes. Ella levantó las manos de Reid hasta sus pechos y jugueteó con sus propios pezones hasta que estuvieron tensos, luego colocó el pulgar y el dedo alrededor de uno, y luego el otro. Él pellizcó un poco más fuerte, enviando una sacudida de placer a través de ella, y ella jadeó. "Eres malvado", susurró ella mientras la pequeña protuberancia golpeaba contra su clítoris.

"Eso ya lo sabías." Reid tiró de ella hacia abajo para poder tomar un pezón en su boca. Pasó la lengua por el pico, luego lo rozó con los dientes, moviéndose dentro de ella incluso mientras la atormentaba. Su mano se cerró alrededor de su nuca, sus dedos en su cabello en un agarre posesivo, su otra mano en la parte de atrás de su cintura, pidiendo que se acercarse. Cassie se sentía reclamada y atesorada, especialmente cuando repitió su broma en el otro pezón. Ambos estaban duros y apretados cuando él terminó, rojos y relucientes por sus atenciones.

Reid puso su mano entre ellos, atrapando su clítoris entre su dedo y el anillo del pene, luego le dio un pequeño pellizco. Cassie se estremeció de placer de la cabeza a los pies. "Dime lo que quieres", susurró él.

Cassie meció las caderas. "Más."

"Eso no es tan articulado como esperaba."

"Quiero que me llenes", dijo ella, sosteniendo su mirada. "Quiero que me des la vuelta, me sujetes y me penetres hasta que ninguno de los dos pueda soportarlo más. Quiero que me reclames aquí y ahora. Quiero que este sea el mejor sexo de todos los tiempos, y quiero un orgasmo que dure una semana, y quiero que te corras al mismo tiempo que yo."

Reid arqueó una ceja. "Siempre y cuando no sueñes demasiado en grande."

"No es un sueño", susurró Cassie, luego movió las caderas. "Es un objetivo."

Reid se rió, pero luego ella se inclinó sobre él y lo reclamó con un beso, inclinando su boca sobre la de él y vertiendo toda su pasión en su beso. Ella no se contuvo y sintió como si su movimiento encendiera un infierno. Reid la agarró con fuerza y le devolvió el beso, moviéndose con creciente poder dentro de ella, esa perilla tocándola y provocando hasta que ella pensó que iba a explotar. Reid la hizo rodar sobre su espalda, sin perder el ritmo y apoyó su peso sobre ella, penetrándola una y otra vez hasta que ella quiso gritar. Ella lo agarró por los hombros, clavándose las uñas, y envolvió sus piernas alrededor de su cintura, acercándolo más, apretándolos más cerca, deseando más y más y más.

Cassie sentía el corazón de Reid latir con fuerza y escuchaba la respiración entrecortada en su oído. Ella sentía la mancha de sudor entre ellos y pensó en él deslizando la punta de sus dedos dentro de ella el día anterior. Cassie pensó en el brillo perverso en sus ojos cuando la estaba tomando el pelo y sintió el poder de sus músculos bajo sus dedos. Ella pensó en Tyler cargando a Shannyn sobre su hombro, al estilo de un hombre de las cavernas, cuando salieron del ascensor y también quiso hacerlo en un ascensor con Reid. Ella lo deseaba una y otra y otra vez, y la próxima vez que la perilla tocó su clítoris, Cassie se corrió como un maremoto.

"¡Tyler!" gritó ella, sin darse cuenta de lo que había hecho hasta que Reid se congeló en su abrazo.

"Tyler", repitió él, luego la soltó. Él se apartó de ella y se alejó, su frente tan oscura como un trueno. Le dio la espalda y luego se dirigió al baño de al lado. Cassie escuchó el sonido del anillo y el condón aterrizar en la papelera justo cuando se dio cuenta de lo que había dicho.

¿Qué había hecho ella?

A REID lo habían llamado muchas cosas en su tiempo, pero ninguna mujer lo había llamado por el nombre de otro hombre.

Especialmente no entonces.

Era una primera vez no bienvenida.

Él se lavó rápidamente. Furiosamente. Él sabía muy bien que Cassie lo estaba mirando en estado de shock, pero no le importaba. Él no podía creer que hubiera sido un sustituto, que ella no lo hubiera querido en absoluto, que la verdad le doliera tanto, y ¿quién diablos era este tipo Tyler?

"Oh, Dios mío", susurró ella desde muy cerca. "Lo siento mucho."

¿Qué más diría ella?

"No tanto como yo", gruñó Reid y agarró una toalla. Él sabía que si la miraba, estaría perdido. Ella estaría al borde de las lágrimas, vulnerable y disculpándose, y él querría consolarla, tal vez continuar donde lo habían dejado, tal vez asegurarse de que ella supiera con quién estaba esta vez, así que pasó de largo a su lado y entró en su armario para vestirse.

Por supuesto, ella lo siguió. Cassie no era de las que se quedaban atrás.

Mucho menos ignorada.

¿Era espectacularmente estúpido o simplemente inevitable que todavía la deseara?

"¡Lo siento!" repitió ella.

"Eso dijiste." Reid se puso ropa interior limpia y jeans, luego una camiseta. Se sentía como si se estuviera armando a sí mismo, poniendo capas de tela entre él y el inevitable atractivo de Cassie al tacto. Ella pondría una mano sobre su piel, despertaría el fuego de nuevo, y él estaría perdido, listo para volver a cometer el mismo error.

Eso no iba a suceder.

Al menos no en ese momento.

"No, Reid, de verdad, lo siento mucho. No sé qué decir." Ella sonaba devastada y algo se retorció dentro de él. "No puedo creer que hice eso. No sé ni cómo empezar a compensarlo."

Él la oyó sentarse en el banco acolchado del enorme armario, pero trató de ignorarla y se puso los calcetines. Un abrigo. Lástima que no tuviera guantes. Él metió los pies en las botas y se pasó la mano por el pelo.

"Al menos mírame", dijo ella y la súplica en su voz llegó a Reid, tal como él sabía que sucedería.

Él la miró, incapaz de hacer nada más, y toda la armadura del mundo no pudo protegerlo de la vista de las lágrimas de Cassie. Ella todavía estaba desnuda, apenas una toalla envuelta alrededor de ella, y su cabello caía sobre sus hombros en un desorden espectacular. A Reid se le secó la boca y se le apretó el estómago. Ella era tan hermosa y él había estado tan cerca. Él se sentía engañado a pesar de que sabía que ya debería estar acostumbrado a eso.

Realmente no debería haber esperado lo contrario.

Por supuesto, Cassie Wilson no lo quería.

Nadie lo hacía.

Nadie lo haría jamás.

Porque el felices para siempre era para otras personas.

Reid exhaló un suspiro y tragó.

"Realmente lo eché a perder", susurró ella y la primera lágrima cayó.

Él cerró los ojos y respiró hondo. Un cuerpo. Una vez más. Demasiado para aprender de la experiencia. Fue a sentarse junto a Cassie en el banco. "Está bien", logró decir.

"¡No lo está!" protestó ella. "¡Es horrible! Soy horrible. Oh, Reid, no puedo creer que haya hecho algo tan horrible." Ella se inclinó contra él y él apretó los dientes, negándose a tocarla.

Él todavía estaba tratando de superar su resentimiento. "¿Quién es Tyler?"

"No importa..."

"Creo que sí", dijo él, interrumpiéndola con fuerza. "Mucho." Entonces él la miró a los ojos y ella hizo una mueca, aparentemente habiendo vislumbrado su ira.

"Nunca había hecho algo así antes", admitió ella.

"También es una novedad para mí, si eso te hace sentir mejor."

Su sonrisa fue vacilante. "¿Una sin la que podríamos haber vivido los dos?"

"¿Es eso realmente una pregunta?"

Cassie sonrió un poco más, luciendo animada. El corazón de Reid se apretó con fuerza. "¿Puedes perdonarme?"

Reid ya sabía la respuesta a eso. "No lo sé", mintió él. "¿Quién es él?"

Suspiró y esta vez fue ella quien desvió la mirada.

Reid adivinó. "Tu socio en F5F, el que se casó con otra persona."

Ella asintió. "Yo tenía la esperanza de haberlo superado."

"Supongo que no, dado esto."

"Oh Dios, lo siento mucho." Ella enterró su rostro entre sus manos y él luchó por no tocarla.

Consolándola.

Reid respiró hondo y mantuvo las manos apretadas en su regazo. "Háblame de él."

"¿Qué?"

"Háblame de Tyler. ¿Por qué estás tan loca por él?"

Cassie levantó la cabeza y lo miró fijamente. "Tienes que estar bromeando."

"No lo hago." Sus miradas se encontraron y se sostuvieron. "¿Qué tiene de especial él?"

¿Qué tiene él que yo no? Reid escuchó su pregunta tácita y se preguntó si Cassie también. Realmente no necesitaba su respuesta. Él mismo podría hacer una lista.

Ella suspiró y examinó el contenido del armario, como si lo viera por primera vez. "Armario grande."

"Me aseguraron que lo necesitaba, con una casa como esta."

Su mirada se detuvo en los estantes vacíos, luego la pequeña colección de ropa colgada en una esquina. "Parece que no."

"Tal vez sea una cuestión de estilo de vida."

"Tal vez sea porque no tienes pareja. Una mujer podría llenar este armario en nada."

"Probablemente."

"¿Pero no vas a dejar que una entre para averiguarlo?"

Él sacudió la cabeza. Reid conocía sus limitaciones.

Ella lo consideró. "¿Disfrutas tu dinero, Reid?"

"Disfruto de tenerlo", admitió él. "Eso es mejor que la alternativa."

Cassie asintió y luego se puso de pie. "¿Tienes café?"

"Estás eludiendo mi pregunta."

"No. Solo necesito pensar por dónde empezar." Ella forzó una sonrisa. "No quiero empeorar esto."

"Dudo que haya otro lugar adonde ir excepto hacia arriba", dijo Reid, luego se dirigió a la cocina. Su nevera, por supuesto, todavía estaba vacía. Él había dejado el resto del frasco de salsa de espagueti abierto en el mostrador durante la noche, así que lo tiró por el desagüe después de preparar una taza de café. La actividad era bienvenida. Siempre era mejor cuando tenía algo que hacer. Cassie se retiró al baño y regresó con el cabello recogido en esa cola de caballo de nuevo, vestida exactamente como estaba cuando él la encontró al principio.

Como si nada hubiera pasado.

O como si nada hubiera cambiado.

Pero todo había cambiado.

Él le sirvió una taza de café. "Tengo azúcar pero no leche ni crema."

"¿A pesar de que tienes una tienda de comestibles?"

"Aun así."

Su mirada recorrió la cocina, absorbiendo los detalles. "Tu casa es hermosa."

"Prácticamente llegó de esa manera."

Cassie sonrió. "Entonces, ¿todos los pequeños detalles que la convierten en un hogar no son tuyos?"

Reid no estaba listo para que se burlaran de él. Él simplemente negó con la cabeza y ella se puso seria.

"Lo siento. Es realmente bella. Imagen perfecta. Podría estar en una revista."

Reid cruzó los brazos sobre el pecho y se apoyó contra el mostrador, esperando.

"¿No vas a tomar café?" preguntó ella y él negó con la cabeza.

"No lo bebo."

Pero lo tienes. No tienes comida, aunque debes comer algo, pero tienes café, aunque no lo bebes."

Reid sostuvo su mirada, dejándola hablar. Cuando ella no lo hizo, él habló. "A mis invitadas a menudo les gusta el café por la mañana."

Cassie se sonrojó un poco entonces y bajó la mirada, sorbiendo su café. "Está bien, me lo merecía", dijo ella. "No soy la primera ni la última, aunque soy la primera en cometer ese error en particular." Ella tomó otro sorbo largo, luego se paró junto a Reid, su cadera casi tocando la de él.

Él luchó contra el impulso de alejarse, diciéndose a sí mismo que podía quedarse a su lado y no tocarla.

Él no se debilitaría con el olor de su piel.

Mucho menos el olor de su excitación.

Él no recordaría lo que no había sucedido del todo.

O pensar que podría continuar donde lo había dejado.

Una mujer que estaba enamorada de otro hombre estaba estrictamente fuera de los límites. Reid tenía un código y no lo iba a olvidar ahora.

Ni siquiera por Cassie Wilson.

"Tyler McKay", susurró ella como si estuviera rezando. "El tipo del dinero en F5F, que se ve tan increíble con un traje que la mitad de las mujeres de Nueva York podrían comérselo vivo."

"¿Y la otra mitad?"

Probablemente lo prefiera desnudo. ¡Espera!" Ella sacó su teléfono del bolsillo de su equipo de entrenamiento y se desplazó por algunas imágenes. Reid luchó contra el impulso de espiar, pero luego ella sostuvo el teléfono frente a él.

Parecía un anuncio. Había un tipo realmente tonificado, desnudo, mirando al espectador, con un tatuaje en el hombro. Él sostenía a una mujer en sus brazos, que también estaba muy tonificada. Ella estaba presionando un beso en su pecho, consumida por él, mientras él parecía que iba a arrancarle la cabeza a cualquiera que se le acercara.

Obtén suerte en F5F era el título.

Ambos llevaban anillos de boda, se dio cuenta Reid, y no mucho más, aunque los bits con clasificación X estaban ocultos a la vista.

"Ese es Tyler", dijo Cassie innecesariamente. "Y Shannyn, su esposa."

"Parece un anuncio."

"Lo era. Lo es. Es una valla publicitaria para F5F que yo diseñé. Es uno de una serie que presenta a cada uno de los socios en un anuncio." Ella hojeó las imágenes en su teléfono y le mostró otra. "Ahí está Kyle."

Ese tipo era rubio y parecía un vagabundo engreído en la playa. Había gotas de agua en sus músculos perfectamente bombeados y tenía un brillo perverso en sus ojos. Su cabello estaba mojado y despeinado, como si acabara de salir de la piscina y empujar su mano a través del agua.

Mójate en F5F era el título.

Reid pensó que algunas mujeres que vieran ese anuncio no estarían pensando en nadar.

"Kyle es el animal de la fiesta y el tipo de las ideas. Él está en San Francisco ahora mismo, preparando el lanzamiento de nuestra nueva sucursal de la costa oeste." Cassie se desplazó a través de más imágenes. "Y aquí está Damon."

Otro tipo desnudo realmente tonificado, pero este era más fornido y moreno. Tenía un aspecto intenso, mediterráneo y tan decidido que podría haber estado tallado en granito. La frase era *Ponte duro en F5F*.

Cassie volvió a repasar las imágenes y luego le mostró una toma del anuncio de Kyle en lo que tenía que ser Times Square. La valla publicitaria tenía veinte pisos de altura y su socio sonreía con confianza a la multitud.

"Espacio publicitario caro", dijo él.

"Y vale cada centavo." Cassie suspiró. "Es una idea brillante de Shannyn. Ella es fotógrafa."

Y la esposa de Tyler. "¿Dónde está el tuyo?"

"¿Mi qué?"

"Tu anuncio."

Cassie parecía estar nerviosa de nuevo, lo que sorprendió a Reid, y se preocupó por guardar su teléfono. "No ha habido uno todavía. Es Theo o yo, pero no tengo otro eslogan. Pagamos para mantener la cartelera de Tyler y Shannyn por más tiempo." Ella se encogió de hombros. "Está funcionando bastante bien."

"La promesa de romance debe ser convincente", dijo Reid y ella lo miró.

"Se relaciona con otras promociones en el club", dijo ella vagamente, como si no estuviera realmente interesada en sus propias palabras. "Entonces podemos rotar a través de Damon y Kyle de nuevo, si es necesario."

"Todavía no me has hablado de Tyler."

Ella hizo una mueca. "Porque es incómodo."

Reid se rió a su pesar. "No, lo hemos hecho incómodo y que me digas sobre Tyler no se acerca."

Ella lo miró a él. "¿Me perdonarás alguna vez?"

"No lo sé", dijo Reid, pero no era cierto. Él ya la estaba perdonando. Ese era el poder aterrador que Cassie tenía sobre él, pero ella no necesitaba saberlo.

Nunca.

Cassie terminó su café y dejó la taza sobre la encimera. Reid señaló la cafetera pero ella negó con la cabeza. "Solo una taza al día para mí." Ella exhaló un suspiro. "Está bien, Tyler es un tipo de dinero, una bestia muy sexy, como has visto."

"No es así para mí, pero confiaré en tu juicio al respecto."

Él ganó una sonrisa fugaz por eso. "La mejor parte es que tiene principios y un código de honor que admiro. Es leal y un buen amigo. Tiene cuatro hermanas y las protege a todas."

"Pero más a su esposa."

Ella asintió. "Es una flecha completamente recta, aunque..." Ella se mordió el labio. "Se hizo ese tatuaje después de que él y Shannyn se conectaron."

"Tal vez ella esté sacudiendo su árbol."

Cassie suspiró y se veía miserable. "Probablemente."

"Mientras tú te hiciste un tatuaje sin el apoyo de nadie", dijo Reid, pasando la punta de un dedo por la parte superior de su brazo. Él había notado el tatuaje allí, pero no lo había mirado bien.

"Se podría decir que somos opuestos. Ty es deliberado. Yo soy impulsiva. A él le encanta la tradición, la obligación y la responsabilidad, mientras que a mí me encantan las sensaciones, la experiencia y probar cosas nuevas."

"¿Los opuestos se atraen?"

Ella se encogió de hombros. "Pero solo de una manera." Su voz bajó, volviéndose más suave en su confesión. "Él nunca estuvo interesado, a pesar de que me esforcé mucho en hacerlo cambiar de opinión. Luego él pareció echarle un vistazo a Shannyn y perderse."

"Y crees que no es justo."

"Lo hice, ya sabes. Realmente lo hice. ¿Qué sabía él de ella? ¿Qué podría darle ella que yo no pudiera?" Ella sacudió su cabeza. "Luego resultó que tenían una clase juntos en la universidad. Literatura Inglesa." Ella hizo una mueca y Reid sonrió. "A veces, provocan tanto calor juntos que creo que prenderán fuego al lugar." Había una nostalgia en su tono que Reid podía entender.

"Entonces, han encontrado algo bueno. Alégrate por él."

"No puedo creer que dure", confesó ella, luego se tapó la boca con una mano. "No debería haber dicho eso."

"Eso hace dos cosas que no deberías haber dicho hoy y aún es temprano. Podría ser un gran día."

Cassie se rió y se inclinó contra él, sus ojos brillaban mientras lo miraba. "Te pareces un poco a él, ¿sabes? Algo de la misma altura y complexión. Ojos verdes. Pero pareces mucho más peligroso que Tyler."

Había una invitación en sus ojos, una sugerencia de que continuaran donde lo habían dejado, pero Reid no estaba listo para ir allí todavía.

"Entonces deberías haber podido notar la diferencia", dijo él a la ligera. Él dio unos golpecitos en su reloj. "Tengo que ir a trabajar. Mi jefe es un verdadero idiota."

"No, no creo que lo sea", dijo Cassie en voz baja, sus ojos brillando de una manera que derritió la determinación de Reid de resistirse a ella. "Creo que tu jefe es un tipo muy agradable y más amable conmigo de lo que merezco." Entonces ella se estiró y tocó los labios con los de él tentativamente.

Fue justo como Reid esperaba.

Su toque lo deshizo por completo.

Sus labios eran tan suaves. Su beso era tan dulce. Reid no tuvo más remedio que demostrarle a Cassie que no era un tipo tan agradable como ella quería creer.

Se dijo a sí mismo que solo estaba dejando clara la distinción.

REID SE MOVIÓ MÁS rápido esta vez, como si tuviera hambre, no, como si estuviera famélico. Cassie no podía culparlo. Había sido tan terrible engañarlo en el momento final de su liberación. Ella haría cualquier cosa para compensarlo.

Cualquier cosa.

Pero su necesidad era excitante en cierto modo. Era tan crudo. Esta vez no hubo guantes para niños, no hubo seducción, y Cassie lo encontró realmente excitante. Se sentía como si ella estuviera viendo la verdad de Reid, como si él fuera honesto esta vez de una manera que no había sido la primera vez.

Ella no quería que se detuviera.

"Lo que quieras", le susurró al oído, luego deslizó los dientes a lo largo de él. "De la forma que quieras."

"No sabes lo que estás ofreciendo", murmuró él con voz ronca.

"Sé lo que quiero." Ella se apartó y lo miró a los ojos. "Tú."

"No, no es así. Quieres una versión más agradable de mí."

"No." Cassie negó con la cabeza y le mordió el labio inferior con los dientes. "Te quiero exactamente como eres. Muéstrame, Señor Honestidad."

Reid se quedó paralizado por un momento, tenso, luego sus ojos brillaron como un fuego verde. "Entonces mírame a los ojos esta vez", gruñó él. Y di mi nombre cuando te corras.

Cassie habría estado de acuerdo, pero él capturó su boca debajo de la suya, apoyándola en el mostrador mientras reclamaba su boca. Su beso era áspero y duro, y emocionante porque le daba una idea de cuánto la deseaba.

¿Alguien la había deseado tanto alguna vez?

Cassie se encontró igualando sus movimientos, mordiéndolo con los dientes, exigiendo más y entregándolo todo. Ella se encontró en el mostrador, las manos de él debajo de sus muslos, luego su trasero estaba desnudo sobre el frío mármol y sus medias en el suelo. Él arrastró su boca de la de ella, su respiración entrecortada. "Condón", susurró él.

"Lo traeré", dijo ella y saltó del mostrador. "No te muevas, pero desnúdate para cuando regrese."

"Date prisa", ordenó él.

Cassie corrió, sabiendo que él miraba su trasero desnudo. Ella se quitó la sudadera con capucha y la camiseta sin mangas y se quitó los zapatos, dejando un rastro en el camino de regreso al dormitorio. Cogió un par de condones de la mesa de noche, sin molestarse en cerrar el cajón, y corrió de regreso a la cocina. Reid estaba desnudo y la estaba esperando, como un dios esperando lo que le corresponde. Su ropa estaba tirada en el suelo a su alrededor. Ella se arrodilló ante él y alisó el condón, acariciándolo con las manos y rozando con las yemas de los dedos sus duros muslos. Él gruñó un poco y la levantó en brazos, poniéndola de nuevo en el mostrador. Sus dedos se movieron entre sus propios muslos, pero Cassie envolvió sus piernas alrededor de él.

"Estoy mojada", dijo ella. "Estoy lista para ti." Ella sonrió. "Y ahora te debo dos orgasmos."

Reid contuvo el aliento y se estremeció un poco mientras se acercaba. Incluso en su deseo, se movió lentamente, introduciendo su fuerza en ella. Cassie echó la cabeza hacia atrás y suspiró con satisfacción, luego se envolvió alrededor de él cuando él estuvo completamente dentro de ella. "Eres enorme, Reid, y eso me gusta." Ella giró las caderas y él contuvo el aliento, luego se inclinó para besarla de nuevo. Agarró su trasero, sus dedos se abrieron ampliamente mientras la levantaba contra sí mismo y se movía con seguridad. Se frotó contra ella, incluso sin el anillo del pene, y Cassie sintió que su propio deseo aumentaba una vez más.

"Dime lo que quieres, Reid", susurró ella cuando tuvo la oportunidad.

"Ya te dije."

"Dime más. Sé que te gustan mis botas."

Él la miró a los ojos. "Quizás la próxima vez deberías ponértelas."

Cassie estaba emocionada por la sugerencia, pero trató de centrarse al tema en cuestión. "Quizás lo haga. Tal vez yo sea tu fantasía."

"¿Y cuál es tu fantasía?" La voz de Reid era un gruñido bajo.

Ella lo miró y se estremeció profundamente por dentro. Nunca había confiado en nadie lo suficiente como para jugar.

Quizás era el momento.

"Ahora mismo, es montar sobre ti", susurró ella, luego le besó el cuello y la oreja. "En este momento, siento que te corres. Quiero que recojas lo que te debo, Reid." Ella lo besó lentamente, con la boca abierta y hambrienta. "Quiero que me perdones. Lo que sea necesario para eso."

"¿Lo que sea necesario?"

Ella se apartó para encontrarse con su mirada. "Lo que sea necesario."

"La tercera vez podría ser la vencida."

"Bien. Soy tuya. Toma todo lo que tengo, Reid Jackson."

Sus ojos brillaron y se movió rápidamente, hundiéndose profundamente y frotándose contra ella. Se movió rápidamente y con tal poder que Cassie fue barrida. Ella se corrió de repente, jadeando por la sorpresa y agarrando sus hombros mientras se estremecía por la liberación. Reid hizo un pequeño ronroneo de satisfacción y luego se corrió él mismo, enterrándose dentro de ella y temblando con la fuerza de su orgasmo. Él apoyó la frente en su hombro mientras recuperaba el aliento, pero no la dejó caer. Ni siquiera soltó su agarre.

Cassie le besó la sien. "En la ducha", murmuró ella. "Desde atrás, contra la pared."

Él se echó hacia atrás, con la mirada hirviendo. Primero al estilo cavernícola, sobre esa silla de cuero. Siempre pensé que sería la altura perfecta."

Ella suspiró con fingido pesar. "Ojalá tuviera mis botas."

Su sonrisa fue rápida. "Me imagino que las tienes."

Cassie entendió su implicación. Lo harían tres veces esa mañana, igualando el marcador, y ella no volvería a estar en su casa de nuevo. Era solo sexo, que era lo que ella estaba segura que quería, pero se sintió decepcionada.

A ella le agradaba Reid. A ella le gustaba hablar con él, además de tener sexo con él.

Pero no había tiempo para pensar en eso. Ella saltó de la encimera y lo lavó, burlándose de él mientras volvía a colocar el condón, impresionada por la rapidez con que él volvió a estar a la altura de la ocasión. Él tenía un trozo de cinta negra cuando ella miró hacia arriba, aunque no sabía de dónde lo había sacado, y una sonrisa diabólica. Él arqueó una ceja. "¿Quieres jugar a este juego?"

Cassie sintió que se abría la boca pero no salió ningún sonido. Ella miró entre Reid y la silla, sintiendo un aumento del pánico. Ella nunca había dejado que nadie le hiciera eso.

Ella tenía una buena razón.

"¿Tú sí?" se las arregló para decir Cassie, ganando tiempo.

"Mi mejor oportunidad para asegurarme de que no desaparezcas antes de que termine." Él lanzó el rollo de cinta y lo atrapó."

Estaba bromeando. Era Reid. Él no sabía que ella nunca había dejado que nadie la atara antes. Él no sabía que era un botón caliente para ella ser impotente. Pero también era un principio para Cassie reclamar todo lo que le habían robado. La confianza para jugar con un compañero de confianza era una de esas cosas.

Ella lo reclamaría ahora.

"Entiendo que la cinta es una mala elección, a menos que haga un nudo corredizo." Cassie se lo mostró y él hizo eco de sus gestos, luego se inclinó para darle un beso lento.

Él se apartó para estudiarla cuando ella estaba hirviendo de deseo de nuevo. "Puedes decir que no", dijo él, como si hubiera notado su inquietud.

"Podría, pero no lo haré." Ella sonrió. "En realidad, también es una novedad para mí."

Él movió la cinta de raso a través de su pezón lentamente y el pico se tensó con el toque. Cassie se estremeció y contuvo el aliento.

"Quizás esto no te importe tanto." Los ojos de Reid brillaban mientras desplegaba un trozo de cinta. Era ancha y negra, satinada. Él sacó un par de tijeras del cajón y cortó un trozo de aproximadamente un metro de largo.

"Tal vez no", logró decir Cassie.

Él cortó tres más, luego dejó las tijeras y el resto de la cinta en la encimera. Reid asintió y Cassie caminó delante de él hasta la silla en cuestión. Era una gran silla acolchada, como un sillón de club, tapizada en cuero marrón oscuro. Ella se paró detrás y separó las piernas, de modo que un tobillo quedara detrás de cada pata de la silla.

"¿Confías en mí?" preguntó él, y ella asintió.

"Sí", dijo ella, porque era verdad. Su corazón estaba acelerado y se sentía atrevida, pero también estaba realmente excitada. Ni siquiera podía respirar por completo. Reid ató su tobillo derecho a la silla. Era un nudo corredizo, pero apretado. Cassie pudo ver que solo tenía que tirar de un extremo de la cinta para liberarla. Ella trató de mover el pie, pero estaba asegurado allí.

Él se enderezó a su lado, deslizó su mano a lo largo de ella y ahuecó su pecho. "Te gusta esto", murmuró él, jugando con su pezón y mirándola a los ojos.

"En realidad, me gusta."

Él robó un beso, otro de esos lentos y humeantes.

"A ti también", dijo ella, pasando sus dedos sobre su erección.

"Me gusta que te guste", dijo él, sonando más como Tyler de lo que ella esperaba. Él arqueó una ceja. "¿El otro?"

Cassie asintió con la cabeza, con la garganta apretada. "Sí, por favor."

Reid repitió sus movimientos, atando otro nudo corredizo seguro y atando el tobillo de Cassie a la silla. La cinta era sedosa contra su piel y más fuerte de lo que ella esperaba. Ella luchó contra las ataduras instintivamente, entrando un poco en pánico cuando no pudo liberarse. Reid inmediatamente tiró del extremo de la cinta para soltar un tobillo y ella contuvo el aliento.

"Átalo de nuevo", instó ella. "Está bien."

"Te hace vulnerable."

"Pero yo confió en ti."

Sus miradas se sostuvieron por un momento potente, luego Reid se inclinó para volver a sujetarle el tobillo. Esta vez ella no luchó. Ella agradecía la restricción y la emoción que le daba. Antes de que Reid pudiera preguntar, ella se inclinó sobre la silla, sintiendo el cuero frío contra su vientre y alcanzó el frente de los brazos de la silla.

"¿Segura?" preguntó él de nuevo.

"Hazme tu cautiva", dijo Cassie. "Por favor, Reid."

Un momento después, estaba atada, estirada tensa sobre la silla. Sus pies incluso se habían separado un poco del suelo para estar de puntillas, y eso le gustaba mucho. Ella se retorció, saboreando su propia impotencia, y Reid pasó una mano por ella.

"¿Estás bien?" preguntó él, su voz sonando más baja de nuevo. Cassie sabía que era una señal de que estaba excitado.

"Perfecto."

"Estoy de acuerdo", gruñó él. "Te ves genial."

Cassie arqueó la espalda tanto como pudo y movió el trasero. Escuchó a Reid inhalar. "Entonces haz algo al respecto", dijo ella. "Estoy tan mojada que no puedo soportarlo."

Sus dedos se deslizaron sobre su calor resbaladizo, y ella casi ronroneó cuando él acarició su clítoris. "Estás mojada", estuvo de acuerdo, pero cuando ella pensó que la tomaría por detrás, él se agachó en su lugar. Cassie sintió el calor de su boca cerrarse sobre ella y su lengua, su malvada, malvada lengua, casi la envió a la luna.

En un abrir y cerrar de ojos, Cassie se agitaba en sus ataduras, incapaz de escapar del placer que Reid estaba decidido a dar. Sintió sus manos sobre ella, sintió sus dientes rozarla, se sintió cautiva y atesorada de una manera que no olvidaría pronto. Él se burló de ella y la tocó, casi pero no del todo llevándola al límite. Cassie pensó que su corazón estallaría. Ella se retorció, se meció y le suplicó piedad, pero él solo la atormentó más. El tiempo se alarga hasta extremos imposibles. Ella estaba suspendida en el tiempo. Ella estaba cautiva. Ella estaba fuera de control.

Cassie estaba sujeta a los caprichos de Reid.

Y porque ella lo había aceptado, porque confiaba en él, era emocionante.

Cuando se rindió, entregando el último vestigio de su lucha, un delicioso calor la inundó. Ella comenzó a temblar en su liberación. Ella sintió a Reid detrás de ella, la presión de sus muslos contra la parte posterior de los suyos, el agarre de sus manos en sus caderas, y gimió cuando él la llenó. Él se movió y ella se meció contra él, dándole la bienvenida, deseándolo, sabiendo que ningún hombre le había dado tal satisfacción antes.

Y cuando ella se corrió, su nombre fue arrancado de sus labios como una bendición y un saludo, su nombre se mezcló con un grito de placer que siguió y siguió, haciendo eco en la casa justo antes de su propio grito de liberación.

"Vas a matarme, Reid", susurró ella, cuando se derrumbaron contra la silla, jadeando juntos.

"Pero qué camino a seguir", murmuró él, dándole un beso en la sien.

Cassie tuvo tiempo de reír y luego él soltó las cintas. La tomó en sus brazos y la llevó al baño, y ella no se perdió el brillo triunfal en sus ojos.

Y todo lo que podía pensar era que definitivamente había valido la pena esperar por el tipo malo de Montrose River.

SEIS

La tercera vez en la ducha fue lenta y dulce. Reid estaba contento, porque había pensado que no estaría listo de nuevo tan rápido. Nunca había tenido tantas actuaciones repetidas en tan rápida sucesión, pero tal vez solo había estado esperando el dulce calor que era Cassie. Había algo irresistible en ella, eso era seguro.

Objetivo alcanzado.

Y uno que nunca había esperado completar.

No es de extrañar que se sintiera tan bien cuando se secaron juntos con la toalla. La sonrisa de Cassie lo hizo sentir como un campeón y sabía que ella también lo había disfrutado. "¿Satisfecha?" preguntó él, sabiendo que era obvio pero queriendo escucharla decirlo en voz alta.

Ese sería el fin, después de todo. Él solo se acostaba con mujeres una vez, y ella volvería a Nueva York. Había sido un interludio, o ni siquiera eso. Una noche, o una mañana, y Reid se sorprendió al encontrarse anhelando más.

Él sabía que era mejor no desear lo que no podía tener.

"Asombrada, complacida, abrumada y emocionada", admitió Cassie, aparentemente ajena al cambio en su estado de ánimo. Ella le dio un beso rápido, luego se apartó para estudiarlo. A pesar de que fue solo un toque breve, todavía envió calor a través de él. Sus ojos se llenaron de preocupación y él se dio la vuelta. "Eres increíble, Reid."

"Tú también eres bastante impresionante", dijo él con brusquedad. Reid miró su reflejo en el espejo y decidió que sus tres días de barba necesitaban un recorte. Él sacó su navaja y le colocó el protector.

Ella se envolvió con la toalla, mirándolo con atención. "Entonces, ¿salvamos el día después de todo?" preguntó ella, apoyándose en el largo mostrador de mármol a su lado. El baño tenía dos lavabos, así como una ducha y una bañera de hidromasaje.

Reid asintió con la cabeza, pero no la miró a los ojos. "Absolutamente."

"Lo siento..."

"No puedo imaginar por qué."

Ella sonrió de nuevo y se sonrojó un poco. "Estás siendo muy amable."

"De ninguna manera. No soy amable. Pregúntale a cualquiera." Él se concentró en su afeitado, muy consciente de que ella todavía lo estaba mirando.

"Tori piensa que eres amable."

"Tal vez sea porque Tori es muy amable. Ella no puede imaginar que nadie sea de otra manera."

Cassie se rió un poco. "Está eso. ¿Tienes un peine que pueda usar?"

"En ese cajón. Cepillo de dientes en el próximo."

Ella abrió el cajón y dudó solo un momento antes de tomar un nuevo peine, todavía en su paquete. Ella frunció los labios mientras consideraba el contenido del siguiente cajón, obviamente viendo que había varios cepillos de dientes nuevos allí. Tal vez ella solo había estado eligiendo un color. Reid se negó a preocuparse por eso, y mucho menos a disculparse por lo que era.

Ella conocía el trato.

"Tal vez sea mejor porque esperamos todo este tiempo", dijo ella mientras él terminaba una mejilla.

Reid estaba lo suficientemente sorprendido como para congelarse. "¿Esperar? ¿Desde cuándo me esperabas?"

Ella le dio una mirada maliciosa, una que le hizo querer hacerlo de nuevo. Cuatro veces en una mañana. No había forma de que fuera posible.

Pero esa sonrisa lo hizo pensar.

"Nunca lo diré", dijo ella, terminando de cepillar sus dientes y recogiendo el peine.

Ella solo lo estaba engañando. Reid se dirigió hacia la cocina y a su ropa desechada. Él se sentía como un hombre nuevo, uno que había tenido un nuevo comienzo, gracias a Cassie y a su pasión.

O alguien que había logrado un objetivo a largo plazo y estaba libre para pasar al siguiente.

Eso era todo. Otro elemento tachado de su lista.

Reid se puso los calzoncillos y una camiseta, luego se dirigió de regreso al baño. Cassie estaba peinando su cabello en una cola de caballo de nuevo, dejando todo ese hermoso cuello expuesto. Prácticamente invitaba a un beso, así que él le dio uno, encontrándose con su mirada en el espejo.

"Empieza de nuevo en F_5F", dijo él impulsivamente.

"¿Qué?" Ella pareció sorprendida.

"El lema del anuncio contigo. Eso es lo que debería decir. Tal vez con tu equipo de yoga, en una pose de guerrero con el sol saliendo detrás de ti:"

Ella frunció. "Pero no estoy comenzando de nuevo, ciertamente no en F_5F. Estaré allí todo el tiempo."

Reid la miró con dureza. "Quizás deberías empezar de nuevo en alguna parte."

Cassie contuvo el aliento. "Te refieres a superar a Tyler."

"Creo que ya que está casado, ese podría ser un buen plan."

"¿Cómo es posible que alguien que no cree en el para siempre tenga tanto respeto por el matrimonio?"

"Respeto las decisiones de otras personas. Tengo que pensar que si Tyler te quisiera, te habría elegido. No lo hizo. Tienes que hacer las paces con eso y seguir adelante, en lugar de seguirle la corriente por el resto de tu vida." Allí. Él lo había dicho. Reid se dio la vuelta, no queriendo verla llorar por la verdad.

Si lo hacía.

¿Podría ella hacerlo?

Cassie fue a la cocina a buscar su ropa, y cuando él se peinó y la siguió, ella se había puesto la camiseta sin mangas y las mallas. Ella no estaba llorando, lo cual era un alivio, aunque despertó su curiosidad. "Tú eres el que dice que las promesas no duran para siempre."

"Y yo soy el que dice que los objetivos se pueden lograr, pero solo si haces el trabajo pesado de poner las piezas en su lugar. Tal vez sea el momento."

Ella se apoyó contra el mostrador, mirándolo tomar un vaso de agua. "¿Eso significa?"

"Lo que significa que si siempre sueñas con estar con Tyler, es posible que estés perdiendo otras oportunidades de asociación."

"¿Contigo?" Ella sonrió.

Reid se burló incluso cuando sintió una punzada desconocida. "Ambos sabemos que eso no va a suceder. Yo vivo aquí y tú vives allí y ambos estamos demasiado satisfechos con el status quo para hacer un cambio", dijo él, respondiendo con calor. "Además, tú crees en la eternidad y yo no."

"Parece que estás protestando demasiado."

Él la miró por eso. "Quiero decir que si desarmas tu objetivo de tener pareja y lo destilas a la esencia de lo que quieres..."

"Si defino mi objetivo."

"... y luego colocas las piezas en su lugar para aumentar la probabilidad de que suceda, entonces tendrás una mejor oportunidad de encontrar la pareja que deseas."

Ella asintió. "Mejor que si todavía estoy enamorada de Tyler, como tú tan encantadoramente lo dices...

"Exactamente." Él la confrontó, más interesado en su respuesta de lo que quería admitir. "Entonces, ¿qué es lo que quieres?"

"Te dije. Una pareja."

"¿Pero por qué exactamente? ¿Por seguridad financiera?

"Ya lo tengo cubierto lo suficientemente bien."

"Más es siempre mejor."

"Está eso", estuvo de acuerdo Cassie y examinó su casa de nuevo. Probablemente estaba codiciando esos armarios. "Has tenido mucha suerte con tus elecciones."

Reid resopló. "Y cuanto más trabajo, más suerte tengo." Ante su obvia sorpresa, él asintió. "Eso lo aprendí jugando al fútbol."

"No es suerte entonces."

"No espero a la suerte. La hago yo mismo." Él la señaló, necesitando cambiar de tema. "Estás esquivando la pregunta. ¿Por qué quieres una pareja? ¿Por sexo?

"Yo tampoco paso hambre allí."

Reid podía creerlo. "¿Por compañía? ¿Qué alguien te tome de la mano o vea películas antiguas contigo? ¿Para que alguien haga las compras? ¿Qué es exactamente lo que quieres? "

Cassie lo pensó por un minuto. "Todo."

Reid negó con la cabeza. "Nadie obtiene todo", dijo rotundamente. "Elige lo más importante y apunta a eso."

"Eres cínico."

"Soy realista. Lección aprendida."

Ella lo miró durante un largo momento y él le sostuvo la mirada, casi desafiándola a que preguntara. En cambio, ella inspeccionó la cocina y prácticamente pudo escuchar las ruedas girar. "Alguien que sepa todo sobre mí y me ame de todos modos."

Reid se rió, sorprendido. "Puede que estés apuntando demasiado alto con eso."

Cassie le devolvió la sonrisa. "Lo sé, pero trabajemos con eso. ¿Qué harías para mejorar mis posibilidades de encontrar a esa persona?"

"Bien." Él se apoyó contra la encimera y lavó su vaso. "Podrías hacer una lista de las personas que más saben de ti, tipos de candidatos potenciales."

"Aparte de los parientes, claro."

Reid la señaló con un dedo. "Una excelente distinción a la hora de buscar pareja." Cassie se rió, lo que provocó su sonrisa. "Y una vez que hayas hecho esa lista, podrías considerar lo que cada una de esas personas no sabe sobre ti."

"Entonces les dices." Ella hizo una mueca.

"No a todos esos. Podría ser un proceso selectivo. O podrías ser más comunicativa cuando conozcas a alguien nuevo que creas que tiene potencial. Mi punto es solo que si no le cuentas a nadie tus secretos y tu historia, entonces no puedes quedarte esperando a alguien que sepa todo sobre ti y le gustes de todos modos. Tienes que dar el paso para hacer posible la realización de tu objetivo."

Cassie asintió. "Mi lista sería bastante corta. Las personas que más saben sobre mí serían Kyle y Tyler."

"No Tyler. Él está tomado."

"Bueno, también Kyle, en realidad." Ella estudió a Reid. "¿Quién conoce tus secretos?"

"Nadie." Él no pudo ocultar su horror ante la idea.

"Bueno, entonces, ¿cómo vas a encontrar pareja?"

"Oh, estás mezclando tus objetivos con los míos", dijo él fácilmente. "Yo no tengo ningún interés en tener pareja. Estamos hablando de ti y tus objetivos." Él se inclinó y recogió su sudadera con capucha, luego se la puso, una vez más sintiéndose como si se estuviera protegiendo contra ella.

Una vez más, no funcionó.

Cassie no lo dejó pasar. "¿Quieres decir que quieres estar solo?"

Él evitó su mirada cuando respondió. "Sí, esa es la respuesta corta."

"¿Por qué?"

Reid se volvió para enfrentarla, pero ocultó deliberadamente sus pensamientos. "Respuesta aprendida."

Cassie cruzó los brazos sobre el pecho. "Entonces, ¿qué quieres, Reid?"

"Sexo a intervalos razonablemente regulares sin basura emocional. De lo contrario, estoy bien."

"Basura emocional", repitió ella.

"Ya sabes, cuando la gente intenta cambiar el trato desde el principio. Hacer que te sientas culpable o intentar engañarte para que hagas algo que ellos saben que no quieres hacer." Él sacudió la cabeza. "Lágrimas."

Cassie parecía estar luchando contra una sonrisa. "¿No soportas ver llorar a una mujer?"

"Algo como eso."

"Tendré que recordar eso."

"¿Por qué?" Él deliberadamente la miró a los ojos, desafiándola a recordar que se trataba de algo único.

Sus ojos se entrecerraron un poco y negó con la cabeza. "Tu objetivo suena solitario."

"Lo cual es parte de su atractivo."

"¿Nadie con quien hablar?"

"Nadie que me traicione", corrigió él, dándose cuenta de su error demasiado tarde.

"Oooh, eso suena importante. Mujeres que usan las lágrimas como arma y luego te traicionan. ¿Quién era ella, Reid?"

Él hizo un gesto hacia la puerta. "Nunca lo sabrás."

"¿Qué pasa si quiero saber?"

"Bueno, entonces, nuestros objetivos están en colisión. Quien tenga el plan más fuerte, ganará." Reid miró su reloj. "¿Se supone que debes estar en algún lugar hoy?"

Cassie miró la hora en el microondas y maldijo. Se puso los zapatos y agarró su sudadera mientras se apresuraba hacia la puerta. Reid la siguió y pasó junto a ella mientras se ataba los zapatos. Él abrió la puerta principal y la sostuvo para ella.

"¿No dejes que me golpee en el trasero?" adivinó ella y él no pudo evitar sonreír.

"Estamos a mano y eso significa que hemos terminado."

"No tenemos que hacerlo."

Reid le dio unos golpecitos en el hombro con la yema del dedo e hizo una oferta impulsiva. "Tienes mi número. Siempre estoy listo para negociar."

Cassie exhaló. "Puedo apostarlo."

"Tú sabes que es verdad."

"Y crees que te llamaré."

"Lo hiciste antes."

"Pero eso fue antes."

"Cierto." Reid se encogió de hombros y cerró la puerta detrás de ellos.

"¿Y si no lo hago?"

"Estamos a mano, como dije." Él mantuvo su tono ligero, odiando lo mucho que esperaba que ella lo llamara de nuevo. Solo era viernes por la mañana. Más de cuarenta y ocho horas hasta que ella regresara a Manhattan.

"Realmente no te importa, ¿verdad?"

Él sacudió la cabeza. "Es una mala práctica preocuparse por las opiniones de otras personas cuando quieres estar solo."

"Excepto por el sexo a intervalos regulares." Él asintió con la cabeza, pero Cassie negó con la cabeza. "No me engañas, Reid. Nadie realmente quiere estar solo. Lo que realmente quieres es encontrar a alguien en quien puedas confiar para que no te traicione y luego estar con esa persona."

"Buena teoría, excepto que no creo que tal persona exista." Señaló el garaje. "¿Quieres que te lleve a alguna parte?"

"No, gracias." Cassie salió corriendo, su cola de caballo rebotando, y él se preguntó si estaba impaciente por poner distancia entre ellos. "No te creo, por cierto."

"Como quieras."

Para su sorpresa, ella sonrió.

Para su mayor sorpresa, la deseaba tanto como antes de que ella llegara a su casa.

"Gracias, Reid. Por todo."

Reid la miró mientras corría de regreso al camino, disfrutando de la vista y su sensación de bienestar. Eso era todo y Reid lo sabía. No podía arrepentirse de lo que había sucedido, pero lamentaba que no hubiera más.

Cassie Wilson podía llamarlo como quisiera, pero él sabía que ella no lo llamaría.

Era mejor que lo aceptara, mejor que se recordara a sí mismo que era lo que quería.

Reid arrojó sus llaves al aire, las atrapó y decidió tomar el camión hoy.

EMPIEZA DE NUEVO EN F5F.

Cassie corrió a lo largo del río, pensando furiosamente. Había sido honesta con Reid. Ella no iba a empezar de nuevo en F5F, porque esa parte de su vida era casi perfecta. Ella amaba el club y disfrutaba de su trabajo y sabía que podía seguir haciéndolo por el resto de su vida.

Sin embargo, él tenía razón en que ella debía dejar atrás su admiración por Tyler. O más exactamente, su anhelo por Tyler y su convicción de que ella y Tyler estaban destinados a estar juntos. Tyler no estaba de acuerdo. Shannyn no estaba de acuerdo. Cassie necesitaba seguir adelante.

Ella no pensó ni por un minuto que sería fácil, pero decían que incluso los viajes más largos comenzaban con un solo paso.

Su idea para el anuncio también era brillante. Ella podía verlo en el ojo de su mente. Le harían las fotos en la sala de yoga de F5F con vista al este de Manhattan, al amanecer. La pose de Guerrero sería perfecta. Ella podía verse resuelta y renovada y no mostrando demasiada piel. Ella estaba preocupada por eso, por mostrar sus activos en Times Square, y esto sería ideal. Podrían hacer las fotos tan pronto como ella regresara y convertirlo en una campaña de primavera, uniéndolo con algo como Ponte en Forma para el verano. Tal vez un descuento para las personas que se unían por parejas. Un sistema de compañeros. A Cassie le gustaba mucho eso.

Ella había llegado al río cuando tenía la campaña planeada en sus pensamientos y consideró el resto de los consejos de Reid. Tenía sentido planear el éxito, poner las piezas en movimiento para lograr su objetivo.

Ella quería encontrar a alguien que supiera todo sobre ella y la quisiera de todos modos. Bueno, la lista actual de contendientes era bastante corta. Kyle sabía más que la mayoría. Ally sabía mucho, pero Cassie ni siquiera le agradaba mucho a ella. Tori sabía mucho y le agradaba, pero Cassie no podía pensar en otro hombre al que le hubiera confiado su verdad y que no estuviera relacionado con ella.

Ella se detuvo en seco en el camino al darse cuenta de repente. Reid era el único. Ella le había dicho mucho sobre sí misma el día anterior, pero eso era solo porque realmente no importaba. Ella sabía que se iría el domingo, probablemente para no volver nunca más. Cassie dudaba que alguna vez lo volviera a ver.

Reid había dejado en claro que esa mañana era un trato único. Y ella estaba bien con eso.

Porque en realidad, si ella estaba buscando pareja, Reid era una mala elección. El hombre no lo hacía a largo plazo. Ella dudaba incluso que él se hubiera acostado dos veces con ninguna mujer. Los cepillos de dientes, los condones y el suministro de juguetes sexuales lo decían todo. Todo se trataba de un único intervalo de intimidad, sin ataduras emocionales. Ella lo sabía al entrar, y si ella sentía interés en tener más, era su propio error. Reid nunca había hecho tales promesas.

Él le había dicho lo que pensaba de las personas que intentaban cambiar el trato acordado.

Lágrimas. Que él tuviera una vulnerabilidad la hizo sonreír.

Quizás lo que Reid le había dado era un buen consejo.

Y ella lo había llamado Tyler. Gah. Incluso un orgasmo adicional no parecía compensar ese error.

Si todo era una negociación, Cassie pensaba que todavía estaba en deuda con Reid.

La pregunta era cómo igualaría la puntuación.

Ella llegó a la casa para encontrar a Tori en la cocina dándole de comer a Emily y Nick se había ido al garaje. "Eso fue una carrera", dijo Tori, con la lengua firmemente en la mejilla.

Cassie se sonrojó. "Me distraje."

"UH Huh. ¿Con quién te viste? ¿O se supone que no debo preguntar?"

"Reid. Dijo que me mostraría el nuevo camino."

Tori rió. "¿Es eso lo que está ofreciendo para salir con mujeres ahora?"

Cassie se quitó los zapatos, usando el movimiento para ocultar su vergüenza. No funcionó.

"¿Valió la pena?" preguntó Tori. "Siempre me he preguntado sobre el atractivo de los tipos malos."

"¡No lo haces!"

"¡Lo hago! Pero no lo suficiente como para descubrirlo yo misma."

"Fue genial", dijo Cassie, dejando de lado la parte sobre su paso en falso. Ella trató de mantener su voz casual. "Sin embargo, no estoy segura de lo del tipo malo."

"¿Cómo es eso?"

"La selección de condones era un poco desconcertante."

"Si hubiera sido realmente malo, no habría habido ninguno", señaló Tori.

"Cierto. Y la colección de juguetes sexuales nuevos, ofrecida para mi placer."

"¿No?"

"Sí."

Tori se encogió de hombros. "Hubiera sido peor si hubieran sido juguetes sexuales utilizados."

"¡Oh, qué asco!" Dijo Cassie. "¡Tienes razón!"

"Y no es como si él pudiera pedirle a Andrea Thomas que se los limpie."

Cassie recordó a la remilgada señora mayor con una actitud sensata. "¿Por qué tendría que hacer eso?"

"Ella limpia su casa."

"No puedo imaginar que los limpiaría", asintió Cassie. Tenía que ser un solo uso para todos esos juguetes. Las dos se miraron y empezaron a sonreír. "¿Y si ella le preguntara cuáles eran algunos de ellos?"

"Oh, Reid se lo explicaría."

Cassie comenzó a reír. "Muy solemnemente, estoy segura."

"Probablemente," estuvo de acuerdo Tori.

"Con ese brillo tortuoso en sus ojos."

Se rieron juntas. "¿Qué más hay en esa enorme casa?" preguntó Tori.

"Poco. Cosas esenciales. Cepillos de dientes. Había cuatro nuevos, todavía en los paquetes. Uno verde, uno naranja, uno azul y uno morado."

"¿Cuál es tuyo ahora?" preguntó Tori con malicia.

"El morado."

"Espero que lo hayas dejado en el estante, como reclamar un terreno."

"Lo hice, pero estoy segura de que desaparecerá tan pronto como regrese a casa. Nada que desconcierte a la próxima invitada."

Emily gorgoteó entonces y Tori terminó de alimentarla. Cassie miró.

"Pareces un poco melancólica", señaló Tori.

"Sólo de pensar."

"¿Todavía no quieres uno de estos para ti?"

"¡No! Pero probablemente tú quieras otro."

"Mmm." Tori asintió y limpió la cara de la bebé. "Creo que a los niños les va mejor cuando tienen la misma edad, como Nick y Luke, pero para ser honesto, estoy demasiado cansada para pensar en sexo."

"Eso es lo más triste que he escuchado en mucho tiempo."

"Lo sé."

"También es una buena razón para no concebir nunca."

"Para ti, tal vez", dijo Tori a la ligera y Cassie miró para ver si tenía alguna idea de la verdad. Para su alivio, no lo parecía. "Lo que pasa es que si tengo una hora a solas, lo único que quiero hacer es dormir." Tori suspiró. "Hay tantas cosas que hacer y me alegra hacerlas, pero es difícil encontrar tiempo para el romance."

Cassie se enderezó impulsivamente, viendo un propósito repentino en su visita. "Así que déjame ayudarte."

"¿Disculpa?"

"Estoy aquí este fin de semana para ayudarte, y tal vez necesites una cita con Nick más de lo que necesitas que yo lave los platos." Cassie conocía el atractivo de la idea porque Tori la miró con asombro. "Ustedes dos deberían salir a cenar esta noche, mi regalo. Elige un lugar elegante y date un capricho."

"Pero Emily..."

"La cuidaré." Cassie forzó una sonrisa porque no estaba tan segura de sí misma como intentaba parecer. Quizás todo lo que necesitaba era la motivación adecuada y quería hacer eso por Tori. "Tú fuiste quien dijo que yo tenía un don con los bebés..."

"¡Oh, Dios mío, Cassie, eso sería increíble!" Tori atrapó a Cassie en un fuerte abrazo y la giró. "¡Eres increíble!"

"Aún no lo he hecho..."

"Pero te ofreciste y eso es genial." Tori suspiró y se pasó una mano por el pelo. "Me encantaría, pero ¿estás seguro de que puedes arreglártelas?"

"Siempre puedo pedirle ayuda a mi mamá si la necesito." Cassie ni siquiera quería pensar en lo que tendría que ofrecer en la negociación de esa ayuda. Emily parecía tranquila y pacífica. Quizás ella se quedaría así.

"Tienes razón. Ella está al final de la calle."

"Entonces, elige un restaurante. ¿No iban siempre a ese restaurante de carnes donde tuvieron su primera cita? "

"Es tan caro, Cassie."

"Bueno, no vas a ir a un restaurante o cadena de restaurantes para una cita caliente, no por mi cuenta." La idea crecía cuanto más pensaba Cassie en ella. "Y deberías pasar la tarde siendo mimada, para estar radiante esta noche y el domingo. ¿Millie todavía hace esos increíbles tratamientos de spa y cortes de pelo? Mi regalo de nuevo."

"Entonces, de repente eres mi hada madrina", bromeó Tori. "¿Me veo tan mal?"

"Te ves genial, pero sé que no te has dado el gusto últimamente. Hazlo hoy y yo pasaré el rato con Emily..."

Tori miró entre Cassie y el bebé, quien pateaba sus pies como si a ella también le gustara la idea. "Creo que te amo", le dijo a Cassie. Déjame llamar a Nick y decírselo mientras te duchas. Prepararé todo para que te resulte fácil."

Su entusiasmo era contagioso y Cassie sonrió mientras se dirigía al baño de visitas. Ella se negó a complacer su pequeña pizca de miedo. Dos o tres horas por la tarde con Emily, luego Tori volvería para alimentarla. Ellos estarían fuera como máximo cuatro horas para cenar. Seguramente, ¿ella podría soportar las demandas de un bebé durante tanto tiempo?

Era algo agradable de hacer.

Ella tenía que hacer que sucediera. Hasta la fecha, prácticamente ella se había cuidado a sí misma. Pero con su nuevo comienzo, Cassie buscaría más a las personas que amaba.

Era una idea tan buena que tenía que funcionar.

Ella se puso de pie bajo la ducha y trató de convencerse a sí misma.

De cualquier manera, terminaría a medianoche.

Ella tenía eso.

REID NO PODÍA CREER que Rachel Meyer tuviera un inodoro bloqueado nuevamente.

Ella era la inquilina del último piso del edificio de apartamentos que él había construido unos años antes, una atractiva pelirroja soltera y claramente más interesada en Reid que él en ella. Ella tenía un negocio de diseño de interiores y él sospechaba que la mayoría de sus clientes estaban fuera de la ciudad.

Ella parecía trabajar muchas horas extrañas y su baño se bloqueaba en los momentos más extraños.

E invariablemente cuando no había fontanero disponible.

Él le dijo que estaría allí tan pronto como pudiera y tomó la camioneta porque tenía todas sus herramientas en la parte trasera. Él volvió a llamar a Bill Whittimore y le dijeron una vez más que el número del plomero no estaba disponible en ese momento. Bill no tenía correo de voz porque insistía en que solo podía hacer una cosa a la vez y no necesitaba una lista de trabajos cada vez que encendía su teléfono. Como resultado, conseguir que hiciera un trabajo era como comprar un billete de lotería: a veces, respondía al primer timbre y venía enseguida; otras veces, alguien más tenía suerte cada vez que Bill terminaba un trabajo y encendía su teléfono, buscando su próxima tarea. Era más que un poco irritante, pero era el único fontanero de la ciudad.

Y la razón por la que Reid había aprendido a hacer muchos arreglos simples él mismo.

Rachel estaba completamente maquillada cuando abrió la puerta, aunque vestía un negligé. El azul marino era un buen color para ella, notó Reid, antes de dirigirse al baño. Efectivamente, el inodoro se estaba desbordando y había llegado justo a tiempo para evitar que el agua cayera al siguiente piso.

Ella no había cerrado la llave de paso, a pesar de que él le había enseñado cómo hacerlo al menos tres veces.

"Puedes cerrar el agua, aquí mismo, ya sabes", le dijo él, ocultando su irritación. Ella estaba detrás de él, la pequeña habitación llena con el aroma de su perfume. "Te lo mostré la última vez. Mejoraría las posibilidades de evitar daños en los pisos inferiores."

"Oh, lo siento, Reid. ¡Lo encuentro tan molesto cuando se atasca y me pongo nerviosa!"

Reid tenía que preguntarse sobre eso. Las últimas tres veces, la causa del bloqueo había sido un tampón, que no era su artículo favorito para sacar del baño. Pero se había dado cuenta de que cada vez había estado blanco, lo que no tenía sentido para él. ¿Por qué alguien va a tirar uno nuevo antes de usarlo?

Él usó su desatascador, ignorando los comentarios continuos de Rachel sobre lo bien que se veía y cómo ella lo había estado esperando, y rápidamente liberó el artículo ofensivo.

Otro tampón limpio.

Él se puso un guante de goma y lo sacó del cuenco, arrojándolo al cubo que había traído, y no lo hizo tan bien para disimular su molestia. Él se enderezó y la miró, dejándola ver lo que había en el cubo. "Sabes que se supone que no debes tirarlos", dijo.

"Sigo olvidándome", dijo ella con un sonrojo y una sonrisa. "Siempre los he tirado."

"¿Antes de usarlos?" preguntó él y su rubor se profundizó. "Es casi como si lo hicieras a propósito", comenzó y su agitación le hizo darse cuenta de que había tropezado con la verdad. "¡Los arrojas a propósito!"

Ella huyó a la sala de estar, su consternación era completa. "¡Solo quiero hablar contigo, Reid!"

"¿Pero cómo sabes que seré yo quien venga y lo arregle?" preguntó él, luego miró más allá de ella hacia la ventana de la sala de estar. Ella tenía una vista de la tienda de Bill Whittimore. Se podía ver el espacio de estacionamiento vacío donde Bill estacionaba su camioneta. Reid se volvió hacia ella asombrado. "¿Estás dispuesta a inundar tu baño y potencialmente dañar el edificio para hablar conmigo? ¿No tienes teléfono?" Él sabía que sí, porque lo había llamado esa mañana.

"Lo hago, por supuesto, pero quiero verte. Quiero que me veas —confesó ella, luego le cogió la manga con la mano. "Sé que somos perfectos el uno para el otro, Reid, si me dieras una oportunidad."

"¿Cómo puedes creer tal cosa?"

"Bueno, a ti te gusta el sexo y a mí me gusta el sexo, y si me mudara a tu casa, no tendrías que buscar una cita todo el tiempo..."

"Me gusta estar con mujeres diferentes."

"Pero tú podrías estar conmigo, y yo podría estar contigo, y, y..." Ella vaciló y luego tomó aliento. "Y si realmente quisieras estar con otras mujeres también, estaría bien."

Reid estaba asombrado. "Estaría bien", repitió él y ella asintió con la cabeza, luego sonrió.

"Yo estaría bien con eso."

"Pero estoy bien con mi vida en este momento."

"¡Pero estás solo en esa casa! Yo podría convertirla en un hogar para ti. Un amparo, un refugio..."

"Es todo eso y más para mí ahora. No necesito a nadie más viviendo allí, gracias."

Su expresión era afligida.

Reid empacó sus herramientas y descargó el inodoro una vez más, solo para verificar que estuviera bien, luego recogió su equipo para irse. "Vamos a aclarar algo aquí, Rachel. Si vuelves a hacer esto, no vendré a arreglarlo. Y si no cierras el agua, como te mostré, y si hay daños en el edificio como resultado, agregaré el costo de la reparación a tu alquiler y no lo haré yo mismo. Y si la causa del bloqueo es una vez más un tampón limpio, entonces te desalojaré y te daré una mala referencia." Ella estaba muy pálida en este punto. "¿Nos entendemos?"

"Sólo quería una oportunidad", susurró ella.

Y la tuviste. No me interesa. Avancemos."

"Podría hacerte cambiar de opinión."

"No, no podrías."

"¡Tienes que casarte con alguien!" gritó ella mientras Reid se dirigía a la puerta.

"No, no lo hago y no lo haré", dijo Reid con firmeza, luego se fue.

"¡Pero eres rico!" gimió Rachel, sus palabras lo suficientemente fuertes como para ser escuchadas a través de la puerta cerrada.

Y el dinero, claramente, no podía comprar la felicidad. Reid se dirigió a su camioneta, su humor era sombrío, y pensó en Cassie. La mañana no había comenzado bien, pero él podía apreciar su honestidad y su deseo de hacer las cosas bien.

Él admiraba lo directa que era Cassie y le gustaba su propia convicción de que ella nunca jugaría juegos emocionales. Ella simplemente le diría a un hombre lo que quisiera.

De la forma en que lo había hecho esa mañana.

El recuerdo fue suficiente para que Reid la quisiera de nuevo.

Él arrancó su camión pensando en crear un nuevo objetivo. ¿Ella querría volver a verlo? ¿O una vez había sido suficiente?

Reid consideró llamarla para preguntar, pero luego decidió pensarlo un poco más.

Al final, se alegró de haberlo hecho.

***

TORI ALIMENTÓ a Emily y la cambió antes de salir corriendo por la puerta para su cita en el spa, y Cassie se alegró de que hubiera hecho las cosas difíciles. Ella meció a la bebé hasta que se durmió, luego acomodó a Emily en su cuna y la miró nerviosamente.

La bebé parecía ajena a su preocupación y dormía contenta.

Cassie exhaló. Emily parecía tan frágil y vulnerable. Ella estaba un poco sorprendida de que Tori le hubiera confiado la bebé, incluso por un par de horas, y ya se preguntaba qué había en su mente para haberle hecho tal oferta.

Pero ella podía hacer esto.

Ella lo estaba haciendo.

Ella miró a Emily de nuevo, temiendo que se estuviera perdiendo alguna pista importante, pero parecía que todo iba bien.

Su teléfono sonó, el sonido repentino la hizo saltar. Afortunadamente, el tono de llamada era un fragmento de una canción. Emily frunció el ceño y se mordió el puño, pero no abrió los ojos.

Cassie respondió en un susurro, sin querer apartar la mirada de la bebé el tiempo suficiente para ver quién llamaba. "¿Hola?"

"Hola", susurró Kyle, sus palabras llenas de picardía. "¿Estás en un lugar donde no deberías estar, haciendo algo que no deberías estar haciendo? Las mentes inquisitivas quieren saber."

"Tú quisieras."

"Me gustaría. Vamos, confiesa:"

Cassie se retiró al pasillo, donde aún podía ver a la bebé, pero tal vez no interrumpiera su sueño. "No tengo nada que confesar."

"Por supuesto que no", se burló Kyle, luego hizo un tsk de lástima. "Estás en Montrose River y me has contado lo suficiente sobre ese lugar para convencerme de que es el rincón más tranquilo de Estados Unidos."

Cassie no hizo ningún comentario sobre eso. Él tendría un día de campo con la noticia de que ella había tenido un gran sexo esa mañana, y todos los socios lo sabrían en segundos. No había un sistema de transmisión en ningún lugar más eficaz que Kyle cuando estaba encantado de haber descubierto el secreto de un amigo. "Estoy cuidando a la bebé de mi amiga."

"¿La que va a ser bautizada este fin de semana?"

"Lo mismísima."

"¿Es este un complot diabólico para convencerte de que te unas a las filas de mamás felices en todas partes?"

"Mi plan diabólico es ayudar a Tori y Nick a tener relaciones sexuales de nuevo."

"Un plan noble. Te saludo." Alguien habló con Kyle y él respondió, luego volvió al teléfono. "¿Cómo te convencieron de ir allí de todos modos?"

"Soy la madrina de Emily."

"¿Por qué eres un modelo de propiedad religiosa y la mantendrás al tanto de sus lecciones bíblicas?" Él sonaba escéptico y con razón.

"Porque Tori cree que ayudaré a Emily a ver más allá de las posibilidades de aquí en la ciudad." Cassie contuvo la respiración cuando Emily se dio la vuelta. "Y yo quiero hacer eso. Quiero mostrarle que puede soñar en grande, incluso irse de la ciudad si eso es lo que quiere hacer. Estoy deseando que llegue."

"Supongo que ella todavía no sueña demasiado en grande."

Dale cinco o seis años. Entonces empezaré a hacer mi magia." Cassie volvió a mirar hacia la cuna, sabiendo que esa no era toda la historia.

Kyle se rió entre dientes. "Puedo apostarlo. Y Tori te odiará por convencer a Emily de que se mude de la ciudad."

"No Tori. Ella quiere que todos sean lo que quieran ser."

"Una buena amiga, entonces."

"La mejor."

"Y una que va a tener relaciones sexuales de nuevo hoy. Eso te convierte en una buena amiga."

"Gracias. Entonces, ¿llamaste para iniciar una sociedad de admiración o pasa algo?"

"Tal vez te extrañé", bromeó él. "Quizás F5F no sea lo mismo sin el brillo de tu sonrisa." Alguien resopló de fondo y Cassie pensó que sonaba como Damon.

"Necesitas hacer algo, entonces. ¿No estás en San Francisco?"

"No. Dejé los últimos detalles en las hábiles manos de Theo. Él está planeando una fiesta increíble y yo solo estoy en su camino."

"¿Entonces?"

"Necesitamos mejorar la campaña de lanzamiento. No tenemos los números que queríamos para la inauguración, y creo que la campaña debe modificarse o Ty me pateará el trasero. Podríamos estar perdiendo el blanco debido a diferencias regionales. Meesha está trabajando en eso, pero pensé que tú podrías tener algunas ideas más."

"Seguro. Esta noche tendré algo de tiempo a solas y traje mi computadora portátil. ¿Puedes enviarme tus notas e ideas, así como los números, y veré qué se me ocurre? Sería genial si también pudiera intercambiar ideas con Meesha. Ella es un talento natural."

"Impresionante", dijo Kyle con aprobación. "Porque realmente nos estamos poniendo manos a la obra. Esperaba que pudieras hacer una reseña este fin de semana, aunque estés ocupada."

"Entiendo." Cassie sonrió, contenta en cierto modo de tener una tarea que completar. "¿Me he perdido algo más?"

"¿En un día? Aparte de mi regreso a vítores de éxtasis y alegría, nada."

"¿Vas a trabajar en el club esta noche?"

"Puedes apostarlo. Tyler necesita una noche libre y estoy deseando que llegue. Hunter me dice que tiene algunos movimientos nuevos importantes y quiero verlos."

"Deberían tener un concurso de baile, entre ustedes dos."

"Oh, sí", dijo Kyle con aprobación. "Porque le patearé el trasero."

Cassie sonrió. "Siempre y cuando no hayas perdido la confianza."

Él resopló y ella lo escuchó chasquear los dedos. "Tengo una sorpresa."

"¡Dime!"

"De ninguna manera. Debe compartirse en persona."

"Entonces puedes decírmelo el domingo por la noche."

"¡No!" Dijo Kyle, la risa corrió por debajo de sus palabras. "Tendrás que esperar hasta más tarde en la semana para saberlo. Tengo misiones que cumplir." Él hizo que ese sonido sonara misterioso y Cassie supo que estaba deseando compartir sus noticias.

"¿Entonces reunión del miércoles por la noche?"

"Quizás. Damon ha vuelto. Probablemente terminemos presentando la sugerencia de abrir en Chicago, ya que Ty está asustado de que incluso estemos pensando en una tercera ubicación antes de que F5F West esté abierto."

"Ty no se asusta."

"En silencio. Se asusta en silencio. Tienes que mirar de cerca para verlo."

Cassie se apoyó contra la pared y sonrió. "¿Y cómo se nota?"

"Sus ojos se abren ligeramente. Puedes ver más iris e incluso ver un poco de blanco cuando está totalmente asustado."

"Supongo que nunca lo he visto."

"Quizás nunca te diste cuenta. También exuda esta tensión, como un mal aura."

Cassie se rió. "Te lo estás inventando."

"No lo hago. Probablemente no te diste cuenta de los días en que él y Shannyn se desconectaron. Los marqué en mi calendario."

Cassie contuvo el aliento. "¿Cómo lo supiste?"

"Estaba haciendo esa cosa de exudar, preocupándose de que Shannyn lo estuviera ignorando."

Cassie frunció el ceño y se alejó. "Bueno, no tenía motivos para preocuparse. Todo salió bien, ¿no?"

Kyle bajó la voz. "¿Es ese tu pequeño monstruo verde lo que escuché? ¿Todavía lo estás alimentando, o a ella, con ese buffet en particular? Tsk tsk, Cassie."

"¿No tienes algo que hacer?" preguntó ella y Kyle se rió, sabiendo que había tocado un nervio. A veces era como un niño pequeño. "¿No me vas a enviar esos archivos?"

"¡Lo haré! Y oye, si quieres hablar de algo, soy tu hombre."

"No eres mi hombre y eso es algo muy bueno", respondió Cassie. "Me gustas más como amigo."

"Awww, gracias. Tú también eres una buena amiga, Cassie."

Ella se burló, porque sabía que él lo esperaba. "Los halagos no te llevarán a ninguna parte."

"Por supuesto que lo harán. Ya dijiste que trabajarías en esto y estás de vacaciones. Lo llamo una victoria y lo tomaré por el equipo."

"Envíame las cosas, conéctame con Meesha, luego practica tus movimientos de baile. Ah, y tengo una idea para la próxima valla publicitaria."

"¡Impresionante! Eres totalmente genial, Cassie." Cassie sonrió, imaginándolo haciendo un puñetazo en el mostrador de recepción. "Díselo, Sonia."

"Cassie sabe que creo que es genial", dijo Sonia, una de las recepcionistas de F5F, de cerca. "Estoy apostando por Hunter esta noche, por cierto."

Kyle jadeó como si estuviera herido. "¡No lo harías!"

"Lo haré", dijo Sonia. "Pregúntale a Cassie si su tatuaje está funcionando."

Cassie resistió la tentación de rascarse el tatuaje. Parecía que le picaba mucho desde que había llegado a la ciudad, pero no había forma de que le dijera eso a Kyle. Ella decidiría que la adición de Chynna de un pequeño corazón, que se suponía que traería el amor verdadero al destinatario, estaba funcionando.

Ella sabía que no lo era.

"Escuchaste a la dama", le dijo Kyle a Cassie. "¿Está funcionando?"

"¿En Montrose River?" Preguntó Cassie, haciendo todo lo posible por sonar incrédula. "No se supone que cause milagros, ¿verdad?"

"Sin embargo, me picaba, ahora que lo pienso. ¿Debería estar haciendo eso tanto tiempo después de haber sanado?"

Kyle se rió y luego terminó la llamada. Cassie se atrevió a dejar a Emily por un latido y sacó su computadora portátil y la encendió. Tori la había conectado al modem de Internet de la casa el día anterior, y Cassie observó cómo los archivos fluían hacia su correo electrónico desde el de Kyle. A él le gustaba fingir que no hablaba en serio, pero ella sabía que no solo se habrían recopilado datos excelentes en sus informes, sino también algunas preguntas y observaciones interesantes. A él le gustaba bromear, pero a lo largo de los años, Cassie lo había visto hacer suficientes conexiones intuitivas e inesperadas que resultaron ser correctas al final como para confiar en el instinto de Kyle.

Quizás él tenía el dedo en el pulso de la nación.

Ella se sentó en el pasillo, leyendo con interés mientras la pequeña Emily dormía.

SIETE

Millie estaba retrasada con el alquiler, así que Reid pasó por el salón para cobrar. Ella siempre era una buena inquilina y él sabía que pagaría, pero ella había estado de vacaciones a principios de mes.

"No tenías que venir tú mismo, Reid", dijo ella, apresurándose a buscar el sobre en la recepción. "Iba a dejarlo después de cerrar hoy." Ella le dedicó una sonrisa radiante y Reid se preguntó si tenía algún tipo de plan. Era viernes.

Quizás él se estaba volviendo paranoico.

Él supuso que era el soltero más codiciado de la ciudad.

"No hay problema", dijo él fácilmente. "Estaba a la vuelta de la esquina y pensé en pasar."

"Lo siento, es tarde." Millie era rubia y curvilínea, y se había bronceado en sus vacaciones, lo que le sentaba bien. Ella tenía una gran sonrisa y era una buena persona.

Sin embargo, Reid nunca se había sentido atraído por ella, en particular.

Ese día, el color de su cabello le hizo pensar en los espesos mechones rubios de Cassie y la sensación sedosa de su cabello en sus manos. Mmm.

Él arrastró su mente fuera de esos pensamientos con desgana.

"Bueno, estabas fuera. De vez en cuando, suceden cosas." Reid comprobó la cantidad y asintió con la cabeza, con la intención de llevarlo al banco de inmediato. Él lanzó una mirada a Millie que todavía estaba de pie frente a él. "¿Hay algún problema si lo deposito hoy?"

"¡Oh no!" dijo ella, sonrojándose un poco. "No, solo quería hablarte un poco."

Ella sonrió.

Reid reprimió las ganas de gruñir.

"¿Buenas vacaciones?" preguntó él cortésmente

"Maravillosas", dijo entusiasmada. "Cozumel fue perfecto."

"Bien."

Ella arrugó la nariz. "Aunque solo éramos nosotras, las muchachas." Ella se mordió el labio y agitó las pestañas. "Una pequeña compañía masculina habría sido bienvenida."

"Debe haber habido algunos tipos en el resort."

"Pero no me interesan las relaciones a larga distancia."

Estaba en la punta de la lengua de Reid decir que no estaba interesado en las relaciones en absoluto, pero entonces una mujer levantó la voz en la parte trasera de la tienda. "¿Se supone que este color debe permanecer tanto tiempo, Millie?" preguntó ella y Reid reconoció la voz de Tori. "Porque estoy empezando a sentir un hormigueo."

Entonces sonó un temporizador y Millie miró por encima del hombro. "Lo siento. Tengo que irme."

"Por supuesto. Los clientes primero." Reid levantó la voz, curioso a su pesar. "¿Eres tú, Tori?"

"Soy yo." Él vio las yemas de los dedos ondear sobre la parte superior de la última silla. "Poniéndome hermosa para la noche de cita con Nick."

Reid frunció el ceño. "¿No tienes compañía?"

Tori rió. "Cassie está cuidando a la babé y dándonos una cita nocturna." Entonces apareció, con la cabeza envuelta en una toalla y los ojos encendidos. "¿No es maravilloso?"

"Lo es", estuvo de acuerdo Reid. "Para eso están los amigos."

Él se preguntó cómo estaría Cassie con la bebé.

Él se preguntó qué más habían planeado Tori y Nick.

Reid pensó que ver a Cassie dos veces el mismo día no era muy diferente a una cita larga y, por lo tanto, no era una violación de su regla de una sola vez.

Él comenzó a formarse un objetivo y a pensar en poner las piezas en su lugar para que se hiciera realidad. Cassie no se iría durante dos días enteros. Quizás podrían negociar otra reunión.

Reid se detuvo en el banco y luego fue a ver a Nick en el garaje, silbando en voz baja.

EL TELÉFONO de Cassie sonó tan pronto como ella les indicó a Tori y Nick que fueran a su cita. Una vez más, Emily había sido alimentada y cambiada, dormitando en sus brazos.

Pensando que era Kyle llamando para responder las preguntas que le había enviado a él o Meesha con más ideas, simplemente respondió. "Aquí Cassie."

"¿Pollo o pescado?" Preguntó Reid.

Cassie se encontró sonriendo ante el sonido de su voz. "¿Por qué?"

"Pollo o pescado", repitió él.

"Depende."

"¿De qué?"

"Qué tan fresco está el pescado, qué tipo de pescado es y cómo se cocinan ambos."

"Mujeres de la ciudad", dijo Reid como si se estuviera quejando, pero había humor en su tono. "Ambos están rebozados y fritos. ¿Pollo o pescado?

Cassie arrugó la nariz, luego tuvo un pensamiento. "No de Pappy´s."

Por supuesto, de Pappy's. ¿Dónde más podría ir por pollo o pescado?"

"¿Dónde más, de hecho?"

"Pensé que tal vez habías extrañado el sabor del hogar."

"He echado de menos a Pappy´s, en realidad", admitió Cassie, sin hacer ningún comentario sobre su hogar. "¿También entregas por ellos ahora?"

"No de forma rutinaria, no." Reid se aclaró la garganta. "Solo cuando estoy negociando."

Cassie se rió. "Ooo, ¿qué estamos negociando?"

"Escuché que hoy hiciste algo bueno, y creo que las cosas lindas deberían ser recompensadas."

"Si estás parado en Pappy's, te echarán fuera si dices lo que creo que vas a decir. A menos que algo haya cambiado realmente, Joe Papanopoulos no tiene sentido del humor para hablar sucio."

Reid se rió.

"Entonces, yo lo diré", ofreció Cassie. "Me vas a traer la cena a cambio de sexo."

"Siempre fuiste inteligente."

"Y voy a estar de acuerdo", continuó ella. Pero solo si nos recoges a Emily ya mí y vamos a tu casa. No puedo hacerlo en casa de Tori y Nick. Ellos pueden volver a casa."

"No van a volver a casa pronto", dijo Reid con suavidad. "Les di las llaves de la suite de luna de miel en el Montrose Inn."

"¡Tienen que volver antes de la mañana!" dijo Cassie, poniéndose de pie presa del pánico. Ella miró a Emily, que seguía durmiendo.

"Relájate." Reid bajó la voz hasta ese rumor perfecto que hacía cosas en las rodillas de Cassie. "Nick y yo tuvimos una pequeña charla. No volverán antes de la medianoche."

"Pero la bebé..."

"Estará bien", dijo él con una convicción que Cassie pensaba que era inmerecida.

"¿Qué sabes acerca de los bebés?"

"Posiblemente más que tú."

"Todo el mundo sabe más sobre bebés que yo."

"¿Ves?" El tono de Reid se volvió firme. "No vamos a ir a mi casa, porque sería complicado."

"¿Qué tan complicado podría ser?"

"Bueno, Tori podría llamar a la casa y asustarse porque no respondes, destruyendo así lo bueno que has hecho por ellos."

"Ella llamaría a mi teléfono celular."

"No vamos a llevar al bebé a otro lugar", dijo él con determinación.

"Bueno, no la vamos a dejar sola allí."

"Piensa en lo que estás sugiriendo", dijo Reid. "Será mucho más fácil para el bebé quedarse en casa y seguir durmiendo en su entorno familiar. Confía en mí."

Cassie miró hacia la cuna y pensó en todas las cosas que Tori llevaba consigo. La bebé y la bolsa de pañales eran lo de menos. Ella necesitaría un lugar para dormir, algunos juguetes y...

"Está bien. Tienes razón."

"Bien. ¿Pollo o pescado?

"Pollo. Extra Crujiente. Con galletas en lugar de patatas fritas. Y ensalada de repollo doble."

"Justo como si nunca te hubieses ido de la ciudad", bromeó Reid.

"Justo así," Cassie estuvo de acuerdo, luego sintió la necesidad de burlarse de él. "Aunque como no podré controlarme, necesito saberlo. ¿Sigue ahí mi cepillo de dientes?

"Pasaré por ahí y comprobaré", respondió Reid sin problemas. "¿Te gustaría?"

"No es mi recuerdo favorito."

"Tal vez deberías decirme cuál sería tu elección", murmuró él.

"Sexo en la cocina", dijo ella, oyéndolo recuperar el aliento. "Condón acanalado, por favor." Reid hizo un pequeño sonido de sorpresa y Cassie sonrió. "Tu preguntaste."

"Y me alegro", dijo él. "Podría haber olvidado un detalle."

"Y tu recompensa es que usaré mis botas, solo para ti."

Él contuvo el aliento y sonaba tenso cuando habló. "Quince minutos, como máximo."

"Y pensé que estarías aquí en diez. ¿No tienes hambre, Reid?"

Él maldijo en voz baja y Cassie se rió cuando terminó la llamada. Ella guardó su computadora portátil, contenta de haber avanzado tanto en el plan actualizado y fue al baño. Ella dejó la puerta abierta para poder ver a Emily, que seguía durmiendo, se cepilló el cabello, se desnudó y se puso el kimono de algodón que le había prestado a Tori. Ella se puso las botas y se abrochó la cremallera, sintiéndose muy malvada mientras giraba frente al espejo.

El look definitivamente requería lápiz labial. Ella eligió uno rojo, agregó un pequeño delineador de ojos y alguien llamó a la puerta de la cocina.

Será mejor que sea Reid.

Ella se asomó a través de la cortina y sonrió al ver que sí. "¿Qué te demoró?" preguntó ella cuando abrió la puerta. Ella vio que sus ojos se ensanchaban, luego estaba en la cocina, llenándola con su presencia y el olor a pollo frito. Cassie se encontró atrapada alrededor de la cintura y aplastada contra su pecho, el pollo empujado sobre el mostrador mientras Reid reclamaba su boca en un beso exigente y muy satisfactorio.

Eso era mejor.

HABÍA MUCHO que decir de una mujer que no tenía miedo de pedir lo que quería, y mucho menos de una que estaba dispuesta a hacer algo al respecto. Cassie agarró a Reid y lo hizo girar mientras la besaba. Él la escuchó cerrar la puerta y notó que las luces ya estaban apagadas, luego sintió sus manos en la parte delantera de sus jeans. "Ahora", susurró ella con urgencia. "Rápido y duro contra el mostrador."

Cassie abrió su kimono y Reid olió su excitación mientras lo dejaba a un lado. Dios, ella era perfecta. El olor combinado con la vista de ella usando solo esas botas fue más que suficiente para asegurarse de que él estuviera listo para correrse. El solo hecho de que ella dijera que lo deseaba tanto era emocionante. Él se quitó las botas y los jeans, y Cassie ya tenía abierto el paquete del condón. Ella frunció esos hermosos labios rojos mientras lo alisaba, luego lo atrajo hacia sí. Reid pasó sus manos sobre ella, empujándolas en su cabello, y ella le dio una pequeña sonrisa sexy. Ella se echó hacia atrás, apoyándose contra el mostrador y envolvió sus largas piernas alrededor de su cintura. Reid sintió que se estremecía.

"Estoy mojada", susurró ella, sus ojos brillando. "Estoy lista. Ven antes de que la cena se enfríe."

Reid sonrió y le pasó las manos por los muslos, saboreando la sensación de esas botas y luego la suavidad de su piel. Él ahuecó sus nalgas en sus manos y la atrajo hacia sí, aliviándose en su calor resbaladizo. Ella no había mentido. Ella estaba caliente, mojada y lista, la verdad de eso alimentaba su entusiasmo.

No había juegos con Cassie y a Reid eso le gustaba mucho.

Él la besó rápidamente, y luego más lentamente, hundiéndose más profundamente en ella, y decidió que se aseguraría de que fuera recompensada por eso.

***

ERA un pollo frito realmente bueno, tan delicioso como recordaba Cassie.

"Tal vez debería haber comprado más", bromeó Reid cuando reclamó otra pieza.

"El sexo me da hambre", dijo ella a la ligera. "El buen sexo me pone hambrienta."

"Lo tendré en mente."

"Creo que ya quemé las calorías."

"Podría ser." Él ofreció la ensalada de repollo y Cassie la tomó. Ella tomó otra galleta. Emily continuaba durmiendo felizmente. Cassie la había revisado un par de veces, pero parecía que realmente tenía eso controlado.

Ella había hecho té helado, manteniéndose las botas puestas solo para Reid. Él se había vuelto a poner los vaqueros para la cena, pero tenía la camisa abierta, lo que le daba una vista de unas propiedades de primera. Él sonrió, la sorprendió mirándola con los ojos y le agitó la galleta. "Esa bata no parece algo que tú te pondrías."

"Porque no es mía. Es de Tori."

Él asintió con la cabeza y ella se preguntó qué estaría pensando.

"¿Qué esperabas que me pusiera?"

"Algo sedoso, de un color mejor para ti. Algo que me tentara a tocarte de nuevo."

"¿No seda rosa?"

Reid asintió. "Eres sexy sin importar lo que uses, Cassie, y lo sabes. Es más una cuestión de tus gustos."

"Traje un kimono de seda, pero ahora tiene saliva." Ella hizo una mueca, esperando una vez más que el olor saliera de la seda. "Está sellado herméticamente en una bolsa de plástico hasta que pueda llevarlo a una tintorería."

Reid sonrió. "Eso tiene sentido. Está bastante callada esta noche."

"Lo sé." Cassie fue a comprobarlo una vez más, sabiendo que estaba siendo compulsiva pero aterrorizada de que algo saliera mal en su guardia. Emily todavía estaba durmiendo, mordiéndose un poco el puño. Cassie dejó sus botas en el dormitorio y se vistió antes de regresar a la cocina. "Tal vez sea la calma antes de la tormenta."

"No tienes mucho tiempo ahora. Ya son las ocho."

"Espero que se lo pasen bien."

"Estoy seguro de que lo harán." Ante su convicción, Cassie se volvió para encontrarse con su mirada. "Nick estaba bastante decidido a aprovechar al máximo la oportunidad."

"Bien." Ella sonrió y comenzó a empacar la basura.

"¿Qué estabas haciendo esta noche de todos modos?"

"Trabajo", dijo Cassie. "Kyle llamó hoy y me pidió que lo ayudara a actualizar un plan de marketing." Ella le explicó las preocupaciones brevemente a Reid, sin esperar que él asintiera y se pusiera de pie.

"Te dejo a ti entonces." Él miró su reloj y ella tuvo la sensación de que estaba evitando su mirada. "Debería irme, para que no haya chismes de los vecinos. Me llevaré la basura."

La decepción se apoderó de Cassie. Él había ofrecido cena por sexo. La transacción se había completado, por lo que él se iba. ¿No estaba interesado en algo más que eso de ella?

Por supuesto no. Tenían un trato.

Y él le había dicho al principio que él era todo sobre el momento.

Ella tampoco estaba interesada en más de Reid, se recordó Cassie.

Ciertamente ella no iba a ser una de esas mujeres lloronas que intentaban cambiar los términos.

Pero una vez más no estaría tan mal.

"Solo has estado aquí unos minutos", protestó ella, asegurándose de que no hubiera acusación en su tono. "¿Cómo podrían chismorrear sobre eso?"

"Una persona normal creería que era solo hora de cenar, no de sexo y cena." Él se inclinó y la besó lentamente. Su sonrisa envió calor a través de ella y se preguntó si tal vez tendrían tiempo para una ronda más. "Pero eres excepcional."

"Gracias", susurró ella y se inclinó hacia su beso. Lo asombroso de

Reid era que cuanto más tenía de él, más quería. Menos mal que se iba a casa en dos días. Fuera del alcance de la vista y de la mente. Ella se olvidaría de él rápidamente, estaba segura.

Él levantó la cabeza, la miró con una sonrisa y luego se alejó.

Se iba.

Sin segunda ronda.

Buuu.

Era hora de dar un pequeño paso hacia un objetivo.

"¿Vas a correr mañana?" preguntó ella.

Reid hizo una mueca. "Le preguntaré a mis rodillas en unas horas."

Cassie dio un paso atrás para considerarlo, pensando en ese cepillo de dientes de nuevo. "¿Son tus rodillas o que ya has tenido suficiente de mí? No me jodas, Reid. Dime la verdad."

Reid dejó caer la yema de un dedo a sus labios, luego lo reemplazó brevemente —demasiado brevemente— con el suyo. Hizo un pequeño gruñido cuando rompió el beso. "Ha sido increíble, así que vamos con eso. Ambos sabíamos lo que estábamos haciendo."

"Quizás es por eso que funcionó tan bien."

"Ambos sabemos que es hora de parar."

Cassie suspiró de mala gana.

Reid recogió los restos de su comida, le lanzó un beso desde la puerta y se fue. Ella se apoyó contra el mostrador, escuchando mientras él encendía su camioneta y salía del camino de entrada. La luz de los faros se extendió por la ventana de la sala, luego el sonido del motor del camión se desvaneció.

Y se fue.

Esta vez, probablemente era para siempre.

Cassie frunció el ceño, sabiendo que no tenía por qué esperar más, y fue a buscar su computadora portátil. Ella acababa de sentarse en la mesa de la cocina cuando Emily comenzó a llorar.

No, estaba llorando como si alguien la estuviese pelando viva, y no dio señales de detenerse.

REID ESTABA INQUIETO. Ese día con Cassie había sido el más largo de las cosas de una noche.

Sin embargo, no estaba satisfecho.

Habría sido demasiado fácil quedarse con ella.

Algo había cambiado y no estaba bien. Él conocía sus limitaciones y las recordó una vez más, al escuchar la voz de su padre en sus propios pensamientos.

Reid supuso que no debería haberse sorprendido de haber terminado en el terreno baldío en las afueras de la ciudad. Él no había estado allí por un tiempo, y pensó que era algo bueno. Se estacionó donde la hierba era más corta, donde antes había estado el camino, apagó el motor y abrió la ventanilla para escuchar.

Pensaba que aún podía oler el fuego. Quizás siempre lo haría.

Sin valor.

Reid contuvo el aliento y casi se estremeció ante el movimiento de un cinturón recordado.

Perezoso.

Bueno para nada.

Ni siquiera puedes escapar de casa.

Nunca harás nada por ti mismo.

Como siempre, su padre, incluso en el recuerdo, lo arruinaba todo. Reid cerró los ojos al recordar la rotura de una botella, el sonido de los pasos de su padre, el terror con el que había vivido durante años de su vida.

Él no había logrado sacudirlo todavía. Siempre venía algo malo.

Lo mejor era esperar lo peor.

Su padre le había enseñado eso, y que lo peor podía ser mucho más desagradable de lo que podía imaginar.

Él no pensaría en su madre retrocediendo por miedo. No dignificaría esa noche reviviéndola de nuevo.

Ya lo había hecho suficientes veces.

Reid salió de la camioneta y se obligó a caminar hasta el lugar donde había estado la casa. Su mente estaba llena de recuerdos y ninguno de ellos era bueno. Tenía la garganta apretada al recordar la última llamada telefónica. Llamó a su padre para compartir la buena noticia de la primera oferta de un equipo de la NFL.

Su padre estaba borracho. Había sido mezquino, como lo era cuando estaba borracho, los insultos y las obscenidades luchando por un puesto en su ataque. Reid recordó haberse preguntado por qué alguna vez había imaginado que su padre estaría contento por él, u orgulloso de él, o le importaba una mierda cualquier otra cosa que no fuera él mismo. Cuando su padre le dijo que nunca vería ese trabajo o el dinero, Reid había colgado el teléfono en silencio, con el corazón apretado.

Luego llamó a Marty. Él sonrió al recordarlo. Marty había sido como un niño en Navidad. Estaba tan emocionado por Reid. Había insistido en ir al próximo partido en casa y había conducido hasta la universidad. Reid lo había presentado como un tío y se había asegurado de que pasara el mejor momento mientras estaba en la ciudad.

Marty había dicho que estaba orgulloso de Reid.

Fue Marty quien llamó para decirle a Reid que su padre había muerto en un incendio en la casa, que debió haberse quedado dormido fumando, que la casa y todo lo que había en ella se había ido para siempre.

Y todo lo que Reid había pensado era que finalmente estaba libre.

Sus rodillas habían sido destrozadas en el siguiente juego. Si hubiera sido supersticioso, podría haber pensado que el fantasma de su padre tenía algo que ver, o al menos la mala voluntad de su padre hacia él, pero Reid no creía en cosas que él no podía ver.

Su breve racha de éxitos nunca había estado destinada a durar. Había sido una muestra de cómo eran las vidas de otras personas, pero él había sabido desde el principio que era solo cuestión de tiempo antes de que estallara la burbuja. La gente como Reid no tenía suerte. No les sucedían cosas maravillosas de la nada. No ganaban loterías ni eran elegidos entre la audiencia del estudio, ni siquiera les iba bien sin un montón de trabajo.

A veces ni siquiera entonces.

Él miró a su alrededor, recordando la pregunta de Cassie. ¿Por qué había regresado a Montrose River? Para entonces no tenía hogar ni familia, bueno, excepto Marty, que había sido más amable con Reid que cualquier otra persona que no fuera su madre. Él podía recordar a Marty claramente, al menos. Pero Marty se había ido, ahora, y Reid prácticamente había hecho todo el bien que podía hacer en la ciudad.

Él siempre venía aquí con la esperanza de recordar más a su madre y los buenos tiempos, pero la noche en que ella murió siempre tuvo prioridad en sus recuerdos. Su padre, incluso en la muerte, tenía la carta de triunfo.

Quizás él no merecía recordarla.

Reid se preguntó si había aprendido a esperar más de lo que le correspondía. Él escuchó a su padre en esas palabras y se enderezó.

Había llegado el momento de hacer a un lado a su padre.

Era hora de un nuevo objetivo.

Un desarrollador de viviendas le había hecho a Reid una oferta por ese terreno, con la intención de construir una comunidad de casas de retiro. El desarrollador pensaba que Montrose River sería el lugar perfecto, tan anticuado, tan seguro y, sin embargo, con tantas comodidades. Reid había rechazado la oferta, incapaz de pensar en sacrificar esa piedra de toque de su pasado.

Ahí era donde habían muerto sus padres.

Ahí era donde el recuerdo de su madre debería ser más fuerte.

Pero ella era esquiva ahí y Reid se preguntó si estaba esperando algo que nunca sucedería. Su tiempo con Cassie le hizo reconsiderar su elección. Él no la vería después de este fin de semana e incluso si se cruzaba con ella de nuevo, su intermedio terminaría. Pero él podía aprender de ella, de su decisión de conquistar el mundo. Él mismo podría intentarlo.

¿Qué pasaría si negarse a vender esa tierra estuviera manteniendo lejos el siguiente nivel de éxito a Montrose River? ¿Y si estaba bloqueando su recuerdo de los buenos tiempos o de su madre? La influencia de su padre probablemente se aferraría a él para siempre. Él no tenía que quedarse con la tierra.

Él podría dejarlo ir.

Quizás un poco de su padre estaría de acuerdo.

El desarrollador había dicho que lo llamara en cualquier momento si cambiaba de opinión.

Reid sacó su teléfono e hizo la llamada cuando regresó a su camioneta.

Él se disculpó por llamar fuera del horario comercial y escuchó el placer en la voz del hombre.

Había llegado el momento y se había dado cuenta de la verdad gracias a Cassie.

DESESPERADA, Cassie llamó a su madre, Emily gritando de fondo.

Fue Ally quien respondió, pero ella se esperaba eso.

"¿Podrías traerme a mamá?" preguntó ella.

"No", dijo Ally y Cassie pensó que estaba siendo difícil. Emily gritó. Cassie trató de mecer a la bebé, pero parecía que solo la agitaba más. "Salieron a cenar", dijo Ally. "No volverán por un tiempo todavía."

Cassie maldijo. Emily se enfureció.

"¿Dónde está Tori?"

"Dije que cuidaría a la bebé mientras salían a cenar. Pensé que sería fácil", admitió Cassie, preguntándose si su hermana la oiría por encima del llanto del bebé. "Estaba tan equivocada."

Hubo una pausa, luego Ally hizo una oferta sorprendente. "Yo podría ayudar."

"¿Podrías?"

"Pero lo haré por Tori y por Emily, no por ti."

A Cassie no le importaba. "Si pudieras ayudar, haré cualquier cosa por ti", dijo ella, escuchando su propia desesperación.

"Cuidado con lo que prometes, Cassie", le aconsejó Ally en un tono oscuro. "Estaré ahí."

Pareció un millón de años después, pero fue solo unos momentos antes de que Ally tocara el timbre. Cassie abrió la puerta antes de que el sonido se desvaneciera, porque había estado esperando en el vestíbulo. Ally frunció los labios y alcanzó a Emily, levantando al bebé en sus brazos con una ternura y pericia que sorprendió a Cassie. "Ven aquí, dulzura", susurró ella.

Emily se quedó callada con hipo, aparentemente aliviada de que alguien que la entendiera finalmente hubiera llegado. Cassie siguió a su hermana hacia la cuna, sintiéndose como una tonta mientras Ally le quitaba las lágrimas a Emily, le cambiaba el pañal y luego le calentaba un biberón. Ella apagó las luces y se sentó en la mecedora del rincón, alimentando a Emily en silencio.

Cassie se inclinó en la puerta, mirando. "Estoy muy impresionada."

"¿Quién estaba más molesta, tú o ella?"

Probablemente yo. Cassie exhaló un suspiro. "¿Quieres un café?"

En realidad, lo que Cassie quería era alcohol, preferiblemente en grandes cantidades, pero no quería estar borracha cuando Tori y Nick regresaran.

"No, gracias."

"¿Té? ¿Mi eterna gratitud?"

Ally en realidad sonrió. "Oh, me quedo con eso."

El silencio entre ellas era incómodo, y Cassie sabía que ambas estaban viendo a Emily beber del biberón. Cassie intentó pensar en algo neutral que decir. "Espero que a Jonathan no le haya importado que vengas aquí un viernes por la noche como este."

Los labios de Ally se fruncieron. "No lo haría, incluso si estuviera aquí."

Ella no dijo más, aunque Cassie esperó a que continuara. "¿Dónde está Jonathan?" preguntó ella, pensando que él debía estar de viaje de negocios.

Ella no creía que Ally fuera a responderle. Su hermana hizo eructar al bebé y la llevó a la cuna, acurrucándola y luego enrollando la caja de música. Ella miró a Emily durante un largo rato y luego giró. Cassie se sorprendió de que la expresión de su hermana fuera tan afligida.

"Está en Chicago", dijo Ally con rigidez, luego empujó a Cassie para pasar. Ella no se movió lo suficientemente rápido como para que Cassie se perdiera de que su hermana había comenzado a llorar.

"¿Vas a decirme qué está pasando?"

"¿Por qué debería?"

"Porque soy tu hermana," Cassie sostuvo la mirada de Ally, sorprendida por su hostilidad. "Porque no parece que tengas muchas otras personas a las que contarle, y si le dijiste a mamá, es evidente que no está ayudando."

"Mamá no puede ayudar. Tú tampoco puedes."

"Pero puedo escuchar. Mamá no siempre ha sido tan buena con eso."

Ally le lanzó una mirada cautelosa. Cassie le tendió una caja de pañuelos de papel, como si fuera una ofrenda de paz. Ally tomó uno, sopló y luego se secó los ojos. "Supongo que no puede hacer daño", dijo ella, su tono aún era duro, luego caminó a la cocina y se sentó en una de las sillas. Ella cruzó los brazos sobre el pecho y miró a Cassie con dureza.

Oh, eso iba a ser divertido.

LA HISTORIA SALIÓ A PEDAZOS, pero solo después de que Cassie encontró una botella de vino, que tenía un tapón de rosca y polvo sobre ella, la abrió y se sirvió dos vasos generosos.

"No debería", dijo Ally.

"En serio", respondió Cassie. "Mamá vivirá fuera de la puerta de tu casa en el futuro previsible y cree que tu casa seguirá siendo de ella. ¿Ella todavía camina hacia el baño contigo también? Jonathan está en Chicago, y aparentemente hay una razón para eso, que no quieres decirme, pero estás recién agotada de posibles candidatos para intercambiar confidencias. Yo estoy agotada por tener que lidiar con un bebé irritable." Cassie levantó su copa en un brindis. "Bébete todo. Yo lo haré."

Su hermana no tomó un sorbo. "Quiero decir que no debería."

"¿Porque estás tomando un medicamento que no te permite beber?"

"Porque podría estar embarazada."

"Incluso si lo estás, un sorbo no te hará daño."

Ally negó con la cabeza con determinación. "Equivocada."

Cassie la consideró y tomó un buen trago de su propio vino. Era realmente espantoso, pero los tiempos desesperados requerían medios desesperados. Al menos no estaría tentada a beber más de un vaso, ni siquiera a terminar el que se había servido. "Entonces, si puedes estar embarazada, ¿por qué el hecho de que Jonathan esté en Chicago te hace llorar? ¿Y por qué no te ves feliz en absoluto? Pensé que querías tener hijos."

"Lo quiero. Quería." Ally negó con la cabeza. "Estoy cansada de pensar en ello todo el tiempo."

"¿Lo estás?

"¡Sí!" Ally extendió las manos y las palabras se liberaron en un torrente. "Primero, lo intentamos todo el tiempo y nunca me quedé embarazada. Fui al médico e hicimos un montón de pruebas, luego nos remitieron a una clínica de fertilidad, y después de eso, realmente fue el único tema de discusión posible durante tres años." Ella miró a Cassie. "Tres años. Cada mes, cada semana, cada día, cada hora. ¿Cuál era nuestro estado? ¿Había ovulado? ¿Cuándo? ¿Deberíamos probar este medicamento de nuevo? ¿Ese procedimiento? ¿Cuál es el siguiente paso? ¿Cuántas veces hacemos eso? Probar, sincronizar y pensar en bebés, bebés, bebés, y el dinero." Ella se pasó una mano por el pelo y respiró hondo. —El dinero, Cassie. Maldita sea, el dinero."

Cassie estaba asombrada. Estaba bastante segura de que nunca había escuchado a su hermana arrojar la bomba de malas palabras.

Además, ella no tenía idea sobre el costo de la consejería de fertilidad, sin pensar en que su hermana hubiera estado pasando por eso.

Ella tomó otro tentativo sorbo de vino e hizo una mueca. Era demasiado terrible incluso para tiempos desesperados. Ella dejó el vaso a un lado. "Podrías habérmelo dicho."

Ally le dio una mirada mordaz. "¿Podría haber llamado a la Señora Súper Exitosa en la gran ciudad, la que tiene todo lo que quiere, y decirle que no podría tener lo único que yo siempre quise?"

Cassie no señaló que ella siempre había pensado que era Jonathan. Puede que las cosas hayan cambiado.

Ally exhaló en un siseo. "La única cosa que tú nunca quisiste."

Cassie contuvo el aliento y sus miradas se cruzaron durante un largo momento. "No sé a qué te refieres", dijo ella, pero no era cierto y se sintió como una idiota tan pronto como lo dijo. Ally la fulminó con la mirada.

"No sabía que eso era lo que querías", dijo ella en su lugar.

"Podrías habértelo quedado."

"No", dijo Cassie con determinación. "Eso estaba fuera de discusión."

"Adopción, entonces."

"No." Cassie escuchó su voz elevarse. Se suponía que se trataba de que su hermana compartiera sus problemas, no de ahondar en su propio pasado. Ella miró a Ally. "Lo hecho, hecho está. Ese es mi pasado. Me estabas hablando de Jonathan ahora mismo."

Una vez más, el aire se cargó entre ellas, luego Ally frunció los labios, se parecía tanto a su madre que Cassie se sorprendió, y continuó con voz tensa. "Entonces empezamos a pelear. Primero peleamos por el dinero y luego peleamos por todo lo demás." Ella levantó una mano. "Compramos esta casa porque Jonathan pensaba que sería el lugar perfecto para criar niños."

"Eso es sólo porque no es de por aquí", dijo Cassie y no fue del todo una broma.

Ally no sonrió.

"Supongo que no anticipó que mamá entraría directamente, siempre que estuviera en la ciudad, como si todavía fuera la dueña del lugar, y luego te dijera cómo estaba gastando el dinero que tú pagaste por la casa."

"No", dijo Ally con fiereza. "Entonces, ella lo hizo, y él y yo peleamos por eso, luego peleé con mamá por eso."

"¡Espera! ¿La regañaste?

"Le dije que era una forma pésima de ser parte de la solución, ya que deseaba muchísimo a sus nietos. ¡Y acababa de regañarme por ser tajante con Jonathan, cosa que nunca habría oído si no hubiera entrado en la casa como si todavía fuera suya!"

"¡Sigue rockeando, hermana!" Cassie chocó los cinco con Ally y volvió a probar el vino para celebrar ese acontecimiento trascendental.

Mala decisión. Se cuajó en sus entrañas.

Emily soltó una pequeña carcajada, sin duda perturbada por el volumen de sus voces, y las hermanas se hicieron callar. Se arrastraron hasta la puerta de la habitación, llegando al umbral justo cuando la caja de música sonaba sus últimas notas y se quedaba en silencio. Cassie contuvo la respiración mientras Ally entraba de puntillas en la habitación y volvía a enrollar la caja de música. Emily soltó un bufido, como si fuera una cría de elefante o algo así, y volvió a dormirse.

Exhalaron aliviadas como una y regresaron a la cocina. Cassie sintió el cambio en la atmósfera entre ellas entonces y en silencio agradeció a Emily por darles un objetivo compartido.

Ally tomó un sorbo de vino, aunque no fue eso lo que hizo que su tono fuera amargo. "Y luego dejé de trabajar en la biblioteca para tener menos estrés y poder ir a donde sea cuando sea para cualquier misión relacionada con el bebé."

"Entonces, había menos dinero", supuso Cassie.

Ally asintió. "Entonces, Jonathan tomó un ascenso que requería que estuviera en el medio tiempo de Chicago. Él dijo que necesitábamos el dinero." Ella se quedó en silencio, dando vueltas y vueltas al vaso sobre la mesa.

"¿No influiría eso en sus posibilidades de concebir?" Preguntó Cassie. "Quiero decir, se necesitan dos, ¿verdad? ¿O todavía funciona cuando estás haciendo cosas de fertilidad?"

"Depende del escenario en el que te encuentres. La separación ciertamente no ayudó a nuestro matrimonio. Pasamos de pelear todo el tiempo y tirarnos cosas el uno al otro a semanas de silencio."

"Pero todavía vas a terapia de fertilidad."

"Será mejor que te lo creas", dijo Ally. "Ninguno de los dos quería cortar el anzuelo de todo lo que habíamos gastado hasta ahora."

"Podrías adoptar", sugirió Cassie.

"Decidimos no hacerlo." Ally frunció el ceño. "Hablamos de eso al principio. La ironía, por supuesto, es que lo que nos disuadió de la adopción extranjera fue el costo." Ella abrió mucho los ojos. "Y no estaba segura de que las otras opciones, como la subrogación, fueran adecuadas para nosotros."

"Eso es justo. Todos me parecen bastante complicados."

"Gracias, Cassie." Ally se quedó en silencio entonces, mirando su dedo mientras dibujaba círculos en la mesa.

CASSIE PENSÓ en un verano quince años atrás. Ella sabía que había tomado la decisión correcta. Ella todavía lo creía. No había otra solución que hubiese funcionado. Pero ella vio a su hermana herida y comprendía exactamente porque Ally la odiaba tanto. Ella había tenido la única cosa que Ally había querido y se había librado de eso. No había sido fácil, incluso dadas las circunstancias, y ella todavía era perseguida por su elección, pero cualquier otra cosa habría condenado a ese bebé.

"Así que, ¿Dónde estás ahora?" Preguntó finalmente

Ally suspiró. "Jonathan estuvo en casa hace como un mes. Él dijo que se iba a mudar y que se quedaría en Chicago definitivamente. Hablamos del divorcio. Fue triste, ya sabes, un poco agridulce, como que habíamos tratado de hacerlo funcionar y fracasamos de todas maneras." Ella parpadeó para alejar las lágrimas. "Hicimos el amor. Fue dulce y maravilloso, porque los dos sabíamos que sería la última vez." Ella se mordió el labio. "Era el domingo por la mañana cuando él se fue. Yo pretendí estar dormida cuando él se levantó porque no quería hablar más de eso. Yo lo sentí mirarme, y entonces él besó mi hombro. Me susurró que siempre me amaría y después se fue."

"¿NO LE DIJISTE NADA A ÉL?"

"Yo solo quería mantener ese momento por siempre," dijo Ally, sus lágrimas saliendo de verdad ahora. "Yo estaba deseando que hubiese una manera de volver el tiempo atrás y hacerlo todo de nuevo, quizás cometer errores diferentes. Pero entonces él se fue y los papeles del divorcio llegaron, justo como habíamos acordado, y entonces decidí decírselo a mamá y acabar con eso. Y me dije a mí misma que estaba bien con eso, que seríamos adultos y seguiríamos adelante y que seríamos felices, que había alguien más ahí afuera para ambos y que estábamos haciendo la elección responsable."

"¿Tú nunca creíste en esa cosa del amor verdadero, verdad?"

Ally estaba exasperada. "Es matemáticamente improbable, Cassie." Ella sonaba tanto como ella misma que Cassie sonrió. Ally sacudió la cabeza. "Pero no pude firmar los papeles aun así."

"¿Y?"

"¿Y qué?"

"Hay más. Puedo olerlo," Cassie se puso de pie y fue al fregadero. Ella vació el contenido de los dos vasos de vino, después vació el contenido de la botella, mientras esperaba por la respuesta de Ally. No fue hasta que ella se giró otra vez que su hermana habló

Y perdí mi período," admitió Ally, mirando su dedo trazar círculos en la mesa de nuevo.

Cassie pensó que esto tenía que ser una buena noticia, pero Ally no se veía feliz en absoluto. "¿Le dijiste?"

"Cassie, ¿sabes cuántas veces he perdido mi período durante toda esta aventura? Puede ser simplemente estrés."

"Entonces, averígualo. ¿Compraste una prueba?"

"No. Todavía no. No estoy segura de querer saber." Ally hizo una pausa. "No, eso no es verdad. Quiero saber. Simplemente no estoy segura de lo que haré una vez que lo sepa."

"Bueno, si es negativo, ya sabes."

Ally asintió de mala gana. "Creo."

"No creo que quieras divorciarte, estés embarazada o no."

Su hermana suspiró de nuevo, luciendo tan abatida que Cassie deseó poder arreglar todo. Hubo un tiempo en el que había hecho todos los combates de Ally y se había asegurado de que muchas pérdidas se convirtieran en victorias al final. Para eso estaban las hermanas mayores. "Lo extraño. Incluso extraño pelear con él, lo cual es particularmente patético."

"¿Importa tanto sobre los niños?"

"Lo hace si escuchas a mamá."

"Yo te estoy escuchando a ti."

Ally inspeccionó la cocina, pensando en ello. "Solía pensar que sí. O tal vez asumí que sí."

"O tal vez asumiste que ese sería tu futuro."

"Eso no me importaba. Me gustan los niños. Me gusta hacer todas esas cosas de ama de casa, esposa tradicional. Nunca tuve problemas con la idea de convertirme en esposa y madre."

"¿Pero y si ese no es tu destino?"

"Entonces debería haber tomado algunas decisiones diferentes."

"¿Cómo qué?"

"Terminar mi carrera en lugar de dejar la universidad para casarme con Jonathan. Capacitarme para una profesión y conseguir un mejor trabajo, iniciar una carrera." Ella hizo una mueca. "Hacer algo con mi vida más que intentar tener bebés."

"No hay nada que diga que no puedes hacer esas cosas ahora."

"No, supongo que no." Ally se encontró con la mirada de Cassie.

"Supongo que son mis propias suposiciones las que me están frenando. Debería ser más como tú."

"Si hubieras sido como yo, mamá nunca habría sobrevivido a nuestro crecimiento." Cassie se encogió de hombros. "Tal como estaban las cosas, fue un poco más y todo estaría perdido."

Ally se rió. "Tienes razón." Ella se puso seria. "¿Qué hago ahora, Cassie?"

Cassie se sentó de nuevo frente a su hermana y contó elementos con los dedos mientras hablaba. "Si fueras como yo, cambiarías las cerraduras de las puertas de la casa y no le darías una llave a mamá. Te harías una prueba de embarazo en la farmacia o, mejor aún, te harían un análisis de sangre con tus médicos para estar segura. Luego irías a Chicago y le recordarías a Jonathan por qué se casó contigo en primer lugar, y te asegurarías de que sepa exactamente lo que se perderá si te deja ir." Cassie se inclinó sobre la mesa. "Dile que lo amarás para siempre."

"¿Entonces firmar los papeles del divorcio?"

"Yo volvería a abrir esa discusión. No estoy segura de que debas divorciarte, porque no parece que ninguno de los dos quiera eso."

"No quiero quedarme casada solo porque estoy embarazada."

"¡Ni siquiera sabes si lo estás! Y si es así, él también merece saberlo."

Ally frunció el ceño de nuevo. "Es complicado."

"No, es realmente simple. Ahí está este hombre al que amas tanto que incluso extrañas discutir con él. Creo que es muy especial. Creo que eso va en contra de las probabilidades matemáticas, así que creo que deberías decírselo. Y si ustedes dos han concebido un bebé o no, es otra discusión por completo." Ally abrió la boca para protestar, pero Cassie continuó. "Puedes tener un bebé sola, Ally. Si estás embarazada, la parte que necesita un hombre está hecha. Además, tienes que creer que mamá estará aquí para ti."

"¿Tú que tal?" preguntó Ally suavemente.

Cassie se detuvo en seco. "Como mínimo, te ayudaré económicamente y hablaré contigo cuando quieras o necesites hablar. No soy buena con los bebés, como hemos visto, y no soy buena con Montrose River, pero intentaré estar aquí para ti." Sus miradas se aferraron por un momento, luego Cassie chasqueó los dedos. "¡Podrías venir a Nueva York!"

Ally negó con la cabeza. "No. Me va bien en Montrose River. Me gusta aquí."

"Entonces, dime el plan."

Ella vio a su hermana respirar profundamente. "Iré a mi ginecólogo para un examen y una prueba de embarazo. Puedo llamar el lunes por la mañana. Si le voy a decir a Jonathan que viene un bebé, quiero estar segura."

"Lo suficientemente justo."

"E iré a verlo en Chicago de cualquier manera. Para hablar." Ella se mordió el labio. "Para contarle lo que dijiste."

"Eso no es muy prometedor si no puedes decirlo en voz alta."

"Lo haré. Solo tengo que hacer ejercicio." Ally miró sobre sí misma y frunció el ceño. "Me encantaría lucir realmente bien en ese momento." Ella le sonrió a Cassie. "Y ahora vas a cambiar mi plan."

"Ajustarlo. Los buenos planes con un pequeño ajuste se convierten en grandes planes." Cassie sacó su teléfono y buscó pruebas de embarazo. "Hacer la prueba diez días después de que no has tenido tu período y que lo hagas primero en la mañana puede llevar a resultados más confiables", leyó ella y luego miró a Ally. "Podrías averiguarlo mañana por la mañana."

Ally parecía nerviosa. "Está bien."

"Y luego..." Cassie pasó rápidamente a sus reservas de vuelo. "Podrías volver a Nueva York conmigo."

"No esta semana. Tengo que ir al doctor..."

Entonces, la semana que viene.

"Pero..."

Cassie colgó su teléfono. "¿Cuándo fue la última vez que dejaste Montrose River?"

"No sé. Hace unos pocos años."

"¿Qué tan pronto quieres volver a ver a Jonathan?"

"Pronto." Ally sonrió dulcemente.

"Entonces, si vienes a Nueva York la semana que viene, podrás verlo en diez días o menos."

Ally se rió entre dientes. "Porque solo puedo ir de compras contigo."

"Todos tenemos que conocer nuestras fortalezas."

"¿Y cuál es la mía?"

"Quiero uno de esos lindos letreros de bienvenida."

"¿Eso es todo?"

"Eso es todo." Cassie le ofreció la mano y su hermana se la estrechó. Luego se puso de pie y abrazó a Ally, sus pensamientos giraban.

Realmente esperaba que Ally estuviera embarazada, pero si no lo estaba, ¿podría Cassie ayudar?

¿Debería ella ayudar?

Érase una vez, ella había arreglado todo para Ally. Ella se había metido en cada batalla. Había defendido a su hermana de todos y de todo, hasta que tuvo que irse para pelear su propia batalla. Para cuando terminó, Ally ya era mayor y ya estaba con Jonathan. Cassie pensaba que había pasado la antorcha.

Tal vez era hora de que ella continuara donde lo había dejado.

Ella no estaba segura. Parecía una idea loca, pero también una que podría hacer feliz a Ally.

Ella tenía que hablar con alguien que pudiera evaluarlo sin emoción.

Cassie tenía que hablar con Reid.

OCHO

R eid no podía resistirse.

Él salió a correr el sábado por la mañana, a pesar de que sus rodillas protestaron. Para su satisfacción, llegó al final del sendero del río y vio a Cassie corriendo hacia él. Ella se veía tan fresca y sana como recordaba, y la vista de su cola de caballo balanceándose envió una punzada de ardiente deseo a través de él que lo hizo olvidar por completo sus rodillas.

Él podría haber corrido a Argentina con ella a su lado.

"Justo al hombre que quiero ver", dijo ella alegremente, luego se puso a caminar a su lado.

Su corazón dio un vuelco a pesar de que sabía que no debería hacerlo. Él la miró y pensó que parecía estar tramando algo.

O quería algo.

"¿Por qué suena siniestro?"

"No lo es." Cassie le dedicó una sonrisa y él tuvo la sensación de que iba a estar de acuerdo con ella, sin importar lo que le preguntara. Ella era peligrosa, más aún, porque no se daba cuenta de su influencia sobre él.

Reid corrió en silencio, pensando en eso. ¿Era solo la tentación de desafiar a Marty de raíz? ¿O había otra explicación? Él no creía en el amor ni en los besos. Su atracción por Cassie tenía que ser puramente física.

Aunque realmente le gustaba hablar con ella.

"Tengo una pregunta para ti", dijo Cassie cuando él no habló.

"Espero tener una respuesta."

"Estoy seguro de que la tendrás. Tengo esta idea y no estoy segura de si es buena, así que quería preguntarte."

"Está bien." ¿Por qué él?

"De hecho, podría ser una idea muy mala."

"¿Tienes ideas de mierda a menudo?"

"No. Pero esto es complicado." Ella frunció. "Emocional."

"Está bien." Reid no estaba seguro de por qué alguien acudiría a él con un problema emocional, pero estaba intrigado.

Cassie corrió un momento y luego soltó su pregunta. "¿Qué piensas sobre tener un bebé?"

Reid se detuvo en seco. "¿Disculpa?"

"Ya sabes cómo se hace. Simplemente nos olvidaríamos de los condones y lo pasaríamos bien. Quizás algunos buenos momentos." Cassie sonrió con una confianza que su sugerencia no merecía. De hecho, ella parecía un poco nerviosa por su propia idea. Ella hablaba demasiado rápido. "Yo me ocuparía del resto."

"¿Te encargarías del resto?" repitió Reid. Él se sentía como si lo hubieran sumergido en hielo. "¿Desde cuándo eres buena con los bebés?"

"¿Qué opinas?" insistió ella, esquivando la pregunta.

"Nunca seré el padre de un hijo", dijo él rotundamente, luego se volvió para seguir corriendo.

Por supuesto, Cassie lo siguió. Reid escuchó sus pisadas justo detrás de él. "No tienes que estar involucrado en nada de eso", dijo ella. "Esta no es una propuesta."

"Solo una proposición."

"¡Exactamente!"

"¿Y de repente, desde anoche, has decidido que quieres tener a mi hijo, sin que yo me involucre?"

"Aparte de lo divertido, no. Y no es una decisión. Es una posibilidad. Una opción. Algo de lo que quiero hablar contigo. ¿Qué opinas?"

"¿Por qué?" preguntó Reid, necesitando tener toda la información antes de perderla.

Cassie se sonrojó de la manera más interesante. "No puedo decirte."

"¿Quieres que tenga un hijo sin decirme el motivo?"

Ella hizo un pequeño gruñido en voz baja. "No se lo puedes decir a nadie."

"Nunca le digo nada a nadie."

"Lo olvidé. Tú eres el que odia los chismes."

"Ese soy yo." Él la fulminó con la mirada. "Suéltalo."

"Está bien." Cassie exhaló un suspiro. Corrían junto al río y tenían el camino para ellos solos, pero ella miró a ambos lados para estar segura. Y luego susurró. "Mi hermana tiene problemas para quedar embarazada. Yo no lo sabía. Ella realmente quiere un bebé... "

"Entonces, ¿pensaste que tendrías uno y simplemente se lo darías a ella?"

"¡Lo haces sonar tan grosero!"

"Yo no soy el grosero." Reid estaba enojado, más enojado de lo que había estado en mucho tiempo, y no le importaba que Cassie lo supiera. Él corría más rápido, pero ella seguía el ritmo. "Tú eres la que quiere que done esperma y me vaya."

Cassie se detuvo y levantó las manos. Ella se veía nerviosa y a él le costaba estar enojado con ella. "Está bien. Me he equivocado en todo esto. Déjame intentar de nuevo."

Reid no creía que hubiera una forma correcta, pero trotó en su lugar, esperando.

Sus labios se tensaron y ella empezó a correr de nuevo. Él corrió a su lado, furioso y tratando de mantenerse bajo control. "Mi hermana y su esposo quieren un hijo más que nada. Han gastado una fortuna en cuestiones de fertilidad y eso los ha puesto bajo presión financiera y su matrimonio también está tenso."

"Y quieres arreglarlo." Hasta aquí, Reid entendía. Era bueno que Cassie quisiera hacer algo por su hermana, incluso si lo que quería hacer era poco convencional.

Hacían películas sobre gente que hacía cosas como esa.

Pero que lo hiciera en la vida real era una cosa completamente loca.

"Creo que yo podría arreglarlo", dijo ella, apelando a él. "Pero tendría que hacerlo pronto."

"¿Por qué tan pronto?"

"Porque no me estoy haciendo más joven."

Reid lo entendía.

Ella respiró hondo y él supo que esa tampoco era una perspectiva fácil para ella. ¿Realmente ella estaba tan en contra de tener hijos? "Ally y yo somos similares", dijo Cassie, como si realmente quisiera convencerlos a ambos. "La genética estaría de nuestro lado. Nadie lo sabría. Nadie tendría que saberlo. Podrían irse y volver con un bebé."

"Como si fuera 1850."

"Bueno, no exactamente. La gente contrata madres sustitutas, ya sabes"

"¿En secreto?"

"No estoy segura." Ella parecía perpleja. "No sé mucho al respecto."

Reid se burló y dejó de correr, luego cruzó los brazos sobre el pecho. No tuvo ningún problema en señalar la falla obvia en su plan. "¿Pero qué pasa si el niño se parece a mí?"

Cassie parpadeó y él supo que ella no había pensado en eso.

"Todos en Montrose River pensarían que lo había estado haciendo con tu hermana mientras su esposo estaba en Chicago, y que ella le había mentido al respecto. Habría una fiesta de lástima para Jonathan en cada esquina de la ciudad. Cassie abrió la boca para protestar, pero Reid levantó un dedo, y la vida de ese niño sería un infierno. Él la miró de nuevo. "No. Absolutamente no"

"Me alegra que estemos teniendo una discusión."

"No lo hacemos. Es una mala idea. Realmente una mala idea."

"Pero..."

"Me preguntaste mi opinión. La tienes." Reid comenzó a correr de nuevo, eligiendo deliberadamente el camino a casa. Él estaba furioso con Cassie por su sugerencia, aunque sabía racionalmente que su reacción se debía más a su experiencia que a las razones por las que se le había ocurrido la idea.

"Pero..."

Él hizo una pausa y se volvió hacia ella cuando se dio cuenta. "Y si escucho que te has ido y has hecho esto con otro tipo, Cassie Wilson, iré a Nueva York y te azotaré el trasero hasta que pidas clemencia." Él pensó que sonaba feroz, porque lo decía en serio, pero ella le sonrió.

"Promesas, promesas", murmuró ella mientras lo alcanzaba. Sus ojos brillaban. "Pensé que sería una posibilidad interesante."

"Estás equivocada", dijo él, sin ningún interés en dejar pasar eso. "Es una idea realmente de mierda."

Cassie se puso seria. "Veo que tienes fuertes sentimientos al respecto."

"Los niños no son solo activos que se pueden pasar, o basura de la que se deben deshacer", dijo Reid. "No es justo tratarlos como una propiedad. Como cosas. No está bien." Él se inclinó más cerca, sacudiéndola con un dedo. "Cada niño debería ser querido por sus padres. Cada niño debe ser concebido con amor y apreciado, o no concebido en absoluto."

Ella lo miró de reojo. "Pensaba que no eras un romántico."

"¡No lo soy!" Reid podía sentir que se enojaba más cuando tenía que explicarle. "Es mejor para los niños ser atesorados. Mejor para su sistema inmunológico y su futuro."

"Pero..."

"¿Qué pasaría si Ally quedara embarazada mientras tú estás embarazada, tal vez antes de que le dijeras las buenas noticias?" desafió él. "¿Podrías decir oopsie y hacerte un aborto? Problema resuelto. ¿Ya no necesitamos a este niño, así que simplemente nos desharemos de él?"

Cassie parpadeó rápidamente y bajó la mirada. Cuando ella le respondió, había disgusto en su tono. "Tienes razón. Por supuesto, tienes razón, Reid. Estaba pensando en Ally y en cómo tal vez podría hacerla feliz. Podría ser un buen cambio."

"¿Por qué no se llevan bien ustedes dos?"

"Porque ella cree que tengo todo lo que quiero, y ella no."

"Pero eso no tiene sentido..."

"Tiene mucho sentido." Cassie miró a Reid con una pequeña sonrisa triste, una que lo hizo sentir como un idiota a pesar de que sabía que tenía razón. "Gracias por ser la voz de la razón. Lamento haberte molestado con eso."

Ella lo dejó allí parado mientras corría por el sendero, su paso le decía a Reid que no quería que él la siguiera.

¿Él había dicho algo mal?

Lo parecía, pero se preguntó qué habría sido. Él sabía que tenía razón.

Cassie le había pedido su opinión y la había obtenido. La mujer solía ser tan vulnerable como un tanque armado.

¿Cómo se las había arreglado él para herir sus sentimientos?

¿Y por qué le molestaba tanto?

CASSIE SE SENTÍA como una idiota.

Realmente ella no había pensado en su plan y estaba contenta de que Reid hubiera sido más sensato que ella. Ella había sido impulsiva. Ella solo quería arreglar algo, hacer algo bueno por Ally, pero él tenía razón.

Y sus duras palabras habían llegado a casa.

Porque una vez, Cassie sabía que había tratado a un bebé como una carga.

Aún le molestaba.

Mucho.

Le molestaba más saber que Reid estaría disgustado con ella si supiera esa verdad.

Ella regresó a la casa para encontrar a Tori tarareando en la cocina mientras hacía café y Nick observando a Tori con una sonrisa de satisfacción manifiesta. Él estaba meciendo a Emily, quien arrullaba de placer y Cassie se sintió mal por interrumpir su acogedora mañana.

"Hola. Me meteré en la ducha", dijo con una sonrisa.

"¿No quieres un café?" preguntó Tori.

"No quiero estorbar."

Tori sonrió. "No puedes estorbar. La pasamos muy bien anoche, Cassie. Muchas gracias." Ella se acercó y le dio a Cassie un abrazo mientras Nick les sonreía a ambas. Él le dio a Cassie un pulgar hacia arriba cuando Tori no pudo ver su gesto y ella reprimió una sonrisa.

"¿Y Emily estuvo bien?"

"Ally vino a ayudar", dijo Cassie. "Y Reid me trajo la cena de Pappy's, así que tuve mucha ayuda."

"Pensé que olía a pollo", dijo Nick.

"Y tenemos las mejores noticias para compartir", dijo Tori, con los ojos encendidos.

"¿No más viajes al supermercado antes de que todos comiencen a llegar?" Cassie adivinó.

Tori rió. "Eso no. Nunca adivinarás."

"Entonces dime."

"¡Ryan viene después de todo!" dijo Tori, refiriéndose a un muchacho que habían conocido en la escuela secundaria.

Cassie sintió que el color desaparecía de su rostro. "Pensé que él tenía que trabajar."

"Lo hacía, pero dijo que tenía parte del fin de semana libre, así que está en camino. Será el último en llegar, pero volará mañana por la mañana. Estoy muy complacida. Toda nuestro grupo, estaremos juntos por primera vez en mucho tiempo."

Cassie no miró a Nick, aunque sintió que él la estaba mirando. Hubo un temblor en su estómago y su corazón ya estaba acelerado. "Bueno, eso es genial", se obligó a decir, odiando sentirse obligada a continuar con la mentira. Sin embargo, no podría decirles la verdad, ¿verdad?

Nunca le creerían.

Además, estaba la amenaza de represalia de Ryan. Todavía le helaba la sangre.

La vieja manada. Eran las últimas personas que Cassie quería ver.

Esa vieja sensación de impotencia la asaltó de nuevo, haciéndola sentir como una adolescente acorralada sin opciones, haciéndola sentir como si todo sobre su vida hubiera sido decidido y fuera de su propio control. No era un sentimiento agradable en absoluto y le recordó cuánto odiaba a Montrose River.

"Podría prescindir de él", dijo Nick en voz baja. Probablemente quiera algo. No vendría de otra manera."

"No seas tan gruñón", dijo Tori. "Solía ser tu amigo."

"Tiempo pasado", dijo Nick. "Y nunca uno muy bueno."

"Siempre me gustó", dijo Tori con lealtad.

"Es una comadreja", respondió Nick. "Lo mejor que le ha pasado a este pueblo fue que él lo dejó."

"No te atrevas a decir algo así cuando él esté aquí", dijo Tori, luciendo malhumorada.

Nick miró a Cassie como pidiendo apoyo, pero ella bajó la mirada.

"Si necesitas que vaya a recoger algo, házmelo saber", dijo ella alegremente. "¡Estoy aquí para ayudar!"

Luego se retiró a su dormitorio y cerró la puerta, recostándose contra ella mientras trataba de desacelerar su corazón.

Ryan iba a venir, después de todo.

Cassie respiró para tranquilizarse, diciéndose a sí misma que ahora era una adulta y que nadie podría lastimarla si no se lo permitía.

La adolescente aterrorizada en su corazón no estaba convencida.

Ella tenía que superar eso. Ella tenía que recuperar su relación con su familia, de la misma forma en que había recuperado todo lo demás en su vida.

Cassie deseaba tener a alguien con quien hablar de ello, alguien que supiera la verdad.

Pero nadie en Montrose River lo creería. Y Ryan podría cumplir su amenaza si ella lo hacía. Ella aflojó las manos y se enderezó.

Ella estaba sola y resolvería eso.

***

REID TUVO UN SÁBADO LOCO, que solía ser el caso. No solo estaba el mercado de agricultores semanal en el lote al lado de Shop 'n Save, sino que había nuevos proveedores y no había suficientes espacios. Él tuvo que negociar con todos para acomodar un poco más, para asegurarse de que hubiera suficiente estacionamiento.

El promotor inmobiliario había llegado, probablemente sin querer darle a Reid la oportunidad de cambiar de opinión, y había pasado la mayor parte del día con él, respondiendo preguntas y cerrando el trato. Era tarde cuando llevó al otro hombre de regreso al aeropuerto, y había vagado por su casa vacía durante horas.

Pensando en la oferta de Cassie.

Pensando que él había herido sus sentimientos y que debería disculparse.

Sabiendo que si él pudiera aguantar otro día, ni siquiera un día entero, ella se iría y la tentación desaparecería.

Él también estuvo tentado, por primera vez, de echar un vistazo al libro de Marty. El libro. Todavía estaba en la oficina de Shop 'n Save y él nunca lo había abierto. Lo había reconocido a la vista como la carpeta donde Marty guardaba todas sus notas. Su propia aversión por los chismes era una reacción al amor de Marty por ellos. Marty había hecho su misión personal conocer los secretos de cada alma en el Montrose River y escribirlos. Reid había pensado que era un hábito que significaba que Marty estaba observando la vida en lugar de vivirla, pero nunca habían hablado de ello.

Él había descubierto El Libro cuando limpiaba la oficina después de la muerte de Marty y lo dejó en el estante, sin abrir. Reid no tenía ganas de leerlo. Él preferiría que la gente le dijera directamente lo que quisieran que supiera.

Pero ahora se preguntaba qué habría escrito Marty sobre su sobrina, Cassie.

Menos mal que El Libro estaba en la tienda y él en la casa, o podría haber cedido a su curiosidad.

Sin duda, Cassie era peligrosa para su status quo.

Reid se quedó dormido frente a la televisión y una película de terror muy mala, luego se despertó con una sacudida al escuchar el sonido de su teléfono. Afuera había luz, pero tardó un rato en encontrar su teléfono.

"No saliste a correr esta mañana", acusó Cassie tan pronto como él respondió. Ya no sonaba enojada con él, lo cual era un alivio.

"Mis rodillas declinaron el privilegio. En su lugar, voy a nadar."

"Esperaba verte."

"Podrías haber llamado a la puerta."

"Lo hice."

Reid parpadeó sorprendido. "No te escuché, tal vez porque estaba dormido."

"¿No porque me estuvieras evitando?", preguntó ella, buscando una aclaración con una diligencia que él admiraba.

"No. Pensaba que eras tú quien me evitaba."

Ella no respondió.

"¿Qué dije?" Reid preguntó más gentilmente. "Sé que estás enojada conmigo, pero no sé por qué."

"No importa", dijo ella, en un tono que significaba que sí.

"Lo siento", dijo él.

Ella guardó silencio por un momento, luego se aclaró la garganta. "¿Has dormido?"

"Rara vez duermo." Él se sentía de mal humor, porque ella no le explicaba lo que había hecho, sino que le hacía preguntas, como si estuvieran teniendo una relación. Si esa era su opinión, podría ponerle fin.

"Dijiste eso, pero pensaba que era una exageración."

"Nop, solo la verdad."

"¿Por qué?"

"¿Qué te hace pensar que es asunto tuyo?" Ahora sonaba gruñón. Incluso de mal humor. Reid pasó una mano por su cabello, sintiéndose puesto del revés por esa mujer tan sexy y frustrante.

"No lo es, pero lo estoy preguntando de todos modos." Había una sonrisa en la voz de Cassie, que lo tranquilizó más de lo que debería.

"Simplemente no lo hago."

"Asunto cerrado."

"Admiro lo perspicaz que eres."

Ella se rió y él sonrió. "¿Te veré en el bautizo?"

"No."

"¿No estabas invitado? Pensaba que todos lo estaban. Puedo preguntarle a Tori..."

"Me invitaron, pero no hay razón para arruinar las festividades haciendo que un rayo caiga sobre el edificio."

Cassie se rió entre dientes. "No eres tan malo."

"No has escuchado todas las historias."

"Porque no las estás contando." Continuó ella sin esperar su respuesta. "¿Y después? Si fuiste invitado al bautizo, debes haber sido invitado a la recepción."

"Me negué amablemente."

"¿No te gustan los bebés?"

"No me gustan los chismes. Me agradan Tori y Nick. No necesitan chismes sobre mi presencia allí."

"¿Y si yo te necesito allí?"

Reid se enderezó ante la vulnerabilidad en su voz, su atención se enganchó a pesar de su deseo de que no fuera así. "¿Por qué?"

Cassie contuvo el aliento. "Me gustaría tener una cita y te elijo a ti."

Ella estaba siendo evasiva, lo cual no era característico. Reid se preguntó qué estaba mal exactamente. "¿Por qué?" preguntó él.

"—Porque parece que tiene una vida bastante solitaria aquí en Montrose River, señor Jackson. Me siento impulsiva y amistosa contigo. Te ayudaré a salir más y a socializar antes de irme."

Reid frunció el ceño.

Quizás solo había otras personas al alcance del oído.

"Me gusta mi vida, está bien", dijo él, luego continuó antes de que ella pudiera hablar. "Mira, si quieres negociar para que vaya al bautizo esta mañana, soy todo oídos."

"¿De verdad?" El sonido de su placer era inconfundible.

También lo fue la sacudida que envió a través de Reid. "De verdad."

"No estoy segura de que haya tiempo", dijo ella, obviamente adivinando su precio. "Mi vuelo sale justo después de la recepción..."

"No por sexo", dijo Reid y ella se quedó callada por la sorpresa. "Todo lo que tienes que hacer es decirme qué dije mal ayer."

Ella vaciló por un largo momento. "¿No puedes pedir algo más?"

Reid sabía que había encontrado algo importante. "Esa historia o no hay trato."

Cassie inhaló. "Creo que tienes que dar un paseo al aeropuerto para eso", respondió ella finalmente. "Porque no hablo cuando hay alguien más alrededor."

"Estás bien", asintió Reid fácilmente, gustándole la idea de tener a Cassie para él solo de nuevo. "¿Puedes darme una pista ahora?"

Una vez más, ella dudaba. El sonido de su incertidumbre hizo que Reid quisiera matar dragones por ella. "Um, aparte de que mi madre me odia, mi hermana está resentida conmigo y Ryan llega esta mañana, no." Su voz indicaba lo contrario a lo que decía.

Reid se concentró en el nuevo detalle. "¿Ryan Nichols?"

"Sí." Ella exhaló la palabra en un largo siseo de frustración. "No importa, no importa."

"¿Qué pasa con Ryan?" demandó Reid. "¿No esperabas que viniera?"

"Bueno, él no iba a venir. Eso fue lo que oí. Lo comprobé." Su tono se había vuelto feroz. Esto importaba. Mucho. "Aparentemente, ayer cambió de opinión y ahora viene. Hoy." Cassie inhaló. "Por suerte para nosotros."

Reid supuso que estaba paseando. "Supongo que no te sientes afortunada."

"No."

"¿Por qué es un problema que venga?"

"Nada. Es maravilloso." Su tono se volvió sacarino. "Todo el mundo ama a Ryan."

Reid estaba impaciente. "¿De qué se trata esto realmente, Cassie? Dime."

"No puedo", susurró ella. "Pero lo haré porque te lo prometí y te necesito aquí. ¿Vendrás?"

¿Qué sabía él de Ryan? Poco. Él era más joven y Reid nunca le había prestado mucha atención. Él andaba con un grupo de muchachos, todos menores que Reid. Nick tenía la misma edad que Reid pero había estado en el grupo por un tiempo, probablemente por Tori. Y Ryan se había ido de Montrose River después de graduarse de la escuela secundaria.

A Reid nunca le había agradado Ryan, pero eso era otra cosa.

¿Por qué Ryan había decidido volver tan de repente? ¿Era porque había oído que Cassie estaba aquí? ¿Por qué importaría eso?

"Por supuesto", dijo él y escuchó a Cassie exhalar de alivio. "¿Sin pistas?"

"Ni una." Ella continuó en un susurro y sonó como si hubiera ahuecado su mano sobre el teléfono. "Este no es el trato que pensé que haríamos."

"A veces, tienes que mezclarlo un poco."

"UH Huh." Ella sonaba escéptica y Reid estaba un poco preocupado de que ella hubiera visto a través de él. Él nunca mezclaba las cosas con las mujeres. Siempre se trataba de sexo, pero esto no era así.

Él solo le estaba haciendo un favor a Cassie. No había más que eso.

Pero ella le tenía miedo a Ryan. Las tripas de Reid se tensaron. "Fui invitado. Solo dile a Tori que cambié de opinión y que no comeré nada. No tienes que reclamarme como tu cita."

"Solo mi transporte, en más de un sentido." Había una sonrisa en la voz de Cassie cuando respondió y eso hizo sonreír a Reid. "Tengo que pensar que te vistes bastante bien, Reid."

"Lo intento."

"Y tienes un traje."

"Por supuesto."

"Entonces te veré en la iglesia, a las diez."

"Y si me necesitas antes, no dudes en llamar", agregó él. Ella sonaba más feliz cuando aceptó, y él miró el teléfono durante un largo rato después de que terminó la llamada.

¿Por qué ella no quería ver a Ryan?

CASSIE SE SENTÍA RIDÍCULAMENTE aliviada de que Reid hubiera aceptado asistir, y en el último minuto.

Ella no necesitaba que nadie la defendiera, en realidad no, pero era bueno saber que tendría un aliado.

Era extraño que no pensara que nadie más creería la verdad, pero ella estaba convencida de que Reid lo haría.

Ella estaba nerviosa por contárselo a él, por contárselo a alguien, pero sabía que él nunca contaría la historia. Y tal vez la haría sentir mejor dejarlo pasar. Quizás era otro paso para recuperar su vida.

Ella casi podía ver a su terapeuta asentir con la cabeza.

Cuando salió de su habitación, Tori estaba vistiendo a Emily con su vestido blanco y Nick estaba luchando con su corbata. Cassie sonrió y fue a ayudarlo, atándola expertamente por él.

"Ya lo has hecho antes", dijo él con alivio en su expresión.

"Usamos trajes y corbatas para un número con las Rockettes", admitió ella. "Bueno, chaquetas y corbatas y pantalones cortos de lentejuelas."

Y tacones.

"Los rojos. Hacían juego con los pantalones cortos. Se veía genial."

"No es mi estilo."

Cassie se rió. "No lo sé. Realmente podrías lucir esos pantalones cortos."

Nick carraspeó, sonando como su padre. "Muérdete la lengua."

"Pero teníamos que comprobar las corbatas de la otra. Yo como que tenía un don para eso."

"Todavía lo tienes", dijo Nick, comprobando su reflejo.

Cassie podía ver su incomodidad por llevar un traje. "¿Quién te la ató para tu boda?" bromeó ella, adivinando que había sido la última vez que se había puesto uno.

Nick sonrió. "Era un esmoquin, con una pajarita ya atada."

"Tramposo."

Se rieron juntos.

Te escuché por teléfono. ¿Haciendo arreglos para después? Preguntó Nick.

Cassie sintió que se sonrojaba. "Reid vendrá después de todo y me llevará al aeropuerto. Espero que esté bien. Prometió no comer nada."

Nick sonrió. "Creo que tenemos suficiente comida para todo el estado de Illinois."

"Parece que hicimos suficientes sándwiches para todos y la mitad de Minnesota también."

Hubo una pausa. "Pensé que saldrías anoche", dijo él, tratando de mantener su tono inactivo y fallando miserablemente.

"Pero había mucho trabajo por hacer."

"Pero ya sabes, lo justo es lo justo. Nos diste una cita el viernes. No quería que perdieras ninguna oportunidad con Reid."

Cassie sintió que se sonrojaba más. "En realidad, tuvimos una discusión ayer por la mañana."

La expresión de Nick era cómplice. "No pensé que ustedes dos estuvieran perdiendo el tiempo conversando."

"¡Nick!"

"—Vamos, Cassie, la satisfacción sexual les estaba cayendo en oleadas. Me estaba volviendo loco." Nick le guiñó un ojo y bajó la voz. "Hasta el viernes por la noche. Gracias de nuevo por eso."

"Bueno, yo solo organicé la cena."

"Confía en Reid para que se encargue de los últimos detalles. Fue grandioso." Chocó hombros con ella, como lo hacían cuando eran niños. "Ustedes dos hacen un buen equipo. ¿Vas a volver a la ciudad con más frecuencia ahora?"

"No." Cassie dijo rotundamente y Nick pareció un poco sorprendido. "Estoy deseando volver a Nueva York, donde puedo ir al teatro cuando sienta la necesidad de un poco de drama en mi vida."

Nick rió. "Pensaba que el romance podría traerte de vuelta."

Cassie negó con la cabeza. "Fue solo un rapidito, Nick. Solo diversión."

"Parece que sigue y sigue por diversión", señaló él, luego levantó una mano cuando ella habría protestado. "Pero oye, no te sientas obligada a contarme. Me agradan los dos, y si pudieran ser felices juntos, sería increíble."

"Bueno, no creo que lo seamos. Ambos somos fanáticos de la conexión a corto plazo."

"Lo que es extraño, ¿no?" Nick reflexionó. "Quiero decir, ¿es una reacción aprendida o una inclinación básica?"

"Probablemente varía de persona a persona", dijo Cassie, preguntándose a dónde iba con esto.

"Bueno, tiene mucho sentido para Reid. Nunca pensé que sería de otra manera." Nick la miró y Cassie tuvo que apartar la mirada. "Pero siempre esperé bailar en tu boda."

"No contengas la respiración, primo", dijo Cassie alegremente. "No creo que vaya a haber una."

"Bueno, eso sería una lástima", dijo Nick en voz baja y algo en su tono hizo que Cassie se sonrojara.

¿Él conocía su secreto?

¿Y si ya no fuera un secreto?

Pero Nick sonrió y le dio un codazo. "Tu mamá desea muchísimo a los nietos."

Cassie sonrió.

Para su alivio, Tori apareció en ese momento con la bebé, ambas luciendo perfectas.

"Tic, tac", dijo Nick. "Será mejor que nos vayamos para no llegar tarde." Él arrancó a Emily de los brazos de Tori. Él besó a las dos "sus chicas", luciendo tan orgulloso y feliz que Cassie parpadeó para contener las lágrimas.

Algunas personas tenían finales felices, y ella no conocía a nadie que mereciera el suyo más que Nick y Tori.

* * *

REID LLEGÓ A LA IGLESIA A TIEMPO, adivinando por la multitud afuera que aproximadamente la mitad de los invitados habían llegado. Tori sostenía a Emily, que estaba vestida con un vestido de bautizo blanco que fluía. Quizás era una reliquia familiar: el encaje era elaborado y parecía viejo. Su madre hablaba a su alrededor, ajustándose el vestido. Tori llevaba un bonito vestido de primavera y tacones, y él vio que se había hecho un nuevo corte de pelo. Probablemente había sido el viernes en casa de Millie. Nick era claramente el papá orgulloso, luciendo sorprendentemente sexy con su traje azul marino y su corbata. Un buen amigo de Nick estaba a su lado, preparado para ser el padrino, la esposa de ese hombre mirando con placer, rodeada de sus tres hijos.

Y luego estaba Cassie. Ella se veía elegante y femenina con un vestido de flores y sandalias, pero los tacones eran muy altos. Hacían grandes cosas por sus piernas y Reid admiró la vista, incluso cuando ella le sonrió. Lápiz labial rosa hoy en lugar de rojo, pero Cassie nunca se vería recatada. Una vez más, le sorprendió la sensación de que ella había llegado de otro planeta, uno en el que él quería vivir.

Él pensó, por primera vez en mucho tiempo, en dejar Montrose River.

¿A dónde iría?

El solo pensamiento le quitó el aliento.

Tal vez tenía que hacer un viaje a Chicago, uno más largo que ir a cenar con Troy y Shayla.

Tal vez iría allí a principios de semana. Tomarse unas vacaciones antes de la cena.

Los padres de Cassie llegaron a la pasarela que conducía a la iglesia al mismo tiempo que Reid y él retrocedió, dejando que lo precedieran. Ally estaba con ellos, pero caminando un poco por delante. Él escuchó a la madre de Cassie contener el aliento con desaprobación al ver a su hija mayor. "De un extremo al otro", murmuró ella y Reid parpadeó sorprendido.

"Ya, Marianne", dijo el padre de Cassie en voz baja.

"Nadie me escuchó", susurró ella, pero Reid sí.

Sus palabras le hicieron pensar. Ella tenía razón. En la escuela secundaria, Cassie siempre había sido una chica poco femenina. Ella había escondido sus encantos, eligiendo ropa holgada que podría haber sido prestada de Nick. Desde que se mudó, Cassie parecía haber descubierto su feminidad, o se había dado cuenta de lo bonita que era, y no le daba vergüenza mostrarse con ventaja. A él le gustaba mucho el cambio, porque para él, era una expresión de su honestidad. Cassie era la persona que era y estaba orgullosa de ello. Reid la admiraba.

Él esperó para saludarla, dejando que otros se le adelantaran. Era consciente de sentirse siempre ajeno, pero no podía cambiar sus hábitos.

Ryan llegó en un taxi, probablemente desde el aeropuerto, luciendo elegante con un traje oscuro. Para Reid tenía sentido que tuviera un trabajo como vendedor, porque siempre había pensado que los vendedores no eran sinceros, más preocupados por sus propios objetivos que por los intereses o necesidades de sus clientes potenciales. Ryan sería bueno en eso. Ese hombre sonrió y saludó, besando a las ancianas en las mejillas, estrechando las manos y abriéndose paso hacia las puertas de la iglesia como un héroe que regresa.

O un político.

Él llevaba demasiada colonia y tenía un reloj grande y llamativo.

Más importante aún, Cassie estaba molesta porque él había elegido asistir.

Reid siguió a Ryan mientras se acercaba a Cassie, queriendo ver su primer encuentro, en caso de que le diera algunas pistas sobre su reacción.

"—Cassie"—dijo Ryan con placer, y Reid pudo adivinar que se la estaba comiendo con los ojos por la forma en que Cassie se enderezó. Sus ojos se entrecerraron levemente pero su sonrisa no vaciló. "¿No te has vuelto bastante atractiva?"

"Ryan", dijo ella, la miel escapando de su tono. Ryan se movió para besarla en la mejilla, pero Cassie dio un paso atrás y le ofreció la mano. Había furia en su mirada firme.

Ryan vaciló por un segundo, luego le tomó la mano.

Reid lo escuchó inhalar bruscamente. Él miró hacia abajo para ver que

Cassie había agarrado la mano de Ryan con tanta fuerza que las yemas de sus dedos se estaban volviendo blancas. Vio como ella apretó aún más su agarre.

"He querido agradecerte todos estos años", dijo ella con suavidad.

"¿De verdad?" La voz de Ryan era tensa y Reid se movió para pararse a su lado, viendo que el otro hombre había palidecido.

"Por supuesto", dijo Cassie suavemente. "Tú fuiste quien me animó a aprender defensa personal." Su agarre se apretó aún más, su bíceps se flexionó y Ryan gimió un poco. Reid contuvo una sonrisa al ver la fuerza de Cassie, pero estaba ocupada mirando a Ryan. "Un curso tan sabio para las mujeres. Me aseguraré de que Emily empiece muy joven." Ella mordió esas dos últimas palabras, dándole a su mano un último apretón, y Reid se preguntó si oiría un hueso crujir. Luego soltó a Ryan y se volvió hacia Reid con una sonrisa, con la mirada todavía hirviendo.

Autodefensa.

¿Qué le había hecho ese bastardo a Cassie?

Reid sonrió como si no estuviera furioso y se inclinó para besar su mejilla, amando que ella lo dejara y que Ryan se diera cuenta. "Eres increíble", le susurró al oído y ella sonrió con gratitud. Su mirada se dirigió rápidamente a Ryan, que se había alejado, acunando una mano en la otra, y la satisfacción iluminó sus ojos.

"Supongo que ahora conoces parte de la historia", dijo ella.

"Abre mi apetito por los detalles", admitió Reid, sintiendo que necesitaba un poco de aliento. "Vas a ser una madrina ardiente."

Cassie le sonrió. "Gracias, Reid. Y gracias por venir hoy." Ella le quitó una pelusa imaginaria de la solapa y sus ojos se iluminaron con admiración. Era un gesto de propiedad y le sorprendió que no le importara. "Luces bien. Podría devorarte, aquí y ahora."

"La gente se daría cuenta." Él se aseguró de sonar arrepentido, deseando que ella se riera.

Ella lo hizo. "Probablemente. Creo que el sexo en la sacristía va en contra de las reglas, ¿no es así?

"Probablemente. Si no, debe serlo."

Ella se rió de nuevo. "Gracias, Reid."

"Siempre que necesites refuerzos, solo dame un grito."

"¿Incluso cuando estoy en Nueva York?"

Reid sonrió y le guiñó un ojo, preguntándose qué diablos acababa de ofrecer.

Y por qué.

EL BAUTIZO FUE BIEN, especialmente porque Cassie no dejó a Emily en el altar. La bebé tampoco gritó, lo que tenía que ser algo bueno. Cassie estaba nerviosa por eso, pero la gente parecía esperar que ella se aferrara a Emily, así que lo hizo. Sostener a un bebé era muy parecido a acunar un saco de patatas. Uno frágil. Cassie incluso meció un poco a Emily y la arrulló, y se sintió increíblemente aliviada de que el bebé no la considerara una mala elección de madrina.

"¿Ya estás convencida?" Tori bromeó cuando terminó y se estaban yendo de la iglesia. Cassie sonrió cortésmente. Ella se sentía un poco enfadada después de esos días en la ciudad y estaba más que lista para escapar. Estaba muy consciente de la presencia de Ryan, así como de la de Reid, y se sentía más emocionada de lo que se había sentido en mucho tiempo. Ella sintió la mano de un hombre en la parte posterior de su codo y supo que era Reid.

"¿Estás bien?" murmuró él.

Su pulgar se deslizó por su columna, un toque firme que la hizo temblar de necesidad.

Ella se preguntó cuántos de los invitados se dieron cuenta de eso.

"Supongo que no podemos saltarnos la recepción", dijo ella, dándole una mirada de agradecimiento. Él se veía tan fabuloso con un traje como ella esperaba, pero tuvo la extraña sensación de que no lo conocía en absoluto. Parecía más caballeroso y reservado, menos perverso y poco confiable. También parecía un hombre con secretos.

Ella se sorprendió al darse cuenta de que quería conocerlos todos.

"Eso contaría como una mala influencia, creo", dijo él, mirando a Emily. Cassie no podía leer su expresión, pero cuando la miró, sus ojos estaban oscuros. "Te ves bien con ella", murmuró él y Cassie se sintió cálida por todas partes.

"Eso es lo que dirá mi mamá", dijo Cassie. "Creo que parezco una completa aficionada."

Reid sonrió. "No estés tan segura de eso." Él miró hacia arriba y entrecerró un poco los ojos. "Esta es mi oportunidad de ponerme al día con Ryan", dijo, luego sonrió y la dejó sola.

Cassie sabía que él se aseguraría de que Ryan no volviera a acercarse a ella y se alegró.

"Reid nunca debería haber venido", dijo su madre en una repentina proximidad, luego le hizo cosquillas en la barbilla a Emily. Levantó la mirada hacia Cassie, un desafío en sus ojos. "Quizás verte a ti y a Emily lo hizo sentir culpable."

El corazón de Cassie dio un salto.

"¿Acerca de?" protestó, pero entonces Ally estaba allí, con los ojos abiertos de adoración por Emily. Cassie le pasó el bebé a su hermana, observando lo intuitiva que era Ally con ella, y deseó con todo su corazón que Ally obtuviera lo que quería.

Luego hizo una pequeña charla y se mezcló, ayudó a Tori con los refrescos y trató de averiguar cómo exactamente se las arreglaría para mantener su promesa a Reid.

Su garganta parecía haberse cerrado de nuevo cada vez que pensaba en el pasado, y cada vez que su mirada se posaba en Ryan, pero había dicho que se lo diría a Reid y de alguna manera lo haría.

Ella mantendría su palabra, al igual que él.

NUEVE

R eid no sabía qué había pasado por su cabeza cuando había aceptado asistir al bautizo y la recepción. Él se sentía lo suficientemente incómodo sin que la mamá de Cassie le diera una mirada sombría. Le resultaba difícil permanecer en el perímetro, lo que le resultaba familiar, cuando intentaba mantener a Ryan alejado de Cassie. Era dolorosamente consciente de que todos comentaban sobre él y Cassie. Ella no necesitaba que ningún chisme la siguiera, incluso si nunca regresaba a Montrose River, su madre y su hermana probablemente se lo contarían.

Con placer.

Y él no quería manchar su último tiempo con ella. Ella había puesto a Ryan en su lugar para que él no tuviera que trabajar duro para asegurarse de que el hombre mantuviera su distancia. Reid comió pequeños bocadillos y bebió café suave y, de todos modos, montó guardia, sin poder creer que ella lo hubiera convencido para que asistiera.

Pero entonces, Reid estaba empezando a darse cuenta de que haría cualquier cosa por Cassie.

Incluso tenía este extraño impulso de convencerla de que se quedara en la ciudad o de sugerirle de que lo volviera a ver. Pero no era él quien cambiaba los términos de ningún acuerdo. Él nunca subía la apuesta.

Él estaba aburrido de Montrose River, eso era todo, decidió Reid.

Cassie era un soplo de aire fresco y un recordatorio de que necesitaba salir de la ciudad con más frecuencia.

Chicago bastaría.

Reid no tuvo que recordarle que era hora de irse. Ella cogió su bolso, evitó a Ryan en su gira de despedidas y se encontró con Reid en la puerta, como si no pudiera esperar a salir de Montrose River una vez más. Él le quitó el bolso. Hubo una ráfaga de abrazos y besos en el porche, luego ella se dirigió hacia su auto con determinación.

"¿Quieres conducir?"

"Sí quiero, pero no si voy a contarte esta historia", dijo ella sin rodeos. "Es uno o el otro, y te debo la historia." Ella sonrió. "No quiero destrozar ese auto."

"Yo tampoco quiero que lo hagas.

"Las grandes mentes piensan igual entonces", dijo ella y él le abrió la puerta del pasajero.

"Está bien", dijo él mientras se alejaban de la casa de Tori y Nick. "Háblame de Ryan."

"No es una historia fácil de contar", dijo ella con voz ronca. "De hecho, solo la he contado una vez."

El motor de Aston Martin rugió de una manera muy satisfactoria y él vio a Cassie cerrar los ojos. ¿Ella estaba saboreando la sensación del auto o preparándose para su confesión? Reid tenía la sensación de que eso era mucho más importante de lo que se había dado cuenta y su respuesta lo confirmó.

"¿Debería estar celoso?" bromeó él.

Ella no se rió. "Probablemente no. "Se lo dije a una terapeuta. La vi durante dos años y me ayudó mucho."

Un terapeuta. Reid agarró el volante con más fuerza.

Él se sentía agitado como rara vez lo hacía, como si las cosas se le estuvieran saliendo de control. No le gustaba la sensación y no confiaba en lo mucho que le importaba el estado de ánimo de Cassie.

Nunca la volvería a ver.

No podía hacer que no le importara.

Si ella lloraba, él estaba frito.

"¿Entonces?" él invitó.

"Sal de la ciudad primero, por favor", dijo ella con fuerza.

"Él no puede oírte."

"No puedo hablar de eso en la ciudad", dijo ella con tanta fuerza que él miró en su dirección.

Cassie estaba más pálida de lo que a Reid le gustaba y él maldijo entre dientes.

Condujeron en silencio hasta que él llegó a la interestatal. "Tienes unos veinte minutos", dijo él.

"Está bien. Me quedo con el resumen ejecutivo", dijo Cassie. Ella respiró hondo y se enderezó. "Puede que no recuerdes esto, pero el verano antes de ir a la universidad, me fui para tomar un curso para mejorar mis calificaciones en matemáticas."

"Lo recuerdo", dijo Reid. "No podía entenderlo porque siempre parecía que te iba bien en la escuela."

"Eso es porque fue una mentira", dijo ella. "No tomé un curso."

Había algo crudo en su tono y Reid volvió a mirarla. La carretera estaba casi vacía y no había riesgo de colisión. La devastación en sus ojos lo sorprendió. "¿Qué...?" comenzó a preguntar pero ella lo interrumpió.

"Tuve un aborto."

Reid se sorprendió.

¿Cassie había estado embarazada?

¿Por quién?

¿Qué tenía esto que ver con Ryan?

¿Y el terapeuta?

Entonces él tuvo un mal presentimiento.

"Lo siento", dijo él, porque no sabía qué más decir. Él lo lamentaba, lo lamentaba por el bebé, lo lamentaba por haber tomado esa decisión, lo lamentaba de mil maneras. Sin embargo, en lugar de condenarla, escuchó.

"Yo también", admitió ella. "Tuve que ir a visitar a un primo en Canadá, y hubo mucha organización entre la realidad de haberlo hecho y la necesidad de historias para disfrazar la verdad." Ella frunció el ceño y miró por la ventana opuesta para que él no pudiera ver su expresión. Su tono le decía todo lo que necesitaba saber. Ella todavía sufría por eso. "Sin embargo, no había elección. La hija mayor de mi madre no podía concebir un hijo ilegítimo. Era imposible."

"A pesar de que sucedió."

"No oficialmente."

"Podrías haberte casado con el padre."

"No, no podría haberlo hecho", dijo Cassie con calor. "¡No podía soportarlo! Lo habría apuñalado en el ojo la primera vez que fue lo suficientemente estúpido como para irse a dormir en mi presencia. No. Le habría cortado el pene." Ella dejó escapar un suspiro entrecortado cuando a Reid se le ocurrió una idea horrible. "Mis padres nunca supieron quién era el padre, por lo que no pudieron obligarme a casarme con él. Me negué a decírselo."

"¿Ryan?" preguntó él, su propia voz ronca.

"Quizás", dijo ella salvajemente.

"¿Qué quieres decir con quizás?" exigió Reid, pensando que ella estaba siendo tímida. "¿Cómo puedes no saberlo?"

"Porque fue planeado de esa manera", dijo ella con tono amargo. "No lo sé."

"Pero..." Reid no avanzó antes de que Cassie explotara.

"¡Había dos de ellos!" gritó ella. "Se turnaron."

Reid estuvo a punto de estrellar el auto. Ciertamente rectificó los engranajes. ¿Cómo él podría no saber eso?

Luchó por encontrarle sentido. "Pero debes haber visto..."

"Se aseguraron de que no lo hiciera", dijo Cassie salvajemente. "Comenzó cuando éramos pequeños. Rutinariamente me acorralaba y me separaba de los demás. Siempre quería tocarme. Entonces quiso besarme. Me dijo que era tan sexy. Me dijo que era culpa mía, que lo tentaba. Entonces, traté de ocultar que era una niña. Traté de evitarlo. Hice todo lo que pude para evitarlo, pero cuando éramos adolescentes, él sabía que yo iba al garaje. Traté de estar allí los días en que él no estaba, pero cambiaba sus planes o me engañaba, y luego me quedaría atrapado allí con él." Ella contuvo el aliento y exhaló.

"Podrías habérselo dicho a alguien."

"Lo intenté. Estaba avergonzada por lo que no podía ser franca. Pensaba que era mi culpa, y todos siempre alababan a Ryan. Es tan agradable." Cassie tamborileó con los dedos en la puerta del auto. "Mientras yo tenía actitud."

Porque estaba siendo acosada y nadie la creía.

Bueno, Reid podría identificarse con eso. Él había sido abusado y sabía que era mejor no confiar en nadie.

Era algo terrible que tenían en común.

Condujeron en silencio durante un largo rato.

"Pensaba que no iba a empeorar", dijo ella finalmente. O tal vez esperaba que no fuera así. Pensaba que sería solo manoseo. Toques no deseados, pero solo toques. Podría sobrevivir a eso." Su voz se tensó. "Incluso cuando empezó a decirme que le gustaba a alguien que conocía." Ella se estremeció.

"No para conversar."

"No. Un día, volvía tarde a casa de la clase de baile. No había nadie alrededor y atravesé el campo detrás de la escuela para llegar a casa antes. Estaba cerca de Navidad, cuando anocheció temprano. Estaba junto a las gradas y alguien me abordó por detrás. Había dos de ellos. Me subieron la sudadera por la cabeza y me sujetaron. Me metieron la capucha en la boca." Ella soltó un suspiro tembloroso. "Se turnaron", repitió ella en un susurro.

Reid se detuvo en una parada de descanso con una velocidad salvaje, se detuvo y miró a Cassie. Él sabía que se mostraba su ira.

Por eso se había negado a estar atada a la silla, incluso mientras jugaba.

Por eso había sido una marimacha, ocultando sus atractivo.

Y ahora lo presumía, porque no iba a permitir que un idiota cambiara su vida. Su corazón casi estalla de admiración de que ella fuera tan fuerte.

Fue su referencia al aborto lo que había herido sus sentimientos el sábado por la mañana, porque ella había tenido uno y él nunca lo había adivinado.

Nadie lo había hecho.

"Reconocí su voz al final", susurró ella. "Cuando dijo que me cortaría la cara si se lo contaba a alguien."

"Y decían que yo eran un muchacho malo."

Él no sabía qué más decir. Cualquier cosa que pudiera haber ofrecido habría sido insuficiente.

Ella sostuvo su mirada desafiante, las lágrimas corrían por sus mejillas mientras confundía su silencio con un juicio. "Adelante", desafió ella, con amargura en su tono. "Dime qué gran tipo es Ryan. Dime cómo a nadie le desagrada. Dime cómo llega hasta el final para todos y que si algo sucedió, ¡sí! Entonces debe haber sido mi culpa." Sus ojos se entrecerraron con ira. "Debo haberlo llevado por mal camino. Tienes que tener cuidado con esas vírgenes de diecisiete años y sus artimañas. Las que no usan maquillaje y se visten como marimachos, son las seductoras." Entonces ella se quedó en silencio, hirviendo a fuego lento, y parpadeó rápidamente mientras miraba por la ventana.

"Eso no era lo que estaba pensando."

"¿Entonces qué?"

"Estoy asombrado de que alguna vez hayas sido víctima de alguien", dijo él, sin admitir del todo la verdad. Ella lo miró con recelo. "Pero ya no eres una víctima."

"Tuve un terapeuta increíble en la universidad. Ella me dijo que lo retirara, que lo devolviera todo, y lo hice. No fue fácil."

Reid podía imaginarlo.

"Todavía están en eso", dijo en voz baja. "Maravilloso Ryan. ¿No lo amamos todos con el corazón?" Ella gruñó de frustración. "Menos mal que nadie me dejó a solas con él hoy y cualquier cosa que pudiera haber sido utilizada como arma."

Menos mal.

Reid también se sentía violento. Él se sorprendió al sentir incluso un incremento de la rabia de su padre dentro de él y se alegró de que estuvieran en el auto, lejos de Ryan. "Quizás no necesites un arma. Pensé que le ibas a romper la mano."

"Quería hacerlo, pero pensé que sería descortés." Ella le lanzó una mirada. "Como no querías que la iglesia fuera alcanzada por un rayo, pensé que yo debería hacer lo mismo."

"Entonces, es por eso que nunca regresaste a la ciudad", dijo él, luchando por mantener el tono.

Cassie asintió y luego se secó los ojos. Ella se volvió para encontrarse con su mirada, la suya clara. "Y nunca lo volveré a hacer."

"Viniste por Tori."

"Lo hice por Emily", corrigió ella salvajemente. "Ella tendrá alguien a quien llamar si alguna vez necesita algo." Ella lanzó otro suspiro entrecortado. "Debo parecer un desastre." Ella bajó la visera y se estremeció ante su reflejo en el espejo, luego abrió su bolso.

Se sentaron por unos momentos en silencio mientras Reid consideraba las ramificaciones de esa nueva información y Cassie se reparaba el maquillaje. "¿Alguien sabe?"

Cassie negó con la cabeza.

"No, no después de esa amenaza", dijo Reid.

Ella asintió y respiró hondo.

"Gracias por confiar en mí." Él se acercó y tomó su mano entre las suyas.

"Tú no compartes chismes."

"Nunca." Reid se preguntó cuánto habría sabido Marty sobre ese incidente.

Cassie giró su mano, dejando que sus dedos se enroscaran alrededor de los de él, extrayendo fuerza de él. "Esta es la parte en la que me llamas puta", susurró ella. "O una asesina de bebés."

Reid envolvió su brazo alrededor de sus hombros y la atrajo hacia sí, abrazándola con fuerza contra su pecho. "Esta es la parte en la que te regaño por no decírmelo antes, así podría haberle aplastado la cara a Ryan frente a todos." Él fue sacudido por el poder de su ira y su deseo de hacer daño físico al otro hombre.

Esa habría sido la solución de su padre y le preocupaba sentir algo en común con ese hombre.

"Esa no es la parte de su anatomía que quiero ver dañada", dijo Cassie con gravedad.

Reid sonrió a su pesar. "Menos mal que no había cuchillos grandes en el buffet.

"Menos mal."

"¿Cuándo se va de la ciudad de todos modos?"

"¡Reid!" Ella se apartó para mirarlo. "No lo hagas. No necesitas vengar mi honor. No es necesario que te involucres."

"Quizás quiero."

Cassie hizo una mueca. "Quizás tú también estarías vengando los tuyos."

Frunció el ceño confundido. "No entiendo."

Ella hizo una mueca. "Creo que mi mamá siempre creyó que eras el padre."

Reid se sorprendió, luego se pasó una mano por el cabello. "Bueno, eso explica muchas cosas, en realidad."

"Lo hace, ¿no?" Ella se apoyó en su hombro, todavía colgando de su mano. "Oh, Reid, lo siento. Ella es tan horrible contigo."

"Estoy acostumbrado a eso. Ella no es la única, así que tengo la piel bastante gruesa." Él le dio un beso en el pelo, incapaz de imaginar lo sola que se había sentido ese verano. "Siento mucho que hayas tenido que pasar por eso, Cassie." Él sacudió la cabeza con asombro. "Sin embargo, querías tener un bebé para Ally."

"Ella me odia, porque sabe sobre el aborto. Cree que tiré a la basura lo que ella más quería."

"Porque ella no sabe más que eso", supuso Reid.

Cassie negó con la cabeza. "Ella nunca lo hará."

Reid guardaría silencio. Él podía entender eso.

También comprendía que Cassie confiaba en él porque era casi tan bueno como un extraño. Ella compartía su secreto porque no había riesgo de que se volvieran a ver. Ella nunca volvería a Montrose River.

Y esa verdad le preocupaba mucho más de lo que creía que debería.

"Tal vez deberías decírselo."

Quizá lo haga en cincuenta o sesenta años. Gracias." Ella respiró temblorosamente y volvió a comprobar su reflejo. Después de un pequeño retoque, ella se volvió hacia él y él asintió con la cabeza.

"Imagen perfecta." Porque ella lo era. Siempre.

"¿Por qué todos piensan que eres malo?" Preguntó Cassie, robando un beso rápido. "Eres el tipo más agradable que he conocido."

"No estoy seguro de cuánto cumplido es eso, dado lo que me acabas de decir", bromeó él y ella se rió.

"Ahora eres oficialmente la persona que más sabe sobre mí", dijo ella a la ligera.

Reid sabía que ella no quería decir nada con eso. Ella no podía. Él volvió a poner el auto en marcha. Y todavía me gustas. Hay pruebas positivas de que puedes compartir tus secretos y no terminar solo."

"Espera un minuto", dijo Cassie mientras se incorporaban al tráfico.

"¿Qué secreto obtengo a cambio? Tú eres quien dijo que todo era una negociación."

"Y te llevo al aeropuerto. Hicimos un trato."

"No es justo", protestó ella, sonando como siempre. "Quiero uno de tus secretos."

"Quizás no tengo ninguno."

Ella rió. "Podrías contarme sobre la mujer que te traicionó."

Reid casi pierde una marcha. "Ni de cerca", respondió él.

Cassie no dijo nada. Él le lanzó una mirada furtiva y vio que estaba mirando por la ventana. Reid no podía leer su estado de ánimo en absoluto. Después de la intimidad de que ella compartiera esa historia, se sentía excluido y aislado, incluso en los pequeños confines del automóvil.

Pero claro, eso le resultaba familiar. ¿Y qué más podía esperar? Reid era muy consciente de que no tenía ningún derecho a estar con Cassie en absoluto, y no era solo por la reacción de su madre a su presencia.

Condujeron el resto del camino en silencio. Él estacionó junto a la acera junto al oficina de registros de su aerolínea. Era solo un pequeño aeropuerto regional, pero estaba bastante ocupado esa tarde. Él encontró un brillo determinado en los ojos de Cassie, uno que envió una oleada de necesidad cada vez más familiar a través de él.

Era oficial. Él nunca iba a tener suficiente de ella.

Menos mal para sus principios que ella se marcharía para siempre. De lo contrario, podría cometer un error y prometer más de lo que podría cumplir.

"No vas a decir que me llamarás, ¿verdad?" preguntó ella, su mirada sabia.

Reid negó con la cabeza. "Me gusta la honestidad entre nosotros."

"Tal vez sea hora de que alguien te sorprenda, Reid Jackson", dijo ella con un calor inesperado.

"La gente me sorprende todo el tiempo."

Entonces, tal vez sea hora de que a alguien le importes.

"No." Reid negó con la cabeza con determinación. "No vayas allí, Cassie. No soy un caballero ni un héroe. Sabes que es mejor no involucrarte con un tipo como yo."

Había una luz desafiante en sus ojos. "Pero ya lo hice."

"Acabas de tener sexo conmigo, varias veces", corrigió él. "No es lo mismo y no se convertirá en lo mismo."

"A menos que abras otra negociación."

"No necesitas estar enamorada de otro tipo que no corresponda a tus sentimientos", dijo él, sorprendido de lo mucho que le molestaba su sugerencia. Él no la iba a lastimar. Y eso significaba mantenerse alejado de ella. "Fue un intervalo. Una aventura. Y nunca va a ser nada más."

En lugar de esperar su inevitable respuesta, porque sabía que ella no abandonaría fácilmente cualquier desacuerdo, Reid salió del auto y sacó la bolsa de Cassie del maletero, colocándola en la acera. Él no quería alentar ninguna idea de que tuvieran un futuro, porque sabía que no era así.

Sin embargo, tener que ser el que insistía en ello lo ponía irritable.

"Sé que tienes razón", dijo ella cuando estaba de pie junto a él. "Fue tan bueno."

"Lo fue", admitió él con cautela.

"No estoy lista para que termine", susurró ella con un centenar de luces en los ojos.

"Es mejor renunciar cuando estás por delante", dijo él con brusquedad.

"¿Cuándo el vaso está medio lleno?"

"Algo como eso."

Sus miradas se aferraron durante un largo y potente momento y Reid deseó no ser el hombre que era. Él deseaba poder ser el hombre que ella quería que fuera, pero era lo suficientemente realista como para conocer sus limitaciones.

La rabia que lo invadió fue un poderoso recordatorio de que su historia nunca se quedaría atrás.

"Gracias, Reid", dijo Cassie finalmente. Ella extendió la mano y Reid supo que debería haberse alejado, pero no pudo. Ella lo besó dulcemente, pasando sus dedos por su cabello con un afecto propietario que hizo que él la deseara de nuevo. "Hiciste que mi fin de semana fuera increíble", susurró ella cuando apartó los labios de los de él.

Él estaba chisporroteando hasta los dedos de los pies. "Tú también tuviste un gran impacto en el mío."

"Y gracias por escuchar."

"¿Te sientes mejor?"

Ella consideró eso. "De hecho sí lo hago. No me había dado cuenta de lo horrible que era estar cargando ese secreto." Su mirada se posó en él con preocupación.

"Tu secreto está a salvo conmigo", dijo Reid. "Marty me enseñó eso, después de todo."

"Gracias." Se sonrieron el uno al otro y probablemente todos a su alrededor pensaron que estaban enamorados el uno del otro. Alguien tocó la bocina, pero Reid no se apresuró a mover su auto.

"Que tengas buenos vuelos", dijo finalmente. "Y no trabajes demasiado."

"Sé amable con Lionel", dijo ella, luego lo besó de nuevo, lo besó como si realmente lo dijera en serio, lo besó como si quisiera que su toque lo mantuviera caliente por el resto de su vida.

Quizás lo haría.

Reid apartó las manos de ella, eligiendo ser él quien rompiera el beso. Él sabía que era mejor no querer más de lo que nunca había tenido. Él había estado con Cassie y más de una vez. Se dijo a sí mismo que debía ser suficiente. Se miraron el uno al otro por un momento, luego ella sonrió y agarró su bolso.

"Pórtate bien", dijo ella a la ligera. "O al menos ten cuidado."

"No voy a empezar ahora", bromeó él. "Piensa en el daño a mi reputación."

Cassie se rió levemente, pero la risa no llegó a sus ojos. Su mirada se aferró a la de él por un momento y Reid supo que él podría haber hecho una oferta o una promesa, y ella podría haber estado de acuerdo. En cambio, mantuvo la boca cerrada.

Sin mentiras. Sin promesas falsas. Había sido realmente bueno y sabía que era mejor no esperar más.

Él la vio irse, sabiendo que extrañaría más que esas botas, y sintió el torbellino de ira dentro de él. Él debería dejarlo así. Debería olvidarla y continuar con su vida.

Él no debería desear lo que nunca podría ser.

Ese camino nunca conducía a nada bueno y Reid había aprendido bien esa lección.

Luego se preguntó cuándo pensaba Ryan Nichols marcharse de la ciudad.

SI REID JACKSON alguna vez decidía robarle el corazón a Cassie, ella terminaría presentándolo en bandeja de plata. Ella se sentía mucho mejor después de hablar con él, sin pensar después de tan buen sexo. Sería fácil acostumbrarse a tener a Reid cerca. Él escuchaba. Él se compadecía. La hacía sonreír.

Pero Reid era directo. Él había dicho que se trataba solo de sexo. Él no había hecho ninguna promesa, no había dicho que llamaría o incluso sugerido que volvieran a reunirse.

Cassie sabía que no lo harían.

Tal vez era algo bueno que no hubiera posibilidad de que él la persiguiera porque estaba igualmente segura de que, tarde o temprano, le rompería el corazón en dos.

No estaban hechos el uno para el otro. Simplemente habían tenido un gran sexo.

Incluso sabiendo todo eso, ella no podía dejar de pensar en Reid. Ella estuvo a punto de llamarlo desde el aeropuerto de Chicago, y luego volver a llamarlo cuando llegó a casa. Pero eso era simplemente estúpido. Ella no iba a ser la próxima mujer en la fila que quisiera más de Reid Jackson, y ella no iba a suspirar por otro hombre que no la haría feliz.

El hecho de que esas fueran sus propias palabras debería haber sido una advertencia suficiente.

Ella se dijo a sí misma que estaba preocupada por lo que él iba a hacer, pero sabía que eso no era cierto. Reid lo pensaría detenidamente y haría un plan, o no. Dudaba que él realmente se metiera para tratar de arreglar algo de su pasado. Él siempre se había mantenido al margen de cualquier pelea, mirando desde el margen.

Excepto cuando jugaba al fútbol, pero esos días habían quedado atrás.

Cassie sintió una oleada de simpatía por él, luego una oleada de deseo, y se dijo a sí misma que era bueno que solo hubiera pasado unos días en

Montrose River. Ella le había confiado mucho tan rápido. Si ella hubiera estado allí una semana, habría perdido toda discreción.

Su tatuaje le picaba de la peor manera, y esperaba que no se hubiera infectado de alguna forma. Después de tantos meses parecía improbable, pero ella resistió la tentación de rascarlo.

De hecho, ella se sentía irritable en general. Sus vuelos parecían durar una eternidad.

En lugar de alegrarse de estar de vuelta en su territorio natal, encontró Nueva York abarrotada, ruidosa y maloliente. Ni siquiera era verano todavía, pero las aceras irradiaban calor después de un día abrasador, y su apartamento estaba mal ventilado. Ella abrió las ventanas, escuchó las bocinas y las sirenas y reconoció que estaba descontenta.

Era un espacio pequeño.

Era su espacio, y las propiedades inmobiliarias eran caras en una gran ciudad, pero aun así. Todo su apartamento encajaría en el dormitorio principal de Reid. Ese armario era más grande que su sala de estar. Ella sintió una repentina y aguda necesidad de más.

Su apartamento también estaba lleno de cosas, otra comparación sorprendente después del vasto vacío de casa de Reid. Su armario y sus estanterías estaban abarrotados y los muebles estaban empaquetados. Había cajas de zapatos apiladas en el suelo del dormitorio porque no cabían en el armario.

Quizás ella debería deshacerse de algunas cosas, simplificar un poco su vida y sus posesiones. Había algo que decir sobre la ordenada sencillez de la casa de Reid. No se sentía acogedora ni hogareña, pero tenía que ser mucho más fácil de mantener limpia.

Los folletos de los nuevos condominios en F5F todavía estaban en la mesa de café, abiertos en el modelo más grande en lugar del pequeño que Cassie podía pagar de manera realista. Bienes raíces. Esa era otra razón para tener pareja. Un segundo ingreso permitiría que una gran parte de Manhattan fuera su hogar.

Suponiendo que su compañero de elección tuviera un trabajo.

No había nada en la nevera más que yogurt y no podía molestarse en ir de compras un domingo por la noche. Cassie desempacó, comenzó a lavar la ropa y se alegró una vez más de tener una pequeña lavadora y secadora en su apartamento. Ella llevaría el kimono a la tintorería de camino a F5F por la mañana. Ella se puso el camisón, abrió una lata de atún y luego la amontonó sobre pan fino. Ella tenía aceitunas, así que la cena fue un festín.

¿Qué decía sobre la capacidad de Cassie para tener intimidad con los demás que la persona a la que se sentía más cercana emocionalmente era un hombre confeso sin interés en comprometerse con una mujer o con cualquier otra persona?

Nada bueno, tuvo que pensar ella.

Su enamoramiento por Reid pasaría. Cassie estaba segura de eso. Habían tenido un gran sexo y ella lo había disfrutado. El caso era que si hubiera sido puramente físico, ella ya lo habría olvidado.

No, eran las conversaciones con Reid las que lo hacían difícil de olvidar. Era interesante.

¿Él era realmente tan independiente y solitario como quería que ella creyera?

Cassie se encontró encendiendo su computadora portátil de nuevo, no para trabajar sino para investigar a Reid. Ella ya sabía que si le hacía alguna pregunta, Reid nunca compartiría la verdad con ella. Después de todo, probablemente ella nunca volvería a hablar con él.

Afortunadamente, había otras formas de satisfacer su curiosidad.

Fue fácil encontrar la historia de su lesión, incluso años después. El incidente había conmocionado a los círculos de fútbol americano universitario. Ella encontró fotos de Reid antes de que sucediera, luciendo arrogante pero cauteloso, muy joven. Había sido hermoso, pero ahora le gustaba más su aspecto. Tal vez eso se debía a que ella ya no era una adolescente. Ella encontró un video aficionado de él jugando al fútbol y sintió un nudo en la garganta mientras lo miraba. Ella había pensado durante mucho tiempo que no había vista más perfecta que un joven atleta masculino en movimiento, y Reid había sido hermoso.

No había otra palabra para ello. Él había tenido fuerza y gracia, agilidad y poder. Y había tenido el don de anticiparse a los miembros de su equipo, poder girar en un segundo, apuntar a uno y lanzar la pelota directamente a las manos de ese jugador.

Él había sido un héroe. La universidad que lo había sacado de

Montrose High había estado en una racha perdedora antes de Reid, y él había cambiado las estadísticas del equipo. Había fotos de él siendo cargado sobre los hombros de sus compañeros de equipo después de una victoria, y de él rodeado de fanáticos y compañeros de equipo cuando triunfaron al final de su primera temporada. Cassie se inclinó más cerca, notando cómo la cautela se había desvanecido de su sonrisa.

Ella lo había visto jugar una vez, cuando su equipo llegó a su universidad. Ella solo sabía un poco de fútbol, pero recordaba haberlo visto ese día, el carisma y la confianza que exudaba, los fanáticos rabiosos de su universidad que lo habían seguido para animar al equipo. Ella recordó sentirse atemorizada por haberlo conocido, aunque fuera un poco, y sintió una extraña similitud con él cuando ambos habían escapado de Montrose River.

Había mujeres, por supuesto, colgando sobre él en una foto tras otra. Muchachas hermosas con dientes perfectos. Había una foto de él besando a una, luego más fotos de ellos juntos. Ella tenía el pelo oscuro y se veía elegante y mimada, como suelen estar las mujeres criadas con dinero. Cassie no pudo encontrar su nombre, pero tampoco buscó mucho.

Y luego estaba el "incidente", como se le había llegado a llamar. A mitad de la tercera temporada de Reid, una jugada salió muy mal. Ella lo recordaba bien. Reid, estaba segura, nunca lo olvidaría. Ella encontró otro video, esta vez de una estación de televisión que había estado transmitiendo el juego. Reid había atraído la atención para entonces y tenía ofertas para convertirse en profesional. Él estaba decidido a terminar primero su título universitario.

Cassie se echó hacia atrás, sus brazos se envolvieron alrededor de sí misma mientras miraba. Ella sabía lo que pasaría, pero aun así era horrible volver a verlo. Ella bajó el sonido, impaciente por el balbuceo del comentarista. Hubo una finta, un final y uno de los compañeros de equipo de Reid se tropezó brutalmente. Ella escuchó el silbido del árbitro, pero eso no impidió que Reid fuera tacleado. Los jugadores del equipo contrario se amontonaron sobre él con lo que parecía alegría, ignorando a los árbitros, y la vista de Reid se oscureció.

Los jugadores tardaron mucho en desenredarse y ponerse de pie, o tal vez Cassie lo sintió más largo. Se levantaron y se cepillaron, dándose palmadas en la espalda con satisfacción a pesar de que aparentemente no habían logrado nada. Reid estaba solo en el césped y no se levantó.

Un momento después, el entrenador entró corriendo al campo, seguido por los médicos. Reid se puso de pie con ayuda, aunque Cassie pudo ver cuánto le costaba salir de ese campo. Ella subió el sonido a tiempo para escuchar los vítores de los fanáticos del equipo contrario. Ella vio a más de uno de sus jugadores sonreír antes de darse la vuelta.

Y eso había sido todo. El final de la carrera futbolística de Reid.

Ella revisó los artículos rápidamente, la indignación por el incidente, las acusaciones contra el otro equipo, la noticia de que Reid necesitaba dos reemplazos de rodilla y nunca volvería a jugar al fútbol. Él había tenido un caso judicial, un abogado de la universidad de Reid actuando en su nombre pro-bono, así como un recaudador de fondos de la universidad y sus alumnos. Las acusaciones no habían sido probadas, ya que no había evidencia de un plan malicioso. Los portavoces de la otra universidad lo llamaron un desafortunado accidente. Aun así, estaban las sonrisas y los vítores, y la inconfundible sensación de que algo había sucedido.

Cassie notó que Reid nunca hizo ninguna acusación en las entrevistas. Siempre fue positivo, agradeciendo al cirujano ortopédico y al hospital universitario que había donado sus dos nuevas rodillas, a los fanáticos que le habían mostrado tanto apoyo, a los ex-alumnos con su recaudación de fondos, a la universidad por continuar con su beca a pesar de que no podía jugar. Él se centró en la gran racha que había tenido, en lo positivo y no en su futuro perdido.

Al parecer, él siempre veía el vaso medio lleno. Cassie lo admiraba.

Al final, hubo un arreglo, aunque no masivo, ya que no había pruebas firmes de que el incidente hubiera sido planeado. Hubo un generoso obsequio de la asociación de ex-alumnos y esa oferta de la universidad para que Reid terminara su carrera con la beca.

Él había tomado cursos de negocios y se había graduado con honores.

Cassie se recostó y giró en su silla. El dinero debe haber sido su capital inicial, y lo había hecho bien con él, por lo que ella podía ver. La vida le había dado limones, como decía el refrán, y Reid había hecho limonada. Cassie respetaba eso.

Ella se preguntó si él alguna vez había esperado que su buena suerte durara.

También se preguntó si la mujer de cabello oscuro habría sido la que él dijo que lo había traicionado. Cassie regresó y buscó más profundamente, finalmente encontró un nombre.

Estaba en una foto de boda. Lila Sanders se había casado en la capilla de su alma mater un año después del incidente de Reid, con el capitán del equipo de natación que iba a los Juegos Olímpicos.

Cassie nunca había oído hablar de él. Ella supondría que no lo había hecho tan bien.

Probablemente no debería haber estado tan satisfecha de que Lila no hubiera obtenido lo que quería, después de todo. Si esa mujer hubiera tenido un poco de sentido común, habría visto que valía la pena tener a Reid, tanto si le reemplazaban las rodillas como si no.

Ella miró a la encantadora Lila con su dulce sonrisa y se preguntó si Reid todavía estaba enamorado de ella.

Si era así, probablemente siempre lo estaría.

Tal vez él sabía mucho más sobre suspirar por alguien de lo que ella había imaginado.

Cassie nunca lo sabría.

Ella suspiró, apagó el portátil y fue a trasladar la ropa a la secadora.

CASSIE NO ERA la única que tenía curiosidad.

Ryan se había ido cuando Reid regresó a la casa de Tori y Nick, así que se disculpó y se dirigió a casa. Sin embargo, él se sentía inquieto y se encontró en la oficina de Shop 'n Save después de que cerraran el domingo por la noche en lugar de estar en casa. Él observó la vieja carpeta en el estante de la oficina durante unos minutos antes de finalmente bajarla. La sostuvo unos minutos más antes de abrirla.

Por supuesto, estaba meticulosamente organizada. Todos los nombres estaban ordenados alfabéticamente por apellido, con pestañas al costado. Las notas de Marty de la casa de retiro estaban al fondo, separadas del resto. Reid se volvió hacia ellas y leyó la portada, escrita con la cuidadosa caligrafía de Marty. Marty había notado que, si bien el contenido era interesante y potencialmente esclarecedor, los viejos recuerdos eran menos que completamente confiables. Él incluiría solo la información que pudiera verificar en sus notas principales. Reid supuso que Marty había tenido la intención de volver a comprobar todas las historias, pero se había quedado sin tiempo.

Él hojeó las otras páginas. Él nunca había leído ninguna de las notas de Marty. En cierto modo, les tenía miedo. ¿Sería peor si fueran precisas o no? ¿Y cómo lo sabría él?

Reid encontró la página sobre sí mismo. Nombre, fecha de nacimiento, padres. Una valoración de su carácter, que era sorprendentemente positiva, una nota sobre su reputación, que no lo era. Una observación que Marty tomó después de la gente de su madre, que Reid no había conocido, y que tenía una tremenda promesa. Hubo una adición posterior, sobre su trabajo en la tienda, luego su destreza futbolística, también la beca. Reid miró la página siguiente, que trataba del incidente, y no siguió leyendo.

Él mismo lo recordaba bastante bien.

Él miró la referencia de su padre y se sorprendió de la precisión con la que Marty había adivinado lo que sucedía en esa casa. No se podía ocultar la satisfacción de Marty por los detalles de la muerte del padre de Reid.

Aparentemente, una persona puede aprender mucho si mantiene los ojos abiertos y escucha.

Reid miró el nombre de Cassie y se sentó en el escritorio para leer la evaluación de su tío sobre su carácter e historia. El orgullo de Marty brillaba a través de sus palabras, así como su convicción de que algo andaba mal. Había mucha historia familiar documentada allí, y Reid cerró la carpeta, seguro de que no era asunto suyo.

Se preguntó, como había hecho antes, cuál era el sentido del libro de Marty. ¿A Marty le había gustado saber qué estaba pasando en Montrose River? Una vez, Reid lo acusó de grabar vidas en lugar de vivir una. Él había pasado todos los sábados por la noche en esa oficina actualizando sus notas.

Reid pensó en la confesión de Cassie y se preguntó si el libro podría darle un cierre o ayudarla a enmendar las cosas con su familia. Se podría argumentar que Marty se lo había dejado a sus sobrinas, no para que acumulara polvo en un estante de la tienda de comestibles.

Él lo abrió de nuevo y buscó a Ryan. No era de extrañar: Marty había visto a través de él. Ahí no había una letanía de lo agradable que era Ryan.

Marty lo llamaba serpiente en la hierba.

Él había observado la probabilidad de que Ryan fuera el responsable del embarazo de Cassie, junto con su compañero constante.

Chase Stewart.

Reid miró a Chase y encontró una entrada sucinta pero mordaz. Él quitó esa página, la copió y volvió a colocar el original en la carpeta. Asintió mientras volvía a colocar el libro en el estante, pensando que de alguna manera tenía que ser capaz de ayudar a Lionel Stewart más que simplemente dándole al muchacho un trabajo de medio tiempo.

DIEZ

Cassie pasó a ver a Chynna el lunes en F5F. La tatuadora estaba organizando su espacio de trabajo bajo la atenta mirada de su cuervo mascota. No había nadie más en la tienda y, técnicamente, no estaba abierta al público hasta dentro de algunas horas más.

"¿Tienes un momento?" Preguntó Cassie después de llamar a la puerta.

Chynna sonrió. "Por supuesto." La mujer mayor estaba vestida de negro como de costumbre. Cassie siempre pensaba que parecía la heroína de una novela gráfica. Aunque Chynna era realmente esbelta, Cassie nunca la había visto ejercitarse.

"Me preguntaba si podrías mirar mi tatuaje", dijo ella. "Me pica mucho y me preguntaba si se había infectado o algo así."

"Es un poco tarde para que se infecte, ya que lo has tenido unos tres meses."

"Entonces, ¿por qué me pica tanto? Es palpitante." Cassie se quitó la chaqueta y se volvió para que Chynna pudiera ver el tatuaje en la parte superior del brazo.

"Me parece bien", dijo la otra mujer a la ligera.

"Pero esta parte es tan roja.

"El corazoncito", dijo Chynna. "El corazón secreto que te di en la luna llena. Se supone que es rojo."

Cassie la miró a los ojos. "¿Se supone que esté hinchado?"

"No está realmente hinchado. Solo consciente."

"¿Consciente?" Cassie no entendió.

Chynna sonrió. El cuervo se inclinó, asintió con la cabeza y graznó. Él podría haberse estado riendo de ella.

"¿Quieres decir que está funcionando? ¿Que he encontrado mi verdadero amor?"

"Dímelo tú." Chynna era evasiva, pero Cassie realmente no esperaba mucho diferente.

Ella estaba impaciente con la sugerencia, aunque sabía cómo se suponía que debía funcionar el tatuaje. A decir verdad, había pensado que era solo uno de los trucos de propaganda de Kyle. "¿Cómo puede un tatuaje saber si he conocido a mi pareja de por vida?"

"No es solo un tatuaje. Es un área de tu piel que está sensibilizada."

"Me cuesta creer eso."

"¿Por qué? ¿Lo encontraste?"

"No, estoy segura de que no."

"Eso suena como si no estuvieras segura en absoluto."

Cassie miró hacia el vestíbulo y luego cerró la puerta detrás de ella. "Encontré a alguien de nuevo el fin de semana pasado, alguien que conocí hace años, y lo pasamos muy bien, pero eso fue todo."

"¿Lo fue?"

"Sí. Fue solo una aventura." Cassie se preguntó a quién estaba tratando de convencer. "No hay futuro en ello."

Chynna asintió. "Ya veo. ¿Eso es todo lo que quieres?"

"Era todo lo que quería."

La sonrisa de Chynna se volvió aún más misteriosa. "¿Y ahora?"

Cassie cruzó los brazos sobre el pecho. "Él sabe cómo es, lo que quiere y de lo que es capaz. No me engañó. No hizo ninguna promesa. Yo sabía en lo que me estaba metiendo y ambos cumplimos nuestra parte del trato. El sexo fue genial."

"¿Pero?"

"Pero no he tenido suficiente."

"¿Quieres más sexo?"

"Bueno, sí, pero yo también quiero hablar más con él." Cassie se encogió de hombros. "Sé que él ha terminado con eso. Incluso podría estar enamorado de otra persona. O eso, o no cree en el amor."

"¿No crees que deberías averiguarlo?" Preguntó Chynna a la ligera. "¿Cómo sabemos realmente lo que otras personas quieren, piensan o sienten?"

"Podría preguntarle."

"Parece que tal vez deberías." La mujer mayor estaba a punto de darse la vuelta, pero luego se giró para mirar a Cassie, como si de repente hubiera decidido decir más. "Solemos pensar que las cosas simplemente pasan para nosotros, que el amor caerá en nuestro regazo y que todo lo que tenemos que hacer es ser receptivos. Eso es bastante, pero no siempre es suficiente."

Cassie estaba intrigada. "No entiendo. ¿Qué quieres decir?"

"A veces tienes que alcanzar lo que quieres, Cassie. A veces tienes que decirle al universo, o a otra persona, lo que quieres de ellos para incluso crear la posibilidad de tenerlo. Si realmente quieres algo, pídelo."

Sonaba tan simple. Tan obvio.

Si ella quería más de Reid, debía pedirlo. Ella podría abrir otra negociación y tal vez él estaría de acuerdo.

Cassie se frotó el brazo y se preguntó qué le sugeriría.

A mediados de la semana, la solución sería obvia.

"OYE, LIONEL." Reid salió de su oficina el lunes por la tarde, tratando de parecer casual cuando en realidad había planeado ese intercambio con cuidado. La mamá de Lionel, Lisa, estaba en la tienda y estaba hablando con su hijo.

Lionel se puso de pie de un salto, luciendo culpable, y derribó una caja de granos de maíz enlatados. "¿Sí, señor?" dijo, sonrojándose furiosamente.

Lisa, que estaba más delgada de lo que Reid recordaba, se volvió como si fuera a seguir comprando. No había mucho en su carrito y lo que había era barato, en oferta o de la estantería con descuento.

Reid frunció el ceño ante el tablero que llevaba, como si no hubiera notado nada de eso. "Eres bueno en matemáticas, ¿verdad?"

"Sí, señor."

"Porque tengo este problema con el mercado de agricultores y no puedo resolverlo. Es como uno de esos acertijos matemáticos que solíamos tener en la escuela."

"Me encantan", dijo Lionel y Reid notó que Lisa miró hacia atrás. Ella sonrió un poco, orgullosa de su hijo, y el corazón de Reid se apretó.

"Eso es lo que pensé", dijo Reid. "Entonces, me preguntaba si podrías ayudarme. Verás, ahora hay muchos más proveedores en el mercado. Estamos prácticamente sin espacio, pero no quiero cambiar la ubicación porque nadie sabría dónde encontrar el mercado, y no quiero expandirme al lote aquí, porque el estacionamiento es necesario para los compradores."

"Lo entiendo." Dijo Lionel, mirando el boceto de Reid. "Necesitas encajarlos mejor."

"Y ellos también tienen necesidades. Estos vendedores quieren vender desde la parte trasera de sus camiones, lo que significa que tienen que estar aquí, donde pueden dar en reversa. Estos vendedores quieren instalar mesas y estos vendedores en realidad tienen marquesinas para instalar."

"UH Huh." Lionel estaba escaneando las listas y su mamá estaba mirando.

"Estos vendedores quieren estar bajo el sol y estos vendedores quieren estar a la sombra. Estos proveedores quieren estar cerca unos de otros, lo cual tiene sentido. Están creando una especie de zona lechera. Los vendedores que tienen alpiste quieren estar cerca de la gente que vende flores frescas. Estos vendedores tienen artesanías y no quieren mezclarse con la comida. Y nadie quiere estar al lado del vendedor que hace jabón, especialmente los vendedores de lácteos." Él levantó las manos. "Parece que debería haber una manera de hacer felices a todos, pero no puedo encontrarla."

"Es como un rompecabezas", dijo Lionel. "Mi mamá es realmente buena en este tipo."

"¿De verdad?" Reid miró a Lisa, tratando de lucir esperanzado. "¿Podrías ayudarme, Lisa?"

"Podría intentarlo." Ella regresó con los ojos brillantes de curiosidad y tomó su portapapeles. El puño de su abrigo se retiró un poco y Reid vio el borde amarillo de un viejo moretón. Él escondió su respuesta, consciente de que Lionel lo estaba mirando. Ella estaba escaneando sus notas. "¿Qué pasaría si hicieras pasillos, como en una tienda de comestibles? Todas las personas que quieren vender desde sus camiones tienen productos, por lo que podría ponerlos en una fila aquí y luego poner a otros vendedores de productos al otro lado del pasillo... "

Reid le dio un lápiz y se dirigió a una nueva hoja de papel. Ella dibujó, borró, se mordió el labio, luego se sentó en una caja y trabajó rápidamente. En unos momentos, le entregó a Reid un diseño con cada proveedor asignado un lugar.

"Esto es increíble. ¡Eres buena en esto, Lisa!"

"No es gran cosa", dijo ella.

"No estoy de acuerdo", dijo Reid.

"Ella debería recibir una paga por ayudarte", dijo Lionel con lealtad.

"Ella debería", dijo Reid, asegurándose de que su gratitud estuviera en su tono. "De hecho, sería genial si pudiera contratar a alguien para que maneje el mercado de agricultores por mí. Simplemente no tengo tiempo para asegurarme de que todos los proveedores estén contentos y de que las cosas funcionen sin problemas."

Lisa se volvió para mirarlo con los ojos muy abiertos.

Reid hizo un gesto con el portapapeles. "Creo que lo harías genial."

Ella abrió y cerró la boca, pero no dijo nada. "Tengo mucho que hacer", balbuceó, el anhelo en su tono indicaba todo lo contrario.

"Podríamos usar el dinero, mamá", dijo Lionel.

Lisa se sonrojó y le sonrió. "Pero a tu padre le gusta tener todo bien en casa."

"¿Qué tal si hablo con Chase?" Reid sugirió de todo corazón. "Realmente necesito tu ayuda, Lisa. Quiero decir, hay mucho que podría agregarse aquí. Si el mercado tuviera un sitio web, podríamos promocionar a todos los proveedores y avisar a la gente si alguna vez lo reubicamos."

"Podrías diseñar un sitio web, mamá. Te ayudare. Hay aplicaciones..."

Reid pudo ver que Lisa estaba intrigada. "Tengo que ir a recoger algunas cosas en Bailey's Corners mañana. Podría pasar por la planta y hablar con Chase durante su almuerzo."

"¿Lo harías?"

"Por supuesto." Reid sonrió. "Esto me parece una solución perfecta, lo que significa que me siento persuasivo."

Ante eso, Lisa Stewart, por primera vez desde que Reid podía recordar, sonrió.

***

ALLY LLAMÓ el lunes por la noche. Cassie se preguntó si la noticia era buena o mala mientras contestaba el teléfono.

"Hola, Ally-cat", dijo alegremente. Ella estaba en casa, tratando de ordenar su armario.

¿Cómo había terminado con tantos pares de zapatos?

¿Cómo era posible que los amara demasiado para deshacerse de alguno de ellos?

"Empecé con mi período", dijo Ally con gravedad. "Tan pronto como hice la prueba y salí del consultorio del médico, comencé. Siempre es así."

Cassie intentó encontrar el punto brillante. "Bueno, tal vez sea mejor."

"¿Cómo puede ser mejor?"

"Cuando vayas a ver a Jonathan, será porque lo quieres. Él no puede pensar que solo viniste porque necesitas que críen un hijo juntos. En cierto modo, es más sencillo."

"Está bien", dijo Ally lentamente. "Pero tampoco hay razón para que él acceda a regresar."

"¡Él dijo que te amaría para siempre!"

"Creo que puedes amar a alguien pero no querer estar con esa persona."

"No lo creo", insistió Cassie. "Ve, dile cómo te sientes y deja que responda, en lugar de tratar de anticipar cómo podría responder y usar eso como una excusa para no hacer nada."

Ally exhaló. "Sería más fácil si mamá no estuviera aquí."

"Todo es más fácil si mamá no está."

Ally se rió un poco. "Ambas son tan fuertes. Por eso no se llevan bien."

"Creo que tú también eres fuerte, pero de una manera diferente."

"Bueno, me doblego un poco bajo la fuerza de personalidades más fuertes, eso es seguro."

"Pero no te rompes. Esa es la fuerza."

Ally guardó silencio. "Es más fácil con Jonathan."

"¿Por qué él te ama tal como eres?"

"Sí." Había felicidad en la voz de Ally por primera vez, pero desapareció cuando continuó. "Lo hacía, de todos modos."

"Sabes, creo que tienes que luchar más duro por las cosas que son más importantes."

"No soy una buena luchadora, Cassie. No soy como tú."

"Quizás necesites la motivación para intentarlo. ¿De verdad amas a Jonathan?"

"¡Sí!"

"¿Lo suficiente como para avisarle antes de que se vaya para siempre? Tienes que decírselo, Ally, para que pueda decidir con toda la información."

Cassie podía oír a su hermana pensar. "No siento que pueda presentar un buen argumento por mí en este momento", admitió Ally en voz baja y Cassie sintió como si su corazón se desgarrara.

"Y no vendrás a Nueva York", supuso.

"No me lo puedo permitir."

"¿Incluso si yo intervengo?"

"Quiero ver a Jonathan, pero quiero que me mire y sepa que deberíamos estar juntos. Si me voy ahora, eso no sucederá."

Cassie se dio cuenta de que podía hacer por su hermana lo mismo que había hecho por Tori. "Está bien, voy a llamar a Millie después de que colguemos el teléfono y te reservaré para el tratamiento completo mañana en su salón. Saldrás de allí luciendo y sintiéndote genial."

"¡Cassie!"

"Y luego, conducirás a Chicago el miércoles." Cassie estaba buscando restaurantes en su computadora portátil. "Y vas a ir de compras a Nordstrom's. Te reservé una cita con un comprador personal al mediodía."

"¡Cassie!"

"Oh, mira, yo también te compré un certificado de regalo." Ella envió la confirmación al correo electrónico de Ally. Y el miércoles por la noche llevarás a Jonathan a cenar a hmm, el restaurante más romántico de la ciudad. Aquí hay un restaurante de carnes en el centro que se supone que es bueno. Veo mucha comida, mesas íntimas, luz de velas y vino."

"No hemos salido a cenar en mucho tiempo."

"Está bien, tienes una reserva a las ocho." Ella también lo reenvió al correo electrónico de Ally.

"Pero..."

"Oh, mira, acabo de comprarte un certificado de regalo allí también. Guau. Tienes cosas que hacer, Ally-cat."

"¡Cassie! ¿Desde cuándo eres mi hada madrina?"

Cassie se reclinó y sonrió. "Me gusta pensar que siempre lo fui, pero he estado holgazaneando por un tiempo. Es hora de ponerse al día."

"No deberías."

"Lo hice. Bippity boppity boo."

"Tengo miedo, Cassie."

Cassie se puso seria al ver que su hermana sonaba tan insegura. "Él te ama, Ally. Él te lo dijo. Solo necesitas empezar de nuevo y recordar por qué están locos el uno por el otro."

"Pero un bebé..."

"Olvídalo por el momento. Solo déjalo ir. No quieren perderse el uno al otro por eso."

"No." Había una nueva resolución en el tono de Ally.

Y envía a mamá a un viaje por carretera. Alaska estaría bien. Quizás Chile." Ally se rió. "Mientras ella no esté, cambia esas cerraduras."

"Ella se ofenderá."

"Dile que tú y Jonathan están teniendo sexo en todas las habitaciones a cualquier hora del día y que no quieres que se sorprenda."

Ally se rió. "¡Cassie!" Luego le dio un pequeño gesto. "Mira todos estos correos electrónicos. Realmente lo hiciste."

"Por supuesto, realmente lo hice."

Ally suspiró. "Lamento haber estado tan enojada contigo. ¿Por qué lo hiciste, Cassie?"

Cassie bajó la mirada. Ally todavía vivía en ese pueblo y se le hizo un nudo en la garganta ante la perspectiva de nombrar nombres. "No puedo hablar de eso. Lo siento."

"¿Tenías una buena razón?"

"Yo pensaba eso."

"¿Pero ahora?"

Cassie se mordió el labio. "Sigo pensando que en realidad no había elección, pero la verdad es que todas las opciones apestaban. No importa lo que hubiera hecho, me habría perseguido. Todavía lo hace."

"Lo siento."

"Yo también." Cassie se aclaró la garganta. "Entonces, ve y diviértete y dile a Jonathan la verdad mientras estás en eso."

"Lo haré."

"Avísame que tal funcionó."

"Lo haré." La voz de Ally se suavizó. "Gracias, Cassie."

"De nada, Ally-cat." Cassie miró fijamente su teléfono durante un largo rato después de que su hermana se fue. Una vez más, estuvo tentada de llamar a Reid, solo para hablar con él y escuchar su voz, pero recordó su desdén por las mujeres que intentaban cambiar el trato.

Si alguna vez lo volvía a llamar, tenía que tener una buena razón.

REID NO ESTABA ansioso por hablar con Chase, pero tenía que hacerlo.

Por Lionel.

Por Lisa.

Por Cassie.

Para que el futuro fuera diferente al pasado.

El otro hombre levantó la vista con recelo de su almuerzo cuando Reid se acercó. Reid se había registrado y hablado con el supervisor, y había sido guiado hacia el comedor.

"¿Qué estás haciendo aquí?" Chase exigió cuando Reid se detuvo frente a él.

"Quería hablar contigo."

"¿Por qué aquí?"

"Porque estás sobrio."

Los ojos de Chase brillaron y miró a su alrededor. Sin embargo, estaba comiendo solo y nadie lo había escuchado. "Eso no es cosa tuya."

"No, no lo es." Reid sacó una silla y se sentó. "Pero le ofrecí a Lisa un trabajo de medio tiempo y ella estaba preocupada por tu reacción, así que dije que hablaría contigo."

"Lisa no necesita un trabajo."

"Oh, creo que sí. Creo que necesita muchas cosas, como una cuenta bancaria y un trabajo."

Chase se erizó. "Mi esposa no es de tu incumbencia..."

"Mis empleados son de mi incumbencia." Reid sacó la hoja de papel copiada de su bolsillo y la desdobló, luego se la entregó a Chase.

"¿Qué demonios es esto?"

"Léelo por ti mismo." Reid se recostó, mirando al otro hombre.

La hostilidad de Chase se desvaneció en sorpresa, luego miró a Reid con el ceño fruncido. "¿De dónde sacaste eso?"

"Lo encontré en las notas de Marty."

"No sabes que es verdad."

"Lamentablemente, sé que es verdad."

"No puedes. No, a menos que ella se lo dijera."

"Puedo, porque vi que Lisa tenía un moretón en la muñeca. Marty solía decir que la gente no cambiaba a menudo."

Chase encontró su mirada, la suya llena de rivalidad. "¿Qué quieres?"

"Quiero negociar."

El otro hombre partió la hoja por la mitad y luego la hizo trizas. "¿Con qué?"

"¿Realmente no crees que traje la única copia de eso y te la entregué?" Preguntó Reid. "Hay una foto de eso en mi teléfono. Hay una copia en mi caja de seguridad."

"No se lo has mostrado a nadie, ¿verdad?"

"De eso es de lo que vamos a hablar. Porque creo que Jim Price estaría interesado, ya sea que digas que es cierto o no."

Chase palideció ante la mención del dueño de la planta.

Él conocía a Marty, ¿sabes? Solían jugar al póquer juntos un viernes por la noche al mes. Creo que él reconocería la letra de Marty y creería su evaluación. Y estoy pensando que, como hombre con tres hijas y seis nietas, es posible que no esté muy feliz de tener un depredador entre sus empleados."

"No puedes quitarme el trabajo, no así."

"No te quitaría nada, Chase. Estaría revelando tu verdad y finalmente tendrías que lidiar con las repercusiones de eso."

El otro hombre hizo a un lado su almuerzo. "¿Qué quieres?"

"Quiero contratar a Lisa. Quiero que tenga su propia cuenta bancaria. Y no quiero ver más moretones ni en ella ni en Lionel."

"¿Así que ahora quieres a mi esposa? ¿Lo estás haciendo con ella?"

"No, no lo hago", dijo Reid con impaciencia.

"¿Entonces por qué? ¿Por qué te estás metiendo en esto?"

"Porque eres como mi padre", dijo Reid con frialdad, dejando que su ira llenara su mirada. Chase estaba visiblemente sorprendido. "Lo vi destruir a mi madre. Como yo era solo un niño, no pude ayudarla. Pero no veré que eso suceda nunca más."

"¿Y todo lo que quieres es que Lisa acepte ese trabajo?"

"Oh no, eso es lo primero que quiero." Reid cruzó los brazos sobre el pecho. "Verás, Marty también creía que las personas podrían cambiar si tuvieran la motivación adecuada. Creo que yo podría haber encontrado la tuya."

Chase lo fulminó con la mirada.

"Vas a ir a AA. Tienen una reunión aquí mismo en la ciudad, esta noche."

"No hay forma..." Chase comenzó a gritar pero Reid sacó su teléfono.

"Oh, mira, aquí está el documento escaneado. Y aquí está el correo electrónico de Jim. Puedo enviarle un mensaje con esto como archivo adjunto y es posible que te quedes sin trabajo antes de que termine la pausa para el almuerzo."

"¡Espera!" Chase se inclinó sobre la mesa, pero no tocó a Reid. "No puedes molestarme con esto para siempre."

"Cinco años. Cinco años de que vayas a AA cada semana y quemaré el original ante tus ojos."

"¿Cinco años?"

Cinco años. Lionel sería un adulto, posiblemente en la universidad en algún lugar. Lisa recuperaría su confianza. Podrían tomar sus propias decisiones entonces, de una manera que no podían ahora.

"El término no es negociable."

"No parece que gran parte de nada lo sea", refunfuñó Chase.

"Podrías decir que no", estuvo de acuerdo Reid, con el dedo sobre el botón Enviar.

"¿No lo estás haciendo con ella?"

Reid negó con la cabeza.

"¿Nunca lo harás con ella?"

"Nunca."

"Está bien", Chase asintió pesadamente y le ofreció la mano para estrecharla. Había un brillo en sus ojos que le advertía a Reid que eso no estaba completamente resuelto, pero le estrechó la mano de todos modos. Entonces salió del comedor, sintiendo la mirada de Chase sobre él mientras caminaba hacia la puerta.

¿Qué haría Chase?

Llamaría a Ryan, por supuesto.

Reid estaría listo.

EL MIÉRCOLES POR LA TARDE, los socios tuvieron su reunión habitual en F5F. Ty se veía más delicioso de lo habitual con un traje oscuro y una camisa blanca. Érase una vez, Cassie habría estado feliz de sentarse y mirarlo todo el día, pero ese día, estaba pensando en lo bien que se había visto Reid con un traje en el bautizo. Su mirada había sido más ardiente, tal vez porque le había mostrado un lado de él que ella no esperaba.

Sin embargo, había algo diferente en Ty.

Era la arrogancia. Ty estaba complacido por algo, incapaz de evitar que una pequeña sonrisa se dibujara en sus labios.

Kyle era su yo arrogante habitual, aunque con un mejor bronceado del que solía tener a principios de año. Él estaba alardeando de su victoria sobre Hunter en el concurso de baile el viernes anterior y Hunter lo desafiaba a defender su título en dos noches.

Damon parecía complacido y admitió que la casa de su madre se había vendido. Él y Haley estaban buscando otras propiedades para comprar su propia casa.

"¿No extrañarás la casa de tu mamá?" preguntó Ty.

Damon negó con la cabeza. "Sí y no. El cambio nos dará un nuevo comienzo y creo que eso es más importante."

Cassie lo estudió, pensando en la enfermedad de su madre y su propio trastorno de estrés postraumático. Ese curso que había tomado en febrero parecía haberlo ayudado mucho, había menos tensión en él. O tal vez esa era la influencia de Haley. Ella se acercó y le dio un impulsivo abrazo. "Un nuevo comienzo suena perfecto."

Él le sonrió tímidamente, sorprendido y complacido. "Haley también lo cree." Él miró a Cassie. "¿Buen viaje a casa?"

"Sí", dijo Cassie, sabiendo que no podía decir que había transcurrido sin incidentes.

"Pongamos a Theo en la línea", dijo Kyle. "Quiero escuchar esos planes de fiesta. Vamos a hacer historia cuando abramos F5F Oeste."

"Acaba de terminar una llamada", llamó Sonia desde la recepción. "Dice que le den cinco minutos."

"¡Hecho!" Kyle señaló a Ty con un dedo. "Esta es la parte en la que se pone muy triste acerca de que excedimos el presupuesto de gastos y, sin embargo, tenemos menos miembros de los anticipados."

"¿Lo es?" Ty preguntó suavemente.

Los otros socios intercambiaron miradas. "Sin embargo, es mejor, ¿verdad?" Cassie le preguntó a Kyle con preocupación.

"Tu nuevo plan está muy bien. El aumento de la inversión publicitaria está teniendo un impacto y el mensaje está reorientado", reconoció Kyle. "Todavía no estamos donde queríamos estar, pero estamos progresando mejor. Estaremos cerca para la apertura."

Hubo un momento de silencio mientras los tres socios observaban a Ty, esperando su comentario. Él no hizo uno.

"¿Te sientes bien, Ty?" Preguntó Damon.

"Mejor que nunca." Ty les sonrió a todos. "¿Por qué?"

"¿Dónde está tu maletín?" Kyle exigió y Ty se rió.

Los otros tres socios intercambiaron miradas preocupadas.

"Es malo, ¿no?" Preguntó Cassie.

"Toda la estructura financiera de F5F se derrumbará como un castillo de naipes", supuso Kyle.

"Hago un trabajo mejor que ese", se burló Ty.

"¿Entonces qué?" Demandó Damon. "¿Qué es diferente?"

"¿Realmente quieren saberlo?" preguntó Ty.

"¡Sí!" respondieron a coro.

Esa sonrisa curvó sus labios de nuevo. "Por fin puedo decirles que Shannyn está embarazada."

Cassie se sentó con fuerza en estado de shock. El grito triunfante de Kyle aseguró que nadie se diera cuenta de su reacción. Él le dio la mano a Ty y le dio una palmada en la espalda, luego Damon lo felicitó. Theo se aclaró la garganta en el altavoz, exigiendo saber de qué se trataba todo el ruido, y fue un caos por unos momentos.

Cassie se tomó el tiempo para recomponerse. "¿Cuándo es el gran día?" fue capaz de preguntar alegremente una vez que las cosas se calmaron.

"A mediados de septiembre", dijo Ty con obvio placer. "Estábamos esperando pasar el primer trimestre."

"¡Deberías habernos dicho antes!" Protestó Kyle.

"Shannyn quería estar segura", dijo Ty y respiró hondo. "Y ahora lo estamos." Él sacó una foto de su maletín con orgullo. Era el ultrasonido.

Kyle giró la cabeza hacia un lado y luego hacia el otro mientras lo miraba. "Nunca puedo entender estas cosas."

"Claro que puedes", dijo Ty, indicando con la punta de su dedo. "El rostro de él está de perfil, luego hay una mano y un pie, otra mano, otro pie..."

"Solo dos de cada uno, ¿verdad?" Kyle bromeó y echó un vistazo.

"Dijiste él", señaló Damon.

Ty le guiñó un ojo y luego señaló un pene diminuto. Cassie no lo habría notado por sí misma, pero una vez que lo vio, no podía perdérselo.

"El legado continúa", dijo Kyle, dándole a Ty un máximo de cinco. "¡El esperma de los campeones manda!"

"¿Qué les pasa a las mujeres?" Cassie demandó con fingida indignación.

"Nada, pero es genial cuando el primero es un niño", dijo Kyle.

"No lo creo", protestó ella. "Yo fui primera."

"Pero es su tradición familiar. Ty primero, cuatro muchachas."

"¿Lauren sabe que piensas así?" Preguntó Cassie.

"No vamos a tener hijos", dijo Kyle.

"Aún", murmuró Damon.

Ty levantó una mano. "Tranquilos. Más noticias también."

"¿Más?" Preguntó Kyle. "¿Podemos soportarlo?"

Se rieron juntos, pero Ty frunció el ceño. "Me gustaría dejar mi trabajo en Fleming Financial para comprometerme completamente con F5F."

"Finalmente, estaremos todos a bordo", dijo Theo con entusiasmo.

"¿Podemos pagarte?" Preguntó Kyle y Ty sonrió.

"Absolutamente, especialmente porque F5F no necesitará contratar a un tipo de finanzas a tiempo completo si yo estoy a bordo."

"Persona", dijo Cassie en voz baja y Ty se corrigió a sí mismo.

"Persona. Con el segundo club y los condominios, hay mucho que administrar. No podíamos arreglárnoslas conmigo solo como consultor y un par de contables. O tengo que intervenir, o tengo que salir de inmediato y dejar que contraten a otra persona." "Eso no va a pasar", dijo Kyle y Ty sonrió.

"Gracias. La buena noticia es que la presencia online ha crecido tanto y es tan rentable que estoy seguro de que el club puede permitirse el cambio. Meesha realmente está haciendo un gran trabajo."

"Shannyn también", dijo Cassie. "Las fotos que hace son una gran parte del éxito de Meesha."

"¿Podrá seguir haciéndolas?"

"Ella podría necesitar una breve licencia de maternidad", dijo Ty. "Pero realmente dudo que se quede atrás por mucho tiempo. A ella le encanta hacer eso y sus horarios ya son flexibles." Él asintió. "Además, estoy cansado de los viajes que he hecho para Fleming Financial. Será más fácil para Shannyn y el bebé si no estoy en el otro lado del mundo a intervalos regulares. Entonces, creo que podría funcionar bien para todos los involucrados."

Damon se aclaró la garganta. "¿Te pagaremos lo mismo que Fleming Financial?"

"No", dijo Ty. "Será un salario fijo." Él sacó un documento de su maletín. "Repasé las posibilidades con la firma de auditoría y hablé con un cazatalentos sobre el rango de salario que tendría que pagar F5F. He hecho un informe para que todos puedan revisarlo y tomar una decisión. Hice la investigación, pero me apartaré en la decisión debido al obvio conflicto de intereses."

"Entonces, seré yo quien haga la pregunta de mal gusto", dijo Kyle y nadie se sorprendió. "¿Puedes permitírtelo, incluso si hace feliz a Shannyn?"

Ty suspiró. "Tendrá que haber otros cambios. Si seguimos adelante con la transición, tendré que vender el ático aquí. Puedo viajar todos los días con bastante facilidad."

El ático. Cassie no habría podido hablar de renunciar al fabuloso apartamento de Ty de manera tan casual.

Parecía que ella tenía un caso grave de lujuria inmobiliaria.

"¿Vas a conducir ese auto todos los días?" Bromeó Kyle.

"Probablemente transporte público", dijo Ty con una sonrisa y todos rieron.

"Sería bueno que uno de nosotros te comprara el apartamento", dijo Kyle. "Mantenerlo en la familia, por así decirlo."

"Eso es lo que preferiría", coincidió Ty y todos miraron a Damon.

Él sonrió. "Necesito una casa con patio", dijo él. "Haley está hablando de formar una familia y no podremos ser propietarios de dos casas en Manhattan."

"Yo no", dijo Kyle. "Tengo la casa en el oeste y tenemos la casa de Lauren aquí."

"Yo no", dijo Theo. "Estoy comprometido con ese pequeño estudio con una gran vista al norte."

Todos miraron a Cassie. "Ojalá", dijo ella, luego suspiró. "Yo más que lo deseo. Yo lo codicio." Los muchachos se rieron entre dientes. "¿Por qué no me aterrorizas con un precio más tarde y veré qué puedo hacer?"

"Suena bien."

Podrían haber continuado con la reunión, pero Kyle levantó las manos. "Está bien, si nos volvemos personales, también compartiré mis noticias. A Lauren y a mí nos gustaría invitarlos a todos a una boda en la playa de Santa Cruz." Hubo un coro de felicitaciones aunque Ty negó con la cabeza.

"Ella realmente lo va a hacer", bromeó él. Lauren era su hermana mayor, pero su actitud les decía a todos que sabía que ella estaba feliz con Kyle.

"No, la parte asombrosa es que realmente lo voy a hacer", respondió Kyle. "Un anillo grande y gordo, justo en ese dedo."

"¿Cuándo es el gran día?" Preguntó Damon.

"Pensamos que ya que todos estarán en San Francisco para la inauguración de F5F Oeste, lo haremos ese fin de semana. El club abre el 10 de mayo, la fiesta se prolonga hasta el sábado 12 por la noche. Nos casaremos el domingo por la mañana (Theo ha dejado un hueco en el horario) en la playa, luego pueden quedarse a la fiesta el resto del día o tomar un vuelo de regreso al este."

"Nos quedaremos", dijo Damon. "Podemos volar de regreso el lunes."

"Absolutamente", estuvo de acuerdo Ty. "Este es un evento para celebrar."

"Eso no es lo que habrías dicho el otoño pasado", respondió Kyle y Ty sonrió.

"Me has hecho cambiar de opinión. Haces feliz a Lauren y eso funciona para mí."

Una boda. Cassie apretó los puños en su regazo. Ella sabía que Kyle se casaría con Lauren, pero no esperaba que sucediera tan rápido.

"Oye, Cassie, somos los últimos que quedan en pie", dijo Theo cuando la habitación se calmó y ella se rió.

"No técnicamente. Damon y Haley aún no están casados."

"Dale tiempo", bromeó Kyle y Damon sonrió.

"Guarda lo mejor para que dure", dijo y Theo se rió entre dientes.

"Absolutamente. ¿Vamos a hablar de negocios hoy?" preguntó y hubo un rugido de asentimiento. Theo se lanzó entonces a una presentación, poniéndoles al día sobre las festividades de lanzamiento del nuevo club. Cassie estaba tomando notas y le costaba seguirle el ritmo, dado lo mucho que había planeado. Las listas de invitados hicieron que se le agrandaran los ojos y sabía que, si lo planeaba bien, recibirían un montón de prensa.

Una boda, un bebé y un ático que no podía pagar.

¿Cómo iba a superarlo todo?

Ella pensó en el consejo de Chynna y pensaba que lo sabía.

ONCE

Lila era tan elegante y encantadora como recordaba Reid. El solo hecho de verla despertó todos esos anhelos que él estaba decidido a olvidar. Además, ella estaba sobre él. Incluso si hubiera sido tan tonto como una roca, no podría haber pasado por alto que las luces de aterrizaje estaban encendidas y que estaba autorizado para lo que quisiera de ella.

Sin embargo, Reid se mostró reacio a participar. Él ya no confiaba en Lila, y no quería volver a ser engañado. Que ella lo hubiera desechado, se hubiera casado con otra persona, dos veces, y ahora estuviera coqueteando con él de nuevo olía como si ella estuviera más interesada en su dinero que en él.

Ella no parecía haber envejecido, excepto que estaba más pulida y casi con certeza más cara. Los diamantes goteaban de los lóbulos de sus orejas y rodeaban su garganta. Él se preguntó quién se los había comprado.

Entonces escuchó que Cassie lo llamaba sexista y decidió preguntar.

"Parece que lo has hecho bien", dijo él mientras le servían la sopa. "¿Terminaste enseñando?"

Lila se rió. "Terminé casándome bien", dijo ella, sus ojos brillando de placer. Y divorciarse aún mejor. ¿Y tú?"

"Oh, algunas inversiones aquí y allá." Reid probó su teoría. "Regresé Montrose River y compré la pequeña tienda de comestibles donde tuve mi primer trabajo."

"Qué lindo." La mirada de Lila se deslizó sobre su traje y se detuvo en su reloj. "Supongo que a tus otras inversiones les fue particularmente bien."

"Reid conduce un Aston Martin", contribuyó Shayla. "Un convertible rojo."

"¿De verdad?" Dijo Lila. "Siempre pensé que los autos pequeños eran más sexys, aunque nunca he viajado en uno." Ella hizo una pausa y Reid supo que se suponía que debía pedirle llevarla, pero él no lo hizo.

"La sopa es estupenda", le dijo a Shayla, cuyos ojos se entrecerraron en señal de advertencia. Él le guiñó un ojo, impenitente, sabiendo que tendría que encantar a Lila un poco para apaciguar a su anfitriona.

Lila había centrado su atención en el hombre sentado a su otro lado. Reid se sintió aliviado. Por un lado, estaba intrigado de que el hecho de tener dinero cambiara la reacción de Lila hacia él, o tal vez era que ella ya estaba casada y claramente ya no era inocente, pero por el otro, se sentía impaciente con todo el ritual de cortejo. Incluso en un par de días, se había acostumbrado a que una mujer como Cassie le dijera exactamente lo que quería.

Él quería más. Reid había pensado que podría comprar un apartamento en Chicago en ese viaje, pero nada le había gustado lo suficiente como para hacer una compra. Quizás Chicago le resultaba demasiado familiar y necesitaba una nueva aventura.

Quizás Nueva York.

Él se dijo a sí mismo que no era solo por Cassie.

La cena se veía increíble, filetes a la parrilla envueltos en tocino, puré de papas, judías verdes con mantequilla. Él cortó el filete por la mitad y admiró lo perfectamente que estaba cocinado.

"Realmente sabes cómo hacerlo bien, Shayla", le dijo a su anfitriona, sin ocultar su agradecimiento. "Es una gran comida." Él miró alrededor de la mesa atestada de invitados. "Excelente compañía." Él señaló con la cabeza las ventanas del piso al techo a lo largo de la pared opuesta y la vista de la ciudad y el lago Michigan. "Vista asombrosa."

"No intentes adularme", replicó Shayla, con diversión en su voz, luego continuó en voz baja. "Estaba tratando de emparejarte y hacerlo bien."

"Tú me conoces", dijo en su lugar. "No soy del tipo para emparejar."

"Simplemente no conoces a tu pareja todavía", dijo Shayla. "La encontraré. Verás."

Antes de que Reid pudiera responder, sonó su teléfono.

Era Cassie.

Él iba a contestar.

"Lo siento", le dijo a Shayla, cuya mirada se iluminó. Él sonrió y se excusó de la mesa, respondiendo al segundo timbre. "Reid."

"Estoy en un problema desesperado", dijo Cassie, luego suspiró.

"¿Embarazada?" preguntó a la ligera, porque sabía que si lo estaba, no tenía nada que ver con él.

Cassie se rió y Reid descubrió por el sonido que su estado de ánimo había mejorado. Él se apoyó contra la pared de la cocina, imaginándola perfectamente. Estaría en casa, tal vez usando ese kimono de seda, que tenía que venir de la tintorería, descalza, con el cabello suelto sobre los hombros.

"Yo no. Ella lo está."

Reid comprendió de inmediato. "La esposa de Tyler."

"Sí." Ella suspiró. "Y él está emocionado y se supone que yo debería estar feliz por los dos, pero estoy tan mal que no lo estoy." Ella respiró hondo. "Allí. Lo dije."

Él disfrutaba que ella lo hubiera llamado para confesar su pecado. "Así que llamaste a otra persona podrida, con la esperanza de que me compadeciera."

"Supuse que lo entenderías."

"Lo hago. Es esa cosa de que los opuestos se atraen en acción otra vez."

"¿Cómo es eso?"

"Dijiste que ambos eran realmente agradables."

Cassie se rió sorprendida. "Eres malvado."

"Por eso nos entendemos."

"Y lo extraño es que has terminado siendo la única persona que sabe la verdad."

"Oh, me gustas de todos modos", bromeó Reid. "No te preocupes por eso."

Hubo un latido de silencio, y él se dio cuenta de que se estaba haciendo eco de su objetivo sin querer hacerlo. Reid se aclaró la garganta y no se le ocurrió nada que decir.

"Es un poco extraño pensar en ti como mi confesor."

"No sería un buen sacerdote."

"No." Ella se rió un poco y luego respiró hondo. "Dijiste antes que todo es una negociación."

"Cierto. Porque lo es. Tanto si la gente quiere admitirlo como si no." Y era mucho más simple cuando lo hacían, en opinión de Reid.

"¿Me ayudarás?"

"¿Ayudarte a qué?"

"Ayúdame a ser amable."

"¿Todo el tiempo?"

"¡No! Eso sería horrible."

"Lo haría", asintió Reid fácilmente y Cassie se rió de nuevo.

"La gran inauguración de F5F Oeste es el 12 de mayo. Todos vamos a ir a San Francisco."

"Todos los socios." Lo que probablemente incluiría a la esposa de Tyler. Reid pensó que lo entendía.

"Sí." Cassie sacó la palabra.

"Pero acabas de abrir un gimnasio." Reid levantó una mano antes de que ella pudiera protestar, aunque ella no podía verlo. "Sé que no es un gimnasio cualquiera, es F5F Oeste, pero aun así."

"Pero eso no es todo lo que haremos", dijo ella. "Kyle y Lauren se casarán en la playa de Santa Cruz. Como todos estaremos en la ciudad de todos modos y ellos quieren casarse allí, aprovecharán la oportunidad."

"Suena razonable."

"Excepto que estaremos en un bar de la playa, tomaré una copa, o tal vez seis, y tal vez me sienta obligado a empujar a una persona muy agradable al océano." Cassie hizo una pausa. "Tal vez sujetarla durante unos minutos."

Reid sonrió. "No eres tan mala."

"Gracias por el voto de confianza, pero no estoy convencida." Ella suspiró. "Habrá tequila."

"Ah. Así que tienes una debilidad."

"Más de una. ¿Vendrías y serías mi cita?

"¿Para una boda?"

"¡Sí! Lo sé. Es una gran pregunta." Cassie respiró hondo como si se preparara para lo peor. "¿Cuál es tu precio?"

Reid miró hacia el comedor abarrotado que no estaba lo suficientemente lejos. Él bajó la voz. "Ya te imaginas."

"El sexo es un hecho", dijo Cassie con franqueza familiar. "Mucho sexo. No puede ser tu precio, porque yo también lo voy a exigir. Lo necesitaré. Y pagaré tu pasaje de avión."

"No, puedo permitir eso." Reid no quería que ella le reservara un asiento de clase económica. Él necesitaba espacio para estirar las piernas y estaba dispuesto a pagar por ello. "Dame las fechas exactas y el lugar. Quizás alquile un auto."

Reid podía sentir el interés de ella.

"¿Un buen auto?"

"No alquilo autos de mierda." Él pensó en su amigo Chris, que compraba, vendía, arreglaba y alquilaba autos de lujo en el Valle de Napa. Quizás Chris tenga algo interesante.

¿Qué estaba pensando? Chris siempre había tenido autos dignos de babear.

"Un hombre según mi corazón", dijo Cassie con satisfacción.

"No, eso es una cosa que no soy", él se sintió obligado a señalar.

"Correcto. Yo sé eso. Fue solo una broma, Reid."

"Bien. Necesitamos entendernos si esto va a funcionar."

"Entonces, si harás todo eso, debes querer algo bueno."

"Lo quiero."

"Solo quieres visitar mis botas", acusó Cassie, con un zumbido de humor en su voz.

El cuerpo de Reid respondió de inmediato tanto a su tono íntimo como a la imagen mental de ella usando las botas y nada más. "Culpable de los cargos", admitió él. "Pero no son divertidas sin ti en ellas."

Cassie se rió. "Creo que te estás vendiendo barato de nuevo, Reid. Lo que quieres es lo que quiero."

"Entonces las grandes mentes piensan igual."

"¿Nada más?"

"Consígueme un pase para el nuevo club."

"¡Eso es fácil!" Ella hizo una pausa pero no terminó la llamada. "Entonces, ¿qué más hay de nuevo?"

"Nada. Bueno, algo. Vendí una propiedad en la ciudad a un desarrollador para una nueva subdivisión de viviendas, y ahora quiere comprar mi casa."

Él pudo oír cómo aumentaba su interés. "¿De verdad? ¿La venderás?"

"Quizás. No necesito todo ese espacio." Reid respiró hondo. "Incluso podría ser el momento de mudarse."

"Guau. Titulares de noticias. Reid Jackson deja Montrose River. Apocalipsis pendiente."

Reid se rió. "No está tan mal."

"Bueno, estoy pensando en comprar un condominio en la torre de F5F. Es espectacular..."

"Y no hay viajes diarios. ¿Qué te detiene?"

"Quiero una casa más grande de lo que puedo pagar."

Reid se rió. "Ah, entonces conoces a alguien que podría llenar mi armario."

"Y algo más, pero esa casa probablemente tiene más de un armario. Podría tomar un trabajo serio llenarlos todos. Dedicación."

"Supongo que la tienes."

"Una mujer necesita estar preparada para trabajar para lograr sus objetivos."

"Sin embargo, sería bastante inconveniente para ti tener tu ropa en Montrose River, ya que nunca volverás allí."

"Es cierto", admitió ella. "Y más inconveniente tenerlas en la casa si se la vende a otra persona. Pero seguiré fantaseando con tus armarios."

Reid bajó la voz para burlarse de ella. "Esperaba que fantasearas conmigo."

Ella se rió de nuevo, el sonido lo hizo sonreír. "¿Por qué crees que te llamé?" murmuró ella.

Justo cuando las cosas se estaban poniendo interesantes, Reid miró hacia arriba para encontrar a Shayla a su lado, mirándolo mal. "Tengo que irme. Sin embargo, envíame los detalles."

"¿Irte? ¿Dónde estás de todos modos?"

"En una cena en Chicago, y ahora estoy oficialmente en problemas con mi anfitriona."

Hubo una pausa y supo que Cassie estaba sorprendida. "Bueno, bien", dijo, sonando como si realmente no fuera así.

"Gracias. Es una especie de lugar fabuloso. Debería estar en una revista." Sonrió para Shayla.

"Estuvo", susurró ella.

Reid le dijo a Cassie eso, esperó a que ella se riera de nuevo y luego terminó la llamada. Se disculpó con Shayla.

"Una mujer", dijo ella con satisfacción.

"Una mujer", estuvo de acuerdo Reid.

"Y no cualquier mujer", murmuró Shayla mientras regresaban a la mesa.

"No lo sabes."

"Lo sé."

Él sostuvo la silla de Shayla para ella y ella se sentó, intercambiando una sonrisa con su esposo en el otro extremo de la mesa mientras Reid tomaba su asiento. Luego se inclinó más cerca. "Nunca en mi vida te había visto dejar enfriar un buen bistec, ni por nada, y menos por una mujer." Shayla lo miró a los ojos. "Ella no es solo una mujer. Ella es la mujer."

Reid desvió la mirada, sintiéndose expuesto. "Estás viendo lo que quieres ver."

"Y estás tratando de guardar tus secretos como siempre lo haces. Voy a dejar de emparejarte y empezar a comprar un sombrero para tu boda."

"Asegúrate de que sea atemporal", aconsejó Reid. "Puede que tengas que aferrarte a ese sombrero durante mucho, mucho tiempo."

Luego se volvió y encantó a Lila muy deliberadamente.

No fue solo para aplacar a Shayla.

REID HABÍA SALIDO A CENAR a un lugar elegante en Chicago.

Reid tenía amigos de los que ella no sabía.

Cassie estaba disgustada, aunque sabía que no tenía derecho a estarlo. Por supuesto, el hombre tenía amigos y una vida.

Pero estaba pensando en vender esa casa.

¿Qué otra propiedad había vendido?

Tendría que ser una parcela grande, si iba a ser una subdivisión. Cassie supuso que a algunas personas les podría gustar el ambiente tranquilo de Montrose River. ¿No había sido su familia propietaria de un gran terreno? Ella recordó que su padre quería venderlo, pero nadie había estado interesado en comprar un terreno en Montrose River en esos días.

Había una buena forma de averiguarlo.

Ella llamó a Nick.

Tori respondió. Después de que Cassie tuviera la actualización sobre la fiesta, el bebé y la charla en la ciudad, pidió hablar con Nick.

"¿Qué pasa?" dijo él, su voz un familiar retumbar bajo. Él había cogido la extensión y Cassie aún podía escuchar a Tori en la línea.

"¿Puedo preguntarte algo?"

"Puedes preguntar lo que sea. Si puedo responder o no es otro problema."

"Reid dijo que le dio un trabajo a Lionel porque Lionel le recuerda a sí mismo."

"Eso tiene sentido", reconoció Nick.

Cuando él no continuó, Cassie lo presionó. "No para mí. ¿Qué quiso decir Reid?"

"Podrías preguntarle a Reid."

"Lo hice. No me lo diría."

"Entonces tal vez no sea para que lo sepas."

"Lo dijo como si fuera importante", dijo Cassie. "Como si yo supiera a qué se refería."

"Entonces es cierto", dijo Tori.

"Por supuesto, es cierto", coincidió Nick.

"¿Qué es cierto?" Cassie exigió exasperada.

"Ese Chase Stewart es un bebedor", dijo Tori. "Me preguntaba sobre eso."

¿Chase Stewart? Cassie agarró el teléfono.

"Las señales están ahí para que cualquiera las vea", asintió Nick.

"¿Qué tiene que ver Chase Stewart con esto?" se las arregló para decir ella.

"Es el padre de Lionel. ¿No lo sabías?"

Cassie se sentó en el borde del sofá, sintiéndose como si la hubieran dejado caer en una sociedad alienígena donde todos sabían cosas que ella ignoraba. "Entonces, espera un minuto. Estás diciendo que Reid dice que Lionel le recuerda a sí mismo porque el padre de Lionel, que es Chase Stewart, bebe, lo que significa que... "

"El padre de Reid era el peor bebedor que ha visto este pueblo", agregó Tori.

"Abusivo, también", dijo Nick.

"¿Cómo sabes eso?" Cassie le preguntó a Nick, pero él no respondió.

"Mi mamá dijo que golpeaba a Doreen", dijo Tori, refiriéndose a la mamá de Reid. "Decían que ella siempre estaba escondiendo un moretón o un ojo morado, pero que no lo dejaría."

"Y hubo rumores cuando ella murió", coincidió Nick.

"¡Pero yo estaba allí cuando murió la mamá de Reid!" protestó Cassie. "No sabía nada de eso."

"Sólo tenías diez años", dijo Nick. "Nadie te iba a hablar de eso."

"¿Cómo lo sabes? Eres solo dos años mayor que yo." Dijo Cassie.

Nick se aclaró la garganta. "No se puede esconder mucho en un vestuario de escuela, incluso si los moretones se han colocado estratégicamente. Reid fue molestado la primera vez y yo pensaba que habría una pelea. En cambio, Reid defendió a ese niño escuálido que siempre estaba siendo acosado."

"Raymond Carter," Tori dijo cuando Nick vaciló. "Fue al MIT y ahora tiene un trabajo fabuloso en California."

"Correcto. Raymond. Nadie se metió con él una vez que Reid se puso de su lado, y nadie se burló de Reid por sus moretones después de eso."

Cassie luchó por integrar esta nueva información con lo que sabía sobre Reid. Era difícil creer que todos esos años atrás, cuando él había estado pavoneándose por los pasillos y haciéndolo con todas las muchachas que lo querían, y dejando a las demás deseando, había estado lidiando con un padre abusivo.

"¿Por qué yo no sabía nada de esto?" preguntó ella de nuevo.

"Tal vez porque nunca quisiste saberlo", dijo Nick suavemente. "Todo lo que alguna vez pensaste fue en salir de aquí, y no lo ocultaste. Todos sabían que solo estabas marcando el tiempo, Cassie, así que, ¿por qué se molestarían en confiar en ti?"

Cassie contuvo el aliento pero no lo corrigió. Lo que había estado haciendo era esconderse. Era tentador decírselo a Nick, pero no podía hacerlo. "Pero alguien con autoridad debe haber sabido sobre Reid y su padre. Alguien debe haberlo informado. ¡Alguien debería haber intervenido!"

"Reid no lo permitiría", dijo Nick.

"¿Qué? ¿Por qué no?" Cassie estaba indignada por él, pero Nick no respondió. "Por favor, Nick, dime lo que sabes sobre Reid y su padre."

Nick hizo un sonido exasperado. "¿Por qué te preocupas de repente? Te has ido de Montrose River para siempre y todos lo sabemos."

"Por favor, háblame de Reid, Nick."

Ella lo escuchó suspirar y se preguntó si Tori también lo había llamado en silencio. "Nos acercábamos a la graduación", dijo él en voz baja. "Nuestro equipo de fútbol estaba arrasando. Estábamos ganando por primera vez en años, y todo se debía a que Reid era un mariscal de campo increíble. Para entonces, no había duda de que nadie dijera algo que Reid no quisiera que se dijera. Estábamos en los play-offs regionales y ganamos el primer partido. Un partido en casa. Estábamos en el vestuario, desahogándonos, porque el entrenador había dicho que se suponía que habría cazadores de talento en el próximo juego. Todos sabíamos que era por Reid y estábamos felices por él." Nick tomó un sorbo de su bebida. "Y fue entonces cuando el entrenador lo vio."

Lo vio. Cassie pudo adivinar lo que había visto.

Nick tragó. "Era malo esa vez. Reid tenía ronchas en la espalda, de un cinturón, y también había grietas, probablemente de la hebilla. Él dijo que no era gran cosa. Un par de muchachos lo habían ayudado a limpiarse y vendarse, y él había jugado como si no le doliera nada. Estábamos saliendo de las duchas cuando el entrenador regresó para confirmar a los cazatalentos, y supimos el momento en que lo vio. No sabíamos qué hacer. Estaba completamente en silencio allí. Luego, el entrenador señaló a Reid, le dijo que fuera a su oficina lo antes posible y se fue."

Cassie contuvo la respiración.

Nick continuó. "Reid no dijo nada. Tampoco retrasó lo inevitable. Recuerdo haber pensado que era el tipo más valiente que conocía. Se vistió y fue a la oficina del entrenador y cerraron la puerta. Sin embargo, todos escuchamos, ya sea en la puerta o en el otro extremo del respiradero que se abría a la sala de almacenamiento."

"Probablemente él trató de encubrir a su padre", dijo Tori con desaprobación.

"Lo hizo", coincidió Nick. "Pero el entrenador sabía exactamente lo que había visto. Quizás había tenido sospechas todo el tiempo. Pero le dijo a Reid que tenía que informar sobre sus heridas. Reid le pidió que no lo hiciera. Cuando el entrenador se negó, Reid suplicó. Dijo que su padre lo mataría si lo delataba, e incluso si no cubría la evidencia se contaba como delator. Dijo que los cazatalentos eran su única oportunidad y que tenía que jugar el próximo partido." Nick hizo una pausa por un largo momento. "Y entonces el entrenador cedió. Tal vez no lo hubiera hecho si no hubiera sido solo un día y solo un juego. Reid obtuvo la beca y tuvimos una fiesta increíble."

"¿Y su papá?"

"Escuché que compró rondas de bebidas en el bar", dijo Nick. "Pero se hizo más pequeño después de que Reid se fue."

"Murió solo", dijo Tori con sombría satisfacción. "Se quedó dormido con un cigarrillo encendido, esa fue la historia, quemó esa casa hasta los cimientos y no salió. Estaba demasiado lejos en el campo para que alguien lo hubiera notado de inmediato, y cuando llegó el departamento de bomberos voluntarios, ya era demasiado tarde." Ella respiró hondo y sonó remilgada, como la mamá de Cassie. "Obtuvo exactamente lo que se merecía."

"Pero luego Reid resultó herido."

"Fue una maldita pena."

"Y tuvo que volver a Montrose River", murmuró Cassie.

"Reid regresó, pero no tenía que hacerlo. Él tuvo algunos patrocinios, no muchos, y él mismo podría haberse convertido en entrenador. Finalmente consiguió un acuerdo. Él decidió volver, Cassie, al igual que tú eliges mantenerte alejada. Él regresó, a pesar de que no iba a ser fácil, a pesar de que la gente siempre estaría mirando para ver si se volvía como su padre, a pesar de que la gente negaba con la cabeza y se compadecía de él por lo que había perdido. Se necesitan pelotas para volver al lugar donde la gente piensa que eres un perdedor y, de todos modos, construirte una nueva vida. Respeto eso. Respeto lo que ha logrado y lo respeto a él."

Cassie se encontró asintiendo con la cabeza. "Él dijo que estaba vendiendo una propiedad a un desarrollador."

"Sí", dijo Nick. "Me sorprende que te lo haya contado. Van a construir una comunidad para personas mayores activas con un centro de recreación y todo. Traerá muchos ingresos fiscales a Montrose River."

"Ellos ya vienen a ver", dijo Tori. "Les encanta la ciudad."

"¿Qué propiedad?" Cassie preguntó en voz baja.

"Ese gran pedazo de tierra que poseía su padre, el que nunca pudo venderle a nadie. Nadie lo quería entonces, y una vez que la casa se incendió, hubo incluso menos interés."

"Es Reid quien marca la diferencia en Montrose River", dijo Tori. "Me alegra que se beneficie de ello."

"Hay una especie de justicia poética en eso", dijo Nick. "Fue lo único que le dejó su papá, y eso fue porque no había forma de venderlo. Y ahora solo tiene valor por lo que ha hecho Reid."

"Eso es bueno", coincidió Cassie. "Gracias, Nick." Ella terminó la llamada y volvió a su computadora portátil, buscando el nuevo desarrollo de construcción. Ya había una página en el sitio web del desarrollador para el nuevo proyecto, con el encanto de una pequeña ciudad y un fácil acceso a las comodidades en un vecindario seguro. Había bocetos de las casas y el desarrollo, y un mapa de los lotes. A ella le divirtió ver que el mercado de agricultores figuraba como un servicio, así como la tienda de comestibles independiente local. Había fotografías de la calle principal en Montrose River y parecía acogedora.

El vaso de Reid tenía que verse un poco más que medio lleno y Cassie estaba orgullosa de él.

LILA SE ALOJABA en el mismo hotel que Reid, lo que él sabía que no era una coincidencia. Shayla debió haber compartido el hecho de que él siempre alquilaba una suite en el Península y, en cierto modo, admiraba que Lila hubiera tomado decisiones para lograr su objetivo de seducirlo. A Reid no le sorprendió que ella se levantara de su silla al mismo tiempo que él y sugiriera que compartieran un taxi.

"Iba a caminar", dijo Reid, echando un vistazo a sus tacones. "Es una gran noche y no es muy tarde."

Lila sonrió. "Menos mal que traje mis zapatos", dijo ella. Se cambió de zapatos en el vestíbulo y luego le sonrió.

"Nunca solías hacer ejercicio", dijo él en el ascensor.

Ella soltó una pequeña risa. "Ya no tengo dieciocho años. Tengo que hacer algo, o dejar de beber champán, así que camino. De hecho, me gusta un poco."

"¿Habrías caminado de regreso al hotel esta noche por tu cuenta?"

"No. Nunca se sabe en la ciudad, pero esperaba convencerte de que caminaras conmigo." Ella metió la mano en su codo en el vestíbulo, como si fueran una pareja, y algo en lo más profundo de Reid se sintió complacido. "Después de todo, quería tener la oportunidad de hablar contigo en privado."

"¿Acerca de?"

"Acerca del futuro. Sobre nosotros." Él sintió que ella lo miraba. "Es interesante encontrarte resistente a mis supuestos encantos." Ella dijo eso con una sonrisa en su voz, y a Reid le gustó cómo sonaba.

"¿Una vez mordido dos veces cauteloso?" sugirió él a la ligera.

"O has superado toda esa mierda de amor", respondió ella.

Reid se sorprendió y probablemente se notó.

"Oh, me sentí halagada de que estuvieras tan enamorado", dijo Lila. "Pero el amor es complicado. Y poco confiable."

Reid no podía discutir exactamente eso.

"Creo que tiene sentido que las personas comprendan quiénes son, qué quieren y qué necesitan, y luego hacer una elección lógica de pareja."

"¿Por qué casarse?" Preguntó Reid.

"Porque apesta estar solo. Como mínimo, todos deberíamos tener a alguien con quien hablar:" Ella lo miró y se rió levemente. "Estás sorprendido."

"Pensaba que eras una romántica."

"Nunca", dijo ella con vehemencia. "Si hubiera sido una romántica, me habría casado contigo a pesar de tu lesión." Ella continuó antes de que Reid pudiera comentar. "Y hubiéramos sido miserables, porque no hubiéramos podido darnos lo que cada uno de nosotros realmente necesitaba. El amor habría muerto y no habría sido bonito y ambos hubiéramos tenido cicatrices emocionales para siempre." Ella respiró hondo. "Podríamos haber tenido hijos y habernos sentido obligados a permanecer juntos, criándolos en un ambiente tóxico que también podría haber arruinado sus vidas. No, era mucho mejor que no estuviera enamorada de ti."

Reid parpadeó, sorprendido no solo por su evaluación contundente sino por su propio acuerdo con ella. "¿Amabas a tus maridos?"

Lila negó con la cabeza. "Me casé con Tom porque pensaba que podía darme lo que quería. Crecí en la comodidad, ya sabes, sin tener que prescindir de nada. Mi papá me compró un auto para mi decimosexto cumpleaños, incluso antes de que tuviera mi licencia. Vivíamos en Gross Point Woods en una casa enorme. No podía imaginar otra forma de vivir y no quería. Yo pensé que él iría a los Juegos Olímpicos y conseguiría un montón de patrocinios y estaríamos en la gloria para siempre."

"Casi todo el mundo pensaba eso."

"Pero luego tuvo un mal momento y tuvo que dejar el equipo. Mal momento. Perdió su oportunidad y cuando recuperó sus fuerzas de nuevo, era mucho mayor." Ella se encogió de hombros. "Ahora vende seguros."

Reid hizo una mueca.

"Oh, él está feliz", dijo Lila. "El nuestro fue un matrimonio de inicio, así que no hay daño, no hay falta. Trisha y él tienen cuatro hijos. Nos mantenemos en contacto. Nunca podría haberlo hecho tan feliz como ella. Está todo bien."

"¿Y tú segundo marido?"

"Ese fue mi error. Yo adoraba a Stephen. Pensaba que era el hombre más maravilloso de todos los tiempos, y él me sorprendió con regalos y promesas. Tuvimos una boda en la playa, mucho antes de que fueran populares, y nos prometimos nuestro amor eterno el uno al otro en una playa tranquila en Kauai. Fue perfecto."

Reid notó el cinismo en su tono. "Aparentemente no, ya que ya no estás casada con él."

Lila se rió. "La boda fue perfecta. El matrimonio no tanto. Lo único bueno fue que el divorcio fue definitivo antes de que papá muriera."

"Así que no tenías que compartir esa herencia."

"Exactamente. Y ahora, gracias a papá, puedo hacer lo que quiero."

Su tono sonaba portentoso y Reid miró hacia abajo para encontrarla mirándolo fijamente.

"Podríamos hacer un trato, Reid."

"¿Un trato?"

"Podríamos acordar estar juntos en lugar de estar separados. Incluso yo tendría un hijo, si eso fuera lo que realmente quisieras. Podríamos hacer un arreglo racional que nos convenga a los dos."

"Suenas bastante segura de eso." Reid estaba luchando contra su propio disgusto por su sugerencia. Era lógica. Tenía sentido. Sonaba como algo que él mismo podría haber sugerido. Entonces, ¿por qué le parecía un compromiso?

"Estoy segura de eso. Somos personas inteligentes y atractivas. Hay química entre nosotros y estoy segura de que el sexo sería bueno. Podríamos comprometernos con un horario, si eso te preocupa. Tendríamos una boda previa, por supuesto, y administraríamos nuestras finanzas por separado. No se trataría de amor y romance, pero creo que sería bueno." Ella se rió levemente. "Y quién sabe, podríamos enamorarnos con el tiempo."

Llegaron al hotel y las puertas se abrieron para ellos.

"Tendría que pensarlo", dijo Reid.

"Solías ser impulsivo", bromeó ella, con los ojos brillantes. Reid la miró y pensó que no estaría tan mal tener sexo con Lila.

Incluso si tuviera que palidecer en comparación con hacer el amor con Cassie.

Sin embargo, ¿podría eso durar? ¿Él no estaba simplemente enamorado de Cassie? ¿No era inevitable que la atracción entre ellos se desvaneciera? No es que importara de todos modos, ya que no la volvería a ver después del viaje a San Francisco.

Lila obviamente tomó en consideración su silencio. Ella se acercó y rozó sus labios con los de él, enviando un escalofrío a través de Reid que fue puramente una reacción física. Ella era hermosa. "¿Por qué no subes a mi habitación y seguimos negociando?" susurró ella y Reid dio un paso atrás.

"He bebido demasiado", mintió, luego sonrió. "Yo tampoco tengo dieciocho años."

Lila se echó a reír, luego le pasó una mano por el pecho. "612 en caso de que cambies de opinión." Ella esperó, obviamente esperando que él confesara su propio número de habitación, pero Reid simplemente presionó el botón del ascensor. "¿No vas a subir?" preguntó cuando se dio cuenta de que estaba sola dentro.

"Necesito volver a verificar mi reservación", dijo Reid, mintiendo una vez más.

Lila podría haber salido del ascensor, pero las puertas se cerraron y Reid se alejó. Él se aseguraría de que no lo encontrara fácilmente si ella decidía buscarlo. Él se alejó por el pasillo y subió las escaleras hasta el decimoquinto piso, subiéndolas a una velocidad que sabía que haría que sus rodillas protestaran.

Él tenía que pensar, y hacer ejercicio siempre le ayudaba a hacerlo. Él siempre había tenido la vaga idea de que algún día se casaría y tendría hijos, pero desde Lila no había hecho mucho al respecto. Parecía fácil cuando habían estado saliendo y una progresión natural, pero el hecho de que ella lo dejara le había demostrado que no había nada fácil en la asociación. También le había hecho preguntarse si era posible confiar de verdad en alguien.

Él había confiado en Lila, pero sus sentimientos no habían sido correspondidos.

Pero, ¿y si un matrimonio se basara en variables más lógicas que el amor, el afecto o incluso la atracción? Eso tenía sentido para Reid. La sugerencia de Lila debería haber sido la gran oferta que no pudiera rechazar, pero Reid no se sentía tentado, y no estaba seguro de por qué. Él tenía que pensar que si ella lo hubiera sugerido un mes antes, lo habría hecho.

Pero ahora, estaba demasiado ocupado pensando en volver a ver a Cassie.

Él tenía una regla sobre no salir con dos mujeres a la vez, o incluso pensar en dos mujeres a la vez. Él iría a San Francisco, estaría con Cassie, la sacaría de su sistema y luego volvería a evaluar. Reid estaba bastante seguro de que una vez que volviera a estar con Cassie, podría llamar a Lila y continuar con la negociación.

Después de todo, sería la solución ideal.

Chris tenía el auto perfecto.

Por supuesto.

El Lincoln Continental descapotable de 1965 era hermoso, enorme y de un negro reluciente con un interior de cuero rojo. Reid tuvo que pensar que Cassie se vería bien con él. Era el mismo modelo de automóvil utilizado en La Matrix, y Reid siempre había admirado su diseño.

Él condujo de regreso a San Francisco, sintiéndose como el rey de la carretera, con el viento en el pelo. Él recibió más de un pulgar hacia arriba de un conductor o pasajero que pasaba y se encontró sonriendo en anticipación a la reacción de Cassie.

Él tenía muchas ganas de verla.

Eso era nuevo, pero no iba a pensarlo demasiado.

Reid simplemente lo iba a disfrutar.

Reid lo había planeado todo. Él había reservado una suite en el hotel de lujo más cercano al nuevo club F5F para los dos y le había enviado a Cassie la información de la reserva. El hotel le había notificado que ella se había registrado. Se habían enviado correos electrónicos varias veces, por lo que él conocía el horario del fin de semana y habían acordado reunirse en el hotel. Él había traído el libro de Marty para dárselo a Cassie y tenía que encontrar el momento adecuado para eso.

Él estaba listo para un fin de semana de buen sexo, solo una última indulgencia con Cassie, luego llamaría a Lila y haría un trato sensato para el futuro. Su matrimonio sería una negociación y por eso funcionaría. Cuanto más pensaba en ello, más seguro estaba de ello. Cassie era una aventura, incluso si habían estado juntos más de una vez. Él no quería morir solo, como había hecho Marty, pero tampoco quería ir más allá de sí mismo. La sugerencia de Lila era un buen compromiso.

Había un lugar perfecto para estacionarse justo enfrente del hotel.

Podría haber sido el destino.

Reid le dijo al portero que se estaba registrando y le indicó que entrara en ese lugar de estacionamiento. Le estaba dando las llaves al valet, que estaba mirando el auto con los ojos a lo grande, cuando las puertas de cristal se abrieron y Cassie salió. Ella llevaba un vestido rojo cereza que abrazaba sus delgadas curvas y se ensanchaba sobre sus caderas. El vestido era coqueteo por sí solo, sin pensar sus sandalias rojas de tacón a juego. Su sonrisa de bienvenida hizo que su corazón saltara.

Él señaló sus zapatos, como si preguntara por las botas.

Cassie se rió, luego vio el auto e hizo un pequeño salto de alegría. "¿Ese es el auto que alquilaste?"

Reid asintió y ella corrió hacia él con tan abierta admiración que él no pudo ocultar su sonrisa. Él la vio pasar sus manos sobre él, luego ella le sonrió de nuevo. Su corazón tronó como si estuviera en una banda de música. "¡Es espectacular!"

"Es bueno verte también", dijo él. "Incluso sin las botas." Cassie se rió y se arrojó sobre él. Reid la atrapó contra su pecho y la hizo girar. Ella se sentía perfecta y él estaba casi abrumado por la satisfacción de que estuviera con él.

Cassie besó la mejilla de Reid y pasó una mano por su pecho, sus ojos brillaban. "¿Buen vuelo?"

Reid asintió. "Sin incidentes, que es el mejor tipo. ¿El tuyo?"

"Lo mismo." Su mirada se desvió hacia el auto. "Me encanta el auto."

"Sabía que te encantaría."

Ella puso los ojos en blanco. "Ahora soy predecible", susurró ella, luego se alejó para caminar alrededor del auto. Ella admiraba el vehículo pero Reid la admiraba a ella. "¿Puedo conducirlo?"

"Eso es predecible", acusó él y ella se rió. "Supuse que querrías hacerlo. Puse tu nombre en el contrato de alquiler, pero tengo que enviar un escaneo de tu licencia de conducir a Chris antes de darte las llaves."

"¿Chris?"

"Mi amigo de la universidad que alquila buenos autos."

"Lo hace", estuvo de acuerdo, mirando el auto de nuevo. "Siempre he querido conducir uno de estos."

Aunque es automático. No es tan divertido como uno de palanca."

"Pero es para navegar."

"Absolutamente."

"Y yo también puedo conducirlo. ¡Eres increíble!" Cassie se arrojó sobre Reid con tanta fuerza que él casi perdió el equilibrio. Entonces ella lo besó. Ella sabía a cielo y él la puso de puntillas, profundizando el beso para que el portero se aclarara la garganta. Cuando Reid levantó la cabeza, los ojos de Cassie brillaban, estaba hirviendo a fuego lento y el valet estaba tratando de ocultar su sonrisa.

Además, el lápiz labial rojo de Cassie estaba manchado.

Aparentemente, la ausencia hacía crecer el cariño.

Iba a ser un buen fin de semana.

Ella extendió la mano y le limpió la boca, obviamente quitando el lápiz labial. "Aún no es tu color", susurró ella, sus ojos bailaban. Reid no aflojó su agarre alrededor de su cintura y a ella no pareció importarle. "No sabía que habías reservado una suite", dijo ella y él supo que se había registrado.

"Me gusta tener un poco más de espacio."

"Estaré demasiado mimada para querer volver a Nueva York."

"¿La vista es buena?"

"Preciosa, especialmente en un día como hoy. Puedes ver la bahía y el puente." Reid sacó su bolso del maletero, despidió al valet y dejó que ella lo llevara al vestíbulo del hotel. Él no recordaba haber sido tan feliz antes. "Puede que yo nunca quiera volver a casa."

"Tal vez solo tengas que guardar tus centavos para un apartamento con vista", dijo ella a la ligera, luego se detuvo en el escritorio para registrarse y obtener la llave de su habitación. Él se dio la vuelta para encontrar a Cassie pensativa. "¿Qué ocurre?"

"Nada, solo estoy teniendo una gran envidia inmobiliaria."

"¿Quieres vivir en este hotel?"

"Bueno, el viaje apestaría a F5F, pero es seductor tener una vista." Ella suspiró. "¿Te dije que estamos vendiendo condominios en la torre F5F?"

"Pensaba que ibas a comprar uno."

"No lo he hecho. Aún no." Ella hizo una mueca cuando entraron en el ascensor. "Solo puedo permitirme uno pequeño." Ella hizo una cajita con las yemas de los dedos.

"Debe ser más grande que eso."

"Encajaría en el dormitorio de esta suite."

"¿Esperando a un sugar daddy?" bromeó él y ella sonrió.

"¿Eres voluntario?"

"No, yo no compro bienes raíces para otras personas."

"Podrías cambiar de opinión si vieras el que está a la venta."

"¿Cómo es eso?"

"Tyler planea vender su ático." Cassie suspiró. "Él está dando la primera opción a los otros socios." Ella hizo un pequeño gruñido en su garganta. "Es espectacular."

Reid la miró, viendo el anhelo en su expresión. "Y tú lo quieres."

"Pero no hay forma de que pueda pagarlo." Ella se encogió de hombros y le brillaron los ojos. "Si encuentras a algunos sugar daddies, mándalos en mi dirección." Las puertas del ascensor se abrieron en su piso justo a tiempo para evitar que Reid hiciera una sugerencia de la que solo podía arrepentirse.

¿Qué quería él con una casa en Manhattan? Nada en absoluto, incluso si estaba más cerca de Cassie. De hecho, eso podría convertirla en una inversión muy imprudente.

Luego ella abrió la puerta de su suite con una gracias y él sonrió ante la fantástica vista.

Eso no era nada comparado con la vista de Cassie mientras ella miraba la ciudad.

EL HOMBRE BESABA COMO si se lo hubiera inventado. Cassie podría haberse parado frente al hotel y haberse besado todo el día con Reid. Ella no podía evitar tocarlo, queriendo asegurarse de que él era tan delicioso como recordaba. Él llevaba vaqueros y una chaqueta de traje, una camiseta oscura y gafas de sol. Su cabello estaba despeinado por el camino en el convertible y todavía tenía esa barba corta y sexy. A ella le gustaba lo suave que era y cómo le recordaba que él era un problema. La valoración lenta que le dio y su sonrisita traviesa fueron suficientes para hacer que quisiera olvidar sus obligaciones en F5F Oeste y pasar el día en la cama con Reid.

Era justo después del almuerzo y, afortunadamente, ella había dicho que no estaría en el club esa tarde. Ella tenía hasta la reserva de la cena de grupo para salirse con la suya con él.

No había un momento que perder.

Ella dejó a Reid contemplando la ciudad y se retiró al dormitorio. Su cabello ya estaba recogido en un moño, pero ella lo soltó, dejando que su larga cola de caballo se balanceara sobre sus hombros. Ella se quitó los zapatos y se quitó el vestido, poniéndose las botas altas negras que tanto le gustaban a él. Ella había traído un corsé de satén negro que le abrazaba la cintura y le dejaba los pechos al descubierto, y un par de guantes largos de látex negros. Ella añadió un poco más delineador de ojos, se retocó el lápiz labial y luego entró en la habitación principal.

Reid se volvió hacia ella cuando empezaba a decir algo, luego las palabras murieron en sus labios. Él la miró fijamente, su mirada vagó sobre ella, luego sonrió lentamente. "Wow", murmuró él. "¿Quién manda aquí?"

"Yo", dijo Cassie. "Y no imagines lo contrario."

"No me atrevería. ¿Debería arrodillarme y suplicar misericordia?" Reid parecía que lo disfrutaría, y Cassie tenía la sensación definitiva de que iba a darle la vuelta.

Ella no podía esperar.

"Creo que deberías desnudarte", dijo ella, haciendo que su tono fuera amenazador. "Entonces tendremos que decidir si has sido bueno o malo."

Reid sonrió con malicia. "¿Qué pasa si he sido tan malo que soy bueno?"

Ella hizo una seña. "Vas a tener que convencerme de que eso es incluso posible."

"Sí, señora", dijo Reid y se quitó la chaqueta. Él sostuvo su mirada mientras se desabrochaba el cinturón, se quitaba los zapatos y dejaba caer sus jeans. Él estaba más que listo para ella y ella estaba medio convencida de que era incluso más grande de lo que había sido antes. Él se quitó el reloj y se quitó la camiseta, arrojándola a un lado con el resto de su ropa. Luego caminó hacia ella con una pequeña sonrisa de anticipación. Él se arrodilló frente a ella y pasó una mano por sus botas con admiración. Él se inclinó y besó su empeine, su mano se cerró alrededor de su pie. "¿Qué quieres de mí, Reina Cassie?" preguntó Reid.

Ella puso un dedo enguantado debajo de su barbilla, obligándolo a mirarla a los ojos. Sus ojos estaban llenos de una maldad que hizo que quisiera sorprenderlo mucho.

"Cómeme", ordenó ella. "Y hazlo bien."

Sus ojos brillaron y luego la atrapó por la cintura, levantándola y llevándola a la mesa del comedor. La sentó en el borde e inhaló mientras le pasaba las manos por los muslos. Él hizo un pequeño sonido de satisfacción, luego le levantó las rodillas y se dejó caer sobre las suyas. Él mantuvo sus manos en el interior de sus muslos, se inclinó más cerca y movió su lengua contra ella.

Cassie gimió. Reid se rió entre dientes.

Luego hizo exactamente lo que ella le había ordenado que hiciera.

Fue tan glorioso que ella no tuvo una sola queja.

ESO TENÍA que ser lo más cercano al paraíso como lo estaría Reid.

Él estaba en una habitación de hotel fabulosa a media tarde, con Cassie sentándose a horcajadas sobre él en la alfombra mientras se ponía encima de él. Reid contuvo el aliento ante su calidez y ella lo atrajo más adentro, haciéndolo gemir en voz alta con satisfacción.

Ninguna otra mujer se compararía jamás.

"Acabo de empezar", susurró ella, inclinándose para besarlo.

"Soy todo tuyo."

Ella sonrió. "Y me gustó que así fuera." Ella se movió, una mano apoyada en su pecho y su cola de caballo colgando para rozar su piel. Él levantó la mano para quitar el broche, dejando que se derramara sobre sus hombros, luego lo atravesó con los dedos y tiró de ella para besarla. Ella casi lo devoró, sus labios suaves y su lengua peligrosa, moviéndose mientras lo besaba de modo que su deseo se duplicaba una y otra vez.

"No voy a durar", admitió él cuando tuvo la oportunidad de hablar.

"Eso sería muy malo", susurró ella contra su boca. "Tendría que darte una lección entonces."

Reid se rió entre dientes y le pasó las manos por la cintura. Él desabrochó el corsé y lo dejó a un lado, acariciando su longitud con las yemas de los dedos. Él puso su mano en la parte de atrás de su cintura y la atrajo hacia sí, besándola mientras ella tomaba aún más de él dentro de ella.

Sus fosas nasales se ensancharon y sus ojos brillaron, y le mordió la comisura de la boca con los dientes. "Hombre perverso."

"Tentadora."

"Probablemente deberíamos estar de acuerdo con nuestra historia oficial", susurró ella, moviéndose de tal manera que a él le costaba pensar en algo tan práctico.

"¿Historia oficial?"

Ella se quitó los guantes y los arrojó a un lado. "¿Somos amigos? ¿Amantes? ¿Es una cita a ciegas? ¿Qué estás haciendo aquí, Reid Jackson?"

"Me están seduciendo."

Cassie se rió. "A mí también." Ella pasó sus manos sobre él, obviamente disfrutando de su unión y Reid sonrió porque él sentía lo mismo.

"¿Amigos?" sugirió él. "No les importará si hay beneficios, ¿verdad?"

"Ellos no necesitan saber esa parte." Cassie robó un beso antes de que Reid pudiera notar que cualquiera tendría que estar muerto para perderse la energía sexual entre los dos. "No quiero que me pregunten sobre la boda."

Reid apretó los puños, luego se dio cuenta de que estaban de acuerdo. "Porque no habrá una."

"Bueno, habrá la boda de Kyle y Lauren el domingo." Ella lo miró y Reid ahuecó una mano alrededor de su pecho, jugueteando con el pezón hasta que su espalda se arqueó de placer. "No estoy tratando de cambiar el trato", logró decir ella y él sonrió.

"Por supuesto no. Ese no es tu estilo."

Ella lo miró, sus ojos brillaban. "No te gustan el corsé y los guantes."

Él sacudió la cabeza. "No tanto. ¿A ti?"

Ella negó con la cabeza, sonriendo. "Es solo un disfraz."

"Pero todos tienen algo que más les gusta."

"Te gustan las botas."

"Culpable de los cargos. Tú me gustas más. ¿Cuál es tu favorito?" Reid jugueteó con su pezón hasta un pico tenso y luego adivinó. "¿Sentada encima de esta manera?"

Cassie sonrió y asintió con la cabeza. Ella tragó y se meció encima de él, apretando los muslos con fuerza alrededor de él.

Él le acarició la parte baja de la espalda con la otra mano, pasando el pulgar por sus vértebras una a una. Ella era tan sensible y receptiva. Él estaba seguro de que nunca había tenido una amante más atractiva. "No lo hemos hecho contigo en la parte inferior", dijo él, capaz de adivinar bastante bien por qué podría ser eso.

"Sobre la silla", le recordó ella, sin aliento cuando él pellizcó un poco el pezón.

"Pero eso fue por detrás.." Él la agarró por la cintura y rodó de modo que ella quedó debajo de él y se sostuvo encima de ella. Sus ojos se abrieron por un segundo, luego sonrió. Reid la besó debajo de la oreja, saboreando la sensación de ella debajo y alrededor de él, y le gustó poder asegurarse de frotarse contra su clítoris en esta posición. Él se retiraba, luego arrastraba su erección contra ella, haciéndola temblar. "Puedo hacer que valga la pena", le susurró al oído y ella se rió un poco.

"Puedo apostarlo." Ella sostuvo su mirada durante un largo momento y él le dio tiempo para decidir.

Luego le rodeó la cintura con las piernas y él pudo sentir ese suave cuero contra su piel. Ella sostuvo su mirada, luego deslizó una pierna hacia abajo, de modo que el talón estaba contra la parte posterior de su muslo. Su cabello estaba extendido debajo de ella como un charco de oro y la visión de su confianza en él lo dejó sin aliento.

"No traje ningún juguete", confesó él.

"¿Preocupado por la seguridad del aeropuerto?"

Él sonrió y se movió dentro de ella de nuevo, mirándola jadear. "Siempre podemos comprar aquí."

Ella se rió, sus ojos brillaban de placer y flexionó los dedos de modo que sus uñas se hundieron un poco en sus hombros. "O simplemente podemos complacernos mutuamente a la antigua."

"Trato", dijo Reid, luego se inclinó para capturar esos labios rubí con los suyos.

Él estaba perdido en la maravilla que era Cassie Wilson, y Reid no quería que lo encontraran.

HABÍA algo que decir sobre cenar con un montón de tipos apuestos. Cassie entró en el restaurante con Reid, uno al lado del otro, pero sin tomarse de las manos. Kyle, por supuesto, lo notó de inmediato.

"¿No tienes una cita?" susurró después de que se hubieran hecho las presentaciones.

"Somos amigos", dijo Cassie, mirando a Kyle a los ojos. "Nos volvimos a encontrar cuando volví a casa en Montrose River, y Reid dijo que siempre había querido visitar San Francisco."

Theo parecía estar resolviendo algo, pero tal vez estaba pensando en los detalles de la apertura. Probablemente estaba repasando toda la lista VIP mientras dormía. Ty era el único con traje y corbata, lo que no era una sorpresa, y Shannyn estaba un poco pálida. Ella tenía un pequeño bulto, uno que Cassie no habría notado si no hubiera estado mirando, y eso hizo que Cassie volviera a pensar en su hermana. Ty estaba pegado a Shannyn, luciendo mucho como un oso protector.

Kyle tenía un gran bronceado y también Lauren, que parecía más serena que en la Costa Este. Cassie pensó que la otra mujer había aumentado quizás cinco kilos, lo cual era bueno porque estaba un poco demasiado delgada. Ella supuso que Lauren también había estado haciendo ejercicio, porque parecía tener un poco más de músculo. Tanto Lauren como Kyle parecían felices, lo que complació a Cassie.

Damon estaba callado, como de costumbre, el artista inquietante, mientras Haley sonreía y saludaba a Reid cálidamente. A menos que Cassie se equivocara en su conjetura, Haley también podría tener un bulto de bebé.

Si ella iba a entrar en ese juego, Cassie tenía que moverse pronto. Había evitado pensar en eso durante años, pero pronto tomarían la decisión por ella.

Tic, tac como le gustaba decir a su mamá.

¿Pero ella quería tener un hijo? No sin un compañero, eso era seguro, e incluso entonces, Cassie no lo sabía.

Parecía que ella ya debería haberlo resuelto.

Parecía como ella si nunca se perdonaría a sí misma por esa decisión de hace mucho tiempo.

El restaurante era nuevo con grandes ventanales que daban a la bahía y un impresionante menú de mariscos. Cassie había escuchado que era genial y tomó el menú con anticipación. Ella estaba sentada al lado de Reid y sonrió cuando su muslo chocó con el de ella. Ella metió la mano debajo de la mesa y le puso la mano en la pierna, sintió que se tensaba un poco, lo vio sonreír.

"Rara vez muerden", murmuró ella, preguntándose si a él le preocupaba conocer a sus socios.

"Bien. Gracias por la información", respondió él amablemente y luego levantó la voz. "¿Quieren compartir una botella de vino o tomar un cóctel?"

Debatieron el mérito de cada elección, luego vino la camarera y les contó sobre los especiales. Hubo una gran actividad mientras todos admiraban la vista, discutían las posibilidades y realizaban sus pedidos. Llegaron las bebidas cuando la camarera estaba recibiendo los últimos pedidos, y Theo levantó una copa para brindar en cuanto se resolvieron los detalles.

"Aquí está por el F5F Oeste", dijo. "Por un gran equipo y nuestra primera expansión. Por el éxito rotundo y muchas más expansiones."

"Y algunas adiciones al equipo", dijo Kyle, brindando por Lauren y luego por Shannyn.

Shannyn se sonrojó y se llevó una mano al vientre, luego levantó su vaso de jugo. "Esas no son las únicas adiciones. Bienvenida, Haley."

"Y estamos encantados de conocerte, Reid", dijo Theo. "Gracias por acompañarnos en la gran revelación."

"Aquí está por un gran éxito para todos ustedes", dijo Reid.

Dieron un pequeño aplauso y tintinearon copas, luego cada uno tomó un sorbo.

"Espera un minuto", dijo Kyle, dejando su bebida abruptamente. "¿Cassie dijo que eres Reid Jackson?"

Reid asintió, su expresión se volvió cautelosa.

"Pero tú no eres el Reid Jackson, ¿verdad?"

"¿El Reid Jackson?" Reid repitió, aunque Cassie pudo ver que él entendía.

Quizás él temía la pregunta. Ella mantuvo su mano en su muslo como muestra de confianza y sintió su mano cerrarse sobre la de ella.

"¿El mariscal de campo de la universidad con las rodillas destrozadas?" Preguntó Kyle.

Los ojos de Theo se agrandaron. "¿Ese Reid Jackson?"

La sonrisa de Reid fue triste. "Ése sería yo."

Kyle casi se puso de pie de un salto por la emoción. ¡Reid Jackson! No puedo creerlo. ¡Estuviste increíble! Ni siquiera me gusta el fútbol, pero recuerdo verte jugar."

"Talento asombroso", coincidió Theo. "Podías correr como el viento."

"Colocar esos pases donde quisieras", dijo Ty. "Como estaba destinado a ser."

"¡Eras intocable!" Dijo Theo.

"No del todo", respondió Reid.

"¡Eras increíble!" Dijo Kyle.

"Era", repitió Reid y los muchachos se pusieron serios.

"Sí. Lo siento." Kyle hizo una mueca y se encogió de hombros a modo de disculpa hacia Cassie.

Hubo un momento de silencio, luego Theo frunció el ceño. "Pero simplemente desapareciste después de lo que sucedió", dijo él. "¿A dónde fuiste? ¿Qué hiciste?"

"Podrías haber entrenado a cualquier equipo", dijo Kyle. "Pero no lo hiciste, ¿verdad?"

"Terminé mi licenciatura", dijo Reid, su tono tan neutral que Cassie no podía decir lo que estaba pensando. Ella supuso que él había contado esa historia unos cientos de veces. "Luego volví a la ciudad donde crecí, Montrose River." Él le dio un apretón a la mano de Cassie y luego la soltó.

"Compré la tienda de comestibles donde había trabajado en la escuela secundaria. Ahí es donde he estado."

"Pero..." protestó Kyle y Cassie lo miró con odio.

Increíblemente, él tomó la advertencia y se calló.

Sin embargo, Reid respiró hondo y continuó. "Hubo un acuerdo y mi título fue en negocios. Usé ese dinero como capital inicial para marcar la diferencia en mi ciudad natal."

"Brindaré por eso", dijo Ty, saludando a Reid con su copa. "Esa es una gran iniciativa."

"¿Por qué no en un lugar más grande?" Preguntó Kyle, aparentemente sin darse cuenta de la mirada oscura de Cassie. Tampoco estaba lo suficientemente cerca como para que ella pudiera patearlo.

Ella sabía que Reid no estaba dispuesto a hablar de sí mismo y no quería que sintiera que estaba en la mira. Sin embargo, Kyle era tan naturalmente expansivo que ni siquiera podía imaginar a alguien que prefiriera estar callado.

Damon lo entendió, pero estaba demasiado lejos de Kyle para patearlo también. Él intercambió una mirada comprensiva con Cassie y Haley se inclinó hacia delante, con los ojos brillantes de interés.

"Porque no entiendo las ciudades." Reid hizo un gesto hacia la ventana y, para sorpresa de Cassie, continuó. "Me encanta visitarlas y veo que hay cosas que se podrían mejorar. Pero no sabría por dónde empezar para hacer un cambio. No sabría con quién hablar, ni siquiera qué hacer primero. En Montrose River, fue fácil."

"¿Porque era familiar?" Preguntó Haley. Ella sonrió. "Fui a la escuela secundaria en un pueblo pequeño. Hay algo reconfortante en conocer a todos los jugadores, incluso si sueñas con horizontes más amplios."

"Eso es todo", dijo Reid. "Empecé con lo que conozco. Empecé con la comida."

"Un gran lugar para comenzar", dijo Ty y los aperitivos se colocaron ante ellos en el momento perfecto. "¿Por qué comida?"

"Porque está en la raíz de todo", dijo Reid. Él hablaba bien, sus palabras estaban llenas de confianza y su ritmo era constante. Cassie podría haberlo escuchado toda la noche. "Marty, era el dueño de la pequeña tienda de comestibles y el tipo que me contrató, siempre decía que todo comienza con la comida. Decía que la gente siempre necesita comer, por lo que llevar una tienda de comestibles es una buena fuente de ingresos. También decía que cuando la gente come bien, puede lograr mucho. Entonces, volví a Montrose River y le compré esa tienda de comestibles. Él estaba listo para vender pero no para dejar de trabajar, así que se quedó un tiempo como empleado para ayudarme. Es una tienda independiente y la única tienda de comestibles de la ciudad. Pueden pensar que eso significa que no tiene competencia, pero tiene mucha: todos en la ciudad tienen un automóvil y pueden conducir hasta las grandes tiendas de la siguiente ciudad. Si los precios o la selección son mejores, más personas verán que ese viaje vale la pena, por lo que mi primer objetivo fue mantenerlos comprando en la ciudad."

Cassie notó que los muchachos escuchaban atentamente.

Ella se dio cuenta de que nunca había escuchado a Reid decir tanto a la vez y lo miró, fascinada.

"Empecé escuchando a la gente quejarse", admitió él y todos se rieron. "Porque eso me dio lugares obvios para hacer cambios o mejoras. No había suficientes productos frescos, decían. Querían más opciones orgánicas, en los productos y la carne e incluso en los productos envasados. Querían más variación, sin gluten, bajo en azúcar, granos antiguos, más especias, especias enteras, todas esas posibilidades y más. Amplié la tienda en la parte de atrás para que no pareciera más grande o renovada, porque son personas tradicionales. Asumirían que cualquier mejora en la tienda se reflejaría en los precios, y yo acomodé los productos. Hice los estantes más altos y más largos, además de expandir la sección de productos. Cada semana, destacamos una de las nuevas secciones con tarjetas de venta y recetas para usar esos ingredientes. Marty se divertía haciendo eso. Patrociné clases de cocina en la escuela secundaria, proporcionando los ingredientes para que el único costo fuera el instructor." Él tomó un sorbo de su vino y esperaron, absortos. "Y comencé a albergar un mercado de agricultores, todos los sábados, en el lote vacío al lado del supermercado."

"¿No es eso competencia?" Preguntó Lauren.

"Es diversidad. Se trata de comprar productos locales y apoyar a nuestros agricultores. La gente adquirió el hábito de comprar en el mercado de agricultores y luego ir a la tienda en busca de otros ingredientes. El gerente de productos también compra en el mercado, agregando productos locales a lo que está disponible en la tienda."

"Eso tiene sentido", dijo Haley. "Lo local siempre es más fresco, a menudo más sabroso."

"Lo es. Y también construye nuestro sentido de comunidad. Conozco al tipo de la granja de huevos, pero ahora todos los demás también lo conocen."

"Están juntos en eso", dijo Theo con aprobación. "Me gusta eso."

"Pero ese sentido de comunidad va mucho más allá del mercado de agricultores", continuó Reid. "Siempre había habido un contenedor de donaciones para el banco de alimentos en la tienda, pero patrociné clases de cocina en el banco de alimentos. Es más barato cocinar que comprar alimentos preparados y también garantiza que se coma mejor. Patrociné el desayuno para niños en la escuela primaria, y fue entonces cuando comenzó a cobrar impulso. La Cámara de Comercio avaló esa iniciativa y varios empresarios locales se hicieron cargo del patrocinio. Patrocino al equipo de fútbol y al equipo de baloncesto ahora."

"A los niños que desayunan les va mejor en la escuela", dijo Haley.

"Exactamente", estuvo de acuerdo Reid. "Entonces comenzamos a construir para el futuro. Y debido a que Montrose River es pequeño, era fácil ver cómo iban las cosas. Yo podría intervenir y ayudar cuando viera una necesidad. Estaba la pareja que quería hacerse cargo de la pequeña granja de su familia y volverla orgánica, convirtiéndola en una granja mixta. Invertí en su empresa por un pequeño porcentaje, pero eso les dio efectivo para los cambios necesarios."

"Les ayudó a empezar", dijo Haley con una sonrisa.

"Sí, y ese es mi mantra. También vienen al mercado de agricultores y almacenamos sus cosas en la tienda."

"Eres parte de su éxito", dijo Ty.

"O incluso su viabilidad en los primeros años", dijo Reid. "Consigo que la gente comience proporcionando un poco de dinero en efectivo para superar el obstáculo. El niño Harrison fue a la escuela de chef y quería abrir un restaurante en la Calle Principal. Yo era el dueño del edificio."

"Eres dueño de todos los edificios", susurró Cassie y Reid sonrió. Los demás rieron.

"Eso ayuda. Hice las renovaciones necesarias y pagué su alquiler por un año. Han pasado diez años y Seth se ha expandido al espacio comercial de al lado. Aparece en revistas todo el tiempo como un chef nuevo y atractivo."

"Lo que hace de su restaurante una especie de lugar de peregrinaje," supuso Lauren.

Reid asintió y Cassie vio cómo sus amigos estaban entusiasmados con su historia. "¿Y la chef de repostería que Seth conocía de la universidad y que vino a trabajar para él y luego quiso instalarse por su cuenta? Mismo trato. Su panadería está al otro lado de la calle."

"Tú abasteces sus productos horneados", supuso Kyle.

"Solo algunos. Ella hace un par de panes para nosotros, pero tienes que ir a su tienda para comprar todos los pasteles elegantes. De esa manera, construimos los negocios de los demás."

Ty asintió aprobando eso.

Reid dejó su tenedor. "Su hermana vino a la ciudad y abrió una cafetería al lado de la panadería, que es una de las tiendas minoristas más populares de la ciudad."

"Todo independiente", dijo Shannyn con una sonrisa. "No hay grandes cadenas."

"Quiero ir a Montrose River", dijo Haley, y todos se rieron de nuevo.

"No tenemos ninguna hasta ahora, y no creo que sea el único al que le guste así." Reid le devolvió la sonrisa a Haley. "Recientemente, se abrió una posada en las afueras de la ciudad. Un hermano y una hermana recién salidos de la universidad con grandes sueños. Habían venido a la ciudad de vacaciones cuando eran niños, pero desde que sus abuelos habían fallecido, la enorme casa victoriana había estado vacía. No había mercado para ella o la familia la habría vendido. Esos dos querían convertirla en una posada de lujo, un retiro de la ciudad. Él es un paisajista y ella es una chef con dos niños pequeños. Su marido es carpintero. Convencieron a la familia de que les vendieran todas las acciones de la casa."

"Y tú invertiste en su empresa", supuso Cassie.

"Absolutamente", estuvo de acuerdo Reid. "Ellos tenían algo de dinero pero no lo suficiente porque la casa necesitaba mucho trabajo. Cada año, hay artículos sobre su casa en las revistas y los medios de Chicago, que la enumeran como una gran escapada de fin de semana. Hacen algo de publicidad allí, sobre todo porque el hermano se casó con una diseñadora gráfica. Entonces, eso está avanzando, además de que hay tres pequeñas empresas más en la ciudad."

"Un jardinero paisajista, carpintero y diseñador gráfico", dijo Theo.

"Cuando hice una donación para el programa de desayuno en la escuela, me invitaron a unirme a la junta. Lo hice y los reté a actualizar el plan de estudios. Había muchos maestros mayores que se preparaban para jubilarse, así que formamos un comité para tentar a los nuevos maestros a venir a Montrose River."

"Has hecho mucho", dijo Ty.

"He comenzado muchas iniciativas", corrigió Reid. "En muchos casos, la gente solo necesita la idea. Una vez que están inspirados, lo hacen."

"Por ese sentido de comunidad", dijo Lauren.

"Se financia al principio, y eso tiene una larga sombra", dijo Ty.

"Y también es la detección de tendencias", dijo Kyle. "Como dijiste, puedes identificar lugares donde puedes marcar la diferencia."

Reid asintió con la cabeza. "El Doctor Winspear había superado la edad en la que debería haberse jubilado, pero aún trabajaba como médico de cabecera porque amaba su trabajo. Sin embargo, sabía que necesitábamos un médico de cabecera, así que hablé con él. Decidimos que iría a su alma mater, junto con uno de los equipos de contratación de profesores, y hablaría con los nuevos graduados de la facultad de medicina. Yo puse el bono del contrato. Él encontró una pareja, recién casados, ambos recién graduados de la escuela de medicina, ambos buscando encontrar una pequeña ciudad para establecer una práctica conjunta. De hecho, le compraron el consultorio al Doctor Winspear con dinero de sus familias y usaron el bono para comprar una casa en la ciudad. Contrataron al carpintero para que se las arreglara y fueron invitados a la junta consultiva del hospital local de la ciudad vecina. Han sido clave para contratar especialistas en la región."

"Y ahora viene la comunidad de personas mayores", dijo Cassie cuando él se quedó en silencio.

Reid asintió de nuevo. "A la gente que ha visitado la posada o el pueblo le gusta. Es pequeño y seguro, no muy lejos de Chicago, con muchas comodidades excelentes. Entonces, este desarrollador quiere construir una comunidad de casas para personas mayores. Yo le vendí el terreno, pero con la condición de que renunciara al centro de recreación que tenía planeado y contribuyera a uno más grande para el pueblo."

"Uno que todos puedan usar", dijo Haley.

"Sí, creo que es importante que esta nueva comunidad se convierta en parte de la ciudad. Aportará ingresos fiscales e ingresos netos, pero también necesita hacer más conexiones."

"Ellos también tendrán conocimientos para compartir", dijo Haley. "La gente olvida que las personas mayores tienen una gran experiencia para compartir. Solo hay que preguntarles."

"Ese es un gran punto", dijo Reid. "El plan aún no se ha concretado, pero creo que lo hará. Sería bueno tener una piscina, una pista de hielo y otras instalaciones recreativas en la ciudad. En este momento, solo tenemos lo que hay en la escuela secundaria y esas instalaciones necesitan una actualización. También podrían integrar la biblioteca en un edificio nuevo. Todo el mundo sigue hablando y ese es un buen comienzo. Podría seguir y seguir, y me disculpo porque prácticamente lo he hecho." Él se encogió de hombros y guardó silencio, tomando un sorbo de vino.

"Pero es fabuloso", dijo Haley. "Qué gran legado estás creando."

"Debe ser realmente gratificante ver los cambios", coincidió Theo.

"Lo es", reconoció Reid.

"Es casi lo mismo, sin embargo, ¿no?" Dijo Kyle y todos lo miraron. "Quiero decir, tu don como mariscal de campo era identificar al jugador que podía hacer más y luego poner el balón en sus manos. Como magia."

"No del todo mágico", dijo Reid con una sonrisa.

"Pero es lo mismo", insistió Kyle. "Estás usando la misma percepción para identificar quién puede seguir tu sugerencia y hacer que suceda en la ciudad."

Reid parpadeó y Cassie se dio cuenta de que nunca lo había pensado de esa manera.

"El mariscal de campo está dictando las jugadas de Montrose River", dijo ella y él pareció sorprendido. "Brillantemente además."

La parte de atrás de su cuello se enrojeció, y ella supo que no estaba acostumbrado a ser elogiado. "Alguien más lo habría hecho si yo no lo hubiera hecho", dijo él con brusquedad.

"No lo creo", no estuvo de acuerdo Cassie.

"Probablemente no tan bien", dijo Kyle.

"Nadie más habría comenzado con la comida", dijo Haley.

Reid le dio a Cassie una sonrisa torcida. "Marty me enseñó eso."

"Creo que te enseñó más que eso", dijo ella en voz baja y su sonrisa se amplió.

"Esa es una historia increíble", dijo Theo. "De pobreza a la riqueza."

"Bueno, comparativamente. Millonario no billonario, "dijo Reid con una sonrisa y Ty se rió.

Los demás parecían en blanco.

"Millonario es lo suficientemente bueno, dada la forma en que lo estás trabajando", dijo Ty y una ola de comprensión pasó alrededor de la mesa. "Si no tocas el capital, nunca se sabe. Además, todas esas primeras inversiones deberían dar sus frutos. Es una estrategia sólida."

"Debes haber prestado atención en todas esas aburridas clases de finanzas", bromeó Kyle.

"Entonces, ¿no tengo que preocuparme de que hagas la transición de millonario a billonario?" Lauren le dijo, su sonrisa indicando que no le importaba ni un poco.

"No en esta vida. Tendría que sacar dinero de F5F para siquiera acercarme, y nunca lo haré."

"No podríamos arreglárnoslas sin ti", dijo Cassie, luego se inclinó contra Reid. "Aquí, Kyle es nuestro creador de tendencias."

"Eso es un don", dijo Reid con admiración, y la conversación se trasladó a los planes de apertura de la nueva instalación. "Nunca podría hacerlo en un entorno más grande."

"No estés tan seguro de eso", dijo Ty. "Tienes un don. No lo subestimes."

"No hagas más de lo que es", respondió Reid.

"Tuviste un sueño y lo lograste", dijo Lauren.

"No," Reid corrigió con firmeza y ella pareció sorprendida. "Tenía un objetivo e hice los pequeños pasos necesarios para ayudarlo a concretarse." Él le agradeció a la camarera cuando ella quitó el plato de su ensalada y luego juntó los dedos. "Los sueños dependen de la intervención externa para hacerse realidad. Destino. Suerte. Fortuna. Alguien más lo está haciendo posible." Él sacudió la cabeza con determinación. "Yo no creo en los sueños. Yo persigo metas."

Los entrantes fueron llevados a la mesa, cubriendo el hecho de que los demás estaban un poco sorprendidos por la vehemencia de Reid. Comieron en silencio durante unos momentos, luego Ty se aclaró la garganta.

"Creo que tienes más don de lo que crees", dijo él. "Aunque respeto tu filosofía. El trabajo duro y la buena planificación generan resultados más consistentes que la suerte."

"¿No hubo un jugador de baloncesto que dijo que cuanto más practicaba, más suerte tenía?" Preguntó Cassie y Ty sonrió de acuerdo.

Ella era muy consciente de la mirada de aprobación que Reid le dio de reojo.

Cassie miró fijamente su cena por un momento. Ella era más consciente del calor de la pierna de Reid tan cerca de la suya, ella estaba más fascinada con el movimiento de sus manos mientras hablaba, más fija en el sonido de su voz. Ella apenas había mirado a Ty y no estaba en absoluto celosa de Shannyn.

Le sorprendió que nadie más en esa mesa supiera sobre su embarazo o su elección. Ninguno sabía que ella y su hermana habían discutido durante tanto tiempo. Ella no le había hablado sobre Ryan a ninguno de ellos. Ella dudaba que supieran mucho sobre Montrose River antes de los comentarios de Reid.

Reid realmente sabía todo sobre ella y aparentemente ella le agradaba de todos modos.

Ella le robó una mirada y él le guiñó un ojo, luciendo tan imprudente como ella sabía que no era. Ella no pudo evitar devolverle la sonrisa e inmediatamente sintió el calor de su pierna presionando contra la suya. El deseo la recorrió con un poder predecible. En lugar de tener suficiente de él, cada vez que estaban juntos, Cassie solo quería más.

"¿Demasiado?" murmuró Reid, su voz sonó de modo que solo ella pudiera escucharla. Ella vió preocupación en sus ojos y se apresuró a tranquilizarlo.

"Perfecto", respondió ella y presionó su pierna contra la de él. Él parecía complacido y ella estaba contenta. Quizás valía la pena celebrarlo.

Quizás era hora de que Cassie le dijera a Reid que se había enamorado.

De él.

TRECE

R eid realmente había querido que no le agradara Tyler McKay. Quizás incluso lo odiarlo.

Eso era mezquino y él lo sabía, pero Ty era, después de todo, el tipo que no veía el mérito de Cassie Wilson. Eso era imperdonable, en opinión de Reid. Ty era el tipo que no quería todo lo que Cassie le ofrecía, el tipo que había capturado su corazón y no le importaba. Obviamente, era un tipo que no podía ver para buscar, como habría dicho Marty.

Reid reconoció a tres de los socios incluso antes de las presentaciones de Cassie, gracias a que ella había compartido sus anuncios para el club. Theo tenía que ser quien era mediante el proceso de eliminación. Todos poseían una confianza profunda que Reid envidiaba. Él supuso que habían crecido en hogares estables, seguros de su propio valor, convencidos de que podían tener lo que quisieran si estaban dispuestos a trabajar por ello.

También estaban todos más acostumbrados al dinero que él. Ellos llevaban sus ropas caras con facilidad. Ellos ni siquiera miraron dos veces el restaurante, que brillaba como una joya e hizo que Reid quisiera quedarse boquiabierto. La suya fue obviamente la única mandíbula que casi golpea la mesa con los precios del menú.

Para su alivio, se sentaron en parejas, con Cassie a su izquierda inmediata. Ella le puso la mano en la pierna cuando se sentaron, como si entendiera que él necesitaba un poco de influencia estabilizadora. Ella se veía fantástica, por supuesto, su cabello estaba recogido como lo había estado el primer día en Montrose River, su pequeño vestido negro a la vez simple y deslumbrante. Ella era elegante y serena, inteligente además de hermosa, y él estaba orgulloso de estar a su lado.

Él estaba sentado al otro lado de la mesa frente a Ty, quien lo miraba con una mirada evaluadora. Cassie había dicho que Ty era protector con sus hermanas y su esposa, y Reid se dio cuenta de que ella no adivinaba que Ty también la protegía. Shannyn estaba a la izquierda de Ty, Haley, la enfermera, a la derecha de Ty. Damon, el compañero silencioso, estaba al lado de Haley, y se mezclaba con las sombras donde ese extremo de la mesa estaba contra la pared. Theo estaba sentado al otro lado de Cassie, Lauren a la derecha de Reid y Kyle en la cabecera de la mesa. Le sentaba bien, y nadie pareció sorprenderse de que ocupara ese asiento.

Ty estaba vestido con ropa cara, todos los detalles eran perfectos. Su confianza también estaba arraigada en la riqueza: nunca le había faltado nada por lo que Reid podía adivinar. Él era inteligente, Reid podía ver eso en su mirada fija, y había algo en él que Reid admiraba instintivamente.

Ty tenía principios. Podría haber sido más fácil para él ser un idealista de lo que podría haber sido para Reid, pero Reid olía eso en el otro hombre y lo respetaba. También le gustaba lo atento que era Ty con su esposa y cómo se burlaba de su hermana. Ty escuchó cuando Reid habló, prestando toda su atención a la conversación. Reid terminó hablando más de lo que pretendía, porque quería dejar clara su motivación.

Reid no solía hablar y no solía explicarse a extraños, incluso a extraños virtuales. No le gustaba ser el centro de atención y no confiaba en eso. Pero vio a Cassie mirándolo, sus ojos brillando con orgullo, y supo que tenía que dar un paso más allá de sus hábitos normales.

Ellos podrían ser solo amigos, pero él era el invitado de Cassie y no quería defraudarla.

Cuando Ty aprobó lo que había hecho y por qué, Reid se dio cuenta de que no podía desagradarle.

Estaban de acuerdo en muchas cosas, a pesar de que sus antecedentes eran diferentes.

Y Ty era un buen tipo. Un buen tipo rico, pero Reid no podía odiar a nadie por tener suerte. Él nunca contaría con la suerte, pero tenía la sensación de que Ty tampoco.

Cassie, para su alivio, no parecía estar demasiado preocupada por Ty o Shannyn. Por lo que Reid podía decir, prácticamente él tenía toda su atención.

"Entonces, tenemos este problema en F_5F", continuó Ty. "Tal vez podrías darnos algunas sugerencias, Reid, ya que tienes mucha más experiencia minorista."

¿Era eso una prueba? Reid lo pensaba a medias. "Claro", dijo a la ligera, preguntándose qué esperar.

"Las ventas en la tienda minorista física están cayendo", dijo Ty. "Tenemos una gran mercancía, gracias a las selecciones y la marca de Cassie, pero un porcentaje más alto de personas que ingresan a la tienda se van sin realizar una compra."

"Las ventas en línea están por las nubes", agregó Kyle.

Ty asintió y continuó. "No hay una conexión obvia con las tendencias económicas y no hay quejas sobre las ofertas. De hecho, dicen que les encanta lo que hay. Simplemente no compran tanto ni con tanta frecuencia."

"No vas a cerrar la venta", dijo Reid.

"Así es", dijo Cassie, sonando nítida y profesional. "El tráfico está en los mismos niveles, totalmente consistente de mes a mes y alineado perfectamente con el año pasado, pero un 25% menos de ventas. El rango de precios de la mercancía es el mismo. Tenemos compras impulsivas baratas y opciones más grandes. Tenemos nuevas opciones y superventas comprobadas. Cosas como las camisetas cambian constantemente en términos de color y diseño."

"¿Ves alguna diferencia en la cantidad de cosas que compra un cliente determinado?" Preguntó Reid.

"Sí", dijo Cassie, obviamente sorprendida. "La compra promedio solía ser de 2,3 artículos. Ahora es uno."

"¿Qué música ponen?" preguntó él, muy consciente de que los demás estaban viendo la discusión.

"¿Disculpa?" Preguntó Cassie.

"En la tienda." Él la miró y arqueó una ceja, invitándola a responder.

Cassie se encogió de hombros. "Mezcla de música house, rock, melodías que usamos para los entrenamientos.."

"¿Éxitos de los 80?"

"Quizás algo, pero no mucho", admitió ella.

"Pon rock y pop de los 80", sugirió Reid. "Piensa en los videos de MTV."

"Pero nuestra demografía se inclina más joven", protestó Cassie. "No todos recuerdan los años 80." Ella sonrió. "¡Yo no recuerdo los años 80!" Todos rieron.

"Equivocada. Puede que no recuerden los años 80, pero conocen la música." Reid dejó el tenedor y el cuchillo. "Fui a una presentación en una conferencia de tenderos independientes y este tipo dijo que los clientes gastan al menos un 20% más si la tienda pone música popular de los 80. Yo pensaba que estaba loco, pero volví a Montrose River y lo probé."

Cassie estaba pensando claramente y supuso que estaba recordando la música en Shop 'n Save. "Debe haber funcionado. Todavía la estás poniendo."

Él asintió. "La gente de Montrose River gasta un 33% más cuando pongo esa música." Él la señaló con un dedo. "Recuerda que compraste ambos frascos de salsa, en lugar de elegir entre ellos."

"¡Lo hice!" Cassie frunció el ceño. "Y esa orgánico era más de lo que pretendía gastar. Probablemente gasté un 70% más."

Sus socios se rieron.

Reid no se sorprendió. "La teoría de este tipo es que cuando la gente conoce las palabras, cantan, tal vez en voz alta o simplemente mentalmente. Están felices y su resistencia a la compra es menor porque están de buen humor."

"Pero la demografía..."

"Esas canciones son clásicos", dijo Reid. "Los escuchamos todo el tiempo e incluso las personas que no recuerdan MTV saben acerca de ellas por YouTube. Son familiares."

"Las escuchamos todo el tiempo porque los clientes gastan al menos un 20% más en las tiendas que las reproducen", dijo Damon con ironía y todos se rieron de nuevo.

Kyle señaló a Cassie con un dedo. "¿Recuerdas a esa instructora que teníamos que usaba melodías de los 80 para su clase de aeróbic? La habitación estaba llena todo el tiempo."

"Pensaba que era porque ella enseñaba un buen entrenamiento", dijo Cassie. "No fui la única que la echó de menos cuando se mudó."

"Pero podríamos intentar lo mismo con las clases", insistió Kyle. "Piensa en esas clases. Estaban cantando y no todos tenían la edad suficiente para recordar los años 80."

"Tienes razón", dijo Cassie. "Tuvimos esas muchachas de la Universidad de Nueva York que no se perdían ni una sola sesión." Ella sacudió su cabeza. "Vaya, ¿gastaron dinero en la tienda?"

"Oh, estar en la universidad sin obligaciones financieras", dijo Lauren riendo.

"Pruébalo en la tienda", sugirió Reid. "Combínalo para descartar variaciones según el día, la hora o el clima, pero haz un seguimiento de la música que se está reproduciendo junto con tus ventas del día."

"Y en clase también", dijo Kyle. "Hagamos un seguimiento de la música que se estaba reproduciendo en cada clase, luego comparémoslas con las ventas en la tienda. Quizás podamos vencer al 33% de Reid." Él se inclinó sobre la mesa para chocar los cinco con Reid. "Sugerencia impresionante. ¡Gracias!"

Reid sintió en ese momento como si lo hubieran aceptado como parte de su liga.

***

"ESTUVISTE INCREÍBLE", dijo Cassie mientras subían en el ascensor a la suite. Era tarde y Reid estaba un poco emocionado por el vino de la cena. Él tenía un zumbido más fuerte por la presencia de Cassie y la anticipación de lo que pronto estarían haciendo.

Es curioso lo adictiva que era su compañía.

Tenía que ser porque él nunca había conocido a nadie más como ella. O tal vez era porque conocía su secreto. De cualquier manera, había una conexión entre ellos y él estaba contento de tener este fin de semana con ella.

Luego ambos se alejarían satisfechos.

"No lo creo", dijo él, consciente de que ella estaba esperando su respuesta. Estaban solos en el ascensor y el pequeño espacio estaba lleno del dulce atractivo femenino de su perfume.

"Sí", dijo ella con convicción. Su mano estaba en su codo y estaba apoyada contra su costado. "No creo que te haya escuchado decir tanto a la vez. Fuiste... positivamente locuaz." Ella se apartó para estudiarlo. "Quizás eres un impostor."

Reid sonrió y las puertas del ascensor se abrieron. "No quería que tus amigos pensaran que les estabas forzando a un perdedor inarticulado."

Cassie se burló y lo siguió en la suite cuando abrió la puerta. "Pueden tratar con quien sea que yo traiga. No deberías haberte sentido obligado a impresionarlos."

"No lo hice. Solo quería explicarlo."

Ella se volvió para sonreírle. "Quedaron impresionados."

"¿Eso debería importar?"

Lo hacía para él, pero Reid no quería decir eso en voz alta.

"Supongo que no", reflexionó él. "Pero fue agradable." Ella entró en la suite y se dirigió a las grandes ventanas. "Mira la vista", murmuró y Reid no encendió las luces. Ella dejó caer su bolso y se quitó los zapatos, luego regresó a la ventana. Reid se movió para pararse a su lado y ella lo miró. "Yo quedé impresionada. ¿Eso importa?"

"Por supuesto", dijo Reid con facilidad, como si importara menos de lo que importaba. Cassie lo estaba mirando y él pensó que ella podría leer sus pensamientos, así que se dio la vuelta. Él se quitó la chaqueta y se estiró. "Tengo que nadar un poco mañana. Otra cena así y mis jeans no me servirán."

Ven al club conmigo. Voy a una clase de cardio a las 8." Reid no respondió, pero sabía que ella todavía lo estaba mirando. "Tú también podrías venir. No será difícil para tus rodillas y podrás nadar en cualquier momento."

"No esta vez. Pero gracias."

"¿Algo mal?"

"Solo estoy cansado."

"Sólo eres evasivo", bromeó ella.

"No, estoy realmente cansado."

"¿Demasiado cansado para hablar?"

"¿Acerca de?"

"No sé cuánto tiempo tendré para estar contigo durante los próximos días", dijo ella, y Reid no se sorprendió.

"Viniste aquí a trabajar. Como persona de marketing, debes tener mucho que hacer para la apertura."

Cassie le sonrió. "Gracias por entender."

"Es el trato. Este es tu negocio. Admiro que estés comprometida con él y que lo hagas tan bien."

"Hay muchos eventos que culminan con la gran fiesta de Theo el sábado por la noche. Él tiene una lista de invitados increíble en fila y si solo aparece la mitad de ellos, estaremos en todas las redes sociales. Meesha saldrá mañana para asegurarse de que esté todo cubierto. No hay club de baile en este lugar, por lo que convertiremos todo el vestíbulo y el salón en una pista de baile para la fiesta. De alguna manera, entre las seis y las ocho, la transformación tiene que suceder."

"Estás nerviosa por eso."

"Hay mucho equipo. Altavoces y luces y seguridad y más. Va a ser como cambiar un escenario, sin haber tenido una práctica real." Ella respiró hondo. "Me estoy reconciliando con algunos fallos."

"Aunque te gustaría que fuera perfecto", adivinó Reid, entendiendo que ella estaba orgullosa de su trabajo.

Ella asintió con la cabeza, pero no dijo más.

"¿Quieres una bebida?" preguntó él.

Cassie negó con la cabeza pero no dijo más.

"¿Hay algo más?"

Ella exhaló un suspiro. "Quiero preguntarte sobre algo."

"Debe ser grande. Sueles ser bastante franca."

Ella no sonrió ni respondió de inmediato, y Reid la vio fruncir los labios. "¿Qué piensas de los niños?"

Reid hizo una mueca. "No es esa idea con Ally de nuevo."

"No." Cassie se rió. "Me convenciste de que no lo hiciera."

"Bien", dijo él y lo decía en serio.

"Me refiero a niños, en general. El comentario de Haley de que estabas construyendo un legado me hizo preguntarme. ¿Lo haces?"

"No fue a propósito. Solo intento marcar la diferencia." Reid se dirigió al dormitorio, bastante seguro de que la conversación no terminaría ahí.

Él estaba en lo correcto. Cassie lo siguió. Él colgó la chaqueta y se quitó la camisa. Ella se quitó los zapatos y se desabrochó el vestido, como si hubieran estado casados durante mil años y él simplemente pudiera ignorar que estaba prácticamente desnuda a dos metros de distancia.

Reid aún no estaba muerto.

Él miraba y Cassie se dio cuenta, posando un poco para él mientras sonreía. Él lo tomó como una invitación y fue a su lado, atrayéndola a sus brazos. Su beso fue dulce y potente, la mejor manera del planeta para asegurarse de que estuviera listo para otra ronda en cinco segundos o menos.

"¿Quieres tener hijos?" preguntó ella cuando él levantó la cabeza.

Reid la miró, preguntándose por qué de repente sentía curiosidad por eso. Él comprendía lo suficiente sobre ella como para saber que seguiría haciendo preguntas hasta que supiera lo que quería saber. Ella le había confiado mucho: él podía compartir un poco.

"Nunca lo pensé mucho", admitió él. "Supongo que pensé que algún día tendría algo, pero no me he estado estresando por eso." Él le guiñó un ojo. "Por supuesto, solo tendría que hacer la parte divertida, como dijiste."

Cassie asintió y volvió a mirar por la ventana. Ella se mordió el labio inferior como si estuviera considerando algo de gran importancia.

Reid la miró durante un minuto. "¿Tú que tal?"

"Pensaba que todo quedaría claro cuando conociera a la persona adecuada." Cassie suspiró. "De lo contrario, casi evito pensar en eso, porque..." Su voz vaciló.

"Bueno, lo que te pasó haría que cualquiera lo pensara."

Ella le sonrió con gratitud. "Y simplemente me lo quité de la cabeza. Pero mi mamá tiene razón en una cosa. Si voy a hacerlo, será mejor que lo haga pronto." Ella no se apartó de su abrazo y Reid trató de adivinar lo que quería decir pero no pudo.

"Entonces, ¿ahora estás buscando un donante para ti?"

Cassie negó con la cabeza. "No. No es algo que nadie deba hacer solo. Al menos no lo creo. Emily me hizo consciente de mis defectos, y realmente podría romperme bajo presión." Ella hizo una mueca. "Podría ser feo."

"No te das suficiente crédito. Eres realmente fuerte, Cassie. Y eres demasiado buena para hacer algo perverso."

"Y estás diciendo que justo antes de la boda te pedí que asistieras conmigo," bromeó ella. "¿Eso significa que quieres ir a casa temprano?"

"Simplemente significa que no creo que me necesites."

Ella lo miró durante un largo momento. "Hay diferentes tipos de necesidades."

"Cierto." Reid robó otro beso y se puso caliente a pesar de que trataba de mantenerlo lento. El hecho de que ella solo llevara sujetador y bragas no le ayudaba a mantener el hilo de la conversación.

Ella suspiró y le pasó las manos por el pecho cuando él levantó la cabeza. "Pero no quiero tener un hijo sola."

"Ahí está esa cosa de pareja de nuevo."

"Sí, supongo que lo es." Entonces, una sonrisa coqueta apareció en sus labios y se atrevió a sentirse aliviado de que no hubieran seguido el camino obvio. Él realmente no quería decirle que no, pero no estaba interesado en ningún arreglo poco convencional para tener hijos.

Él tenía que preguntarse si la sugerencia de Lila era realmente tan convencional.

"Gracias, Reid", dijo Cassie y le besó la barbilla.

"¿Por qué?"

"Por venir. Por ser como eres." Sus ojos brillaron con una intención que envió fuego por sus venas. "Creo que se merece una recompensa, señor Jackson."

"¿Una recompensa?"

"Tal vez varias de ellas", susurró Cassie, su voz se volvió sensual. "Quiero otro de esos besos pero no quiero que te detengas. Quiero que continúes para siempre. Quiero un beso que me mantenga caliente durante el resto del fin de semana."

"Creo que puedo ayudar con eso."

"Sé que puedes." Ella deslizó su mano alrededor de su cuello y tiró de su cabeza hacia abajo, abriendo su boca para su beso. Ella arqueó la espalda cuando su boca se cerró sobre la de ella y Reid deslizó sus manos alrededor de su cintura, acercándola más y profundizando su beso.

Lo que sea que ella quisiera darle, él estaba más que feliz de aceptarlo.

El fin de semana terminaría demasiado pronto.

———

CASSIE VIO CÓMO a Reid le preocupaba hablar sobre los bebés y sus respectivos objetivos. Ella estaba llevando su negociación a aguas más profundas, fuera del puerto seguro del sexo a cambio de su presencia, pero ella quería ver cómo reaccionaba. Cassie tenía que pensar que la mayoría de sus relaciones eran muy breves y que su relación ya se estaba volviendo inusual para él.

Quizás él ya estaba nervioso por sus expectativas.

Tal vez estaba preocupado por la suya y no estaba seguro de qué hacer al respecto.

Tal vez pensaba que ella podría querer cambiar las reglas.

Pero Cassie pensaba que estaba sucediendo algo bueno. Después de todo, Reid estaba decidido a impresionar a sus socios. Ella nunca lo había escuchado hablar tanto. Si a él no le importaba, ella no podía creer que se hubiera molestado en decir tanto, dado que compartir sus pensamientos estaba tan fuera de lugar. No, él se habría sentado en un agradable silencio, habría sonreído ante sus bromas, escuchado sus historias y cenado. Él no tenía que dar un paso al frente y justificarse ante Ty.

¿Él había estado celoso de Ty? Cassie se preguntó. Ella no podría haber ayudado con eso, dado su desafortunado arrebato. Los dos hombres ciertamente provenían de mundos diferentes.

Pero a ella le gustó que Reid tuviera un poco de suciedad proverbial debajo de las uñas. A ella le gustaba su preocupación por la honestidad y la franqueza. Le encantaba cómo la tocaba, con reverencia y admiración, pero también con necesidad. Ella veía su deseo en sus ojos y lo sentía en su toque, y la combinación la hacía sentir sexy y lasciva. Ella sabía que podía mostrárselo todo, revelarle cualquiera de sus fantasías y todos sus secretos, y Reid simplemente sonreiría con esa sonrisa lenta y ardiente, la atraería a sus brazos y le daría exactamente lo que necesitaba.

Él la aceptaba tal como era, lo que era el mayor regalo de todos.

Ella solo tenía que convencerlo de que le correspondía de la misma manera.

Esta vez no había juguetes, ni disfraz, ni botas, ni bromas. Ella se quitó la lencería en poco tiempo, desnuda en sus brazos, su piel contra el calor de la de él. Él levantó la cabeza, luego dejó un rastro de besos por su garganta, ahuecando un pecho en su mano y luego lamiendo el pezón. Él lo rozó con los dientes y luego cerró la boca sobre él, haciéndola gemir mientras él la provocaba. Ella hizo un sonido inarticulado y él alcanzó los condones, inhalando profundamente mientras ella le pasaba uno por encima. Se besaron de nuevo, un beso ardiente y hambriento que dejó su corazón acelerado.

Él la tomó en sus brazos y luego volvió a besar el pezón mientras la llevaba a la cama. Cuando él rodó sobre el colchón con ella acunada contra su pecho, Cassie se sintió amada, entonces sus dedos estuvieron entre sus muslos, acariciándola con tanta seguridad que ella gimió en voz alta. Él dirigió su atención al otro pezón y ella se retorció en su regazo. Él sonrió y ella lo agarró del cabello para acercarlo más, sentándose a horcajadas sobre él y quitando esa sonrisa de su rostro con un beso.

No funcionó. Ella podía sentir la curva de su boca debajo de la suya, a pesar de sus mejores esfuerzos. Ella se sentó a horcajadas sobre él, pero sus dedos seguían deslizándose sobre ella y no podía soportar apartarse de su toque seductor. Él incluso se rió entre dientes cuando ella se estremeció, muy consciente de cómo la estaba volviendo loca, luego metió los dedos dentro de ella. Su pulgar aterrizó en su clítoris, presionando contra él de modo que Cassie jadeó. Ella se agachó para acariciarlo, pero él la agarró de la muñeca con la otra mano y rodó sobre ella. Él se deslizó dentro de ella con un movimiento suave, su pulgar todavía movía su clítoris, y Cassie contuvo el aliento, consciente solo de Reid mientras él apoyaba su peso sobre ella. Ella lo agarró por la cintura y lo acercó más, llevándolo más profundamente dentro de ella, y ambos gimieron de placer.

Luego él se movió y ella susurró su nombre, presionando besos en su hombro y garganta, amando cómo sus músculos se tensaban mientras trataba de mantener el control y prolongar el momento. Él apoyó las manos a cada lado de ella, penetrando profundo y lento, luego retrocediendo para que cada golpe hiciera un largo deslizamiento contra ella. Cassie envolvió sus piernas alrededor de su cintura y le sonrió, igualando su ritmo cuando comenzó a moverse más rápido. Ella mantuvo su mirada fija en él y vio sus ojos oscurecerse, vio su mirada volverse más intensa, sintió su cuerpo tensarse. Ella movió las caderas y se frotó contra él, escuchándose a sí misma jadear, oliendo la magia de su excitación.

"Después de ti", susurró ella y él negó con la cabeza.

"Después de ti", respondió él, sus palabras no fueron más que un gruñido.

"Juntos", sugirió ella y él asintió con la cabeza, luego se enterró dentro de ella con un poder que la envió al límite. Ella lo agarró por los hombros y lo abrazó mientras el estremecimiento de la liberación estalló dentro de ella. Él gritó su nombre cuando encontró su liberación y Cassie lo abrazó con fuerza, sabiendo que este era el momento.

"Te amo, Reid", confesó ella apresuradamente y lo sintió apretarse.

En lugar de derrumbarse sobre ella, se puso rígido y retrocedió. "¿Estás haciendo eso de nuevo?" preguntó él, pero no había una pregunta en su voz.

"Sé con quién estoy", dijo ella, acariciando su mejilla. Ella sonrió. "Y dije tu nombre, Reid Jackson."

Él la miró fijamente, aparentemente horrorizado.

Cassie golpeó su pecho con la yema de un dedo para puntuar sus palabras. "Te amo, Reid Jackson. Quiero que estemos juntos por algo más que sexo. Hablemos de eso."

Ella no esperaba que él estuviera de acuerdo, pero tampoco esperaba que se retirara.

Reid le dio la espalda, inspeccionó la habitación como si no estuviera seguro de dónde estaba y luego se dirigió al baño. Cassie oyó correr el agua y lo siguió con curiosidad.

Para su sorpresa, él se había puesto una camiseta y unos calzoncillos y se estaba cepillando los dientes. Se estaba armando de nuevo, poniendo barreras entre ellos y tratando de excluirla con su lenguaje corporal.

Cassie lo entendía.

"No puedes hacer eso", dijo él y su voz era un poco más dura de lo habitual.

"Pero ya me enamoré de ti", dijo ella, inclinándose en la puerta para mirarlo.

Él parecía estar entrando en pánico.

Ciertamente parecía decidido.

Él aprendería que Cassie podía ser igual de determinada.

"No", dijo él con firmeza. Terminó de cepillarse los dientes y se pasó una mano por el pelo. Recogió los jeans que había dejado colgando sobre el perchero y regresó a la habitación principal de la suite. Pasó junto a ella, la agitación salía de él en oleadas, pero no se detuvo para un beso o una caricia.

Cassie se volvió para mirarlo y se puso su kimono.

Él se puso los zapatos sin molestarse con los calcetines, reclamó su chaqueta y la miró atentamente. "Tengo que salir."

"¿A algún lugar en particular?"

"A cualquier lugar excepto aquí."

"Vamos a tener dificultades para hablar si te vas."

Él le dio una mirada ardiente. "No vamos a hablar de esto."

Con eso, se fue, dejando a Cassie sola en la suite.

Ella podría haberlo seguido, pero respetaba haber cambiado sus suposiciones. Esperaba que volviera. Él había dejado su equipaje y las llaves del Lincoln. Ella debatió sus opciones por un momento, luego decidió darle a Reid el tiempo a solas que aparentemente quería.

Se preparó un baño para ella, se empapó en él hasta que bostezó y luego se fue a la cama.

Ella no puso el cerrojo, porque tenía que creer que Reid regresaría.

A medida que pasaban las horas, empezó a preguntarse.

¿Y si no lo hiciera?

REID ATRAVESÓ el vestíbulo del hotel y salió a la calle, luego se quedó allí sin ver por un momento, mirando a ambos lados de la calle.

Te amo.

Cassie no podría haber dicho nada más aterrador.

Había sido demasiado tentador responder de la misma forma.

Pero el amor era una mentira, una ilusión a corto plazo que llevaba a las personas a situaciones de las que no podrían escapar más tarde. El amor no duraba. El amor engañaba y traicionaba, incluso cuando el amante no pretendía tal cosa. El amor no era digno de confianza.

Incluso si pensaba que Cassie lo era.

Reid había sido quemado antes y sabía que era mejor no seguir su corazón de nuevo. No ayudaba que sus sentimientos por Lila no hubieran sido nada en comparación con su necesidad de estar con Cassie. Él no podía arriesgarse a creer en la ficción de felices para siempre. Si eso realmente sucedía, le sucedía a otras personas, no a personas como él.

Reid metió las manos en los bolsillos y comenzó a caminar. Su padre habría tomado un trago y una parte de Reid ansiaba un trago de algo más fuerte que el vino. Un doble. O un triple. Pero sabía a dónde conducía ese camino y no lo iba a seguir.

Él no sería el hijo de su padre.

Él pensó en su enojo por lo que Cassie había experimentado y en su deseo en ese momento de lastimar a Ryan. Quizás matarlo. ¿Podrían sus sentimientos por Cassie convertirlo en su padre?

Era una perspectiva horrible.

Reid caminó. Él sabía que Cassie era peligrosa desde el principio, pero no se había dado cuenta de lo peligrosa que era. Ella tenía la capacidad de convencerlo de que añorara lo que él no podía tener, solo porque su deseo la haría feliz.

Él nunca la haría feliz.

Ella nunca estaría satisfecha en Montrose River y él sabía que la ciudad siempre sería parte de su vida. Él tenía que pensar que las separaciones regulares solo podrían debilitar una relación con el tiempo. En un momento como ese, cuando se sentía asediado y sin opciones, no quería nada más que deambular por Shop 'n Save en la oscuridad. Estar en casa. Era un santuario, un lugar donde sus sueños eran cuantificables y alcanzables.

Donde eran pequeños.

Donde estaba a salvo.

Reid se dio cuenta de que a menudo había pensado que Marty estaba fuera de la vida, simplemente observando, en lugar de participar. ¿No había hecho él lo mismo? Era muy consciente de que había hablado más de sí mismo en la cena de lo que lo había hecho en toda su vida

Para complacer a Cassie.

Él había desafiado a Chase Stewart y le había dado a Lisa un trabajo que ella no estaba segura de querer. Siempre había intentado ayudar a la comunidad y hacer de ella un lugar mejor, pero ahora sus interacciones se estaban volviendo personales.

Había sido la verdad de Cassie lo que lo había enviado a Chase.

Ella lo estaba cambiando.

Eso era aterrador.

Reid a menudo pensaba en Marty eligiendo no vivir, como un hombre que había optado por la seguridad en lugar de la aventura, como un hombre que se había refugiado en la parte trasera de una tienda de comestibles en lugar de irse a una ciudad pequeña.

¿Había hecho él lo mismo? ¿Se había estado escondiendo en Montrose River?

Él sentía el ritmo y la energía de la ciudad a su alrededor y no estaba seguro de poder vivir allí. Él temía desaparecer en una gran ciudad. Reid no podía desafiar las ideas preconcebidas sobre su carácter cuando la gente no sabía que existía y no le importaba.

Él nunca quiso ser la persona que decepcionara a Cassie o la desilusionara.

Él debería detener esta locura ahora, antes de que se cambiara el trato.

Porque podría ser el corazón de ella el que terminara roto, no el suyo.

Reid sabía que eso sería mil veces peor.

También sabía que no sería sencillo convencer a Cassie de su punto de vista, al menos no con palabras. No con sus propios argumentos.

Él giró y miró hacia el hotel, incapaz de distinguir las luces de sus ventanas de todas las demás. Marty podría decirle la verdad.

Era hora de pasar El Libro y dejar que hiciera lo que Marty siempre había sospechado que haría.

CASSIE SE DESPERTÓ sola y desnuda en la cama tamaño king. Las sábanas eran suaves y frescas y la habitación estaba en sombras. No había ni rastro de Reid.

Eran las cinco de la mañana.

¿Él no había vuelto todavía?

Ella se levantó preocupada y se puso el kimono, luego se asomó a la habitación principal de la suite. Para su alivio, él estaba sentado en la oscuridad, con los pies sobre la mesa de café mientras contemplaba la ciudad. Él no parecía darse cuenta de ella, pero ella sospechaba que sí.

Ciertamente no tenía prisa por reconocerla. Cassie tenía la sensación de que él estaba cerrado al mundo, o tal vez solo a ella. ¿Nadie había admitido alguna vez que lo amaba? La posibilidad la indignó y luego la entristeció porque probablemente era la verdad.

"Entonces, en realidad no duermes", dijo ella en voz baja, sin querer sorprenderlo.

La mirada de Reid se deslizó hacia ella y supo que él había estado consciente de ella todo el tiempo. "No es mentira."

"Pensaba que tal vez fuera una exageración."

"No mucho." Sus palabras eran entrecortadas, no invitándola a continuar su conversación, pero Cassie estaría condenada si abandonaba la discusión. Ella estaba luchando por todo lo que quería, y él lo entendería antes de negarse.

Estaba claro que Reid no se lo iba a poner fácil.

"¿Un centavo por tus pensamientos?" dijo ella cuando él permaneció en silencio.

Él todavía miraba por las ventanas, su expresión pensativa y ella se preguntó si siquiera respondería.

Luego lo hizo, en voz baja. "Estaba pensando en mi mamá."

Cassie lo tomaría como un estímulo. "Doreen, ¿no es así?" Ella dio unos pasos dentro de la habitación y él no salió disparado ni se alejó.

Reid asintió. "Doreen", asintió en voz baja.

"Apenas la recuerdo." Ella podía imaginarse a una mujer bonita con cabello oscuro, pero pensaba en ella como tímida o solitaria. No recordaba haberla visto nunca de cerca, y mucho menos haber hablado con ella.

Por supuesto, ellos vivían fuera de la ciudad. Ella no estaba segura de que Doreen supiera conducir un auto. Dudaba que ellos tuvieran un segundo auto. Pocas familias lo tenían en esos días.

"Ella siempre quiso venir a California." Reid se quedó en silencio de nuevo y Cassie se dio cuenta de que eso era más de lo que jamás le había dicho sobre él o su familia.

"Cuéntame sobre ella" pidió Cassie, sentándose en el brazo de la silla más cercana.

"No hay mucho que contar." Su tono no era tan alentador, pero se movió a un lado de la gran silla, dejando suficiente espacio para Cassie.

Ella lo tomó como una invitación y fue a sentarse con él, doblando las piernas para estar a medio camino en su regazo. El peso de su brazo aterrizó sobre sus hombros, acercándola más y ella apoyó la mejilla en su hombro. Esto estaba mejor. A ella le gustaba cuando podía poner su mano sobre su pecho y sentir los latidos de su corazón.

Sin embargo, él seguía sin mirarla y ella se preguntó si era indiferente o no podía resistirse a tenerla cerca.

"Ella era hermosa, según todos los informes", dijo él entonces. "Yo también pensaba lo mismo."

"Bueno, ella era tu mamá", dijo ella, tratando de burlarse de él un poco.

"Mm hmm."

"¿Y tu papá? ¿Pensaba que ella era hermosa?

"No tengo idea." Su tono fue duro entonces y Cassie se apartó un poco para mirarlo. La garganta de Reid se movió, pero no la miró a los ojos, aunque tenía que saber que ella lo estaba estudiando. "Debes haber escuchado las historias."

"Nunca escuché historias."

"Eso te convierte en el polo opuesto de tu tío Marty."

"Y otra persona que no confía en los chismes, como tú." Ella estaba tratando de demostrar que tenían puntos en común, pero Reid no pareció darse cuenta de sus palabras.

"Él solía tener este libro, una especie de compilación de lo que sabía sobre cada persona de la ciudad."

"Me estás tomando el pelo."

Él sacudió la cabeza. "Todos los sábados por la noche, se quedaba en la tienda, actualizándolo a mano."

"No sabía eso."

"Nadie lo sabía. Pero por eso estaba allí para atraparme."

Cassie sintió que sus ojos se estrechaban. "¿Atraparte en qué?"

Reid arqueó las cejas. "Tratando de robarle. Me atrapó en el acto y me desafió: él tenía este rifle. Todavía está en la tienda, y yo sabía que mi padre me mataría si me atrapaban robando cigarrillos para él, a pesar de que me había enviado para hacer precisamente eso." Él hizo una pausa. "Supongo que él tampoco sabía sobre el libro de Marty."

Cassie estaba horrorizada. "¿Tu padre te enviaba a robar?"

"Me enviaba a buscar cigarrillos, pero no me daba dinero. Me decía que no volviera a casa sin ellos." Reid encontró su mirada. "Entonces, técnicamente, no me ordenaba robar, pero no me dejaba con otras opciones. Yo solo tenía catorce años."

"¿O si no qué?" Cassie estaba indignada en nombre de Reid.

Reid suspiró y le acarició el hombro. "De lo contrario, me haría lo que le hacía a ella."

Había algo siniestro en su voz, algo que templaba su curiosidad. Ella esperó, pero él no continuó.

"¿Qué le hacía él, Reid?" ella finalmente susurró.

Él sacudió la cabeza. "Ella lo amaba, ya sabes, pero no era lo suficientemente bueno."

Entonces Cassie tuvo un mal presentimiento. "¿Qué le pasó a tu mamá?"

Él sacudió la cabeza de nuevo y su garganta se movió. Ella vio una lágrima deslizarse de sus pestañas. "Primero me golpeaba y luego me hacía mirar", admitió él con voz ronca.

"¿Te hacía mirar qué?" Cassie le tocó la mano cuando no respondió. "Reid, ¿qué le hacía?"

"Tú, entre todas las personas, puedes adivinarlo, Cassie."

Ella estaba horrorizada, tanto por su madre como por él. "Reid..."

Él se aclaró la garganta y se alejó de ella. "Te lo traje, porque creo que alguien de tu familia debería tenerlo." Él se levantó y cruzó la habitación, agachándose junto a su bolsa de mensajero.

Cassie se enderezó en su asiento, curiosa pero insegura. "¿Trajiste qué?"

"El libro de Marty." Reid sacó una carpeta grande de su bolso y luego regresó para ofrecérsela. "Prométeme que no usarás nada contra mí."

"No entiendo. ¿Usar qué contra ti?

"Todo lo que descubras al leerlo."

"¿Lo has leído?"

"Solo un poco", dijo Reid y Cassie le creyó. "Solo después de que confiaste en mí."

Entonces, él había leído todo lo que había sobre ella.

"La gente puede contarme sus secretos por sí misma. No me gustan los chismes y no quiero entrometerme. Ni siquiera quiero ver y escuchar y descubrirlo por mí mismo, como lo hizo Marty."

Cassie todavía no tomó el libro. "¿No me contarás tus secretos tú mismo?"

Reid volvió a negar con la cabeza. "No sé cómo, Cassie."

"Parece que te está yendo bien."

"No te dejes engañar." Él miró la carpeta. "Esto es lo más cerca que puedo estar."

Incluso eso no era fácil para él, notó Cassie. "No sabes que Marty lo entendió todo bien."

"Marty estaba en lo correcto en las cosas que verifiqué. Estoy bastante seguro de que hizo bien el resto. Él era así de confiable."

Cassie lo entendió. Él había leído las partes sobre él y su familia.

Reid volvió a ofrecer el libro y su expresión era tan sombría que Cassie lo cogió. Luego tragó y se alejó. "Voy a nadar algunas vueltas", dijo él con voz ronca.

Cassie se puso de pie, agarrando el libro. "Reid."

Él se detuvo pero no se dio la vuelta.

"¿Por qué tu mamá nunca visitó California?"

"Ella nunca tuvo la oportunidad", dijo él. Sus ojos parecían grandes y oscuros. "Estábamos listos para irnos. Yo había ahorrado dinero y habíamos empacado. Solo estábamos esperando nuestra oportunidad." Él hizo una mueca. "Y luego él se dio cuenta." Su mirada se elevó a la de ella. "Él me lastimó primero, y ella regresó por mí. Ella lo habría logrado si se hubiera ido y hubiera seguido adelante."

Pero ella te amaba. Ella no podía simplemente dejarte."

"Y ella murió por eso", dijo él salvajemente. "Amarme es una mala idea, Cassie."

"Pero yo lo hago..."

"Y deberías detenerte mientras puedas."

"¡Reid!"

"¿No lo entiendes? Ella lo amaba. Él la destruyó. Dices que me amas y cuando me hablaste de Ryan, quise matarlo con mis propias manos." Él se señaló el pecho con un dedo. "Siempre seré el hijo de mi padre. No te pondré en peligro."

Él fue hacia la puerta, moviéndose rápidamente para que ella no pudiera alcanzarlo, luego salió de la suite. Cassie escuchó la puerta de emergencia al final del pasillo, luego sus pasos corriendo escaleras abajo. Ella sostuvo el libro contra su pecho y miró fijamente la puerta cerrada, preguntándose por la reacción de Reid.

Él esperaba que ella lo leyera.

Él compartía sus secretos de la única forma que sabía. Cassie tenía que respetar eso.

Cassie también sospechaba que él la amaba y que la estaba protegiendo de sí mismo. Ella no estaba de acuerdo con eso, pero necesitaba saber más antes de poder discutir con él al respecto.

Cassie volvió a la silla que había abandonado, encendió la luz y abrió la carpeta. Ella estaba asombrada por la cantidad de entradas y los detalles, y sabía que le tomaría años leerlo y digerirlo todo. Las entradas estaban organizadas alfabéticamente por apellido, por lo que fue fácil encontrar a Doreen Reid.

Fue mucho menos fácil leer lo que Marty había registrado sobre la vida de esa mujer.

De hecho, incluso el breve resumen de los hechos hizo llorar a Cassie.

CATORCE

Reid esperaba que Cassie saliera de la suite.

Él había anticipado completamente que volvería a la habitación y encontraría que ella había empacado sus maletas y que ella se había ido. Probablemente ella podría quedarse con uno de los otros socios. Quizás él debía cambiar su vuelo e irse antes de lo planeado.

Sin embargo, eso sería incumplir su trato, y él no iba a hacer eso. Él había prometido ir a la boda con ella. De alguna manera, tenía que cumplir su promesa.

Quizás darle el libro tan pronto había sido una muy mala idea. Reid no lo sabía. Él estaba en un territorio desconocido, además de que se sentía más agitado que nunca. Por lo general, su camino era claro, sus elecciones obvias y lógicas, pero esa mañana se sentía acorralado por una caótica maraña de posibilidades.

A él no le gustaba ninguna de ellas, lo cual no era tranquilizador.

Él quería cumplir su palabra, pero faltaban días para la boda. Se sentía demasiado crudo sonreír y seguir como si nada hubiera pasado.

Él tampoco podía aceptar el amor que le ofrecía Cassie. Eso solo los arruinaría a ambos.

Por primera vez desde que había muerto su madre, Reid no sabía qué hacer.

Nadó rondas en la piscina hasta que le dolió todo, y luego nadó un poco más. Nadó hasta que salió el sol e iluminó la sala de billar y siguió nadando. Nadó mientras otras personas iban y venían, y aun así nadó. Él había perdido la cuenta de las vueltas y no tenía idea de cuándo había bajado a la piscina. Cuando finalmente salió del agua, eran más de las nueve.

Él sabía que Cassie habría ido a F5F Oeste para su clase.

Él no pensaría en defraudarla.

Reid agarró una toalla y su ropa luego se dirigió al ascensor. Él podía oler los desayunos que había entregado el servicio de habitaciones y su estómago gruñó en señal de queja. El ascensor hizo un suave sonido antes de que las puertas se abrieran en el piso superior, y se dirigió hacia la habitación.

¿Ella habría cambiado el código de las llaves? No, no Cassie. Él había pagado la suite y ella no era una perra. Pero Reid sintió un segundo de duda después de insertar su llave antes de que la luz parpadeara en verde, para su alivio. Reid abrió la puerta, seguro de que la suite estaría vacía, y Cassie se apartó de la ventana para mirarlo. Ella estaba hablando por teléfono.

La carpeta de Marty estaba sobre la mesa de café.

Abierta.

Ella tenía los ojos enrojecidos, como si hubiera estado llorando.

Eso era culpa suya.

"Estaré allí al mediodía", dijo ella. "Mi jetlag es malo esta vez y me quedé dormida." Ella puso los ojos en blanco cuando alguien respondió. "Muy gracioso, Kyle. Nos vemos en un par de horas."

Reid había cerrado la puerta y se había quedado allí inseguro. "Estaba seguro de que te habrías ido."

"¿Porque descubrí que tu padre era un borracho abusivo y que probablemente mató a tu madre pero nunca fue atrapado?"

Reid hizo una mueca. "Muy probablemente por eso."

"Marty no estaba seguro."

"No había ninguna prueba, solo un testigo ocular."

"Que nunca iba a testificar por si a él le pasaba lo mismo."

Reid asintió, sintiéndose cauteloso por su reacción. Ella estaba enojada, él podía ver eso, pero no estaba seguro de quién era el foco.

"Marty pensaba que tu mamá planeaba dejar a tu papá cuando sucedió."

Reid asintió de nuevo. "Él debe haberlo descubierto. Después de eso, me tomó más de veinte años llegar a California."

Cassie caminó hacia él, balanceando las caderas, y Reid deseó no quererla tanto como lo hacía. Él deseó no admirarla. Deseó no haberla extrañado. Deseó que ella no lo afectara de la forma en que lo hacía y que lo hiciera querer lo que nunca podría tener.

"Tenías mucho arrogancia", reflexionó ella. "Todos pensaban que eras tan duro, tan indiferente. Tan malo, malo, malo. Pero realmente, estabas herido." Ella asintió. "Mi tío Marty solía decir que un perro golpeado siempre muerde primero."

Reid se pasó una mano por el pelo. Ella no podría perdonarlo por lo que era y por el lugar de donde venía. Ella no podía seguir pensando que podrían intentarlo. "No importa, Cassie. Es historia antigua."

"No tiene nada de antiguo. Mucha gente en Montrose River todavía piensa que eres malo, o que tal vez te convertirás en tu padre."

"Bueno, no son los únicos que se preguntan eso", dijo él, sin pretender admitirlo.

Para asombro de Reid, Cassie le puso la mano en el pecho y luego extendió la mano para rozar suavemente los labios con los de él. "No eres como él, Reid. Eres un hombre amable y gentil."

"Soy un pedazo de mierda sin valor", corrigió suavemente. "Y me lo han dicho suficientes veces para creerlo." Entonces pasó junto a ella y se dirigió a la ducha.

"No tengo mucha fe en la opinión de tu padre", le gritó ella.

"¡Y yo no puedo olvidarla!" Dijo Reid. Señaló su propia cabeza y escuchó que su voz se elevaba con frustración. "Está ahí, Cassie, impreso en mi cerebro, un coro que suena una y otra y otra vez. No valgo nada. Nunca llegaré a nada. No puedo simplemente apagarlo. ¡Lo he intentado!"

Ella cruzó los brazos sobre el pecho y no parecía convencida. "¿Qué pasa con la beca?"

Reid exhaló. "Él siempre dijo que era un dinero por lástima,"

"Nunca te vio jugar, ¿verdad?"

"No." Él tenía que admitirlo, aunque no le gustaba hacer la concesión. "No importa."

"Importa", respondió ella con fiereza. "Si él alguna vez te hubiera visto jugar, lo habría sabido mejor."

Reid frunció el ceño. "La última vez que hablé con él, me dijo que todo se iría a la mierda. Venían cazatalentos de la NFL y yo estaba emocionado y me dijo que no fuera estúpido. Me dijo que lo saqué de mi madre y que nunca llegaría a nada. Luego murió y fue como si se estuviera asegurando de mi fracaso."

"Tus rodillas."

"El incidente. Él podría haberlo planeado. Tenía su malicia por todas partes."

"¿Crees en fantasmas?"

"¡No! Pero al final, él tenía razón. La beca no significó nada. No fui profesional. No obtuve el anillo de latón o la estrella de oro o la maldita metáfora que quieras usar. Fallé."

"Parece que te está yendo bien."

Reid exhaló y miró fijamente el mostrador de mármol. "Las apariencias engañan."

"Me gusta lo que veo."

"Porque solo ves la superficie." Su tono se volvió salvaje. "Estás equivocada, Cassie. Estás viendo algo en mí que no está ahí, y no estás reconociendo lo que está ahí. Te dije que no soy un héroe y que si supieras todo sobre mí, no te imaginarías que me amas." Sus ojos se entrecerraron. "Hicimos un trato y lo mantendré. Iré a esa boda contigo, aunque creo que puedes arreglártelas sola. Tendré sexo contigo este fin de semana si eso es lo que quieres. O puedes decirme que me vaya a la mierda ahora mismo y lo haré."

"¿Y luego?"

"Y luego terminamos." Él se sentía volátil y nervioso. Tenía que ser porque había tocado un nervio. "O ahora mismo o el domingo por la noche, eso es todo. ¿De acuerdo?"

"Entiendo tu punto de vista", dijo ella, su tono brusco. "Pero no estoy de acuerdo. A mi modo de ver, tengo dos días para cambiar de opinión."

"¡No vayas por ahí!" gritó él, alzando la voz como nunca antes lo había hecho delante de ella. "¿No ves? ¡Me convierto en él cuando estoy contigo!"

"No." Cassie no tenía miedo y Reid estaba asombrado. Ella cruzó la suite y le dio un golpecito en el pecho. "No te tengo miedo, Reid Jackson. No eres un hombre violento, pero estás tratando de asustarme."

Él abrió la boca para discutir, pero ella colocó la yema del dedo sobre sus labios.

"Estás tratando de hacer lo correcto, porque no crees que el amor sea para ti. Estás tratando de protegerme de ti, pero no tienes que hacerlo."

"Sí."

"Crees que nadie te amará por ti mismo, y tengo la intención de demostrarte que estás equivocado."

"No puedes", argumentó él con calor. "No lo harás."

"Tu madre te amaba por ti mismo."

"¡Y ella murió!"

Todo el mundo muere, Reid, tarde o temprano. Eso no significa que nadie pueda amarte nunca más."

Él quería discutir, pero Cassie le rodeó el cuello con las manos y lo besó. Él luchó contra su toque por menos de un latido, luego un escalofrío lo recorrió y sus manos se cerraron alrededor de su cintura.

Ella sabía tan bien. Ella se sentía tan bien.

Era imposible resistirse a ella, pero Reid sabía que tenía que hacerlo.

"Estoy dañado", murmuró, cuando ella le dio una oportunidad.

"Te curarás."

"La lujuria no es lo mismo que el amor..."

"No, pero es un excelente comienzo", respondió ella.

Reid estaba exasperado, pero Cassie lo besó de nuevo. Él la sintió sonreír en su beso cuando gimió y se rindió a su toque.

Eso no cambiaría el trato.

Eso era solo sexo.

Y aunque no creía eso, Reid no podía alejarse de la tentación.

REID INTENTABA ASUSTARLA, pero Cassie no se inmutaba. Él insistía en estar arriba. Incluso mantenía sus muñecas juntas, atrapándola bajo su peso. Él estaba tratando de hacerla sentir vulnerable, de mostrarle que podría haberla herido, pero era tan protector con ella que su propio cuerpo desmentía el mensaje que pretendía dar. Él apoyó su peso sobre ella. Reid la estudió para confirmar que no tenía miedo. La besó, esos besos lentos y fascinantes que eran como una especie de homenaje y le derretían los huesos.

Y la llevó al orgasmo una y otra vez.

Él solo se corrió una vez, rugiendo de satisfacción.

Y luego la dejó en la cama, marchando hacia el baño con una determinación que ella reconoció. "Tu ropa está en la otra habitación", le gritó ella, permaneciendo de espaldas y dando patadas en el aire.

"¿Qué?" Él miró alrededor del marco de la puerta.

"Te vas a armar poniéndote toda tu ropa, manteniendo tu mirada apartada todo el tiempo. No me engañas, pero pensé que te ayudaría." Ella se levantó y no se puso el kimono. "¿Debería ayudar?"

Sus ojos se entrecerraron. "No, gracias", gruñó él y desapareció. Ella lo escuchó cepillarse los dientes y sonrió mientras recogía su ropa. La ducha empezó a correr y decidió no seguirlo allí.

Aún.

"Tal vez quieras una camisa limpia", sugirió ella cuando el agua se detuvo.

"¿Estás tratando de hacerme enojar?"

Cassie se rió de su indignación. "Quizás. Cuando te enojas, generalmente me besas y me das un orgasmo. Podría tener otro antes de ir a trabajar."

Él la miró y volvió al baño. Ella escuchó su maquinilla de afeitar eléctrica y se atrevió a unirse a él, recogiéndose el cabello antes de darse una ducha. Él estaba mirando, lo que la tranquilizó.

Cassie estaba lista para usar todas las armas que tenía en esa guerra.

"Estás tratando de cambiar el trato", acusó él finalmente.

"Estoy abriendo una nueva negociación", corrigió ella.

"No me interesa."

"Mensaje recibido." Ella se secó con una toalla y luego besó la parte posterior de uno de sus hombros. Él no se inmutó, solo la miró en el espejo, su mirada hirviendo a fuego lento. "Sin embargo, me siento persuasiva."

Él hizo un sonido escéptico en el fondo de su garganta, pero antes de que pudiera contestar, sonó su teléfono. Reid fue a la sala principal para recuperarlo y respondió, de pie de espaldas a ella.

La vista era tan hermosa que Cassie no entendió sus palabras al principio.

"No llamé a Lila porque no quería", dijo Reid lacónicamente.

Cassie parpadeó. "¿Lila?"

Reid le dedicó una mirada rápida pero no respondió. Él apretó los labios mientras escuchaba a quienquiera que estuviera al otro lado de la línea, luego se volvió para mirar de nuevo la vista.

Lila

"¿Lila de la universidad?" preguntó en voz alta.

Reid se volvió y puso la mano sobre el teléfono. "¿Qué sabes sobre Lila de la universidad?"

Más de lo que quería saber.

Hubo un chirrido en el teléfono y frunció el ceño.

"Ella es una mujer", le dijo Reid a la persona que llamaba.

Luego exhaló y sus ojos ardieron. "Estoy en San Francisco, y sí, vine aquí para estar con una mujer que no es Lila, y sí, ella está parada aquí…"

Hubo otro chillido del teléfono.

¿Con quién estaba hablando? ¿A quién le estaba contando sobre ella? ¿A cerca de ellos? ¿Y qué era eso de Lila?

"No, no te dejaré hablar con ella", dijo Reid con calor.

Hubo una discusión de la persona al otro lado de la línea.

"Déjame hablar con quien sea", dijo Cassie, sabiendo que Reid no compartiría los detalles.

"Ni siquiera sabes quién es."

"¿Quién es?" demandó Cassie, su mano extendida.

"La esposa de mi amigo."

"¿Qué es esto de Lila?"

"¿Cómo sabes sobre Lila?"

"¡Dime!"

"Ella nos emparejó. Lila está soltera de nuevo."

"Dame tu teléfono", dijo Cassie.

Reid la miró durante un largo momento y ella no pudo adivinar sus pensamientos. Él estaba molesto, pero ella no estaba segura de por qué ni con quién. Él murmuró algo, luego se rindió y le entregó el teléfono. "Su nombre es Shayla."

"Hola Shayla. Esta es Cassie."

Reid apoyó las manos en las caderas, mirando a Cassie. Él parecía contrariado y acorralado.

Bueno, un hombre al que no le gustaba hablar de sí mismo ciertamente no se alegraría de que ella y Shayla fueran a hablar de él.

"Hola, Cassie", respondió una mujer con acento de Chicago. "¿Por qué no sé sobre ti?"

"No me había dado cuenta de que Reid tenía a alguien rastreando su vida amorosa."

"¿Vida amorosa? Ese muchacho tiene una vida sexual y nada más. Solo mira lo que pasó con Lila."

"¿Lila de la universidad?"

"Sí, Lila de la universidad. Organicé una cena solo para reunir a esos dos tortolitos nuevamente y luego escuché hoy de Lila que él ni siquiera la ha llamado. ¡Dos semanas después! Y no subió a su habitación, aunque me aseguré de que estuvieran en el mismo hotel." Shayla se detuvo en seco y cuando continuó, había sospecha en su tono. "No lo llamaste hace un par de semanas, ¿verdad? ¿Un viernes por la noche?"

"¿Cuándo él estaba en Chicago en una cena?" dijo Cassie, preguntándose de qué se trataba. "Lo hice. Él dijo que tenía problemas con su anfitriona por atender la llamada."

"No por atender la llamada, sino por ignorar a Lila", dijo Shayla, pero ahora estaba más tranquila. "Bien, bien. Si no llamó a Lila y está contigo, tal vez necesite comprar un sombrero."

"¿Un sombrero?" Cassie hizo eco y Reid maldijo.

"Para su boda", dijo Shayla, antes de que Reid le quitara el teléfono a Cassie.

"No llamé a Lila porque no estaba listo para llamar a Lila", dijo él, mordiendo las palabras. "Tenía planeado este fin de semana con Cassie y no salgo con dos mujeres a la vez."

"Pensaba que no tenías ninguna cita", dijo Cassie y él le echó un vistazo ante eso.

"Ella acaba de decir lo mismo", se quejó él.

"Ya me agrada", dijo Cassie y cruzó los brazos sobre el pecho mientras miraba a Reid hacia abajo. "¿Cuándo podré conocerla?"

"¡Nunca!"

"¿Ni siquiera en tu boda?"

"No, porque no estarás allí."

Hubo un silencio por un momento, luego Cassie se aclaró la garganta. "Espera un minuto. ¿Te vas a casar con alguien y no pensaste que debías decírmelo?"

"No está arreglado. Se ha sugerido." Él respiró hondo. "Y me gusta la sugerencia. Es lógica. Es una negociación que funcionará."

"Pero tú la amabas."

Reid negó con la cabeza. "Eso pensaba, pero estaba equivocado."

Él la amaba, pero se iba a casar con Lila.

Para salvarla de sí mismo.

"Estúpido hombre", dijo Cassie. "Eres un tonto, y espero que seas miserable."

"Es la única solución sensata", comenzó a discutir él, pero Cassie no quería escuchar sus excusas.

Ella lo golpeó, escuchó su nariz crujir y vio sus ojos abrirse cuando la sangre comenzó a fluir. Él no tomó represalias, pero ella no esperaba lo contrario.

"Me lo merecía", dijo él y la voz de Shayla salió del teléfono, ignorada por ambos.

"Lo merecías," Cassie estuvo de acuerdo. "Nos vemos el domingo", dijo ella y se dirigió al dormitorio. Ella se detuvo en el umbral. "A menos que vayas a romper el trato."

"Yo no lo haré", dijo él, sosteniendo la toalla debajo de su nariz. Sin embargo, no se arrepentía, sus ojos brillaban con ira y sus labios estaban apretados. Cassie lo fulminó con la mirada y ese calor familiar se elevó entre ellos. "Lila se veía bonita en las fotos. Espero que seas feliz."

Sus ojos se abrieron y ella supo que él estaba asustado porque ella lo hubiera visto. "¿Dónde viste las fotos?"

"Están en Internet, para que todos las vean. Eres famoso, Reid Jackson, y Google es mi amigo."

Con eso, ella lo dejó con su llamada telefónica, vistiéndose rápido y haciendo la maleta con gestos decisivos.

Ella lo sintió llegar a la puerta. "Puedes quedarte aquí si quieres", dijo él en voz baja, más un caballero de lo que se creía. Él se encogió de hombros cuando ella se volvió para mirarlo, sus pensamientos escondidos de forma segura. "Te gusta la vista. Conseguiré otra habitación y me reuniré contigo en el vestíbulo el domingo por la mañana para conducir a Santa Cruz."

Él hablaba como si fueran conocidos, lo que era como un puñal en el corazón de Cassie.

"Quizás la hinchazón haya bajado para entonces", dijo ella.

Reid hizo una mueca. "Puedo tener esperanza." Ella respiró hondo, sabiendo que debería disculparse, pero él levantó una mano. "No lo hagas. Me lo merecía."

"Crees que te mereces todo lo malo, ¿no es así?"

Él se encogió de hombros, su mirada se ensombreció y su corazón se apretó.

"¿A las diez?" preguntó ella alegremente en lugar de confesar su amor de nuevo.

"A las diez", estuvo de acuerdo Reid. "Puedes manejar." Es curioso cómo la posibilidad ya no llenaba de placer a Cassie. "Y puedo dejarte en el aeropuerto el domingo por la noche, tal como lo habíamos planeado."

"Porque mantienes tus promesas."

Él asintió una vez y sus miradas se aferraron. Cassie no pudo soportarlo. "Tengo que ir a trabajar", dijo ella y él asintió de nuevo, haciéndose a un lado para dejarla ir. Si ella esperaba que él pudiera tocarla o besarla o tratar de suavizar su separación, solo se decepcionaría.

Pero eso habría sido engañoso, se recordó a sí misma mientras parpadeaba para contener las lágrimas en el ascensor. Y Reid no engañaba a nadie.

"HOLA, CASSIE", dijo Kyle, entrando en la oficina de F5F Oeste el viernes por la tarde. Cassie estaba en su computadora portátil, revisando los arreglos finales, el teléfono escondido debajo de su barbilla. Él se detuvo en el marco de la puerta, los ojos brillaban y ella le sonrió a pesar de su estado de ánimo.

"Pareces un niño en una tienda de dulces", dijo ella. O Tigger drogado con algo.

Kyle rió. "No tengo nada sobre Meesha."

"Ella estará agotada cuando esto termine, pero ella es brillante." Shannyn había estado fotografiando las nuevas instalaciones durante un par de días, captando a los socios en tomas naturales, y Meesha se había acomodado para trabajar desde su llegada. Las dos estaban generando ideas y listas a un ritmo vertiginoso, y Cassie las había dejado.

Él asintió. "Necesito pedirte un favor. ¿Estás en espera?"

"Diez minutos y contando. Amo esta marca de servicio al cliente. Adelante, pregunta."

Él la señaló con un dedo. "Eres cautelosa. Me gusta eso."

"Una respuesta aprendida contigo. Podrías preguntar cualquier cosa. No estoy de acuerdo hasta que sepa exactamente qué es."

Kyle apoyó las manos en su escritorio y se puso serio. "¿Cantarás?"

"¿Aquí? ¿Ahora?" Alguien finalmente respondió a la línea y Cassie levantó un dedo hacia Kyle. Él esperó mientras ella resolvía la última crisis para la inauguración. "Espero que sean tan fáciles como esto", dijo ella entre dientes, le envió un mensaje de texto a Theo y luego se encontró con la mirada de Kyle. "Soy todo tuya."

"Promesas, promesas."

"Pregunta."

"¿Cantarás en la boda?" Él se sentó en el lado del escritorio que ella estaba usando. "Tienes una voz increíble y no tendremos una banda."

"*A capella*. Interesante."

"No necesariamente. Jason está compilando una mezcla de baile que podemos tocar en el radiocasete. Él podría agregar algo de música de fondo para ti."

"Un poco estaría bien. Me mantendrá en sintonía."

"Como si lo necesitaras."

Cassie sonrió ante su entusiasmo. "Supongo que has elegido algunas canciones."

"Lauren quiere a *At Last* para el primer baile."

"Ooo, Etta James. Me gusta esa elección." Cassie le sonrió. "Teniendo en cuenta cuánto tiempo te esperó, es una elección acertada."

Kyle se rió y se pasó una mano por el pelo. Él se veía lindo y emocionado, y Cassie estaba feliz por él. "Sí, bueno. La cosa se hará lo suficientemente pronto."

"¿Solo una canción?"

"Bueno, no quiero imponer. Eres una invitada."

"Me gusta cantar." Además, cantar le daría una excusa para estar lejos de Reid por unos momentos. Quizás incluso él la echaría de menos. Cassie pensaba que eso era poco probable, pero se negó a insistir en ello.

"*From this Moment*", sugirió Kyle y Cassie lo escribió. "*Come What May*."

"Lindo." Ella lo miró. "Duetos, sin embargo."

Kyle arrugó su tono. "¿No puedes cantarlas sola?"

"Por supuesto. ¿Qué otra cosa?"

"Tanto como quieras, por supuesto, pero me encantaría algo realmente grandioso para que puedas mostrarles lo que tienes." Él la miró esperanzado.

"¿*Can You Feel the Love Tonight?* No creo que puedas equivocarte con un pequeño Elton John en la mezcla."

"Me gusta eso. Eso estará genial. Aquí te daré el correo electrónico de Jason para que ustedes dos puedan resolver esto, si te parece bien."

"Perfecto."

"Solo dile las melodías y él hará la mezcla. Es algo nuevo." Kyle puso los ojos en blanco. "Me han dicho que a las mujeres le gusta."

Cassie se rió. "Menos mal que tienes a alguien que te puede dar algunos consejos."

"Mierda, ese muchacho me hace sentir viejo", se quejó él, pero ella sabía que él no estaba realmente disgustado.

Cassie tuvo una idea entonces de cómo podría enviarle un mensaje a Reid, alto y claro. "¿Puedo agregar una opción propia?"

"Lo acabas de hacer."

"Otra. *I Will Always Love You* de Whitney Houston."

"Guau. Esa es una poderosa. Puedo imaginarte cantándola."

"Una de mis favoritas."

Ella observó a Kyle y supo que estaba repasando la canción en sus pensamientos. "Pero las palabras son una especie de fastidio, ¿no crees?"

"Las cambiaré", ofreció Cassie.

"¿De verdad? ¡Increíble!" Kyle le dio un abrazo improvisado y luego, luciendo más como Tigger, prácticamente saltó de la oficina para verificar los arreglos para la fiesta de lanzamiento.

Cassie fue a Vevo para comprobar la letra y luego empezó a escribir variaciones en un bloc de notas. Ella sonrió cuando las palabras se unieron y comenzó a esperar la boda nuevamente.

EL PLAN siempre había sido conducir hasta Santa Cruz sin prisas. Pasarían la tarde y luego se reunirían en la playa para la boda. El servicio se llevaría a cabo al atardecer, luego habría un buffet y baile bajo las estrellas. Era casual, pero Reid se había comprado un traje de lino en San Francisco, porque no quería asistir a una boda en pantalones cortos. Él renunció a la corbata. Se alegró de haber hecho un esfuerzo cuando Cassie apareció con su vestido de verano azul marino. Ella se parecía a Grace Kelly cuando se enrolló un pañuelo en el pelo y se ponía un par de gafas de sol grandes.

"Te vestiste a juego con el auto", bromeó él y ella sonrió.

"Elegiste el auto para que coincidiera conmigo", respondió ella y él se preguntó cuál era la verdad.

Cassie condujo porque Reid insistió. Por un lado, se alegraba de que ella no siguiera discutiendo sobre su separación. Por el otro, estaba un poco agitado porque ella se había rendido tan fácilmente.

Aún le dolía la nariz, pero le dolía más su comentario. Por supuesto, él la estaba protegiendo de sí mismo, y eso no era estúpido. Era sensato y lógico, pero él no quería discutir más sobre eso.

Reid sabía que ese sería su último día juntos.

Por supuesto, ella conducía con entusiasmo y confianza, y se veía increíble al hacerlo. Él la miraba mientras conducía, interiormente asombrado de estar todavía en su compañía. Se preguntó cuántos siseos eran para el auto y cuántos eran por Cassie.

Hablaron sobre la apertura de F5F Oeste, lo que había salido bien y lo que había sido decepcionante. A Reid no le pareció que hubiera tenido muchas decepciones en general. Le habló de su turismo, que había hecho sin descanso desde que ella dejó la suite el viernes por la mañana. Ella le contó historias sobre Kyle y Theo y las nuevas incorporaciones al equipo en el club, y él escuchó.

Se detuvieron en un puesto de carretera para comprar fresas frescas, las fresas más grandes y rojas que había visto en su vida, y él se las dio de comer mientras ella seguía conduciendo. Hablaron de enviar productos y mantener su calidad, cosas que preocupaban a Reid. Hablaron sobre hábitos alimenticios y opciones dietéticas, clases de cocina en el banco de alimentos y la dieta de doscientas millas. Era sorprendentemente fácil estar con ella, incluso cuando no estaba de acuerdo con él, pero Reid no se dejaba seducir.

Ella estaba tratando de engañarlo para que pensara que podría funcionar, que podrían estar juntos. Ella lo estaba haciendo bastante bien, pero él no iba a bajar la guardia y decírselo.

Él solo tenía que pasar un día.

Incluso si se sentía eterno mientras lo vivía, Reid sabía que una vez que terminara, parecería como si hubiera pasado en un abrir y cerrar de ojos.

* * *

LOS ARREGLOS para la boda eran hermosos.

La hermana de Lauren y Ty, Katelyn, había salido a principios de semana para ayudar a Lauren a arreglarlo todo. Katelyn era joyera y artista, y junto con Lauren, había creado un escenario idílico para el intercambio de votos. Hicieron acordonar una sección de la playa para las ceremonias y se instaló una carpa. Estaba a medio camino entre una gran glorieta y una carpa maciza, hecha de metal, y estaba abierta al cielo. El tul se había enrollado alrededor del marco de metal y estaba sostenido en oleadas por racimos de flores blancas y millas de luces de colores. Se habían colocado tres largas mesas bajo el marco y estaban colocadas con largos manteles blancos, con velas de té en frascos y más luces de colores en el centro de cada mesa. Una doble línea de velas de té en frascos creaba un camino que conducía hacia las olas, donde había un arco donde Lauren y Kyle intercambiarían sus votos.

Las flores se entregaban tarde, para que no se marchitaran con el sol, y ayudó a Katelyn a meter pequeños racimos en el tul y a colocar los arreglos en las mesas. El mar tenía un fondo sereno y Cassie sintió que la tensión se deslizaba de sus hombros. Tan pronto como comenzó a oscurecer, las velas de té y las luces de colores se encendieron y el escenario se volvió mágico. Llegaron los invitados y ella vio cómo los rasgos de cada uno se iluminaban con asombro ante la escena. Shannyn estaba tomando fotografías como loca, y Cassie supuso que ella estaba haciendo las fotografías oficiales de la boda.

Ella conocía a sus socios y a sus parejas, por supuesto, y se aseguró de que Reid fuera presentado a todos de nuevo. El medio hermano de Kyle, Dave, había sido desplegado a principios de año, pero su esposa e hijos habían llegado desde San Diego para la boda. Cassie había conocido a Olivia en Nueva York el verano anterior, así como a los niños, Jason y Noah. Olivia tenía una nueva niña en sus brazos, Sasha, que obviamente iba a ser pelirroja como su mamá. La mamá de Kyle, Florence, sonaba como si quisiera hacerse cargo de todo, pero Kyle la envió con Jason para asegurarse de que filmaran la ceremonia para mostrársela a Dave.

"Necesitas organizar esto", insistió Florence. "Esas velas no están espaciadas uniformemente..."

Kyle puso los ojos en blanco. "Y Dave nos matará a los dos si no hay evidencia fotográfica de mí haciendo mis votos matrimoniales."

"Tengo esto", insistió Jason.

"Necesitas que te ayude con tu abuela", insistió Kyle.

"Estoy seguro de que lo tiene todo arreglado. Jason es muy talentoso con la tecnología," dijo Florence. "Solo voy a limpiar un poco estas mesas, para que haya espacio para las cenas de la gente."

Katelyn inhaló bruscamente y Kyle levantó una mano. "¡Mamá!"

"Sólo quiero ayudar."

"Entonces, por favor, ve y asegúrate de que Jason tenga todo bajo control."

"Pero", dijo Florence.

"Pero", dijo Jason.

"¡Muéstrale cómo lo vas a hacer!" Kyle dijo con calor y la pareja se miró. Era divertido ver a Kyle tan exasperado por la determinación de su madre.

Katelyn vio como los dos dejaban el grupo y Florence se inclinaba sobre la cámara. "Deberías sostenerla al revés", le dijo a Jason. "La imagen se enmarcará mejor."

"Voy a hacer un primer plano", insistió Jason, y Florence negó con la cabeza.

"No, esa no es la mejor opción", dijo ella.

"¿Por qué no lo filman los dos y luego comparan sus resultados?" sugirió Kyle tranquilamente y se alejaron para debatir los méritos de eso. "¿Por qué tienes que invitar a la familia a tu boda de todos modos?" Kyle no preguntaba a nadie en particular, luego sonrió cuando llegaron los padres de Lauren.

Cassie había conocido a los McKay en varias funciones en F5F, aunque tendía a confundir los nombres de las dos hermanas del medio de Ty. Ty era el mayor, luego Lauren. Stephanie era la segunda hermana y su marido era Anthony. Cassie pensaba que no se habían conocido antes y luego se enteró de que esta pareja vivía en Boston. Paige era la tercera hermana y había llegado al oeste con su esposo, Derek. Tenían un niño pequeño, Ethan, que corría a través de los invitados con alegría. Katelyn, la que había estado presente toda la semana, era la hermana menor, que se había casado con Jared el año anterior. Ella ya tenía una barriga de bebé que no la había retrasado en absoluto en la configuración del lugar, pero su madre, Colleen, se acercó de manera protectora una vez que llegó. El padre de Lauren y Ty, Jeffrey, se apartó y habló con la cita de Florence sobre campos de golf. Había una mujer esbelta con un amigo que llevaba su arpa al arco cerca del agua. Se sentó y se calentó, la música cantarina sobre la reunión.

Iba a ser la boda más bonita a la que Cassie hubiera asistido. Era consciente de que Reid estaba a su lado, observando y escuchando.

"Es romántico, ¿no?" preguntó ella y él asintió con la cabeza, cauteloso de nuevo. "¿Qué tipo de boda tendrán tú y Lila?"

Él pareció sorprendido. "No lo sé. Tal vez el ayuntamiento."

"¿En Montrose River? ¿O en otro sitio?"

"No lo había pensado."

"Todo el pueblo saldría. Podrías declarar un feriado local."

Reid no sonrió del todo. "Supongo."

"No pareces muy entusiasmado."

"Es una negociación, Cassie." Él sonaba cansado y ella asumió que estaba tratando de evitar frotar la verdad.

"Su boda no tiene por qué ser una negociación", dijo ella.

"Por supuesto que sí", dijo y le dio una mirada atenta. "Todo lo es."

Y eso fue lo último que se dijeron durante un rato.

ERA culpa del propio Reid y él lo sabía, pero falló por completo en hacer sonreír a Cassie durante el servicio o la cena posterior. Podrían haber sido extraños sentados uno al lado del otro en lugar de amigos.

Cuando Kyle le hizo una seña, pensó que ella se sentiría aliviada de irse.

"Hasta luego", dijo Cassie y se puso de pie sin problemas. Ella fue hacia Lauren y Kyle y tomó el micrófono que estaba conectado al pequeño amplificador. "Soy Cassie Wilson, en caso de que no lo sepan", dijo ella con esa tranquila confianza que Reid tanto admiraba. "Kyle me pidió que cantara esta noche, ya que no va a haber una banda, y estoy contenta de ser parte de la celebración de su boda con Lauren." Hubo un ligero golpeteo de aplausos. "Jason ha reunido algo de música de fondo para mí, así que espero que esto salga bien y no suene como si estuviera cantando en un karaoke."

Hubo un poco de risa y Reid sonrió.

"En primer lugar, tenemos el primer baile de Lauren y Kyle, un pedido especial de Lauren y una muy buena elección, creo yo. Tal vez podríamos hacer algo de espacio en nuestra pista de baile y averiguar si están de acuerdo." Ella se aclaró la garganta y dio un paso atrás, mirando al sobrino de Kyle. Él se agachó junto a un equipo de sonido, tocando hasta que oyó un clic. El niño miró a Cassie triunfalmente.

"Tres, dos, uno", llegó el recuento por el altavoz, aparentemente con la voz de Jason. Varias personas se rieron entre dientes en el grupo. Cassie asintió con la cabeza y sonrió mientras la música orquestal aumentaba.

Jason corrió hacia un lado de la tienda y apretó un interruptor. Una bola de discoteca comenzó a girar sobre el área que había quedado abierta para bailar, reflejando los faroles y las luces de colores. Los invitados formaron un círculo suelto, algunos tomados de la mano.

Reid estaba mirando a Cassie. Ella agarró el micrófono con ambas manos y cerró los ojos, luego, después de un compás de música, respiró hondo. "Oh, sí, sí", cantó Cassie, como si fuera a cantar scat. Kyle llevó a Lauren al círculo de arena. Estaban descalzos y él la hizo girar en sus brazos en perfecto tiempo con la música. "*At Last*", cantó Cassie en una asombrosa aproximación a Etta James, balanceando sus caderas al ritmo.

Reid estaba asombrado por el volumen y la riqueza de su voz.

Los invitados murmuraron aprobación y varios aplaudieron ligeramente. Cassie simplemente cantó, todo su ser aparentemente concentrado en la canción. Su voz sonó sobre la playa, tan clara y verdadera que Reid deseó que la canción durara para siempre.

No fue así, por supuesto, pero inmediatamente siguieron más canciones. Cassie y Jason deben haberlo planeado juntos, porque ella continuó con *From this Moment On*.

Ella también podía cantar como Shania Twain.

Cassie cantó el verso y Lauren le dio la mano a Kyle. Él la hizo girar y llamó a todos los demás. Varias parejas se unieron a ellos en la pista de baile, arremolinándose alrededor de ellos mientras la bola de discoteca los iluminaba.

Reid miró las estrellas en lo alto y saboreó el sonido de la voz de Cassie, con la garganta apretada.

Come What May fue la siguiente.

Reid se atrevió a mirar a Cassie de nuevo y le encantó cómo disfrutaba tan claramente de lo que estaba haciendo. Ella podría haberse perdido en su propio mundo. Él vio gente vagando por la playa hacia la boda, atraídos por el poder de su voz. Se quedaron en las sombras, fuera de la vista, sonriendo y susurrándose el uno al otro con admiración.

Cuando Cassie terminó la canción, sosteniendo la última nota más de lo que hubiera creído posible, hubo una explosión de aplausos. Sus ojos se abrieron de golpe y sonrió, luego comenzó la siguiente canción.

Cassie cantó suavemente y hubo otro aplauso cuando se reconoció la melodía. *¿Can You Feel the Love Tonight?* Cosas de baile lento.

Kyle se volvió e hizo una seña a los espectadores, invitando a más de ellos a unirse al baile. Algunos lo hicieron, claramente encantados. Otras voces se alzaron para unirse a las de Cassie para el coro, tanto desde la pista de baile como desde el perímetro.

Reyes y vagabundos. Reid sonrió, sabiendo qué grupo era el suyo. Permaneció en su asiento al final de una mesa, la única persona que no se había acercado a la música.

Era suficiente escuchar a Cassie y dejar que el sonido de su canto inundara su corazón. Él observaba las estrellas y escuchaba las olas y supo que nunca olvidaría esta noche.

Hubo un fuerte aplauso cuando Cassie terminó esa vez, pero ella levantó una mano. "Una más", gritó y vitorearon su aprobación. "Esta no es para bailar", dijo ella y bajó la voz. "Esta es para Reid."

Él parpadeó, enderezándose en su sorpresa. Los invitados miraron a su alrededor, buscando al misterioso Reid, luego Kyle lo señaló. "Escondido en la parte de atrás", dijo con una sonrisa. Los invitados y los espectadores se separaron y Cassie caminó por la pista de baile, con la mirada fija en la de él.

Él reconoció la melodía porque Whitney Houston la había cantado, pero las palabras estaban mal.

Si te vas
No lloraré. Sé que crees que es el camino.
Te dejaré ir, aunque debes saber
Haría cualquier cosa para convencerte de que te quedes.
Recuerdos gloriosos
Eso es todo lo que me dejarás.
Di adiós. No lloraré.

Te amo lo suficiente como para dejarte ir.

Ella sostuvo su mirada, sin pestañear, y se lanzó al coro con esa fabulosa confianza. *I Will Always Love You.* La playa parecía vibrar con el poder de su voz y el corazón de Reid ciertamente latía con fuerza.

Nadie le había dicho eso, hasta Cassie.

Nadie jamás le había declarado públicamente su amor hasta ahora.

Reid no estaba seguro de cómo responder. Él estaba asombrado, abrumado y muy consciente de que sus amigos estaban esperando su próximo movimiento. Él no estaba acostumbrado a ser el centro de atención, en absoluto, a menos que tuviera una pelota de fútbol en la mano y eso no había sucedido en un tiempo.

También sabía que no podía ser lo que Cassie necesitaba. ¿Había algo peor a que le ofrecieran lo único que deseaba y saber que no era digno de aceptarlo?

Reid se dio cuenta de que tenía un sueño, después de todo, pero sabía que no podía hacerse realidad.

En el siguiente verso, Cassie le deseó alegría y felicidad, y amor, luego realmente se soltó para el último estribillo.

Ella era asombrosa.

Varios de los invitados gritaron y uno vitoreó cuando Cassie cantó ese coro. Reid pensaba que probablemente podrían escucharla en F5F en Nueva York.

Quizás incluso Montrose River.

Su voz se suavizó para el final y se encontró con su mirada de nuevo. Él no podía apartar la mirada de ella, y mucho menos negarse a sí mismo un segundo de esa canción. Él sabía que nunca lo olvidaría y no quería ni parpadear. Cuando la última nota se desvaneció, ella se llevó las yemas de los dedos a los labios y le lanzó un beso.

Reid ni siquiera podía respirar.

Un aplauso desenfrenado estalló entre los invitados y otros espectadores, y fue ensordecedor en su volumen. Cassie hizo una reverencia y saludó, su mirada se desvió hacia él repetidamente. Reid negó con la cabeza minuciosamente y desvió la mirada, parpadeando para contener las lágrimas inesperadas. Ella era perfecta.

Pero no para él.

Él solo la lastimaría. Era inevitable que lo que le habían enseñado saliera a la superficie, y Reid nunca permitiría que eso sucediera, sin importar cuánto le costara asegurarse de que no sucediera.

Los silbidos y vítores de los lobos se desvanecieron a medida que llegaba más música del equipo de sonido.

"No podemos terminar con una nota triste", dijo Cassie. "¡Vamos a bailar!" Jason subió la música. Era otra melodía de Whitney Houston, *I Want to Dance*, una canción con un ritmo contagioso y alegre, y una cantada por Whitney en la grabación. La zona que quedaba para bailar pronto se llenó de parejas felizmente bailando.

Whitney quería bailar con alguien que la amara y Reid adivinó lo que se esperaba de él. Pero no podía engañar a Cassie. En cambio, se puso de pie y abandonó la fiesta. Caminó solo por la playa, atormentado por la forma en que la voz de Cassie lo seguía, metió las manos en los bolsillos y luchó por recomponerse.

Él sabía lo que estaba bien.

El hecho de que no fuera fácil de hacer no significaba que él cedería.

QUINCE

Eso salió bien", dijo Theo al lado de Cassie mientras veía a Reid alejarse.

Ella forzó una sonrisa. "No esperaba una victoria", dijo Cassie, y dolía a pesar de que era cierto.

Theo sonrió. "¿A veces solo tienes que decirlo en voz alta?"

"Bastante."

Él ofreció su mano. "Vamos. Baila con alguien que te aprecie."

"Difícilmente lo mismo que el amor."

"Pero a veces es tan bueno como parece."

Era un comentario inesperadamente triste, y Cassie miró a Theo mientras bailaban, preguntándose sobre su propia situación romántica. Cuando la música cambió a una canción más lenta, siguieron bailando juntos. "No trajiste una cita", le dijo ella.

"Porque no estoy saliendo con nadie."

"No me digas que no has encontrado a la indicada", bromeó Cassie y la sonrisa de Theo se desvaneció.

"¿Cuenta si la encuentras pero se casa con otro hombre?"

Cassie se apartó para encontrarse con su mirada, pensando en Reid y Lila. "Si volviera a estar soltera, ¿te casarías con ella?"

Theo negó con la cabeza. "No funcionaría. Somos demasiado diferentes."

"Además, ella eligió a otra persona."

"Sí. Es una decisión difícil de olvidar, incluso si sus razones eran buenas en ese momento."

Cassie frunció el ceño. "Pero si la amas, ¿no valdría la pena estar con ella?"

Él estaba solemne. "A veces, el amor no es suficiente, Cassie."

"Eso es lo más triste que he escuchado." Ella miró hacia la playa y vio a Reid en la distancia, solo.

Alejándose.

"Eso no significa que sea falso", dijo Theo a la ligera.

Bailaron un poco más. "Entonces, ¿estás resignado a estar solo? ¿Para siempre?"

"Ella es la indicada", admitió él con una sonrisa y un suspiro.

"Mi hermana cree que es estadísticamente improbable que solo haya una pareja romántica para cada uno de nosotros."

Theo sonrió. "¿Y tú?"

"No lo sé." Cassie se encontró buscando a Reid de nuevo. Ahora estaba de pie, mirando al mar, pero sin regresar. Ella le sonrió a Theo, sabiendo que la estaba mirando. "Podrías intentar estar con otra persona, alguien que te parezca atractiva e interesante." Era una sugerencia tanto para ella como para Theo, y como resultado, anticipó su respuesta.

"Pero no sería justo, ¿verdad? Los matrimonios concertados son cosa del pasado. La gente quiere más y yo lo agradezco. No podría engañar a nadie que me importara remotamente, Cassie."

"Tal vez tengamos que desenamorarnos primero."

"Quizás. Pero todavía no me ha sucedido."

"¿Cuánto tiempo ha pasado?"

Theo inhaló. "Doce años."

Ella se mordió el labio y volvió a mirar a Reid. "Reid estaba enamorado de una mujer en la universidad. Ella lo dejó cuando resultó herido y luego se casó con otra persona."

"Ah", dijo Theo, como si eso lo explicara todo.

"Pero ella está soltera de nuevo, y sus amigos están tratando de emparejarlo. No puedo imaginar que él pueda volver a confiar en ella, pero dice que llegará a un acuerdo con ella. Creo que se va a casar con ella."

"Dicen que el amor es ciego."

"Pero si ella no lo amaba lo suficiente como para quedarse con él cuando estaba herido, ¿cómo podría funcionar entre ellos ahora?"

"Quizás ella lo amaba, pero estaba preocupada por su futuro. Tal vez aceptaron separarse porque él estaba preocupado por su futuro."

"Tal vez la obligó a marcharse, porque estaba preocupado por su futuro." Cassie adivinó. "Eso sería Reid por todas partes."

"Es muy noble."

"Sí", admitió Cassie. "Pero no admiro tanto ese rasgo cuando funciona en mi contra."

"No puedes tenerlo todo, Cassie."

"Pero lo quiero todo, Theo."

"Todos lo hacemos. Sin embargo, algunos de nosotros tenemos que comprometernos". Él la hizo girar para el final de la canción y apareció Lauren.

"Necesito bailar con este hombre hermoso", dijo con una sonrisa para Cassie. "¿Te importa?" Ella se veía tan feliz, la novia perfecta y radiante, que Cassie habría hecho cualquier cosa para que su día fuera completo.

"Y yo necesito bailar con la hermosa novia", dijo Theo galantemente.

"Vamos, Cassie", dijo Kyle detrás de ella. "Vamos a mostrarles cómo se hace."

***

REID HABÍA REGRESADO a su asiento y estaba viendo a los invitados bailar en la playa. Algunas de las velas de té se habían apagado, pero las luces de colores aún brillaban. Había habido bengalas y ahora algunos de los invitados, bajo la supervisión de Jason, lanzaban linternas al cielo nocturno con Kyle y Lauren. Cassie se reía cuando lanzó una y él se preguntó si había pedido un deseo.

Sería propio de ella hacer eso, aunque Reid nunca pedía deseos.

Hacía planes.

Es curioso cómo el actual tenía perfecto sentido y, sin embargo, no era muy atractivo.

La música de baile no era tan fuerte como para que no pudiera escuchar las olas aterrizando en la playa o las risas del grupo reunido. Un bebé lloró y fue silenciado, y las mujeres charlaban entre sí. El niño, Reid olvidó su nombre, estaba tendido sobre el regazo de su abuela y ella parecía encantada con la situación. Él observó, reconociendo que así era tener una familia. Nunca lo había experimentado él mismo y estaba, como de costumbre, en el perímetro, mirando desde el exterior.

Nunca se había atrevido a tomar el centro de una conversación hasta que lo había hecho la otra noche.

Él nunca había estado con una mujer durante más de una unión mutuamente satisfactoria.

Nunca había querido ser otro de lo que era, como lo hacía en ese momento.

Reid estaba perdido en sus pensamientos hasta que un hombre se acercó a él con dos bebidas en la mano. De ese hombre solo veía su silueta y fue solo cuando estuvo justo antes de Reid que Reid lo reconoció.

"¿Escocés?" Ty dijo, ofreciendo un vaso.

"Gracias."

Ty acercó otra silla y se sentó junto a Reid para observar a los otros invitados. "Buena vista desde aquí", dijo, luego levantó su vaso. Brindaron por eso y bebieron, la mirada de Reid se posó de nuevo en Cassie. "¿Habrá otra boda pronto?" preguntó Ty en voz baja.

Reid sonrió. "¿No hay secretos en F5F?"

El otro hombre también sonrió. "Nos cuidamos unos a otros. No hay nada de malo en eso."

"No, no lo hay. Para eso están los amigos."

¿Quién cuidaba de Reid? Nadie, no desde Marty. Él no había pensado en eso durante mucho tiempo, y le molestaba un poco pensar en eso ahora.

¿Lila lo cuidaría? Él no podía imaginar eso. Ella estaba demasiado ocupada cuidando de sí misma.

Cassie se habría enfrentado a los leones por él. La comparación era sorprendente e inevitable.

Ty hizo girar el contenido de su vaso. "Aunque me gustaría especialmente ver feliz a Cassie."

Reid no respondió.

"Es incómodo cuando un amigo siente algo y el otro no", continuó Ty con un tono pensativo. "Me gustaría verla feliz, aunque no puedo hacerlo yo mismo.."

"Algo así como otra hermana", adivinó Reid, recordando las palabras de Cassie.

"Exactamente como otra hermana. Ese era el problema en pocas palabras. No podría pensar en Cassie de otra manera." Ty tomó un sorbo. "¿Tienes hermanas?"

"No."

"Hombre afortunado", dijo Ty y se rió entre dientes. "Dios me ayude si tenemos hijas."

Reid se rió entre dientes junto con él.

Se sentaron en un agradable silencio durante unos momentos, con el viento en el pelo.

"Entonces, aquí está la cosa", dijo Ty finalmente. "No es asunto mío, y Cassie sería la primera en decirme que retroceda y me calle."

Reid sonrió ante eso, porque era cierto.

"Pero creo que hay algo entre ustedes dos, además de una gran cantidad de Estados Unidos entre Montrose River y Manhattan. Y tal vez pueda ayudar con eso."

Reid miró al otro hombre con curiosidad.

"Tengo este apartamento, el ático en F5F, en realidad", confesó Ty. "Aunque estamos vendiendo otros apartamentos en la torre, creo que sería mejor que este fuera propiedad de uno de los socios. La única que lo quiere es Cassie, y no puede permitírselo."

"¿Cómo te lo compraste?" Reid preguntó antes de pensar que Ty podría sentirse ofendido.

Él no lo estaba. "Soy el único que ha tenido un trabajo diario todos estos años, en gestión patrimonial. Además, compré barato."

"¿Y estás vendiendo caro?"

"No necesariamente. Realmente no necesito el capital de eso. Sin embargo, me gustaría deshacerme de los gastos. Impuestos, servicios públicos, además, ahora habrá una tarifa de administración mensual." Ty se reclinó y tomó otro sorbo. "Para la persona adecuada, podría hacer un trato."

"¿Pero no para Cassie?"

Ty hizo una mueca. "Todavía estaría fuera de su alcance."

"Sabes mucho sobre las finanzas de tus socios."

"Yo manejo las finanzas del club. Conozco el salario de todos. También sé qué activos tenían los socios cuando comenzamos porque tuvimos una discusión bastante directa sobre quién podía contribuir con qué. La equidad de Cassie es puro sudor. Ella no tenía capital, pero tenía entusiasmo, energía e instinto para el marketing. Sin ella, el club no sería lo que es." Él hizo una pausa por un segundo. "Incluso si ella tuviera muchos menos zapatos, no tendría el dinero ni la capacidad para comprar ese apartamento."

"Así que me estás ofreciendo vendérmelo."

"Es más fácil cortejar a una mujer si puedes estar en el mismo código postal a intervalos regulares."

Cortejar. Era una palabra pasada de moda que hizo sonreír a Reid. Era una elección perfecta para Ty, y tal vez lo hubiera sido para Marty. Él se preguntó cómo sería cortejar a una mujer, en lugar de simplemente seducirla.

"Si lo compro, ella podría pensar que la estoy acosando."

"Ella podría. Pero probablemente te preguntaría directamente si lo haces."

Reid asintió con la cabeza. "Está eso."

"¿Lo harías?" Ty preguntó y se volvió para encontrarse con la mirada de Reid.

"Somos amigos", dijo él, al escuchar la tensión en la confesión.

"Con los beneficios, lo entiendo. Pero eso no significa que sea la suma de lo que será su relación."

"Realmente no es asunto tuyo."

Una vez más, Ty no se ofendió. Entonces hablemos de negocios. Me gustaron tus ideas sobre lo que podríamos cambiar en la tienda minorista de F5F. ¿Considerarías venir a Nueva York como consultor durante unos días, para conocer las instalaciones y darnos algunas ideas más? Asumiremos tus gastos y pagaremos una tarifa de consultoría."

"Y podría revisar el apartamento."

Ty sonrió. "Es un gran apartamento. Eché un vistazo a esa vista y tuve que tenerla. Puede que te sientas de la misma manera."

Era extraño pensar en tener algo en común con Ty, el hombre en el que Cassie había pensado durante tanto tiempo y que amaba.

Reid se preguntó si se enamoraría de otro hombre y se olvidaría de él.

Él terminó su whisky.

La música cambió y Reid sonrió diciendo que era una melodía de los 80. La dama de rojo.

"Esa es mi señal para encontrar a mi esposa", dijo Ty fácilmente y terminó su propia bebida. "Es nuestra señal. Prefiero los bailes lentos y ella pide uno cuando está lista para empezar." Él le ofreció la mano a Reid, junto con una mirada fija. Reid se puso de pie y se dieron la mano. "Encantado de conocerte, Reid."

"Igualmente."

"Avísame si decides venir a Manhattan." Ty sacó una tarjeta de visita del bolsillo de su chaqueta y se la entregó a Reid.

Luego tomó su vaso y regresó a la zona de baile. Él dejó el vaso en una bandeja cuando Shannyn, con un vestido color burdeos, salió del grupo de bailarines y le sonrió. Su expresión lo decía todo. Reid vio como Ty la jalaba a sus brazos y entraba en el remolino de bailarines. Shannyn le sonrió y obviamente estaban hablando, luego Ty la acercó más, su mano en la parte de atrás de su cintura y besó su sien. Ella apoyó la mejilla en su pecho y cerró los ojos, su sonrisa era de satisfacción y su pose le recordó a Reid el póster de ellos para el club.

Los finales felices eran para otras personas, se recordó a sí mismo. Él miró la tarjeta.

TYLER McKAY

DIRECTOR FINANCIERO

EL GRUPO DE FLATIRON 5 FITNESS

Había una dirección de oficina y un número de teléfono, así como un número de teléfono celular y una dirección de correo electrónico. Reid sabía que debía dejar la tarjeta sobre la mesa, pero no podía encontrarlo en sí mismo para hacerlo. Observó a los bailarines durante un largo momento, vio a Cassie caminando hacia él y luego se guardó la tarjeta en el bolsillo.

Él consultó su reloj. Habían acordado irse a las diez para que Cassie pudiera tomar su vuelo. Ella estaba recogiendo su bolso y sus zapatos y a él le gustaba que siempre fuera organizada. Ella besó a Kyle y Lauren, abrazó a los otros socios y luego continuó hacia Reid.

"Cuando caminaste por la playa, no estaba segura de si me dejarías aquí", dijo ella a la ligera.

A Reid no le gustó que ella sintiera ninguna preocupación. "Tenemos un trato y cumplo mis promesas." Él escuchó más ferocidad en su tono de lo que pretendía, y ella lo miró de reojo.

"Por supuesto", dijo ella en voz baja, luego lo se dirigió al al auto.

Reid la miró por un momento, luego la siguió, preguntándose por qué hacer lo correcto se sentía tan mal.

CASSIE NUNCA HABÍA ENCONTRADO a Manhattan aburrida, mucho menos vacía, pero estaba mucho menos interesada en su entorno después de su regreso de California. Ella había tomado un vuelo nocturno y se las había arreglado para dormir, por lo que estaba en el trabajo al mediodía del día siguiente. Ella se entregó a todos los proyectos disponibles con un entusiasmo que se sentía forzado, pero no iba a detenerse en cosas que nunca serían.

Ya ella había perdido demasiado tiempo haciendo eso.

Primero, Tyler. Después, Reid. Quizás la tercera vez sea la vencida.

Ella descubrió que Tyler había hecho arreglos para que todo se mudara del apartamento mientras él estaba en el oeste, pero nadie había oído que se vendiera. Ella había esbozado el nuevo anuncio y tuvo la idea de utilizar el apartamento vacío como escenario para la filmación. Le envió un correo electrónico a Ty, obtuvo su aprobación y subió sola.

La vista era tan fabulosa como recordaba.

El apartamento estaba meticulosamente limpio y la pintura estaba en buen estado, así como de un tono neutro. Los limpiadores de ventanas habían limpiado el edificio solo unas semanas antes, así que era un buen momento para el rodaje. Cassie tomó nota mental de comprobar el pronóstico del tiempo para ver un buen amanecer en aproximadamente una semana y volvió al club. Ella enseñó sus clases y ayudó en la clase de defensa del señor Lee, como de costumbre, luego hizo un entrenamiento extra largo. Si iba a aparecer en una valla publicitaria en Times Square, se vería genial haciéndolo.

Trabajó hasta tarde, haciendo un día realmente largo, luego se fue a casa y consideró el libro de Marty. Estaba en el mostrador donde lo había dejado después de desempacar. Ella lo abrió en abanico, sabiendo que no volvería Montrose River. Ella no necesitaba conocer los secretos de la gente. Cassie había leído la parte sobre Reid y su mamá, su papá, ella misma. Eso era más que suficiente.

Cassie cerró el libro y pasó la mano por él. ¿Y si Reid le hubiera dado los medios para arreglar las cosas con su madre? Ella no podía decírselo directamente, pero Marty sí podía decirle la verdad que había adivinado.

Técnicamente, ella no estaría delatando a Ryan.

¿Ella todavía le temía a él y a su amenaza? No tanto desde que lo vio en el bautizo y tuvo la opción de romperle la mano. Él le había tenido miedo a ella y eso había ayudado a Cassie a superar el trauma.

Ella le enviaría el libro de Marty a su mamá por la mañana.

Era hora de dejar ir ese viejo miedo.

REID ESPERABA que Chase hablara con Ryan. Él se sentó en la oficina de Shop 'n Save en la oscuridad, esperando compañía.

Todavía no había llamado a Lila.

Él tenía la sensación de que no iba a hacerlo.

Estar solo, sin Cassie, era más honesto que estar con Lila y anhelar a Cassie, incluso si él y Lila hacían un trato. Por lo que sabía, Lila tenía la intención de mantener a un amante al margen. Pero Reid no quería llamarla.

Él tuvo muchas noches para pensar en eso antes de escuchar el vidrio romperse en la puerta trasera. Él levantó el rifle de Marty en su regazo y esperó. Escuchó pasos, luego un susurro urgente. Luego se recortó la silueta de dos hombres en la entrada de la oficina. Tan pronto como uno cruzó el umbral, Reid quitó el seguro.

El clic hizo que el primer hombre se congelara en seco.

El segundo maldijo y corrió.

"¡Chase!" el primer tipo siseó y Reid sonrió mientras levantaba el rifle.

"No lo seguiría si fuera tú, Ryan", dijo él en voz baja. "Soy un tirador realmente bueno."

Ryan exhaló. "Estabas esperando."

"Si la trampa tiene el cebo correcto, la presa siempre morderá." Reid mantuvo su tono conversacional. "¿Por qué no enciendes la luz para que podamos vernos? El interruptor está en tu mano derecha. Suave y lento."

Ryan alcanzó el interruptor, luego buscó en su bolsillo.

Reid disparó y Ryan maldijo. Tenía un rasguño profundo en la mano y estaba sangrando. La bala quedó enterrada en la pared.

"¡Estás loco!" Ryan dijo, agarrando su mano.

"Debes tener mucha suerte. Estoy enojado y ha tenido tiempo de calmarme lentamente.."

Ryan inhaló. "Esa perra te lo dijo."

"No, ella nunca lo hizo. Todo estaba en el libro de Marty."

"¿El libro de Marty?" Ryan repitió con sospecha. "Entonces, ¿hay más de lo que le mostraste a Chase?"

"Mucho más. Echa un vistazo —invitó Reid, señalando la carpeta en el estante con el rifle. "Despacio. Esta noche me pica el dedo y no querrías que le disparara algo más importante para ti."

Ryan palideció. Había resentimiento en su expresión, pero hizo lo que Reid esperaba y bajó la carpeta. La superficie del escritorio estaba clara, según el diseño de Reid, y Ryan dejó el libro. "No es muy gruesa."

"Eliminé los documentos que no serían relevantes para nuestra discusión."

"Copiaste estos."

Reid sonrió. "No hay ninguna razón para facilitarle la destrucción de los originales."

Ryan la abrió, sus ojos se agrandaron mientras leía la entrada sobre él y la de Chase. "¿Quién más ha visto esto?"

"Todavía nadie." Reid mintió, solo un poco, porque quería mantener a Cassie fuera de esto. "Pero eso se puede cambiar."

"Hay un estatuto de limitaciones", dijo Reid con valentía. "Y esto es solo un rumor de todos modos, los garabatos de un anciano que está muerto y enterrado.”

“Es cierto, pero hay gente que lo creerá de todos modos.”

“Solo estás tratando de hacer un farol.”

“Quizás tengas razón. Me preguntaba qué hacer con el libro. Podría donarlo a la biblioteca o a los archivos de la ciudad. Lucille lo haría escanear e indexar en forma cruzada en muy poco tiempo. Entonces podríamos averiguar si alguien lo cree.”

“No lo harías.”

“Yo podría hacerlo. También podría enviar esas páginas a tu empleador actual. Chase pareció pensar que habría preocupación por esa estrategia en la planta donde trabaja. Tal vez a tu empleador tampoco le guste esta pequeña historia del pasado.”

“¡No puedes hacer eso!”

“Puedo hacer muchas cosas”, dijo Reid con facilidad. “Pero quería hablar contigo primero.”

“Sabías que vendría por la carpeta.”

Incluso puedes tener esta. Pero tendrás que hacer un poco más que romper mi ventana para obtener las copias.”

“¿Cuántas hay?”

“No tantas que no pueda quemarlas cuando hagas lo que te pido.”

Ryan miró alrededor de la oficina, luego cruzó los brazos sobre el pecho. “¿Qué quieres?”

“Quiero que confieses.”

“¿Ante ti? Está bien, bien, lo hice. Es verdad.”

Reid negó con la cabeza. “No ante mí.”

“¿A quién, entonces?”

“Ante Marianne Wilson.”

Ryan dio un paso atrás y pareció horrorizado, más o menos como Reid había esperado. “No puedes pedirme que haga eso.”

“Lo acabo de hacer. Y cuando hayas terminado, pídele que me llame y me cuente lo que dijiste.”

“Se van de la ciudad. Van a conducir a Alaska, por lo que escuché.”

Entonces será mejor que te des prisa. Reid levantó el rifle. “Me siento un poco impaciente y escuché que Lucille está ansiosa por un nuevo proyecto."

Ryan maldijo. Él miró alrededor de la oficina como si la salvación estuviera al acecho en una de las esquinas, luego volvió a mirar a Reid, su mirada desafiante. "No lo haré."

"Está bien. Tu elección. Solo quería darte la opción."

Ryan estaba adecuadamente inseguro. "¿Que pasa ahora?"

"Te puedes ir."

"¿Y el libro?"

Reid sonrió. Él tocó su teléfono celular, que estaba en el escritorio a su lado, y sonó el número programado. Ryan miró con horror creciente. Alguien respondió, pero la voz era demasiado confusa para ser reconocida. "Tal como esperaba, desafortunadamente, seguiremos adelante con el plan", dijo Reid. "Ponlo en el depósito de noche."

"¿Dónde? ¿Qué depósito de noche? Ryan demandó.

Reid dejó que su sonrisa se ampliara.

"No", dijo Ryan. "¡No lo hagas!"

"Espera", le dijo Reid a Lionel. "Tic, tac", le dijo a Ryan.

"Está bien, me voy. Sabes que los estaré despertando."

"No creo que les importe. Es un pequeño precio que pagar a cambio de la verdad." Él asintió con la cabeza y esperó mientras Ryan huía de la tienda, luego tomó su teléfono. Buen trabajo, Lionel. Gracias. Va a estar bien."

"¿Y si mi mamá quisiera mudarse?"

"Ella podría alquilarme un apartamento", dijo Reid. "No hay depósito. Yo confío en ella."

"Gracias señor."

Reid colgó el teléfono y se maravilló de lo que acababa de hacer. Nunca había intervenido en la vida de nadie, nunca había interferido, nunca había sido juez ni jurado.

Probablemente era algo bueno que Cassie se hubiera ido, porque no había forma de saber cuánto más de sus reglas y suposiciones habría destruido.

Pero él la iba a extrañar. Eso Reid no podía negarlo.

Él buscó al número de Lila en su libreta de direcciones y lo miró, con el pulgar sobre el botón para llamar. En cambio, apagó el teléfono y se lo metió en el bolsillo, preguntándose qué pensaría Marianne Wilson de que alguien llamara a su puerta a las cinco de la mañana.

Él se sentía sorprendentemente satisfecho y un poco somnoliento. Colocó un trozo de madera contrachapada sobre el vidrio roto y luego se dirigió a casa y se acostó.

CASSIE SE SENTÍA MÁS ligera de lo que se había sentido en un tiempo. Al principio, le preocupaba que su madre consiguiera el libro y supiera la verdad, pero una vez que el libro de Marty desapareció, se sintió aliviada.

Sería bueno no tener más un oscuro secreto.

En un impulso, un día, se metió en la nueva tienda para bebés justo al final de la cuadra de F5F. Por lo general, ella evitaba esas tiendas como la peste, pero el tiempo que pasaba con Emily le hacía pensar que podía manejarlo.

¿Qué tipo de madrina sería si no enviara regalos?

La tienda acababa de abrir y tenía una oferta. El interior estaba lleno de mujeres embarazadas, cochecitos y globos en rosa y azul. Había peluches y juguetes educativos; había libros ilustrados para niños y cajas de música; había gorros y mamelucos; había cunas y cochecitos. Cassie se dirigió con determinación a la sección rosa. Rápidamente encontró una jirafa de peluche con largas pestañas que la hicieron sonreír y descubrió que tenía una caja de música en su interior. Ella le dio cuerda y su sonrisa se ensanchó mientras escuchaba.

Ella podía imaginarse a Emily con ese juguete a su lado. Tal vez la bebé mordiera sus cuernos pequeños o chuparía las orejas. La caja de música se podía quitar y el juguete se podía lavar a máquina después de eso. Cassie tenía que pensar que eso era una ventaja.

Había adorables marcos de cuadros de porcelana con flores disparadas directamente sobre ellos. Ella eligió uno que tenía Mi bautizo escrito en la parte inferior con una bonita letra.

Luego miró alrededor de la tienda, atreviéndose a mirar la sección azul. Shannyn y Ty iban a tener un hijo en septiembre. Ella necesitaba poder entrar en esa sección de la tienda.

Hoy era un buen momento para intentarlo.

Agarrando sus regalos para Emily, Cassie cruzó la tienda con cautela. Nadie se fijó en ella en el alboroto de las compras, pero ella sintió que se le subían las lágrimas. Pequeños juguetes y cosas azules. Ella tocó un oso de peluche con una cinta azul alrededor de su cuello y se le hizo un nudo en la garganta.

Su hijo habría sido un niño. Se lo habían dicho en la clínica y ella se había negado a pensar en eso todos esos años. Todos sus recuerdos habían girado en torno a la violación y el pánico resultante, pero ahora ella pensaba en ese bebé. Ella pensaba en su elección, que no parecía ser una elección en ese momento, y sus lágrimas comenzaron a fluir. Ella cogió al osito y lo abrazó, sabiendo que no podría arreglar lo que había hecho. Deseó haber creído de manera diferente en ese momento, pero luego se preguntó cómo habría salido todo. Probablemente hubiera funcionado de alguna manera. Ahora sabía que las perspectivas aterradoras por lo general no resultaban tan malas cuando sucedían. Ella acarició el pelaje del osito y lamentó su pérdida.

"¿Estás bien, querida?" Una señora mayor estaba a su lado, sus rasgos llenos de preocupación. Ella llevaba una placa con su nombre, por lo que debía ser una de los propietarios o una empleada.

"Era un niño", confesó Cassie, con la voz quebrada.

"Lo siento mucho." La mujer le tocó el hombro con compasión. "Y cuando estés bien, si está bien, habrá otro, querida."

Obviamente, ella asumió que Cassie había tenido un aborto espontáneo, pero este no era el lugar para explicarlo. Cassie asintió y se secó las lágrimas, luego agradeció a la mujer por su amabilidad.

Ella compró el oso, se lo llevó a casa y lo colocó en una posición de honor.

Su teléfono sonó mientras lo miraba, con la garganta apretada, y sabía que no debería haberse sorprendido de que fuera su madre.

"Oh, Cassie", dijo ella. "Ojalá hubieras podido decírmelo."

"No pude."

"Lo sé. Y eso fue mi culpa." Su mamá soltó una risa irónica. "Si alguna vez alguien me iba a demostrar que me había equivocado, debería haber adivinado que serías tú. Mi intrépida Cassie. ¡Cómo te amo! Lamento si pensaste que decirme la verdad cambiaría eso."

Con eso, Cassie comenzó a llorar en serio. Sus lágrimas estaban muy atrasadas, y también estaba restaurando su relación con su madre.

Ella deseó poder agradecer a Reid por ambos.

El hecho de que probablemente nunca tuviera la oportunidad de hacerlo, la hizo llorar un poco más.

DIECISÉIS

Marianne Wilson tenía una última cosa que hacer antes de dejar Montrose River nuevamente.

Esta vez, su destino era Alaska, y estaba deseando ver un poco de Canadá en el camino hacia el norte. Ella había tenido que comprar un mapa nuevo para el RV, uno con toda América del Norte en él. Paul estaba listo para irse, pero ella tenía ese último trabajo que hacer. Y quería hacerlo sola. Ella pidió prestado el auto de Ally y le dijo a su marido que volvería para el almuerzo.

Ally todavía estaba en Chicago con Jonathan, lo que no podía ser malo. Ella había escuchado la confesión más asombrosa de Ryan una mañana temprano, y solo le había creído porque había leído el libro de Marty. Ella estaba contenta de haber hecho las paces con Cassie y quería decir una última despedida antes de que se fueran de la ciudad.

Ella se preguntó, como siempre se preguntaba cuando entraba al cementerio, quién mantenía la tumba de Marty. Siempre se veía ordenada, sin importar cuándo la visitara o cuánto tiempo había pasado desde su última visita. En la primavera, había narcisos en la tumba. A Marty le habían gustado, ¿era solo una coincidencia o alguien que lo conocía atendía su tumba? Marianne no sabía quién podría ser.

Al doblar la esquina hacia la parte más nueva del cementerio, ella vio que había alguien en la sección donde estaba la tumba de Marty. Ella contuvo el aliento mientras estacionaba y se dio cuenta de que era Reid Jackson, y que estaba desyerbando el pequeño jardín frente a la piedra.

Reid Jackson. Él le había dado el libro a Cassie. Él había enviado a Ryan a hacer su confesión. Él había estado junto a Cassie en el bautizo de Emily.

Y no era el tipo malo que ella siempre había pensado que era. En cierto modo, ella estaba decepcionada de que su llamada sobre Ryan hubiera ido al buzón de voz, aunque no esperaba que Reid la devolviera la llamada.

Quizás ahora tendría la oportunidad de agradecerle.

"¡Reid!" Dijo ella cuando salió del auto y él se volvió para mirarla, sin sorprenderse. "¿Qué estás haciendo aquí?"

Él miró en su dirección, su tono y su expresión eran suaves. "¿Qué parece que estoy haciendo?"

Marianne farfulló. "¿Pero por qué?"

"Tengo todas las razones para estar aquí", respondió Reid con calma. "Es tu presencia lo que es una sorpresa."

"¿Qué se supone que significa eso?"

Apenas hablabas con Marty cuando estaba vivo. ¿Por qué visitar su tumba?

"Él era mi hermano."

Entonces, deberías haber hablado con él cuando estaba vivo. Reid volvió a su trabajo.

Marianne respiró hondo, no le gustaba que él tuviera razón. "No nos llevábamos bien."

"No me sorprende. Pero él fue como un padre para mí." Reid se enderezó y fue a tomar las petunias que había traído. Tenía una espátula en la otra mano y sus manos estaban sucias. "Las grandes mentes piensan igual", dijo él, casi sonriendo, y ella supo que estaba tratando de cambiar el tono de su conversación. "Este morado irá muy bien con los lirios amarillos."

Marianne entregó la caja y Reid se volvió hacia la tumba, agachándose para hacer algunos agujeros más en la tierra. Respiró hondo, diciéndose a sí misma que él había estado cuidando la tumba y haciendo un buen trabajo.

"Siempre se ve tan bien", se las arregló para decir ella y se volvió más fácil hablar con él una vez que comenzó. "No sabía que eras tú quien la atendía."

"No es algo que yo anuncie."

"No publicitas mucho de lo que haces, ¿verdad?"

"No veo el punto."

"Enviaste a Ryan."

"Sí." Él le dedicó una mirada. "¿Aquí?"

Ella miró los agujeros que había hecho y asintió con la cabeza. El arreglo sería simétrico, lo que a ella le gustó.

"Normalmente estoy aquí el Día de los Caídos, solo para tu información", dijo Reid arrastrando las palabras. "Llego temprano, así que es fácil de evitar."

Marianne cerró los ojos. "Lo siento. No quiero parecer ingrata."

"Pero Marty me vendió la tienda en lugar de dejársela a ti o a tus hijas." El tono de Reid era práctico, como si su reacción fuera perfectamente natural.

"Está eso", admitió ella.

Él miró por encima del hombro. "Pero ninguna de los dos quería tener una tienda de comestibles. Marty les preguntó." Marianne parpadeó sorprendida porque no lo sabía. "Y él sabía que no necesitabas ni querías la responsabilidad."

"Acabas de decir que te lo vendió."

"Él lo hizo." Reid negó con la cabeza. "Y exigió un precio justo, eso es seguro."

"¿Cuándo?"

"Después de mi cirugía. Cuando volví a la ciudad porque no tenía a dónde ir. Yo tampoco tenía dónde vivir. Marty dijo que necesitaba un objetivo y una razón para levantarme todas las mañanas, y simplemente un trabajo no serviría."

"Eso suena a él", dijo Marianne, sonriendo un poco en el recuerdo.

Reid asintió con la cabeza.

Marianne lo vio colocar las plantas, sorprendida de que fuera tan amable con ellas.

Se tomó su tiempo, luego se enderezó y se acercó a ella. "¿Esta bien?"

"Se ve bien. Gracias." Sintió que se le subían las lágrimas por el deseo de que ella y Marty se hubieran reconciliado antes de su muerte. "Peleamos por ti, ya sabes", admitió ella sin querer hacerlo.

"Lo sé. Él me dijo." Reid hizo una pausa por un momento. "Sin embargo, nunca me dijo por qué. Hasta hace poco, pensaba que simplemente me desaprobabas"

"Lo hacía"

Reid frunció el ceño. "Yo ni siquiera sabía que Cassie estaba embarazada. No me lo dijo, no hasta que estuvo aquí para el bautizo de Emily."

Marianne mantuvo su mirada fija en la piedra de Marty. Ella deseó que Cassie le hubiera dicho la verdad primero, pero en realidad ella no lo había hecho posible. Reconoció su propio papel en lo que había sucedido y lo lamentó.

"Podrías habérmelo dicho entonces."

Reid negó con la cabeza. "No era mi historia para contarla." Había un aire primitivo en sus modales que sorprendió a Marianne, porque captó un destello de Marty en su expresión y en sus palabras.

Marty nunca había difundido chismes.

Solo lo escribía todo en su libro secreto.

"Probablemente no te lo dijo antes porque tú no eras el padre", dijo ella en voz baja. "Yo no sabía eso entonces."

"Podrías haberlo adivinado", respondió Reid. "Yo me habría casado con ella en un santiamén, a pesar de que Marty tenía una regla y una sola regla. Él insistió en que ni siquiera hablara con sus sobrinas, por si dañaba su reputación." Hizo una mueca. "Me habría matado si hubiera dejado embarazada a Cassie y no hubiera hecho lo correcto." Saludó con la cabeza a Marianne, luego tomó la regadera y se dirigió al grifo.

Ella lo vio irse, dándose cuenta de que esa era la razón por la que Marty había defendido a Reid. Él le había hecho prometer al muchacho y lo conocía lo suficientemente bien como para saber que la promesa no se había roto.

Ella pensó en el contenido del libro de Marty, que todavía estaba absorbiendo. ¿Podría ser todo verdad?

Reid regresó y regó las petunias.

"Le pregunté a Cassie quién era el padre en ese momento", admitió ella. "Ella no me lo diría."

"Sin embargo, es la persona más franca que he conocido. Honesta también."

Marianne se encontró asintiendo con la cabeza.

"¿No crees que me habría señalado con el dedo si yo hubiera sido el padre?"

"Tienes razón." Marianne asintió, sintiéndose culpable de nuevo. "Debería haber sabido que había una buena razón por la que no me dijo la verdad."

Reid recogió sus herramientas y se apartó de la tumba, examinando su trabajo. Había una mirada en sus ojos que sorprendió a Marianne y habló impulsivamente.

"Querías a Marty."

"Lo quería", admitió Reid con facilidad. "Él me dio una oportunidad. Fue bueno conmigo, incluso cuando no me lo merecía, y nunca supe por qué." Él se encogió de hombros. "Supongo que estaba en el lugar correcto en el momento correcto." Él pareció encontrar eso divertido, pero Marianne lo sabía mejor.

"No", dijo ella con firmeza y Reid la miró. "No es por eso."

Él no lo sabía, ella podía ver eso en sus ojos. Tal vez hubiera una forma en que ella podría comenzar a enmendar todos los años en que lo había culpado por lo que no había hecho.

Marianne tenía una historia que debía contar y era hora de compartirla. Ella sabía que no estaba en el libro de Marty y dudaba que su hermano le hubiera dicho esta verdad a nadie.

"Déjame decirte algo sobre Marty", ofreció ella.

"¿Aquí? ¿O puedo invitarte a un café?

"Aquí", dijo Marianne con determinación. "Quiero que mi hermano me escuche empezar a hacer las paces." Ella respiró hondo. "Pero después puedes invitarme a un café."

"Trato", dijo Reid, sonrió un poco y esperó a que Marianne encontrara las palabras.

Él era paciente, al igual que Marty, y ella tenía la sensación de que él podría ser igual de amable.

HABLANDO DE IMPROBABILIDADES. Reid nunca había imaginado que estaría parado en el cementerio con la mamá de Cassie un martes por la tarde en junio. Ciertamente, nunca hubiera imaginado que ella hubiera elegido hablar con él por elección y en un tono amistoso, pero estaba haciendo precisamente eso.

Cassie debía haberle enviado El Libro.

Y él le había enviado a Ryan para que confesara.

Marianne cruzó los brazos sobre el pecho, como si hiciera frío, aunque no lo hacía. "Probablemente adivinaste que tu mamá y yo estábamos juntas en la escuela."

Reid parpadeó. "Nunca lo había pensado."

Marianne asintió. "No, supongo que no lo harías. Pero teníamos la misma edad y estábamos en el mismo grado durante toda la escuela. Doreen era tranquila y dulce, una persona tremendamente gentil incluso cuando era niña."

Reid sintió un nudo en la garganta. "Ella lo era."

"Éramos amigas. Jugamos juntas. Evitábamos a mis hermanos juntas. Mis hermanos se burlaban de nosotras." Marianne respiró hondo. "Tuvimos los veranos más gloriosos en esos días. Recuerdos perfectos de la infancia. Comíamos sandía y atrapábamos luciérnagas y pasábamos por aspersores. Ganábamos monedas de cinco y diez centavos por hacer las tareas del hogar y bajábamos en bicicleta para comprar golosinas en Shop 'n Save. Podíamos pasar una hora deliberando sobre las posibilidades."

Reid sonrió.

"Mi hermano mayor, Marty, parecía estar siempre trabajando en la tienda en ese entonces. Incluso entonces, Frank estaba obsesionado con los autos y tenía un trabajo en la gasolinera. Y luego crecimos, Doreen y yo, y yo fui a la universidad. Doreen no lo hizo. Mi papá la contrató como cajera en Shop 'n Save."

Reid esperó, disfrutando de este vistazo de su madre antes de su tiempo.

"Y fue entonces cuando Marty se enamoró perdidamente de Doreen."

Reid miró hacia arriba, sorprendido.

Marianne asintió. "Estoy segura de que nunca te lo dijo. Él era así. Ciertamente nunca lo escribió en su libro, pero todos lo sabían. Era obvio que la adoraba, y cuando llegué a casa en Navidad y los vi juntos, estaba bastante segura de que el sentimiento era mutuo. Ella vino a nuestra casa en Nochebuena, luego tuvo el día de Navidad con su familia." Ella miró fijamente a Reid. "Probablemente no los recuerdes."

Él sacudió la cabeza. "Realmente no."

"Bueno, eras pequeño cuando ellos fallecieron, pero eso es adelantarse a las cosas. Yo estaba bastante segura de que Marty se casaría pronto cuando volviera a la escuela durante el invierno. Imagínate mi sorpresa cuando llegué a casa en la primavera y encontré a Marty trabajando como un demonio en la tienda. Doreen había dejado su trabajo y se había casado con otra persona."

"Mi papá."

Marianne asintió. "Y ella estaba embarazada. Demasiado embarazada para una nueva novia. Marty no hablaba de eso y él no hablaba de ella. Esos pisos nunca fueron tan barridos como cuando alguien le preguntaba a Marty sobre Doreen." Marianne tragó. "Tu papá estaba trabajando en la fábrica y decía que le estaba yendo bien allí. Yo no vi mucho a Doreen desde que vivían en ese lugar en las afueras de la ciudad, pero todos asumimos que eran felices."

Reid miró sus botas, feliz de escuchar que había habido un intervalo normal en el matrimonio problemático de sus padres. A él le costaba creer que su padre alguna vez hubiera sido algo más que abusivo, pero confiaba en los recuerdos de Marianne. Él quería creer que su mamá había sido feliz, aunque solo fuera por un corto tiempo.

Ella sonrió tristemente al recordar y negó con la cabeza. "Incluso tuve una discusión con Marty acerca de que él era un gran perdedor."

"Probablemente sabía más que tú."

"Sí." Marianne suspiró. "Probablemente lo hacía, pero Marty nunca fue de los que chismorreaban sobre otras personas."

"No. No lo era."

"¿Sabías sobre su libro?"

Reid asintió y sus miradas se encontraron. "Trabajaba en él todos los sábados por la noche, manteniéndolo actualizado. Estaba en la oficina de la tienda después de su muerte y no sabía qué hacer con él."

"Hasta que se lo diste a Cassie."

Él tomó un respiro profundo. "Ella me contó lo que le pasó y pude ver que ella no creía que nadie le creería. Marty había adivinado la verdad y quería que supiera que él le habría creído."

"Y eso fue lo que hiciste."

Reid asintió.

"Gracias." Marianne le tocó el brazo brevemente. "Tienes la compasión de tu mamá."

Reid miró hacia otro lado, sus lágrimas brotaban y su garganta se movía.

Marianne se aclaró la garganta. "Como probablemente habrás adivinado, Doreen tuvo un bebé."

Reid se rió entre dientes a pesar de sí mismo.

"La viva imagen de su padre."

Reid frunció el ceño.

Y tan pronto como ella dio a luz, tu padre perdió su trabajo en el molino. Al principio, fue solo porque estaban reduciendo los gastos y el personal, pero salió furioso de allí y pasó la tarde en el bar, luego volvió a pelear. Le rompió la nariz al viejo Jeff Tucker, causó un montón de destrucción y convirtió el aire en azul, según todos los informes. No había ninguna posibilidad de que lo volvieran a contratar allí."

"O en cualquier otro lugar."

"O en cualquier otro lugar. Se corrió la voz y tu padre realmente comenzó a beber. Nadie veía a Doreen con mucha frecuencia. Ella era mucho más tranquila y tímida. Yo regresé de la universidad antes de ver sus moretones. Ella se escapó de mí cuando le pregunté y no me dijo lo que había sucedido. Finalmente, dijo que se había tropezado en la casa."

Reid sintió que sus labios se apretaban.

"Marty solía entregar sus comestibles, cuando podían pagar, y sé que deslizaba algo extra en el pedido cuando podía."

Reid cerró los ojos, recordando que su padre encontró algo extra y decidió que su madre le estaba pagando a Marty con favores sexuales. Casi la había matado esa noche.

"¿Qué?" Preguntó Marianne ante la repentina proximidad. "¿Qué estás recordando, Reid?"

"Él lo encontró una vez."

Marianne lo estudió con preocupación. "Dime."

"Dijo que solo había una forma en que ella podría haber compensado a Marty por comestibles adicionales. Él dijo que ella era suya y que no tenía derecho a ofrecer lo que le pertenecía a nadie más."

Ella hizo una mueca. "Él te hizo mirar", adivinó ella.

Reid asintió. "Siempre dos lecciones en una." Él respiró tembloroso. Pero esa también fue la primera noche que me golpeó. Y fue entonces cuando mi mamá decidió que íbamos a huir."

"¿A dónde?"

"California era su plan, pero en realidad, el desafío era salir con vida de esa casa. Si hubiera logrado eso, habríamos averiguado el resto en el camino."

"Pero él se enteró", supuso Marianne. "Y él le enseñó una lección."

Reid asintió.

"Seguramente no te hizo ver eso."

Reid la miró fijamente a los ojos.

"—Dulce Jesús" —susurró Marianne. "¿La mató?"

"Suficientemente cerca. Ella murió esa noche. Nos encerró cuando terminó y tomé su mano. Recuerdo cuando su pulso se detuvo."

"Dios mío", ella susurró de manera desigual y le tocó el brazo de nuevo. "Todo solo y lidiando con ese tipo de maldad." Cuando Reid no se apartó, ella lo acarició un poco. Apreciaba tanto que ella quisiera consolarlo como que no tuviera idea de cómo empezar. "Y eras solo un niño."

"Doce."

Ella miró a su alrededor. "¿Dónde está la piedra de Doreen?"

"Ella no tiene una. Él no iba a malgastar un buen dinero en el funeral de una mujer que no lo amaba." Escuchó su propia amargura. "Sus cenizas están en el campo del alfarero."

"Nada para conmemorar la vida de esa dulce, dulce niña", dijo Marianne con un movimiento de cabeza. "Qué hombre tan malvado era."

Reid inclinó la cabeza.

"Nada excepto, por supuesto, su hijo", dijo Marianne, tocándolo brevemente de nuevo. "El hijo que amaba más que a nada en el mundo."

"No fue suficiente. No pude ayudarla."

"¡Pero eras solo un niño!" Ella lo agarró por la manga. "¿No lo entiendes, Reid? Marty te ayudó porque eras el hijo de Doreen, porque ella te amaba y eso fue suficiente para que él necesitara ayudarte. Por eso era bueno contigo. Gracias a Doreen."

"Él me dijo que simplemente la tomó", confesó Reid. "Que la arrinconó y tomó lo que era suyo, y que ella no tuvo más remedio que casarse con él. Él estaba orgulloso de haberse afirmado a sí mismo." Reid quería escupir después de repetir esas palabras.

"Me alegra que los padres de ella nunca lo supieran", dijo Marianne y Reid de repente se molestó.

"¿Por qué podría haberlos molestado? ¿No debería haberles molestado que su hija se casara con un monstruo? ¿No deberían haberla defendido?"

"Pero un hijo ilegítimo..."

"Una hija violada", dijo Reid, mordiendo las palabras. "¿Cuándo ella necesitó más su apoyo que en ese momento?"

Marianne lo estudió y supo que estaba haciendo la conexión. "Si Cassie nos hubiera dicho quién era el padre, la habría obligado a casarse."

"¿Y qué tan buen marido podría ser un violador?"

Marianne asintió y exhaló, inspeccionando el cementerio. Reid pensó que estaba reorganizando sus suposiciones y se preguntó si sería capaz de hacerlo.

Luego se volvió para estudiarlo, con los ojos brillantes. "¿Desearías que tu madre hubiera interrumpido su embarazo?"

"Me he preguntado muchas veces si podría haber sido más inteligente."

"¡No puedes decir eso! Ella te amaba."

"Mal plan", murmuró Reid.

Los labios de Marianne se fruncieron. "¿Por qué no te has casado nunca? ¿Estás, como Marty, anhelando una mujer que nunca podrás tener?"

"No lo hacía, pero podría ser ahora."

Cassie te ama.

"Soy el hijo de mi padre, Marianne. No puedes desearle eso a tu hija."

Eres el hijo de tu madre y bien podrías haber sido de Marty por todo lo que muestras de tu padre. Puedo desear eso para Cassie."

"No. Saldrá. Me enojaré por algo y la lastimaré, y eso sería una abominación." Él la fulminó con la mirada. "No lo haré. No le romperé el corazón."

Marianne lo fulminó con la mirada. "Quizás ya lo hagas."

Reid tuvo que darse la vuelta.

"Entonces dejaré el libro de Marty antes de irme de la ciudad, y tú puedes ir a trabajar, vivir indirectamente y mantener esas listas actualizadas", dijo Marianne con amargura. "Puedes esconderte en la oficina de Shop' n Save como lo hizo Marty y desear algo que nunca podrá ser, pero en tu caso, será porque te negaste a alcanzarlo."

"No entiendes..." Él se volvió hacia ella con ira, solo para encontrarla igual de enojada.

"Entiendo, Reid. Respeto tu preocupación, pero veo la diferencia entre tú y tu padre. Si Doreen pudiera llegar desde el cielo y darte una bofetada, lo haría ahora mismo. Tal vez yo debería hacerlo por ella." Marianne lo señaló con un dedo. "Porque si crees que mi hija alguna vez perdería su corazón por un hombre que no era completamente digno de ella, entonces estás muy equivocado. Cassie sabe lo que quiere y siempre ha sido una muchacha inteligente. Ella siempre ha estado dispuesta a esperar la mejor solución posible y a trabajar duro por lo que quiere. Ella te ama y confío en eso."

"Yo no creo en el amor."

"Entonces necesitas un tutor. Yo recomiendo a Cassie Wilson." Ella lo miró fijamente con una última mirada, luego se giró y examinó el cementerio. "Tu madre necesita al menos un árbol aquí, si no un jardín conmemorativo." Ella apuntó. Quizá allí mismo, cerca de Marty. Probablemente a ambos les gustaría estar a la vista el uno del otro, incluso ahora."

"Puedo arreglar eso", dijo Reid, su voz ronca. Él respiró hondo. "Quizás incluso antes de irme a Nueva York."

"Bueno, no te demores en eso", dijo Marianne con severidad, a pesar de su sonrisa. "Me gustaría tener algunos nietos pronto."

"Tendré que ver qué tiene que decir Cassie al respecto."

"Ciertamente lo harás", estuvo de acuerdo ella. "Espero que te sientas persuasivo."

"Lo hago." Reid sonrió, animado por una nueva sensación de que las cosas podrían ir bien en su mundo.

Que tal vez él pudiera tener suerte.

Que tal vez podría tener un sueño.

Para su asombro, Marianne le abrió los brazos, con un brillo atrevido en sus ojos que le recordó a Cassie. "¿No es hora de que alguien te abrace, Reid? Gracias por ayudarnos a hacer esto bien."

Al principio fue incómodo abrazar a la mamá de Cassie, y no ayudó que Reid fuera un pie más alto que ella, pero una vez que se conectaron, funcionó bien.

Se sintió bien.

Como ir a Nueva York.

"¡CASSIE!" dijo Ty y ella se volvió al oír su voz.

Habían pasado dos semanas después de la boda de Kyle y parecía que las cosas nunca volverían a ser lo que antes había sido normal. Cassie había tomado prestado el apartamento vacío de Ty para una sesión de fotos y estaba revisando los resultados. Shannyn había tomado dos fotos de ella que eran realmente similares y ambas particularmente buenas.

Ella había estado pensando demasiado en Reid y deseaba que él pudiera estar allí para ver el resultado de su idea. Iba a ser una gran campaña.

En realidad, ella solo deseaba que él pudiera estar allí, punto.

"¿Puedes echar un vistazo a este programa para el nuevo instructor de Aquafit?" Preguntó Jax y Cassie se movió para mirar la pantalla de su computadora. "Kendra está de noche, lo cual es genial, pero tengo que acortar uno de las piscinas abiertas..."

Cassie se alegró de la distracción y discutieron el mérito de varias opciones. Jax dirigía el equipo de instructores, la mayoría de los cuales trabajaba a tiempo parcial en el club. Ella era casi tan experta con las hojas de cálculo y los contratos como Tyler. También mantenía una breve lista de candidatos para podcasts y shows de video, y Cassie estaba revisando las últimas incorporaciones con ella cuando Ty apareció en la oficina y se acercó a Cassie.

"Justo a la persona que quería ver." Él parecía un poco agitado, lo que era inusual para él, y ella sintió un momento de preocupación.

"¿De verdad?"

"Me preguntaba si podrías hacerme un favor."

"Posiblemente." Ella consultó su reloj. "Tengo una clase que dar a las siete pero no tengo nada planeado antes."

"Excelente." Ty le arrojó un juego de llaves y ella las agarró instintivamente. "Hay un tipo que viene a ver el apartamento y está realmente interesado." Ty hizo una mueca. "Pero Shannyn se sentía mal hoy y finalmente consiguió una cita con su obstetra / ginecólogo. Ella incorporó a Shannyn en su horario al final del día... "

"Y tú también quieres estar allí."

Ty asintió. "Él hizo una oferta, pero está condicionada a que vea el lugar y le guste."

"No puedo imaginar que no lo hará", dijo ella. "Las vistas son impresionantes."

"Creo que sí. Es solo un cruce de las t y los puntos de las i, pero me gustaría dejarlo con alguien en quien confíe."

Cassie sonrió. "Me alegro de hacerlo. Estoy seguro de que le encantará."

Ty asintió y miró su reloj.

Cassie y Jax intercambiaron una mirada y Jax sonrió. "Vas a ser un desastre cuando ella entre en trabajo de parto", bromeó a Ty.

"No quiero ni pensar en eso", admitió él.

Jax le dio unas palmaditas en el brazo, luciendo maternal. "Estará bien."

Ty no parecía estar convencido. "¿Y esa proyección de esta noche?"

"No te preocupes por eso", dijo Cassie. "¿Cuándo se supone que debe aparecer?"

"En cualquier momento, pero realmente tengo que irme si voy a regresar a Brooklyn a tiempo."

"El tráfico en la hora será brutal", contribuyó Jax.

"Lo sé", dijo Ty, mirando su reloj de nuevo. "Tal vez debería tomar el tren."

Jax asintió sabiamente. "Ese es un plan mejor que conducir ahora mismo."

Ty tomó su maletín y se detuvo para mirar a Cassie. "¿Está realmente bien?"

"Está realmente bien", dijo ella con una sonrisa. "Ve, ya."

Ella lo vio caminar por el vestíbulo del F5F, disfrutando de la vista pero sin sentir el mismo deseo que tenía unos meses antes. No, era el paso de piernas largas de un hombre diferente lo que permanecía en su imaginación, aunque dudaba que volviera a ver a Reid pronto.

Cassie suspiró y volvió a las hojas de cálculo de Jax. Compartieron una sonrisa, luego Jax miró por encima del hombro de Cassie hacia las puertas de la calle.

"Bueno, hola", dijo Jax en voz baja y Cassie se volvió para mirar.

Luego parpadeó.

Porque era Reid Jackson caminando hacia ella. Él hizo una pausa para inspeccionar la pared de escalada en roca, luego se volvió en su lugar para examinar el vestíbulo. Él llevaba una bolsa de viaje y una bolsa de mensajero, vestía jeans y una camisa informal, y se veía tan delicioso como siempre.

Quizás mejor.

Tal vez ella solo tenía más apetito por lo que él tenía para ofrecer. Cassie salió de la oficina y esperó a que su mirada se posara en ella.

Él la vio y sonrió agradecido mientras caminaba hacia su lado. "Tan hermosa como siempre", dijo Reid, luego se inclinó para tocar sus labios en su mejilla. "Eres un espectáculo para los ojos doloridos, Cassie Wilson." Su voz era baja y envió un zumbido familiar a través de Cassie.

"¿Acabas de venir aquí por sexo?" preguntó ella, escuchando la falta de aliento de su voz. El efecto del hombre sobre ella aparentemente nunca iba a disminuir.

"Bueno, eso también", dijo él con una sonrisa.

"Tan misterioso como siempre", bromeó ella.

"Ty me invitó a venir a F5F y hacer un poco de consultoría", admitió él. "Echar un vistazo al comercio minorista y hacer sugerencias. Ya tengo una."

"¿Qué es eso?"

"Si vas a vender apartamentos en este edificio, necesita algunas tiendas de alimentos en el vestíbulo."

"Hay una bodega en la calle..."

Reid negó con la cabeza. "¿Por qué los animarías a que se vayan? Una pequeña tienda de comestibles en esa esquina, con comidas preparadas para llevar, opciones saludables, café, abierto hasta tarde." Él sacudió la cabeza. "Prácticamente estarías imprimiendo dinero. Podrían bajar en pijama a medianoche a comer sushi y pollo con mantequilla."

Cassie sonrió ante la improbable combinación. "¿Es realmente por eso que viniste?" se atrevió a preguntar ella.

Reid se puso serio y la miró. "No. Es una excusa."

Cassie contuvo el aliento ante la intensidad de su mirada.

"El propietario me invitó a ver un apartamento en venta en este edificio."

Ella jadeó al comprender. "Es espectacular."

"Ni siquiera quiero verlo sin tu aprobación."

"No depende de mí..."

"Depende de ti, Cassie", dijo Reid con firmeza, interrumpiéndola. "Si no te sientes como te sentías en Santa Cruz, no hay ninguna razón para que yo esté en Nueva York." Él sonrió torcidamente. "Y si lo haces, no quiero estar en ningún otro lugar."

El corazón de Cassie latía con fuerza. "¿Solo quieres quedarte cerca y atormentarme?"

La sonrisa de Reid se volvió traviesa. "Estaba pensando en cortejarte."

"¿Cortejándome?" repitió ella. "Recibiste esa palabra de Ty."

"Lo hice. Estoy intrigado. Sé que nunca había cortejado a nadie. ¿Cómo es?"

"No lo sé. Nunca me han cortejado."

La empujó hacia una pared y Cassie sonrió mientras retrocedía, incapaz de apartar la mirada de la suya. Él se veía impredecible y sexy como el infierno. "Mi plan habitual es seducir a una mujer que me interesa."

Cassie asintió. "Yo solo voy saltar sobre los huesos de cualquier hombre que quiera."

Él le rozó la mejilla con los labios. "Entonces tal vez esto de cortejar no sea para nosotros."

"Tal vez deberíamos seducirnos el uno al otro primero, luego hablar más de eso", susurró ella, sintiéndose sin aliento y emocionada.

"Me encanta cómo tienes todas estas grandes ideas", murmuró, luego deslizó su boca sobre la de ella. Cassie se estremeció hasta los dedos de los pies. "Es como si pudieras leer mi mente."

"Destino", susurró Cassie.

"No", dijo Reid. "Creo que es amor."

Sus ojos se abrieron de golpe ante eso y lo encontró mirándola de cerca.

"Te amo, Cassie Wilson", dijo él con calor. "Me da un susto de mierda, pero me informaron que si necesito un tutor en el arte de enamorarse y permanecer enamorado, tú serías la candidata ideal."

"¿Quién te dijo eso?"

"Tu mamá."

Cassie se rió. "¿Y qué vas a hacer con ese pequeño consejo?"

Él dejó caer una de sus maletas y le llevó la mano a la barbilla. "Estaba pensando que compraría un apartamento, siempre que tuviera suficiente espacio en el armario para ti y tu colección de zapatos, y luego te seduciría repetidamente hasta que accedieras a casarte conmigo."

"Podría estar de acuerdo ahora mismo."

"Eso estropearía la diversión."

"Podría estar de acuerdo y luego podrías seducirme de todos modos. O yo podría seducirte."

"Definitivamente deberíamos probar todas las posibilidades", murmuró, luego deslizó su mano por su cabello. Cassie cerró los ojos mientras él la besaba, lenta y dulcemente.

Él levantó la cabeza demasiado pronto y le sonrió. "Te extrañé."

"Te tomó el tiempo suficiente para darte cuenta."

Reid negó con la cabeza. "No, lo supe en el bautizo de Emily. Simplemente no tenía ganas de creer que podía tener tanta suerte."

"Pensaba que tenías suerte."

"Trabajo por toda mi suerte. Nunca aparece por sí sola de esta manera." Su mirada buscó la de ella y bajó la voz. "Como tú."

"Entonces tal vez debería hacerte trabajar por eso", bromeó Cassie.

Reid la besó de nuevo, un poco más posesivamente. "Necesitaba que me enseñaras sobre las posibilidades, Cassie." Su siguiente beso fue aún más caliente y duró lo suficiente como para provocar algunos silbidos.

"Será mejor que miremos ese apartamento ahora", susurró Cassie y Reid sonrió.

"Muéstrame el camino."

Cassie tomó su mano y su bolso de mensajero, tirándolo hacia el ascensor hasta el ático. Ella le mostró cuál de las llaves lo haría funcionar y vió a Chynna fuera de su tienda de tatuajes, mirándolos con una sonrisa, justo cuando las puertas se cerraban.

El corazón en su tatuaje pareció dar un pequeño aleteo en ese momento, pero eso podría haber sido porque Reid la llevó a un rincón y la besó hasta dejarla sin aliento.

Salieron a tropezones del ascensor, riendo juntos, y Cassie hizo un gesto con la yema del dedo hacia la cámara de seguridad. Reid abrió la puerta del apartamento y entró, su expresión mostraba que compartía la admiración de Cassie. "Es asombroso."

"¿Podemos pagarlo?"

"Vendí la casa por un gran precio", dijo Reid, mirando la ciudad. "El desarrollador la quería y yo no la necesitaba." Él se volvió para guiñarle un ojo. "Pero hice un trato difícil, porque pensé que podría necesitar comprar en un mercado más caro."

"Así que te quedarás."

"Solo si me aceptas." Él tragó. "Verás, mi vaso está medio vacío cuando no estás cerca. Solo puedo pensar en una cosa que hacer al respecto." Reid se arrodilló frente a ella y sacó un joyero del bolsillo de su abrigo. Él parecía un poco inseguro de su reacción, lo que hizo que Cassie solo quisiera tranquilizarlo. "¿Te casas conmigo?"

"¡Sí!" Ella lo abordó y cayeron al suelo juntos, besándose como si hubieran estado separados durante una década en lugar de unas pocas semanas.

Estaban medio desnudos cuando Reid levantó la mano. "Un último detalle", insistió, luego tecleó un mensaje de texto. Cassie miró por encima del hombro para ver que se lo estaba enviando a Shayla, la esposa de su amigo. Fueron solo cinco palabras.

Espero que tengas ese sombrero.

Lo envió y luego puso su teléfono en el mostrador, volviéndose hacia Cassie con una sonrisa. "Acabamos de invitar a nuestros primeros invitados a la boda", dijo él, luego la besó tan profundamente que casi se olvidó de su nombre.

DOS BODAS Y UN BEBÉ
FLATIRON 5 FITNESS ESPAÑOL #5

Es septiembre en Manhattan y el clima es perfecto para una boda, ¡si no dos! Cassie y Reid se casan con estilo en esta historia, mientras Haley y Damon toman sus votos rodeados de amigos y familiares. ¿Llegará el hijo de Shannyn y Tyler a tiempo para las festividades? Únete al equipo de F5F mientras celebran dos bodas, dan la bienvenida al primer hijo de los socios y realizan cambios para construir el futuro de su gimnasio.

Dos bodas y un bebé
¡Próximamente! Se publicará en octubre

SOLO UNA SEGUNDA OPORTUNIDAD
FLATIRON 5 FITNESS ESPAÑOL #6

Theo sabe lo que es posible...

Porque ha aprendido por las malas lo que no lo es. La supermodelo de éxito internacional conocida como Angel le robó el corazón para siempre cuando solo era Lyssa Monroe. Nunca ha habido otra mujer que pudiera competir; él incluso amaba a Lyssa lo suficiente como para dejarla irse cuando ella dijo que todo había terminado. Cuando se reencuentren, él está decidido a que un vistazo de ella lo sostenga durante otra década. Cuando Lyssa le ofrece una noche juntos, Theo no puede decir que no, aunque sabe que probarlo solo lo tentará a esperar más de nuevo.

Lyssa ha probado la fruta prohibida...

Y no puede olvidarlo, no importa cuánto lo intente. El amor de Theo es una piedra de toque para todo lo que es puro y bueno en el caos en el que se ha convertido su vida. Cuando lo ve de nuevo, todo es simple por una vez y solo una opción es posible. El secreto que le oculta a Theo podría destruir cualquier posibilidad de un futuro juntos, pero seguramente podrá mantenerlo oculto solo por una noche más. O quizás dos. ¿Cuánto sacrificará para defender a su hijo y hasta dónde llegará Theo para convencerla de que les dé una segunda oportunidad?

Solo una segunda oportunidad
¡Próximamente! Se publicará en noviembre

ACERCA DEL AUTOR

La bestseller y galardonada autora, Deborah Cooke, ha publicado más de noventa novelas y noveletas, que incluyen romances históricos, romances fantásticos, novelas fantásticas con elementos románticos, romances paranormales, romances contemporáneos, romances fantásticos urbanos, romances sobre viajes en el tiempo y novelas paranormales para adultos jóvenes. Actualmente, escribe romance contemporáneo y romance paranormal como ella misma, Deborah Cooke, romance medieval como Claire Delacroix, y ha escrito como Claire Cross. Es un éxito de ventas a nivel nacional, así como una de las autoras más vendidas de USA Today y del New York Times. Su romance medieval de Claire Delacroix, La bella, fue su primer libro en aparecer en la Lista de libros más vendidos del New York Times.

Deborah fue escritora residente en la Biblioteca Pública de Toronto en 2009, la primera vez que TPL organizó una residencia centrada en el género romántico, y ella tuvo el honor de recibir el premio Romance Writers of America PRO Mentor of the Year Award en 2012. Ella está en el Cuadro de Honor de la RWA.

Deborah vive en Canadá con su familia y teje demasiado.

Visite sus sitios web en:

http://deborahcooke.com
http://delacroix.net
http://dragonfirenovels.com

OTRAS OBRAS DE DEBORAH COOKE

Flatiron 5 Tatuaje

1. **Solo una noche nevada**

(Olivia & Spencer)

2. **Solo una noche de vacaciones**

(Reyna & Kade)

3. **Solo una noche inolvidable**

(Lexi & Gabe)

4. **Solo una noche de Navidad**

(Chynna & Trevor)

Flatiron 5 Fitness - Español

1. **Solo una cita falsa**

(Tyler & Shannyn)

2. **Solo una vez más**

(Kyle & Lauren)

3. **Solo una noche juntos**

(Damon & Haley)

4. **Solo un héroe local**